KB125055

6006

첩보왕 도널드 니콜스

최금산 장편소설

Korea Wisdom China

경지출판사
景智出版社

6.25전쟁의 전설로 남은 미 공군 6006부대 첩보왕 도널드 니콜스에 관한 모든 기억을 되살려주신 김인호 선생님께 감사드립니다.

평양에서 사선을 함께 넘은 이응용, 이응주, 김병기 선생님과 평양의 휴민트 강창옥과 최명신 선생님의 영혼에 이 책을 헌정합니다.

김인호 선생님과의 인연을 맺게 해준 첩보원 고 한정숙 선생님의 따님 한명주 님께 감사드립니다.

아내 글라라에게 이 책을 바칩니다.

내가 진실로 너희에게 말한다. 어떠한 예언자도 자기 고향에서는 환영받지 못한다.

<루카복음 4:24>

I tell you the truth, he continued, no prophet is accepted in his hometown.

<Luke 4:24>

说, 我实在告诉你们, 没有先知在自己家乡被人悦纳的.

<路加福音 4:24>

それから言われたよく言っておく, 預言者は自分の郷里では歓迎されないものである.

<ル カ福音書 4:24>

등장인물

도널드 니콜스 : 미 공군 6006부대 창설자. 6.25전쟁 시 미 중앙정보국 CIA 첩보대장으로 활동하여 첩보의 달인, 한국의 전설로 불린다. 맥아더 사령관은 니콜스의 6.25 남침 첩보를 받아들이지 않았다. 한국인 부하들은 그를 네꼬로 불렀다.

이승만 : 대한민국 건국 대통령. 김일성이 쳐들어오자 유엔의 지원을 이끌어내 격퇴하였다. 니콜스를 아들처럼 여기어 첩보활동을 지원하였다. 그는 초지일관 정전협상을 반대하고 북진통일을 주장해 미국과 마찰이 생겼다. 65년 하와이에서 곤궁하게 살다 세상을 떠났다. 그는 48년 5월, 초대 국회의장에 선출되었으며 8월 15일에 초대 대통령에 취임하였다. 이 소설에서는 처음부터 그를 대통령으로 표기했다.

해리 트루먼 : 미국 33대 대통령. 2차 세계대전을 종식시키고 6.25전쟁 시 미군을 보내 한국을 수렁에서 건졌다. 북진보다 정전을 택하여 맥아더 사령관과 부딪혔고 급기야 그를 해임하였다.

김일성 : 북한 인민군 최고사령관. 스탈린과 마오쩌둥을 등에 업고 한반도를 피로 물들였다. 국군과 유엔군이 북진하자 만주로 도피하였다. 김일성은 6.25전쟁에서 흘린 피의 값을 치르지 않고 의문사 하였다.

더글러스 맥아더 : 태평양전쟁의 미군 최고사령관. 일본 점령군 최고사령관. 6.25전쟁의 유엔군 최고사령관으로 인천상륙작전을 지휘하였지만 원자폭탄 사용을 놓고 트루먼과 마찰을 빚어 해임되었다. 스탈린과 핵에는 핵이라는 맞대응 때문에 해임되었다.

윈스턴 처칠 : 영국 44대 수상. 보수당 당수. 맥아더가 원자폭탄을 못 쓰게 막고 트루먼을 도와서 김일성을 저지하였지만 이중스파이 킴 필비가 소련에 첩보를 넘겨주는 것은 막지 못해 남침의 빌미를 제공했다.

앨저 히스 : 유엔 창립 당시 사무총장. 하버드대 출신의 유능한 미 국무부 고위관리였지만 스탈린에게 충성을 바쳤다. 중앙정보국이 소련 암호를 해독한 베노나 문서가 공개되면서 체포되었다. 스탈린의 지령에 따라 한국에 무기 지원을 못하도록 막았다.

김기수 : 평안북도 영변 출생. 북한에서 탈출하여 이글부대의 공작과장으로 활동하고 외사촌 강창옥을 니콜스에게 연결시켜 휴민트로 삼게 하였다. 김일성은 궐석재판을 열어 김기수에게 사형을 선고하였다.

강창옥 : 김일성의대 학생. 김기수의 외사촌 누이. 북한의 공항과 군사시설 좌표를 니콜스에게 전달하였다. 전후 이 사실이 적발되어 김일성이 지켜보는 앞에서 총살당하였다.

최명신 : 강창옥의 의대 동창생. 강창옥을 도와서 니콜스의 휴민트로 활동하였다. 끝내 이 사실이 들통이 나서 강창옥과 함께 한날한시에 총살로 생을 마감하였다.

윌리엄 시볼드 : 미국의 군인, 외교관. 46년부터 주일본의 미국 대사로서 천황을 대신하여 실권을 맡았다. 자신의 친일적 입장을 반공주의로 정당화하였고 독도를 일본에 넘겨주려고 하였다. 나중에 일본으로 귀화하였다.

킴 필비 : 영국 대외협력국 MI6의 첩보원. 케임브리지 5인방으로 스탈린의 이중스파이. CIA에서 돈 맥클린과 함께 소련에 첩보를 건네주다 들켜 소련으로 튀었다. 6.25전쟁의 빌미를 만들었다.

박헌영 : 남로당 위원장. 북한 부총리 겸 외무장관. 니콜스의 도움으로 석모도의 보문사에 숨어 있다가 배를 타고 월북하였다. 전후 김일성은 박헌영이 니콜스의 첩자라는 것을 알고서 바다에 수장시켰다.

이오시프 스탈린 : 소련의 대원수. 김일성의 붉은 전쟁을 옹호하고 무기를 주어 남침을 강행하게 만든 악마 같은 독재자이다. 그는 CIA에 이중스파이 킴 필비를 잠입시켜 핵기밀을 빼내었다. 소련의 원폭실험 성공이 6.25전쟁의 원인을 제공하였다.

바체슬라프 몰로토프 : 소련의 정치가이자 외교관. 스탈린 아래서 외교부장을 지냈다. 2차세계대전 직전인 39년에 외무장관으로 임명되었다. 김일성을 도와 6.25전쟁을 기획하였다.

라프렌티 베리아 : 소련의 KGB 총수, 핵개발의 책임자, 해외첩보망의 총지휘관, 정치국원과 내무상을 겸했다. 53년 3월, 스탈린 사후 3개월 만에 후르시쵸프에 의해 처형되었다.

마오쩌둥 : 중공의 주석. 중국을 공산국가로 만들고 6.25전쟁 시 항미원조를 명분으로 김일성을 도왔다. 한국과 압록강에서 마주치는 것을 극도로 싫어하였다. 한국전쟁에서 외아들 마오안닝을 잃었다.

펑더화이 : 중공군 팔로군 출신 장교. 6.25전쟁 시 사령관. 소련군 통역이었던 마오쩌둥의 외아들 마오안닝을 지키지 못한 죄책감에 시달렸다. 정전협상을 이끌었지만 전후 실각하여 비참하게 살다갔다.

이동우 : 김기수의 친구. 평양 4인방의 한 명. 북한을 탈출하여 니콜스 부대에서 공작원으로 활약하다 다시 북파 되었다. 김일성은 궐석재판에서 이동우와 김기수에게 사형을 선고하였다.

이동주 : 이동우의 동생. 손재주가 비상하여 북한에서 탈출할 때 필요한 11가지 증서를 위조하였다. 니콜스의 지시로 손 상사와 함께 인민화를 위조하여 북한 경제를 마비시켰다.

김상호 : 김기수의 평양체신학교 동창. 평양 4인방의 한 명으로 북한을 탈출하여 니콜스 부대에서 공작원으로 활약하였다.

김창룡 : 육군 특무부대장. 여순사건으로 체포된 박정희 소령을 심문하고 니콜스 지시를 받고 군부 내에 잠입한 남로당원들에 대한 숙군작업을 주도하였다. 하지만 시간 부족으로 미완에 그쳤다.

차례

1. 낯선 땅 한국

1946년 6월, 도쿄 극동사령부 전용 하네다 공항.

아직도 히로시마와 나가사키에는 죽음의 그림자가 서성거리고 있었다. 사람들은 하늘에 태양이 두 개가 떴던 그날의 악몽에 시달리고 있었다. 이때 나에게 한국에서 근무하라는 명령이 떨어졌다. 이건 전혀 예상 밖의 일이었다. 이 시간 도쿄는 고요히 잠들어 있었다. 이날 바람은 쿠루시오 해류가 머금고 있는 수분 때문에 축축하게 느껴졌다.

어둠이 깔린 새벽 4시, 나는 하네다 공항에서 한국으로 가는 C-85 수송기로 다가갔다. 저 멀리 수송기가 어둠속에서 희미하게 괴수처럼 버티고 있었다. 이제 와서 고백하지만 나는 그때 한국이 어디에 있는 나라인지 모르고 있었다. 나는 잠에서 덜 깬 상태로 수송기 트랩에 올랐다. 한국은 얼마 전까지만 해도 일본의 지배를 받고 있는 것으로 알고 있었다. 이것은 그만큼 나에게 한국은 관심 밖이었다는 것을 의미하였다. 그 당시 영국, 독일, 프랑스 등의 강대국들은 해외에 영토를 확장하는 데 미쳐 있었다. 그것이 국제적으로 어떤 문제가 되는지 생각해볼 겨를

이 없었다. 일본군은 진주만을 공격하여 수만 명의 미군 수병들을 진주만에 수장시켰다.

2차 세계대전의 종말은 배에서 비롯되었다는 공통점이 있었다. 1941년 12월, 일본은 진주만의 애리조나 호에 가미카제 특공대를 투입하여 폭격을 퍼부었다. 이처럼 폭탄을 실은 전투기로 연합군 함대에 돌진한 일본군 자살특공대 '가미카제'는 인류 역사상 가장 악랄한 군국주의 테러였다. 원자폭탄 한 방으로 초토화된 히로시마에는 난징에서 30만 명을 학살한 일본군 5사단 사령부가 있던 곳이었다.

이 사건으로 미국은 태평양전쟁에 참전하게 되었으며 히로시마와 나가사키에 원자폭탄을 투하하는 계기가 되었다.

1945년 1월, 소련은 피란민 9천7백 명을 태운 독일의 여객선 빌헬름 구스틀로프 호에 어뢰 공격을 하였다. 이 사건으로 9천여 명의 독일 피란민이 영하 20도의 북해에 빠져 죽었다. 이 두 사건으로 독일과 일본은 각각 패망의 길을 걸었다는 공통점이 있다. 히틀러를 굴복시킨 소련은 일본에 선전 포고를 하였다. 이때 스탈린은 베리아의 첩보활동으로 미국이 일본에 원자폭탄을 투하할 것이라는 것을 알고 있었다. 소련은 다 된 밥상에 숟가락만 얹은 셈이었다. 이렇게 해서 그는 전리품으로 한반도의 38선 이북을 점령하고 괴물 김일성을 만들어냈다.

일본군은 괌과 사이판, 이오시마, 오키나와에서 미군에 끈질기게 저항하였다. 미국이 히로시마와 나가사키에 원자폭탄을 투하하자 일본은 미국에 고개를 숙였고 미국은 전후 도쿄에 극동사령부를 설치하였다. 이듬해 도쿄 극동사령부의 명령에 따라 나는 난생 처음으로 한국의 첩보원으로 가게 되었다.

이때부터 나는 한국에 대해 관심을 갖기 시작하였다. 이렇게 되어 나는 한국과 뗄 수 없는 숙명의 인연을 맺게 되었다. 이날 아침 도쿄의 날씨는 아주 맑았다. 하지만 다른 날에 비하여 조금 더운 편이었다. 이때 일본 국민들은 전후 복구에 매달려 눈코 뜰 새 없이 일하고 있었다.

나는 미 중앙정보국 CIA 도쿄 지부장의 지시에 따라 짐을 챙겨서 전날 미리 수송기에 실어놓았다. 내 근무지가 한국으로 결정되었다고 지부장은 여러 번 설명해주었다. 이때 근무지를 바꾼다는 것은 그동안의 타성을 깰 수 있는 기회였지만 어느 정도 두려움도 있었다. 그럭저럭 도쿄에서 교육도 무사히 마치고 어디 편한 데가 없을까 하고 있을 때 한국으로 발령이 난 것이다. 그때는 그저 일하기 좋으면 더 바랄 게 없었다. 이제 지긋지긋한 전쟁도 끝났으니 특별히 할 일도 없을 것 같았다.

나는 일본에 와서 처음으로 첩보에 발을 들여놓았다. 처음에는 뭐 이런 게 다 있나 하고 건성건성 했지만 교육이 계속되면서 점점 호기심이 생기기 시작하였다. 교육과정 가운데 포로 심문교육이 나의 마음을 사로잡았다.

내가 탄 수송기는 도쿄 외곽에 있는 간이비행장의 활주로에서 가뿐이 이륙하였다. 이때 수송기는 덜덜거리고 시끄러웠다. 이 큰 수송기에 나 혼자 타고 있다는 것을 알고 나서는 왠지 두려움이 밀려왔다. 마치 사람 많은 유원지에서 엄마 손을 놓친 어린아이의 심정이었다.

지난 여섯 달 동안 포로 심문교육을 받으면서 열 번 넘게 낙하산 점프를 했지만 매번 느낌이 달랐다. 어느 누구 하나 오늘의 여정을 설명해주지 않았기 때문이었다. 이때 나는 정말 고독하였다. 하지만 큰일을 하려면 때로는 고독도 약이 될 수 있다고 생각하면서 스스로를 위로하였다.

한국으로 출발하기 전에 알게 된 것은 한국은 역사가 수천 년이나 되고 독자적인 글자를 갖고 있으며 일본의 식민지로 36년간의 굴욕을 당하였다는 것이었다. 특히 한국의 역사에서 하나의 왕조가 천년동안 이어졌다는 것이 신기하기만 하였다. 남쪽 바다 위에서 바다를 내려다보았다. 검푸른 바다와 오밀조밀하게 보이는 섬들이 미국과는 판이하게 달랐다. 사실 미국에는 저렇게 손톱만큼 작은 섬을 본 적이 없었다. 한국은 미국의 한 개 주보다도 작지만 섬이 많다는 게 신기하였다.

수송기는 바다 위를 날고 있는데도 마치 비포장 길을 달리는 지프처럼 가끔 요동을 치고 있었다. 이러니까 육지에 발을 디디고 있는 것처럼 느껴졌다. 두 시간쯤 비행을 하니까 육지가 내려다보였다. 나도 모르게 "아! 저게 한국이구나!"하는 탄성을 질렀다. 이때 내 곁에는 개미새끼 한 마리도 없었다. 오직 기장과 부기장 그리고 나뿐이었다. 이때 부기장은 수송기가 한국 영토에 들어섰다고 알려주었다. 나는 인도와 버마를 거쳐 일본에 왔지만 일본보다 더 작은 나라를 한 번도 머리에 그려본 적이 없었다.

한반도가 남북으로 나뉘어 북쪽에는 소련군이, 남쪽에는 미군이 주둔하면서 이념분쟁으로 치닫고 있다는 것을 알게 되었다. 일본의 신문들은 이러한 실정을 비교적 상세히 보도하였다. 지난해 미국국민들은 엄청난 시련을 겪었다. 루스벨트 대통령이 갑자기 세상을 떠나고 트루먼 부통령이 대통령이 되었다. 넉 달 후 트루먼 대통령은 일본의 항복을 받아내었다. 이래도 국민들은 트루먼이 누군지 잘 모르는 것 같았다.

이런저런 상상을 하고 있으려니 수송기의 기수가 아래로 향하는 것이었다. 나는 생전 처음으로 발을 딛는 한국에 대한 막연한 두려움으로 혼미하였다. 어떤 운명이 나를 기다리고 있을까 하는 두려움 때문이었다. 혼자서 지난 해까지 일본의 지배를 받았던 나라에 온다는 것이 어딘지 모르게 동정이 가는 것이었다. 조금 있으니 부기장의 말이 또 들려왔다.

"니콜스 상사, 이제 내릴 준비를 한다."

나는 심호흡을 하면서 들고 내릴 짐들을 둘러보았다. 짐은 모두 네 덩어리나 되었다. 나의 호기심은 점점 부풀어 오르고 있었다. 한국은 도대체 어떤 나라인가? 나는 왜 한국에 대해 K자 하나도 몰랐을까? 과연 한국인들은 어떻게 살고 있을까? 호기심이 꼬리를 물고 이어졌다.

수송기는 아무 것도 없는 허허벌판 같은 여의도 비행장에 나를 내려놓았다. 이곳의 활주로가 고르지 못해 수송기가 펄쩍펄쩍 뛰는 것 같았다. 기장은 뭐가 그리 급한지 나를 내려놓더니 20분 정도 머물다가 도쿄로 돌아갔다.

나는 짐들을 챙겨들고 트랩으로 내려왔다. 시계 바늘은 아침 8시를 가리키고 있었다. 해는 빨갛게 떠오르고 있었다. 나는 해를 바라보면서 방향을 가늠하였다. 밤에 소나기가 내렸는지 활주로 군데군데 물이 고여 있었다. 내려서 주변을 둘러봤더니 활주로는 도쿄의 4분의 1도 안 되는 것 같았다. 새벽 4시에 도쿄를 출발하여 거의 네 시간을 수송기에서 보낸 것이었다. 귀는 먹먹하고 잠을 못자 눈이 저절로 감기었다.

내가 트랩에서 내려오자 세 명의 건장한 사내들이 다가왔다. 두 명은 한국인이었고 나머지 한 사람은 미국인이었다.

먼저 미국 관리처럼 보이는 30대 초반의 남자가 앞에 나서더니 간단한 인사와 함께 자기부터 소개하였다.

"니콜스 상사. 낯선 땅 한국에 오느라 수고 많았다. 나는 미 군정청 하지 장군의 전속 참모 토마스 헤럴드 중위이다. 며칠 후에 당신에게는 새로운 임무가 부여될 것이다. 저기 보이는 지프에 짐을 옮겨 싣기 바란다."

"저는 한국 근무 명령을 받은 도널드 니콜스 상사입니다. 네 시간을 수송기 안에서 소음 고문을 받았더니 정신이 없습니다."

"그래 알았다. 차근차근 짐을 옮겨 싣기 바란다."

이렇게 말을 마치니 아까 헤럴드 중위 옆에서 잠자코 서있던 한국인이 나섰다. 오른쪽에 살이 좀 도톰하게 붙은 한국인이 입을 열었다. 그의 영어는 수준급은 안 되었지만 소통에는 별 지장이 없어 보였다. 나는 헤럴드 중위가 이끄는 대로 지프에 올라탔더니 어딘가로 이동하였다. 몇 달이 흘러 생각하니 내가 처음 도착한 곳은 용산 남영동의 미군 첩보부대 사무실이었다. 나는 일단 그곳에서 몸을 풀고 늦은 식사를 하였다. 이날 오후 거리에서 머리에 띠를 두르고 소리를 지르는 사람들을 보았다. 현수막의 영어 문구들을 보니 이들은 남북한 동시 선거를 하자면서 외치고 있는 것 같았다.

나는 열흘 동안 헤럴드 중위가 지정해준 반도호텔에서 하는 일 없이 시간을 보내고 있었다. 드디어 11일째 되는 날에 첫날 마중을 나왔던 한국인과 또 다른 미국인이 나를 데리러 왔다. 이날 이들은 안국동에 있는 이 층짜리 적산 가옥으로 나를 안내하였다. 말이 가옥이지 일제시대의 목조건물은 다 낡아서 걸을 때마다 삐거덕 소리가 들렸다.

여기서 나의 첫 임무가 주어졌다. 나에게 북한과 소련, 중국을 포함해서 한국의 지도자들과 정치인, 기업인과 군인들의 동정을 살피면서 첩보를 수집하는 일이었다. 무엇보다 이승만을 밀착 감시하라는 임무는 비밀리에 주어졌다.

이때 남한에서는 독립운동가 이승만이 지지율이 높아서 초대 대통령은 따 놓은 당상이었다. 그는 하와이에서 독립운동을 하고 스탠포드대학을 졸업하여 영어가 미국인을 뺨칠 정도로 유창하였다. 열흘쯤 있으니까 나에게 본국에서 첩보원 신분증이 공수되어 왔다. 이때 나는 방첩 업무는 물론 38선 북쪽의 김일성에 대한 첩보도 광범위하게 수집해야 한다는 것을 알게 되었다. 이것은 나를 한국의 첩보원으로 임명한다는 통지였다.

나는 첩보원으로 데리고 일할 수 있는 한국인을 찾아 나섰다. 한국에는 이미 켈로부대가 활동하고 있었다. 나는 미 군정청의 자료를 갖고 한강 가운데 있는 켈로부대로 찾아갔다. 섬이 너무 작아 보잘 것 없었지만 공항 한 구석의 천막에는 스무 명 안팎의 첩보원들이 나를 기다리고 있었다. 우리는 오래 전에 헤어진 친구를 만난 것처럼 금방 가까워졌다. 나는 이들을 모두 미 공군 첩보대원으로 흡수하였다.

이들은 좀 투박한 영어로 그동안 추진하고 있던 임무를 나에게 보고

하였다. 이들의 얘기를 들어보니 북쪽의 김일성이 문제였다. 소련의 지원을 받은 김일성은 국민들 알기를 개만도 못하게 여긴다는 것이었다.

나는 극동사령부의 지원을 받아 한국에 첩보부대를 만드는 일에 착수하였다. 한국에서는 38선을 철폐하고 하나의 나라가 되어야 한다고 매일 거리로 쏟아져 나와 시위하는 바람에 어수선하였다.

이들의 옷은 모두 통일을 한 것처럼 흰색이었다. 바쁘게 서너 달이 지나자 어느 정도 첩보부대의 면모가 드러났다. 이때 미 군정청 하지 장군은 이승만과 툭하면 마찰을 빚고 있었다. 한국인들의 염원은 남과 북이 하나가 되는 것이었다. 하지만 그런 염원은 이미 물 건너간 것처럼 보였다. 북쪽을 점령하여 김일성을 대리자로 등장시킨 스탈린을 움직인다는 것은 씨알이 먹히지 않을 것만 같았다.

나는 미 군정청과 극동사령부의 기술 지원을 받아 사무실에 통신망을 깔았다. 지금까지 미 군정청의 중사가 담당하고 있던 첩보조직과 시설을 모두 인수하였다. 그를 불러 면담을 했더니 첩보활동에 전혀 준비가 안 된 사람이었다. 그에게 나와 함께 일을 해보는 게 어떠냐고 제안하였더니 자기는 내년 초에 전역하겠다면서 극구 사양하는 것이었다. 그 후 그를 두 번 더 불러서 설득했지만 요지부동이었다. 아마 지금쯤 그는 미국의 감자 주로 불리는 아이다호 주에서 감자 농사를 짓고 있을 것 같았다.

그런데 한국에 와서 보니 미국 관리들은 이승만을 아주 위험한 인물로 낙인을 찍어놓고 있었다. 그는 미국에 무기를 지원해달라고 간청을 했지만 대통령부터 하급 관리에 이르기까지 모두 귀를 막아버렸다. 정말 기가 찰 노릇이었다. 그의 손에 무기를 쥐어주면 전쟁을 일으킨다는 편견 때문이었다. 나는 얼마 안 있어 정작 위험한 인물은 따로 있다는 것을 알았다. 소련의 지시를 받는 김일성은 마음만 먹으면 무슨 일이든지 다 하는 독재자였다. 또 김일성 왕국의 비밀은 철벽처럼 유지되었다. 반면에 한국은 의회와 언론이 견제를 하고 있어서 최고 지도자가 독

단적으로 할 수 있는 게 없었다. 한국은 내가 미국에서 보고 배운 그대로 민주주의 국가였다.

내가 한국에 온지 그럭저럭 넉 달이 지나면서 분위기를 보니 이승만이 서서히 지도자로 굳어지고 있었다. 그 당시 복잡한 국제정세를 감안할 때 미국에서 대학을 다녔다는 것은 앞으로 한국과 미국의 관계를 조율할 수 있는 힘이 되었다. 우선 급한 대로 나는 열두 명의 한국인을 첩보원으로 선발하였다. 그런데 이들에 대한 첩보교육이 전혀 준비가 안 되어 있었다. 이들은 일본어는 어느 정도는 했지만 영어는 턱없이 부족하였다. 나는 교재를 직접 만들어 이들에게 영어 소통을 위해 교육을 시켰다. 이때 의외로 다른 데서 근무하는 한국인들까지 영어를 배우겠다고 몰려들었다. 한국인들은 일제의 식민지배에서 벗어나게 해준 미국, 특히 트루먼 대통령을 무척 좋아하였다. 다른 한편에서는 반미 감정도 부글부글 끓고 있었다. 그들은 미국이나 소련, 일본 등 모두가 자국의 이익을 위해 남의 나라에 들어온다는 것이었다.

일제 식민지배가 한국인에게 끼친 부정적인 것은 정말 한두 가지가 아니었다. 이런 감정을 가진 한국인들을 데리고 일해야 한다고 생각하니 갈피를 잡을 수가 없었다.

이때 나는 지도자 이승만의 예방을 받은 것이다. 그는 이미 한국의 초대 대통령으로 낙점을 받아놓은 것 같았다. 하지만 첫 눈에 본 그는 전혀 그런 내색 없이 겸손하였다. 그는 나에게 지금보다 더 어려운 상황으로 갈 수도 있으니 특별히 유념해달라고 당부하였다. 이렇게 초대 대통령 후보와 첫 대면을 하게 되었다. 그의 얼굴을 보니 피로한 기색이 역력하였다.

"난 이승만입니다. 니콜스 상사. 벌써 한국에 왔다는 소식은 들었소. 지금 서울 아니 한국은 너무 소란스럽소. 특별히 당부드릴 게 있소."

"예, 저도 벌써 얘기를 들었습니다. 저는 미국과 한국의 국익을 위해 첩보활동을 할 것입니다. 저는 보안 때문에 노출을 자제하고 있습니다."

이 말이 끝나자 그는 나를 창가로 이끄는 것이었다. 그에게 이끌려 창가로 다가갔다. 그랬더니 주머니에서 종이 한 장을 꺼내어 나에게 주는 것이었다.

거기에는 영어로 "Workers' Party of South Korea"라고 적혀있고 그 아래에는 영어로 빼곡하게 부연 설명이 되어 있었다. 한국어로는 "남조선로동당, 간단히 남로당"이라고 적혀 있었다.

"니콜스 상사, "Workers' Party of South Korea"는 스탈린의 지시에 따라 결성되었으며 북한의 공산주의 강령을 추종하는 집단이오."

이 말을 끝으로 이승만은 금방 자리를 떴다. 나는 남로당이 남한에서 그렇게 문제의 집단이라는 것을 알기까지는 일 년 넘게 걸렸다. 그 후 이승만의 추천으로 김창룡을 만나게 되었다. 그는 벌써부터 남로당 사냥꾼으로 유명세를 떨치고 있었다.

이때 나는 김일성이 남한의 시설물에 대한 테러를 대대적으로 모의하고 있다는 첩보를 얻었다. 평북 선천지역에 설치한 비밀감청부대의 끈질긴 추적으로 김일성의 테러 음모를 알아내었다.

이듬해 5월, 김일성은 남한에 전기 공급을 끊더니 발전소를 파괴하는 테러를 모의하고 있었다. 그가 남한의 시설물에 대한 테러를 줄기차게 감행하는 것은 인민군의 교리와 전투능력을 시험하려는데 있었다. 북한은 당시 남한의 전기를 공급하던 영월화력발전소를 폭파하려다가 미수에 그치는 사건이 있었다.

나는 김일성이 남로당에 보내는 난수방송을 풀어서 발전소 폭파 음모를 사전에 알게 되었다. 바로 발전소에 병력을 배치하여 테러를 가까스로 막을 수 있었다. 이승만은 두 번이나 전화를 걸어서 고맙다는 말을 하였다.

만약 발전소에 대한 북한의 테러가 성공하였다면 한국은 극심한 혼란에 빠졌을 뿐만 아니라 공장 가동이 모두 멈추었을 것이다.

이때 한국의 정치는 이념논쟁으로 한 치 앞을 내다볼 수 없을 정도로 어수선하게 돌아가고 있었다.

가을볕이 유난히 나른한 10월 초 오후. 나는 무쵸 대사로부터 급히 대사관으로 방문해달라는 통보를 받았다.

이때 평양에서는 심상치 않은 조짐이 보이고 있었다. 갑자기 나이를 세 살을 낮춰 중학생까지 군인으로 데려가 훈련을 시키고 있었다. 동서고금을 떠나 병력의 기본은 인간이다. 아무리 무기가 좋아도 인적자원이 부실하면 승리를 기대할 수 없다. 나는 북한의 급격한 변화의 원인을 파악하느라 평양의 휴민트와 은밀하게 대화를 하고 있었다. 나는 평양 지부장인 주명덕 대위의 첩보를 통해 김일성이 전쟁 준비에 본격적으로 돌입하였다고 확신하였다. 한국에 오고 나서 무쵸 대사를 두어 번 봤지만 그런 대로 무난한 분이었다. 그는 때로는 나의 임무에 경의를 보내주었다. 대사관으로 들어갔더니 무쵸 대사 옆에 어디서 본 듯한 관리 한 명이 서있었다. 무쵸 대사는 나를 두 손으로 잡으며 반겨주었다.

"니콜스 상사, 바쁜데 여기까지 오게 해서 미안합니다. 이분은 트루먼 대통령의 특사 제임스 해밀턴 차관보입니다."

그러자 점잖은 모습의 특사는 배시시 웃으면서 손을 내밀었다. 그의 웃음으로 봐서 이미 나를 알만큼 알아보고 온 것 같았다.

"반갑습니다. 저는 국무부 차관보 제임스 해밀턴입니다. 트루먼 대통령의 특명을 받고 당신을 만나러 한국에 왔습니다. 상사의 활약은 벌써부터 알고 있습니다."

이때 해밀턴에게서는 아주 기품 있는 고위 공무원의 면모가 풍기고 있었다.

"아, 그렇군요. 저는 적으로 포위된 한국의 완전한 독립을 위해 노력하고 있는 첩보원에 지나지 않습니다. 저하고 특사하고 어떤 연결고리가 있나요?"

"제가 그걸 만들어주려고 왔습니다. 이걸 보시죠."

그는 나에게 한 통의 봉투를 내밀었다. 그 봉투 겉에는 "백악관 트루먼 대통령"이라는 글자가 인쇄되어 있었다. 채 잉크도 마르지 않은 것처럼 윤기가 흐르고 있었다.

"여기서 읽어도 되겠습니까?"

"물론이죠. 무쵸 대사나 저는 그 내용을 이미 알고 있습니다."

나는 약간 긴장이 되어 봉투를 열었다. 대통령의 친서를 받는다는 것은 범상치 않은 일이었다. 모두 세 장의 문서가 나왔다. 첫 장을 읽고서 나는 놀라서 벌어진 입을 도저히 다물 수가 없었다. 내 심장의 박동은 점점 빨라지고 있었다. 거기에는 이렇게 적혀 있었다.

도널드 니콜스 귀하. 대통령 트루먼은 이 문서에 귀하가 서명하는 시간부터 한국과 소련, 중국, 일본 등 주변 국가는 물론 그 국가와 관련된 모든 첩보를 수집, 가공, 보고에 대한 전권을 부여하며 귀하의 첩보가 미 육군, 공군, 해군의 그것에 우선한다. 또한 비정상적인 사태에서는 귀하는 귀하의 첩보로 작전에 참여할 수 있는 권한을 부여한다.

-1949년 10월 미합중국 대통령 해리 트루먼.

내가 손을 떨면서 대통령의 친서를 다 읽고 나니 해밀턴 특사가 입을 열었다.

"니콜스 상사, 귀하는 이 시간부터 미합중국의 전군을 아우르는 첩보활동을 할 수 있습니다. 대통령은 첩보의 중요성을 로젠버그 부부 사건이후 깨닫게 되었습니다. 맨 뒷장에 서명해서 그걸 저에게 주십시오."

나는 이날 오후 늦게까지 대사관에 머물다 어두워져서야 안국동 부대로 돌아왔다. 이건 정말 꿈만 같은 사건이었다. 이렇게 나는 좌우 이념

갈등으로 내일을 예측할 수 없는 풍전등화의 한국에서 특수임무를 대통령으로부터 부여 받게 되었다. 이 사실은 장군들에게 극비 보안을 조건으로 전달이 되었다.

2. 김성주의 신분상승

 내가 서울에 온지도 그럭저럭 벌써 일 년이 넘어가고 있었다. 이제 남과 북은 미국과 소련의 점령 체제로 굳어지고 있었다. 여전히 서울에는 남과 북은 하나가 되어야 한다는 구호가 들리고 있었다. 사실 한국인이 해방의 기쁨을 맛 본 것도 잠깐 뿐이었다. 북쪽에는 소련군이, 남쪽에는 미군이 진주하여 38선이 설정되면서 한반도는 두 동강이 나고 말았다. 처음에는 존재감조차 없었던 김일성이 의외로 불쑥 나타났다. 이때 사람들은 김일성을 보고는 너무 뜻밖의 인물이어서 어리둥절하였다. 스탈린은 일본의 항복을 한 주 앞두고 미국과 함께 참전하였다. 하지만 소련이 대 일본전에 참전하여 실제로 한 일은 아무것도 없었다. 이것은 한반도를 분할 점령하려는 스탈린의 정치적인 술책이었다. 이때 스탈린은 한반도 북쪽을 지배할 인물선정을 놓고 고민하고 있었다. 그는 외교부장 몰로토프를 집무실로 불렀다.

 "야. 이제 일본 놈의 새끼들도 쫓아냈으니 북쪽은 내가 먹을 건데 어디 내세울만한 놈이 없겠냐? 내 말을 고분고분 잘 들을 놈으로 말이야."

이 말을 듣고 있던 몰로토프는 무척 조심스럽게 대답하였다.

"서기장 동지. 우리에게도 떡고물이라도 떨어져야죠. 손가락만 빨 수는 없는 일이죠. 서기장 동지의 말을 똑 부러지게 들을 놈이 하나 있기는 합니다."

"그게 누군데?"

"김성주라는 젊은이입니다."

"그 놈이 내 말을 잘 들을 것 같은가?"

"그렇습니다. 그 놈 말로는 만주에서 독립운동을 했다고 하는데 그걸 본 사람은 없습니다. 이름도 계급도 깜깜입니다."

"허허, 자네 참 답답하구먼. 독립운동은 한 10년 넘게 했다고 바꾸고 계급은 소련군 대위라고 내세우면 되잖아. 빨리 김성주를 북조선으로 보내서 인민들을 휘어잡게 하라고. 남쪽에는 벌써 이승만이 도착했다는 거야. 이제 시간 없다."

"네, 그럼 바로 시행하겠습니다."

스탈린은 일찍부터 마음속으로 김성주를 북쪽의 지도자로 점찍어두고 있었다. 김성주는 자다가 호박을 덩쿨째 잡은 셈이었다. 그는 스탈린이 시키는 대로 김성주라는 이름을 헌신짝처럼 버리고 독립운동가 김일성의 이름과 공적을 가로채었다.

그는 평양에 오자마자 자기 앞길에 거추장스러운 인간들을 무자비하게 솎아내는 강압통치를 하였다. 이것은 스탈린의 수법을 그대로 베낀 것이었다. 그는 일제시대에 고위직에 있었던 고위 공무원 출신들을 철천지원수로 대하였다. 이들은 하루아침에 친일파로 몰려 재산도, 가족도, 명예도 다 잃었다. 그야말로 인생의 열매가 순식간에 송두리째 날아가 버렸다. 그는 토지개혁을 서두르면서 무상분배를 하였다. 그러면서 남한은 유상분배를 한다고 노동신문까지 동원하여 비난을 퍼부었다. 이 년 후 그의 본색은 드러나고 말았다. 무상으로 분배한 토지를 빼앗아 공산당의 소유로 만들었다. 이러자 주민들은 30대 초반의 김일성이 과연 독립 운동가였다면 저렇게 가혹하게 할까 하는 의구심을 가졌다. 멀쩡한 사람이 자고나면 감쪽같이 사라지는 사건들이 꼬리를 물고 일어났지만 누구도 그걸 묻지 않았다. 이처럼 북한의 인심은 아주 고약하게 변질되고 있었다. 김일성은 목소리부터 오만한 느낌을 물씬 풍기면서 〈전 인민에게 고함〉이라는 포고문을 라디오로 전국에 중계하였다. 여기서 그는 전부 자기가 잘났다고 자랑을 늘어놓고 있었다. 인민의 생활이나 앞으로 국가를 어떻게 해보겠다는 말은 한 마디도 없었다.

1천3백만 조선 린민 여러분, 내가 왔습네다. 나는 조선임시인민위원회 위원장입네다. 또 조선인민군의 최고사령관입네다. 조선민주주의인민공화국의 주석입네다. 이제부터 우리 북조선은 친일파나 부르주아 그리고 반동분자들을 색출하여 린민의 이름으로 처단하갔습네다. 나는 반역자들은 이 세상 끝까지 추적해서 응징할 것입네다.

아직도 입에서 젖비린내가 날 것 같은 애송이 입에서 피가 뚝뚝 떨어지고 있었다. 그는 말끝마다 국가와 민족을 배신하고 일제 앞잡이가 된 자들을 숙청하겠다고 엄포를 놓았다. 이렇게 되자 짐 보따리를 이고지고 야반도주하는 사람들이 늘어났다. 이들은 남한으로 넘어가기 쉬운 예성강 하구로 꾸역꾸역 모여들었다. 그곳을 지키는 철도군인들에게 뒷돈만 적당히 찔러주면 배편까지 다 마련이 되었다. 그러면 이 배를 타고 강화도나 교동도로 건너가는 것은 식은 죽 먹기보다 더 쉬웠다.

반면에 미군이 시한부로 주둔하고 있는 남쪽의 사정은 그야말로 목소리가 큰 사람이 왕이었다. 사회 전체가 좌우이념의 격랑 속으로 빨려들면서 자기의 주장만이 옳다는 힘의 논리가 우세하였다.

이러니 이념 앞에 친구도, 가족도, 형제도 없었다. 저 인간을 쓰러뜨려야 내가 사는 정글게임의 연속이었다. 남로당의 거물인 김삼용, 이주하, 이승엽 등은 지하로 숨어들어 남한을 붕괴시키라는 지령을 받고 그 전단계로 선동을 하고 있었다. 이것은 모두가 북한이 짜준 시나리오에 따른 것이었다.

북한은 공포와 협박으로 일당 독재의 기반을 이 년 만에 다질 수 있었다. 김일성은 약간 여유가 생기자 남한의 산업시설에 대한 테러를 모의하였다. 당시 발전소와 공업시설이 북쪽에 몰려 있었기 때문에 경제사정은 북한이 나은 편이었다. 여기에 소련과 중공의 지원으로 기계화된 인민군의 화력은 남로당원들의 선동과 폭동으로 혼란스러웠던 남한에게는 감당할 수 없을 정도로 위협적이었다.

김일성은 입만 열면 일제의 찌꺼기를 쓸어내자고 떠들었다. 우선 한글을 읽고 쓸 줄 아는 하급 공무원은 계속 업무를 보게 하였지만 친일파들은 이런저런 구실로 거의 다 숙청하였다. 일부는 바로 총살했고 조금 양호한 자는 아오지 탄광으로 보내서 노동을 시켰다. 제대로 먹지 못하고 중노동에 시달린 인텔리들은 일 년 안에 거의가 폐결핵으로 죽어갔다. 이때 내가 북한에 심어 둔 휴민트 강창옥과 최명신의 부모도 어디로 끌려갔는지도 모르게 사라졌다. 이렇게 피를 뿌리면서 일제 청산이 살벌하게 계속되자 숙청이 두려운 사람들은 38선을 넘어 남쪽으로 달아났다. 이렇게 38선은 생사를 가르는 경계선이 되었다.

어렵게 당도한 남한에서는 좌우 이념논쟁이 한창이었다. 그야말로 남한은 혼란, 시위, 욕망의 용광로였다.

이런 가운데 나에게 북한을 조금이나마 보고 느낄 수 있는 절호의 기회가 찾아왔다. 국제상업노련은 굶주리고 있는 북한 인민들에게 무상으로 밀가루, 옥수수 그리고 옷과 신발, 의약품 등을 전달한다는 것이었다. 북한 인민들은 제대로 먹지 못하고 노역에 시달려 뼈만 앙상하였다. 김일성은 인민들이 혹시나 모반을 꾸밀까봐 노심초사하다가 구호품을 받겠다고 알려왔다. 구호품 배급 장소는 모란봉 근처 미국 영사관 건물이었다. 김일성은 현장에서 구호품 배급을 직접 지켜보고 있었다. 이때 북한 공산당은 날만 새면 미국인은 악질 제국주의자라고 세뇌시키고 있었다. 그런데 이날만은 조용하였다.

이처럼 인민들은 해방 후 공포의 나날을 보내게 되었다. 바로 로스께로 불리는 소련군들이 또 하나의 공포의 대상이었다.

이들은 낮에는 민가에 들어가 양식부터 이불, 옷들을 약탈하여 갔다. 밤이 되면 총을 들이대고 낮에 점찍어 두었던 여자들을 끌어내어 겁탈하였다. 이러니 딸이 있는 집은 집안에 굴을 파고 딸을 숨기었다.

나는 김일성의 폭압정치가 두려워서 남쪽으로 내려온 사람들을 심문하면서 소련군의 만행을 생생하게 들었다. 스탈린은 형무소에 수감된 죄수들을 북한으로 파견하였다. 악질의 죄수들을 북한으로 보내서 자연스럽게 소모시키려는 속셈이었다. 이들 소련군은 북한 주민들만 만나면 다와이(내놔라), 호로쇼(좋아요), 니엣(아니오)처럼 짤막한 소련말을 하면서 인민들을 협박하였다. 이러니 주민들은 소련군만 보면 혼줄이 나서 피하였다. 이들 로스께들은 시계를 강탈하여 양팔에 차고 있다가 태엽을 감을 줄 몰라 시계가 멈추면 아무 데나 버렸다. 이들은 거친 밀기울로 만든 시커먼 빵을 옆구리에 달고 다니다 배고프면 그것을 뜯어 먹는 것이었다. 그러다 잠이 오면 그 빵을 베개 삼아 아무데서나 잠을 잤다. 이들의 행동거지는 개차반이었다. 이들은 또 인민들에게 총을 들이대고 돈을 강탈하였으며 소련의 군표를 마구 뿌려대어 북한 경제를 수렁에 빠트렸다. 여기다가 정교하게 만들어진 위조지폐까지 북한에 뿌려 경제를 엉망으로 만들었다. 이런데도 김일성은 소련군의 만행을 제지하지 않았다. 이것은 소련의 도움이 없이는 남침을 할 수 없었기 때문이었다. 다만 경제가 걷잡을 수 없이 추락하자 화폐개혁을 단행하는 정도였다. 나에게는 이런 무정부 상태의 북한을 방문할 기회가 찾아왔다. 어느 정도 제약은 있었지만 남북 간에 왕래는 이루어지고 있었다.

나는 방북을 앞두고 깊은 고민에 빠졌다. 나의 몸무게가 140킬로그램이고 키는 194센티미터의 거구였다. 이 정도의 체구는 단연 남의 눈에 쉽게 띌 수밖에 없었다. 대북 첩보부대 지휘관으로서 깊은 인상을 남긴다는 것은 원칙에 어긋나는 일이었다. 나는 부랴부랴 내 체격과 비슷한 미국인들을 수배하였다. 다행히 민간인 신분의 네 명이 지원하였다. 그들 모두 체격이 나와 비교하여 고만고만한 덩치들이었다. 그들은 나하고 일정한 거리를 두고 움직이면서 김일성과 북한 수뇌부의 눈을 어지럽히는 역할을 하였다. 내가 한국인을 보면 비슷하게 보이듯 김일성의 눈에도 우리 다섯은 비슷하게 보였을 것이다. 사실 이 대통령은 내가 38선을 넘어 북한으로 들어가는 것을 반대하였다. 어쩌면 돌아올 수 없게 되어 외교문제로 비화될 수도 있었다. 이때 나는 호랑이를 잡으려면 호랑이 굴로 들어가라는 한국의 속담을 인용하여 설득하였다.

이때 북한은 스탈린이 소련군 첩보대를 통해 전해준 극비문서를 통해 나의 존재를 조금씩 인식하기 시작하였다. 이미 평양에는 베리아 경찰국장이 파견한 첩보원들이 활동하고 있었다. 어쩌면 그들도 서울에 왔다 갔을지도 모르는 일이었다. 김일성은 구호품을 분배하는 모란봉극장까지 직접 나와서 인사말을 하였다.

"내레 오늘 이걸 어캐 감사해야 할지 모르것수다래. 우리 인민들은 이걸 토대로 체력을 길러서 자력갱생의 각오를 해주길 바란다우. 이것은 받기는 하겠는데 이런 틈을 타서 불순분자들이 끼어있을 수 있다는 것을 자각하고 구호품을 받으라우."

김일성은 인사말을 아주 간단하게 마치면서 미국의 구호품이라는 말은 한 마디도 하지 않는 것이었다. 미국은 싫지만 구호품은 거저 주는 것이니까 받는 척하였다.

미합중국 국민이 주는 구호품을 받은 인민들은 마냥 기쁜 표정이었다. 김일성은 이날 나를 포함하여 네 명의 움직임을 쫓는 요원들을 배치하였다. 그들은 나에게 신경을 기울이면서 사진을 찍고 있었다. 그때 김일성은 중장 남일에게 귓속말로 뭔가를 속닥거리는 것이었다. 분명히 나의 신분을 말하면서 잘 봐두라고 지시하는 것 같았다.

"저기 허우대가 멋없이 크고 덩치가 꼭 돼지 같이 생긴 양코백이를 똑똑히 봐두라우. 저 종간나들이 우리 인민공화국의 통일노선에 방해를 줄 새끼들이니까 적당한 시기에 날래 제거해 버리라야."

"수상 동지, 죄송하지만 저놈의 양코백이 새끼의 이름이 어캐 됩니까?"

"뭔가 도나르도 니코르스라고 하더구먼."

멀리서 들으니 나이 30 초반의 새파란 애송이의 입에서 일본식 영어가 튀어나오는 것이었다. 옆에 있던 남일이 김일성에게 눈을 내려 뜨고 되물었다.

"수상 동지, 저 돼지처럼 생긴 놈의 행동과 눈빛이 참 비범합네다. 제가 보니 끼니 저건 영락없는 간첩의 면상이 맞습네다."

"나도 그렇게 보고 있다우. 떡 본 김에 제사 지낸다고 오늘 저 놈을 잡으라우."

"수상 동지, 그건 아니 됩네다. 그러면 우리의 위대한 과업 조국해방전쟁이 들통 날 수 있습네다."

나는 이날 김일성과 남일 중장의 행동을 하나도 빼놓지 않고 관찰하였다. 이날 김일성과 남일은 30여분 쯤 머물다 나도 모르게 자리를 떴다. 나는 두 사람이 자리를 뜨자 본격적으로 내 휴민트를 접선하기로 하고 공작에 들어갔다. 바로 강창옥과 최명신이었다. 동평양여관을 운영하는 김연희는 김기수의 어머니이며 강창옥의 고모였다. 이래서 김기수와 강창옥은 고종사촌 간이었다. 그녀의 배짱 하나는 남자를 뺨칠 정도로 대단하였다. 나는 사람들을 제치고 강창옥에게 접근하려고 몸부림을 치고 있었다. 그때 밀가루 포대를 나르던 첩보대원 하나가 일부러 넘어지면서 밀가루가 사방으로 튀게 하였다. 갑자기 실내는 밀가루가 날리면서 아수라장이 되었다. 밀가루가 눈처럼 떨어져 사람들의 머리는 물론 눈을 가리자 이리저리 피하느라 북새통이었다. 이 틈을 타서 나는 잽싸게 강창옥에게 접근하였다. 나는 순간적으로 그녀에게 녹음기와 난수표 그리고 달러 다발을 그녀의 구호품 뭉치 한 가운데로 찔러 넣었다. 그리곤 그녀의 귀에 대고 한 마디를 던졌다. 이때도 사람들은 밀가루를 자기 보자기에 털어 넣는다고 부산을 떨었다.

"정말 여기서 고생 많습니다. 창옥 씨."

"네, 고맙습니다. 잘 받았습니다. 혹시 김일성이 상사님을 붙잡을 수도 있습니다. 방심했다간 큰일 납니다. 일이 끝나면 함께 섞여서 내려가십시오. 단독으로 행동했다가는 큰일 납니다. 제가 들은 첩보로는 스탈린도 상사님의 존재를 알고 제거하라는 지령을 내렸습니다."

"고맙소. 명심하겠습니다. 하루 빨리 북한 사람들을 저 악마의 손아귀에서 구출해야 합니다."

"당연하죠. 그런데 김일성 저 인간이 뭔가 사건을 저지를 것 같은 느낌이 들어요. 저기 머리를 뒤로 올리고 흰색 저고리에 갈색 치마를 입고 있는 친구가 최명신입네다. 걔한테 다가가지는 말고 눈인사나 나누죠. 얼굴이나 익혀 두세요."

나는 그쪽으로 눈길을 돌려 가볍게 인사를 하였다. 처음 보는 최명신은 아주 영리할 것처럼 보였다. 이때도 여전히 사람들은 어떻게 해서라도 더 받아가려고 악다구니를 쓰고 있었다. 이런 분위기가 나에게는 축복이었다.

"지금 김일성은 포악하기가 지독해서 머리가 세 개인 아수라 같습니다. 자기 통치에 반한다고 생각하면 일가친척도 처단하고 있습니다. 지금 모스크바와 교신을 자주 하면서 뭔가 하명을 기다리는 것 같습니다."

"그게 문제인데, 어디 명확한 증거만 있으면 위를 설득할 수 있습니다."

"기수, 동우, 동주, 상호 동지들이 지금 활약하고 있으니까 멀지 않아 상세한 첩보가 들어올 겁니다. 어쨌든 저 인간은 조국해방전쟁을 수시로 들먹이면서 뭔가 극비리에 준비하는 것 같습니다."

"잘 알겠소. 부디 몸조심 잘 하십시오."

이처럼 불과 10분 남짓한 시간에 나는 그녀에게서 중요한 첩보를 얻고 자리를 옮겼다. 아무도 우리의 대화에 관심을 기울이지 않았다. 난데없는 밀가루 세례로 마치 폭발물이 터진 것처럼 난장판이 되었던 실내가 서서히 안정이 되고 있었다. 나에게서 멀어진 창옥은 밀가루와 옷과 신발 몇 점을 갖고는 이내 자리를 떴다. 배급소에서 나온 그녀는 동평양의 저잣거리 언덕에 있는 동평양여관으로 서둘러 갔다. 마침 고모는 이부자리를 개면서 창가를 부르고 있었다. 가만히 들어보니 자신의 신세를 한탄하는 내용이었다.

"아이고 내 신세야. 어머니 아버지 이 몸을 내실 제 호강하며 살라고 하셨는데, 어쩌다 이렇게 모질게 살아가야 하나. 어이구. 내 신세야. 저 소나무가 내 신세를 알까, 동구 밖 미루나무가 알아줄고……."

창옥이 다가가서 보니 고모의 눈에서는 눈물이 흘러내리고 있었다. 어제 고모는 흥남노동교화소로 아들을 면회하러 갔다 왔다. 창옥은 고모가 아들을 면회하고 오면 이렇게 신세타령을 하는 것을 전에도 더러 본 적이 있었다.

"고모, 고모……. 그만 우세요. 그럼 저도 따라 울게 되어요. 참, 기수는 잘 지내고 있죠? 동우와 걔 동생 동주도 잘 있죠? 고모……."

"오냐……. 걔들 다들 잘 있다고 하더라. 기수는 노동이 얼마나 된지 삐쩍 마른 게 영판 사람 몰골이 아니더라. 거기서 어제도 네 명이 송장이 되어 나갔다고 하더라."

"그래요? 불쌍해서 어쩌나요?"

"거기서 일은 힘들고 제대로 먹지 못하니까 폐병 환자가 득실거린다고 하더라. 폐병은 제때 치료하면 아무 것도 아닌데 시기를 놓치면 그만 죽게 된다. 어이구, 불쌍한 인간들……. 김일성이 죽일 놈이지. 저만 잘 살자고 백성 알기를 뭐 치던 막대기만도 못하게 여기니……. 원 참."

"고모, 저런 악마는 오래 갈 것 같지 않아요. 국제사회도 용서하지 않을 거예요."

"그렇게만 되면 오죽 좋으련만. 염라대왕은 눈이 삐었는지 저런 인간을 왜 안 데려간다니."

이때 창옥은 고모가 정상을 되찾자 10달러짜리 뭉치와 밀가루를 고모 앞에 내놓았다. 고모는 귀한 달러와 밀가루를 보더니 눈이 휘둥그레져서 되물었다.

"아니, 이렇게 많은 달러를 어디서 났니? 이 귀한 것들을 말이다."

"고모, 이건 제가 아는 분한테 받은 건데요. 이걸 바로 쓰면 미제 앞잡이로 의심을 받아요. 고모가 갖고 계시다가 필요하면 말씀드릴 테니까 그때 주세요."

"알았다. 그러마……."

이때 북한에서 인민 화폐는 인기가 없어 거의 휴지조각이나 다름없었다. 자연히 달러의 인기는 하늘 높은 줄 모르고 치솟았다. 조금 있으니 고모는 주머니를 뒤적거리더니 기수가 마분지에 적어준 쪽지를 창옥에게 내밀었다. 거기에는 깨알 같이 작은 글씨가 빼곡하게 적혀 있었다.

"기수가 글씨를 얼마나 작게 많이 썼는지 나는 도저히 읽을 수가 없더라. 여기에 대한 답장은 다음에 면회 올 때 적어갔고 오라고 하더라."

"고모, 읽어보고 답장을 적어 드릴게요."

창옥은 아버지 어머니가 행선지도 모르는 곳으로 끌려간 다음부터 밥맛을 잃었다. 또 어디선가 중노동에 시달리실 것을 생각하면 물도 넘어가지 않았다. 두 분을 생각하면서 상을 차리고 있는데 최명신이 헐레벌떡 달려와서 바깥소식을 전하였다.

"얘, 창옥아. 정말 미친놈들 많다. 지금 내무서원들이 다니면서 아까 낮에 받은 미제 구호품을 회수한다고 난리들이다. 그걸 먹으면 미제의 앞잡이가 된다는 둥 말도 안 되는 소리를 지껄이고 있다는 거야."

"그럼 우리한테도 받으러 올려나?"

"모르지. 그놈들 그거 되받아다가 군인을 주거나 아니면 자기들이 먹으려고 그럴 거야. 공산당은 원래 제 입만 아는 놈들이니까……."

"명신아, 혹시 다른 소식 들어온 거 없니?"

"아, 그 얘기 들었어? 김일성을 조선로동당 위원장으로 추대한다는 소문 말이야."

"그게 뭐지?"

"그거 있잖아. 북조선로동당과 남조선로동당을 합쳐서 조선로동당으로 만든 다음에 김일성이 조선로동당 위원장 자리에 앉는다는 거야. 아직은 소문이지만 그건 그 인간의 마음이니까 그대로 되겠지."

"명신아, 소름이 돋는다. 남로당 당원들의 운명은 여기서 끝나겠구나. 네 말이 맞는다면 평양에 피비린내가 석 달 열흘은 진동하겠구나."

명신은 이 말에 그만 얼굴이 하얗게 변하면서 떨리는 목소리로 겨우 말하는 것이었다.

"창옥아, 나 정말 무서워서 집에 못가겠다. 나 여기서 자고 가도 되겠지?"

"그럼, 이 밤에 길을 나서지 말고 우리 집에서 자고 가라."

3. 모스크바의 김일성

1945년 7월 16일, 미국 뉴멕시코 주의 황량한 사막도시 로스앨러모스.
3…… 2…… 1…… 0.

제로를 외치는 소리와 함께 '인류 역사상 가장 위험한 사건'이 일어났다. 이날 인류 역사상 최초의 원자폭탄 '트리니티'가 1백 피트 철탑 위에서 폭발하였다. 이 장면을 지켜보던 맨해튼 프로젝트 책임자 오펜하이머는 "나는 세상의 파괴자요 죽음의 신이 되었다."고 탄식하였다. 이날 '맨해튼 프로젝트'가 완성되었다. 이후 미국은 가장 사악하며 무자비한 이 무기를 어디에다 써야 할지를 놓고 고민에 빠졌다. 두 달 전 독일은 굴복하였지만 유독 일본만은 끝장을 보겠다는 각오로 저항을 하였다. 이때 미국은 이오지마 전투에서 일본군을 제압하였다. 이날 이후 미국은 원자폭탄 카드를 꺼내들고 만지작거리고 있었다.

2차 세계대전 막바지에 포츠담에서 트루먼 대통령, 처칠 수상, 장제스 총통, 스탈린 서기장 등 연합국 정상들은 일본에 조건 없는 항복을 요구하는 선언문을 발표하였다. 이들이 패전국 독일의 도시에서 모인 것은 일본에 독일의 본보기를 보여주려는 것이었다. 하지만 영토 침탈에 눈이 멀어버린 일본 왕실과 군부는 이 뜻을 무시하고 있었다. 스탈린은 포츠담선언에 서명하지 않고 버티다 13일째 되는 8월 8일에 선언문에 서명하고 대 일본 참전을 선언하였다. 이렇게 해서 소련은 일본에게 총알 한 방 안 쏘고 승전국이 되었다. 8월8일은 히로시마에 원폭이 투하된 지 이틀째 되는 날이었고, 나가사키에 원폭이 투하되기 하루 전이었다. 이 때 스탈린은 벌써 머릿속으로 한반도를 38선으로 분할해 놓고 있었다. 그의 이런 벼랑 끝 전술은 경찰국장 베리아의 머리에서 나왔다.

당시 군인 신분으로 맨해튼 프로젝트에 참여했던 레슬리 그로브스 육군 장군은 히로시마, 교토, 니가타, 고쿠라 등 네 개 도시를 원폭 투하 후보지로 선정하였다. 이처럼 애초에 나가사키는 원폭 투하 도시에 들어가 있지 않았다. 이 보고서를 받아든 미 국방장관 헨리 스팀슨은 그로브스에게 버럭 소리를 질렀다.

"그로브스 소장, 교토는 빼란 말이요. 제발 교토는 안 돼요."

스팀슨 미 국방장관은 옛 수도 교토로 신혼여행을 갔다. 그에게 교토는 사랑의 추억이 깃든 곳이었다. 이렇게 되자 그로브스는 장관의 요구를 받아들여 원폭 투하 후보지에서 교토를 제외하고 대신 나가사키를 넣었다. 이처럼 아주 어줍잖은 이유 하나로 나가사키는 비운의 도시가 된 것이다.

일본이 항복한지 두 달이 지나서 나는 태국에서 일본으로 근무지를 옮겼다. 일본에 오자마자 나는 여섯 달 동안의 첩보원 교육을 이수하였다. 그 교육은 참 짜증이 날 정도로 지루하고 단조로웠다. 젊은 강사는 말끝마다 첩보니 비밀이니 하면서 군기를 잡았다. 사실 우리들은 몸도 마음도 느슨해져 있었다. 24주의 고된 교육을 받으면서 우리는 강사의 이름조차 알 수가 없었다. 두어 달쯤 지나서 그는 육군 방첩부대 출신의 첩보원이라는 것을 알게 되었다.

모기와 갈색뱀이 밤낮 없이 득실대는 태국의 정글을 떠나 일본에 오니 천국에라도 온 기분이었다. 나는 전선이 없는 전쟁에 신물이 나있었다. 전쟁은 육신은 물론 영혼까지 악마로 만드는 것 같았다. 누구나 전쟁은 이길 수 있는 승산이 있을 때 하는 것이다. 무슨 수를 쓰던지 전쟁에서는 이기고 봐야 하는 것이다. 그런데 일본은 그게 아니었다. 누가 봐도 이길 수 있는 확률이 바닥을 기고 있는데도 버티기로 나갔다. 전쟁에서 국력이나 기술력, 에너지는 병참의 필수이지만 더 중요한 것은 총을 쏘는 인적자원이었다.

진주만 공격이나 이오시마 전투에서 수만 명의 미국 젊은이들이 희생되었다. 일본이 일찍 항복을 했으면 이렇게 많은 희생이 없었을 것인데 말이다. 당시 루스벨트 대통령은 전격적으로 참전을 선언하였다. 이때까지만 해도 일본은 태평양을 다 점령한 것처럼 호들갑을 떨었다. 미국을 너무 물렁하게 본 것이다. 일본은 호랑이 입에 손을 집어넣는 것처럼 무모한 전쟁을 하고 있었다. 일본은 천황이라는 좀 이해하기 어려운 최고의 권위를 지닌 자가 통치하는 나라였다. 천황과 신민의 관계로 똘똘 뭉쳐 있었다. 이러니 전쟁에 광분된 상태에서 마땅한 제동장치가 존재할 수가 없었다.

이처럼 미국은 일본의 두 도시에 원자폭탄 두 발을 투하하여 전쟁을 끝내버렸다. 두 도시의 비극을 보면서 세계는 경악하였다.

그 결과 20만 명의 시민들이 순식간에 한 줌의 재가 되어 사라졌다. 나는 일본에 있으면서 수천 도의 열기로 녹아내린 비극의 현장을 가까이서 볼 수 있었다. 사실 10킬로미터 이상 떨어진 거리였지만 말이다. 한 도시를 송두리째 열기와 폭풍으로 날려버리는 원자폭탄의 무서운 위력은 상상만으로도 몸서리가 쳐질 정도이었다.

이때 나는 첩보학교에 다녔다. 단기 6개월짜리 과정이었지만 90명 가운데 수석으로 졸업하였다. 짧은 기간에 나는 만능 스파이로 변신하였다.

나는 일본에서 교육을 받고 한국에 와서 두 나라의 애증의 세월을 깊이 이해하게 되었다. 맥아더 사령관은 수십 년을 전쟁터에서 보내면서 국제 정세나 국가 간의 역학관계에는 관심이 없었다. 그는 일본의 점령군으로 있으면서 차츰 일본에 대하여 동정심을 갖게 되었다. 특히 아시아 적화를 노리는 스탈린의 야욕을 꺾으려면 일본의 경제 부흥이 필요하다고 생각하였다.

그는 서유럽에 대한 마셜 플랜처럼 일본의 경제 부흥을 위해 무제한 지원하였다. 이렇게 해서 일본은 예상보다 빠르게 경제가 회복되고 있었다. 맥아더의 혈관에 흐르는 피의 절반은 일본인의 피로 바뀐 것처럼 보였다. 내 눈에 그는 일본을 떠나서는 살 수 없는 사람처럼 비쳤다.

나는 먼발치에서 일본의 비극을 직접 체험하면서 핵물리학자 리처드 파인만을 떠올렸다. 패전 후 일본은 180도 달라져 있었다. 모든 부를 전쟁에 쏟아 부었던 일본은 전쟁은 자신을 파멸로 이끄는 독약이라는 것을 뒤늦게 깨달은 것 같았다. 한국은 일본의 굴복으로 식민지에서 벗어나게 되었지만 국가다운 면모를 갖추기도 전에 많은 시련을 겪고 있었다. 나는 여기서 미국의 원자폭탄 개발의 뒷얘기를 자세히 하고 싶다. 왜냐하면 원자폭탄은 한국을 해방시켜주었지만 한편으로는 전쟁의 빌미를 만들어 주었기 때문이다.

이때 루스벨트 대통령의 특별 지시로 미국의 천재 과학자들은 극비리에 뉴멕시코 주의 로스앨러모스에서 맨해튼 프로젝트를 추진하였다. 이들의 최종 목표는 원자폭탄 개발이었다. 오펜하이머와 독일에서 망명한 아인슈타인 그리고 파인만과 같은 천재들이 사막 한가운데 있는 비밀 요새에 둥지를 틀었다. 그곳은 개미 새끼 한 마리조차도 얼씬 할 수 없을 정도로 엄격하게 통제되었다. 이때 미국은 로스앨러모스로 모여든 아인슈타인과 폰 브라운의 조국 독일을 극도로 견제하고 있었다.

리처드 파인만은 2차 세계대전이 한창일 때 핵물리학 박사학위를 받았다. 일본이 진주만을 공격하자 미국은 참전을 선언하게 되고 연합군 편에 붙어서 독일에 대항하게 되었다. 사실 이때까지만 해도 미국은 일본에 군수물자를 팔아서 재미를 쏠쏠하게 보고 있었다.

이 당시 과학자들은 독일이 핵무기를 미국보다 먼저 개발하게 될지도 모른다는 공포에 사로잡혀 있었다. 이것이 이들의 원자폭탄 개발의 동기를 유발시킨 것이다. 만약 히틀러가 핵무기를 손에 넣는다면 그 결과는 전혀 예측할 수 없는 상황으로 치닫게 되었다.

이들은 핵무기 개발에 신발 끈을 단단히 조인 것이었다. 이 유대인 과학자들은 불과 일 년 만에 초스피드로 핵무기를 개발하게 되었다. 이렇게 예상보다 앞당겨 핵무기를 개발하게 된 것은 계산의 천재 파인만이 있었기 때문이었다.

사실 미국은 핵물리학자들의 출신지 독일을 견제하느라 너무 많은 에너지를 소비하였다. 이 바람에 소련은 미국의 감시체제에서 한참 빗겨나 있었다. 소련은 미국을 견제하려고 원자폭탄 개발에 물불 안 가리고 매달렸다. 미국이 은밀하게 핵무기 개발에 눈독을 들이고 있는 철의 장막 소련을 방치한 것이 화근이었다. 불행히도 소련에는 파인만과 같은 천재가 없었기 때문에 미국에 이중스파이를 심어놓고 핵기밀을 야금야금 빼내었다.

이때 나는 소련이 조만간 원폭실험을 하게 된다는 첩보를 백악관으로 두 번이나 올렸지만 반응이 없었다. 그렇다고 그걸 공개적으로 따지거나 문제 삼을 수도 없었다. 이런 첩보를 소문이나 감으로 안 것이 아니라 스탈린과 마오쩌둥의 비밀 대화를 감청해서 얻어낸 것이었다.

당시 마오쩌둥과 스탈린은 환상의 찰떡궁합을 보이고 있었다. 스탈린은 마오쩌둥에게 흉허물 없이 이런 말 저런 말을 다 하였다.

2차 세계대전이 끝나고 삼 년째 되는 날 소련이 원폭실험을 실시할 것이라는 극비의 첩보는 철저히 베일에 가려졌다.

이 첩보를 접한 트루먼 대통령은 이렇게 잘라 말했다.

"뭐? 스탈린이 벌써 원자폭탄 실험을 한다고? 누가 그래. 소련은 20년 후에나 가능한 일을 갖고 벌써부터 말들이 많아……."

이렇게 트루먼 대통령은 소련을 경시하였다. 여기서 로젠버그 부부의 비극이 잉태된 것이다. 엉큼한 스탈린은 영국 첩보기관 MI6의 거물 스파이를 포섭하여 미국의 첩보기관으로 파견하였다. 바로 케임브리지 5인방이었다. 5인방 가운데 CIA에 가장 먼저 발을 들여놓은 인물은 킴 필비였다. 얼마 후 돈 맥클린이 여기에 합류하였다. 이들 천재들은 개인의 영달과 이익을 위해 조국을 배반한 것이다. 이들은 악마와 손을 잡은 것이다.

필비는 스탈린의 지령을 받고 막대한 달러를 미끼로 삼아 핵기밀을 빼내었다. 아무리 CIA에서 지위가 높아도 달러 뭉치를 주면 다 넘어갔다. 이렇게 그는 경찰국장 베리아가 주는 풍성한 공작금으로 사람들을 끌어들였다. 그는 먼저 전기기술자 줄리어스 로젠버그와 그의 부인 에셀 로젠버그를 자기편으로 만들었다. 전기기술자는 때로는 제한구역을 넘어가 수리를 할 수 있었다. 로젠버그 부부는 원자폭탄 실험 자료를 빼돌려 킴 필비에게 전달하였다. 그는 이것을 다시 맥클린에게 건네었다.

맥클린은 이것을 외교 행낭에 넣어 영국에 있는 동료에게 전달하였으며 영국에서 비밀리에 마이크로필름으로 제작되어 경찰국장 베리아에게 넘겨졌다. 나는 소련의 통신을 감청하여 스탈린의 비밀지령 암호를 풀어내었다. 이 극비의 첩보는 미국 방첩대를 거쳐 본국으로 전달되었지만 그저 일상적인 일로 처리되었다. 이것은 시중에 떠도는 소문으로 깔끔하게 격하되었다.

당시 미국 관리들은 철통같은 장벽을 뚫고 소련이 미국의 핵기밀을 빼내는 것은 거의 불가능하다고 믿고 있었다. 이러니 나는 잠시 무력감에 빠져들게 되었다. 아무리 적국의 첩보를 빼내어 본국으로 보내어도 개 짖는 소리 정도로 치부되니 의욕이 떨어졌다.

나는 마지막으로 소련이 한 달 안에 원자폭탄 실험을 할 수 있다는 첩보를 본국으로 급히 타전하였다.

소련, 한 달 안에 원자폭탄 실험을 강행할 것으로 추정됨. 이 첩보의 출처는 스탈린과 마오쩌둥의 교신에서 알게 되었음. 아직까지 원폭 실험 장소는 파악하지 못하였음…….

－도널드 니콜스.

이 첩보가 워싱턴에 전달되자 미국 정가의 고위층은 벌집을 쑤신 듯이 들썩거렸다. 이때는 언론이 이 사실을 인지하기 전이었다. 미국보다 20년 늦게 원자폭탄 실험을 할 것으로 알았던 소련이 불과 오 년 만에 한다니까 다들 벌어진 입을 다물지 못하였다. 이 청천벽력의 첩보를 받은 트루먼 대통령은 노발대발 소리쳤다.

"우리의 핵기밀을 스탈린에게 넘긴 스파이를 빨리 잡으라고. 빨리."

그는 이어서 책임자 오펜하이머 박사에게 전화를 걸었다. 그는 맨해튼 프로젝트를 추진한 핵심 인물이었다.

"오펜하이머 박사님, 대통령 트루먼입니다."

아침 7시45분에 연구소로 가려고 집을 나서던 오펜하이머는 대통령의 전화를 받고 부들부들 떨었다.

"예, 각하. 어쩐 일로 이렇게 아침 일찍 전화를 다 주셨습니까?"

"박사, 만사 다 제쳐놓고 백악관으로 들르시기 바랍니다. 가능하겠죠?"

"그럼요. 각하. 지금 바로 출발하겠습니다."

한 시간 후 그는 초조한 얼굴로 대통령을 기다리고 있었다. 한 10분쯤 지나자 트루먼이 나타났다. 사실 맨해튼 프로젝트를 진행하면서 대통령은 본 적이 없었다. 이렇게 오펜하이머는 영문도 모르고 트루먼 대통령과 독대하게 되었다. 그의 얼굴은 뭐가 못마땅한 게 있었는지 잔뜩 일그러져 있었다. 그는 오펜하이머를 보더니 바로 본론으로 들어갔다.

"박사, 이건 보안입니다. 보안은 생명입니다."

이 말을 듣고 오펜하이머는 대통령의 얼굴을 똑 바로 응시하면서 답변을 하였다.

"각하. 지금 여기에는 각하와 저 둘만 있습니다. 만약 이 첩보가 새나갔다면 범인은 각하이거나 아니면 저라고 보시면 됩니다."

천재가 하는 말을 듣더니 트루먼은 굳었던 마음이 풀렸는지 질문부터 던지는 것이었다.

"박사, 소련이 원자폭탄 실험을 하려면 우리보다 20년 후에나 가능하다는 말이 누구 입에서 나왔습니까?"

"각하, 그건 점성술에서 나온 게 아니고 다양한 함수를 넣은 고차원방정식을 시뮬레이션해서 얻은 수치입니다."

"그렇습니까? 나는 박사가 분석한 결과로 알았습니다."

"이런 결과는 한 사람의 추론에 의지했다가는 돌이킬 수 없는 도그마에 빠질 우려가 있습니다. 또 통계상의 오류도 있을 수 있고요."

이때 트루먼 대통령은 오펜하이머 박사 곁으로 다가오더니 왼쪽 귀에 대고 말을 하는 것이었다.

"그걸 아시나요?"

"그게 뭐죠? 각하."

"스탈린이 한 달 후에 원자폭탄 실험을 한다는 사실을 말이요?"

"아니 뭐라고요. 각하?"

이 말을 듣자 그는 이것으로 워싱턴 정가에 거센 폭풍이 불겠다는 생각부터 먼저 들었다. 그렇잖아도 정가에서는 소련 스파이가 미국 국무부를 비롯해 곳곳에 포진하고 있다는 소문이 꼬리를 물고 있었다.

이 말을 듣는 순간 그의 머리는 석화되어 아무것도 생각할 수가 없었다. 당시 야당이었던 공화당에서는 소련의 스파이를 색출해야 한다는 목소리가 점점 커지고 있었다. 공화당의 스파이 수사 대상에는 대통령인 트루먼도 들어있을 정도였다. 정말 많은 사람들을 나락으로 떨어트릴 사건들이 예고되고 있었다.

"각하. 지금 말씀하신 내용은 처음 듣습니다."

"그래요. 내가 생각하건데 분명히 우리 안에 스파이가 있어 극비의 문서가 스탈린에게 넘어간 것이 틀림없소. 그렇지 않고서는 이렇게 빨리 소련이 원자폭탄을 손에 넣을 리가 없소."

"왜 그렇게 단안을 내리시는 겁니까?"

"이건 내 직감이 아니오, 박사. 현재 소련에는 핵기술을 갖고 있는 학자들은 눈을 씻고 봐도 없습니다. 그런데 이렇게 빨리 스탈린이 원자폭탄 실험을 할 수 있겠소?"

대통령이 이렇게 말을 하고 있을 때 오펜하이머의 콧잔등에는 땀방울이 송송 맺히고 있었다. 이 말을 끝으로 오펜하이머는 백악관에서 나왔다. 이건 피를 부를 수 있는 핵폭탄급 사건이었다. 그는 잠시 어디로 가야할지 방향을 잡지 못하고 멈칫거렸다. 이때 그의 머릿속에는 온통 뭔가 벌레가 우글거리고 있는 것 같았다.

트루먼은 스탈린이 핵무기를 보유하게 되면 군비경쟁이 끝없이 펼쳐질 것으로 예상하였다. 그는 2차 세계대전을 종식시킨 대통령이 아닌 군비경쟁을 촉발시킨 대통령으로 기억되고 싶지 않았다.

오펜하이머가 떠나고 나서 후버 연방수사국장이 백악관으로 들어왔다. 간발의 차이로 오펜하이머와 후버는 서로 비껴갔다. 후버는 이때 미 첩보계에서는 독보적인 존재였다. 그는 첩보계의 제왕이었다. 첩보계의 전설로 이름난 후버 국장 앞에서는 어떤 대통령도 쩔쩔맸다. 이들 대통령은 이 자가 예민한 첩보를 거의 다 갖고 있는 게 두려워서 손을 못

대었다. 반면에 신임 대통령은 후버 국장이 갖고 있는 첩보가 탐이 나서 그를 데리고 있었다. 당시 워싱턴 정가에서 후버 국장은 공포의 핵이었다. 그가 입을 열면 추풍낙엽처럼 우수수 떨어져 나갈 정치인이 한둘이 아니었다.

유별나게 작은 키에 눈이 매섭고 서글서글한 사내가 백악관의 오크 룸으로 들어섰다. 그는 대통령 집무실 앞에 서서 세 번 노크하였다. 안에서 대통령의 목소리가 들려왔다.

"거기 누구요?"

"후버 국장입니다."

이때 트루먼은 목소리의 주인공을 확인하고 들어오라고 하였다.

"각하, 무슨 일이십니까?"

"저기 원탁에 앉아서 얘기합시다."

대통령은 일어서더니 그를 원탁으로 데리고 가는 것이었다.

"후버 국장, 정말 심각한 사건이 기다리고 있소. 스탈린이 너무 빨리 핵무기를 손에 넣게 되었소. 스탈린 그 인간이 이렇게 빨리 원폭실험을 하리라고는 꿈에서도 생각을 해본 적이 없단 말이요."

이때 후버 국장은 소련의 원폭실험 첩보를 모르고 있었다. 이것은 내가 보낸 소련 원폭실험의 첩보가 중간 어디선가 멈추었다는 증거였다. 이때 소련은 원폭실험을 극비리에 추진하였다. 하지만 CIA에 있던 영국 MI6의 킴 필비는 예외였다. 베리아는 필비의 입을 막으려고 그가 원하는 것은 다 들어주고 있었다. 그는 자기가 모르는 첩보를 대통령이 먼저 알고 있었다는 데 당황하여 말을 더듬는 것이었다. 이 말이 그에게는 "당신은 그동안 이런 사실도 모르고 있었단 말이오?"하는 질책처럼 들렸다.

"각하, 죄송합니다. 앞으로 대소 첩보라인을 강화하겠습니다. 스탈린이 핵무기를 손에 쥐면 우리를 우습게 볼 건 뻔하고 세력 균형에 중대한 국면이 벌어질 수도 있습니다."

"이제 우리의 원폭실험 데이터가 어떻게 해서 소련에 넘어갔는지 밝혀내야 합니다. 그렇지 않으면 전쟁광 스탈린의 야욕을 통제할 수 없습니다."

"각하, 왜 그렇게 생각하십니까?"

"그거야 뻔한 것 아니오. 지금도 감자나 심고 있는 변방의 농업국가 소련에서 핵을 다룰 수 있는 인재가 있으면 말해 보시오."

트루먼의 이 같은 말에 그만 후버는 할 말을 잃었다. 이 말은 정확한 것이었다. 이때 소련은 전쟁을 통해서 유럽의 선진기술을 다방면으로 수집하고 있었다. 특히 격전을 치른 독일의 선진기술이 대거 소련으로 넘어가게 되었다. 하지만 핵기술에 관한 한 소련은 단 한 명의 인재도 갖고 있지 않았으니 트루먼의 판단이 잘못된 것은 아니었다.

"후버 국장, 책임지고 핵기밀을 소련에 넘긴 범인을 찾아서 1억5천만 애국시민의 이름으로 처벌하시오."

"각하, 바로 수사에 착수하겠습니다. 가능한 빨리 결과를 내놓겠습니다."

이해 말 소련은 미국이 보란 듯이 원폭실험에 성공하였다. 이렇게 해서 세계대전을 종식시킨 원자폭탄이 지구상에 퍼지게 되었다.

소련이 원폭실험에 성공하였다는 뉴스를 듣고는 김일성이 뭔가 일을 저지를 것 같다는 예감이 들었다.

여섯 달이 지나서 후버는 두 명의 거물을 범인으로 점찍고 있었다. 한 명은 맨해튼 프로젝트를 이끈 오펜하이머였고, 다른 한 명은 중국계 핵물리학자 천쉐썬이었다.

후버 국장은 극비리에 이 두 사람에 대한 수사를 본격적으로 착수하였다. 이때 마침 공화당의 매카시 의원이 미국 정부 부처에 1백여 명의 소련 스파이가 암약하고 있다는 사실을 폭로하였다. 이렇게 되자 미국 정가는 발칵 뒤집어졌다. 서로를 쳐다보면서 "네가 빨갱이지?"하는 표정들이었다.

이런 매카시즘은 맨해튼 프로젝트를 이끈 핵물리학자 존 오펜하이머와 현직 대통령인 트루먼 대통령에게까지 그 칼날이 향할 정도로 위협적이었다. 이러니 공산주의 냄새만 풍겨도 삼 대가 망한다는 말이 떠돌았다.

당시 국공내전에서 마오쩌둥의 승리로 중국이 공산화되자 중국은 미국의 적국으로 전락하였다. FBI는 천쉐썬을 일단 간첩혐의로 체포하였다. 그는 하루아침에 불법체류자 신세로 변하고 가택에 연금되었다. 그후 천쉐썬은 매카시즘의 광풍을 피하여 중국으로 갈 수밖에 없었다.

이때 소위 좌파성향의 진보언론들은 이 사건을 매카시즘이라고 부르면서 공화당을 비난하였다. 사실 이것은 전임 루스벨트 대통령 당시부터 꾸준히 나돌던 얘기들이었다.

그후 계속된 조사에서 후버는 오펜하이머가 전기기술자 로젠버그 부부를 여러 번 만난 사실을 밝혀내었다. 그는 로젠버그의 처남부터 체포하였다. 그는 매형과 누나가 핵기밀을 빼내어 소련에 건네준 게 맞는다고 자백하였다. 로젠버그 부부가 영국 MI6에서 CIA 요원으로 파견된 킴 필비와 돈 맥클린을 자주 만났다는 사실도 확인하였다. 이들이 로젠버그를 매수하여 핵기밀을 빼내어 소련으로 넘겼다는 사실이 드러났다. 이승만 대통령의 무기 지원 요청을 중간에서 싹둑 잘라버린 앨저 히스도 소련 스파이로 의심을 받고 있었다. 그는 법정에서 강력하게 무죄를 주장했지만 실형을 선고받았다. 그후 소련의 암호를 해독하여 존재가 드러난 베노나 문서를 통해 매카시 의원의 주장은 사실로 나타났다. 그가 소련 스파이였다고 주장한 인사들의 대다수가 스탈린에게 충성을 바쳤다.

마오쩌둥은 매카시즘의 광풍에 휘말려 마음고생을 하고 있는 천쉐썬을 따뜻하게 품어주었다. 마오쩌둥은 그를 식탁으로 불러서 식사를 하면서 위로해주고 미사일 개발을 지원하였다.

그는 자기를 이해해주는 중국을 위해 원폭실험을 성공시키고 미사일 등평으로 보답하였다.

이때 김일성은 소련이 원폭실험에 성공했다는 통보를 받고 조국해방 전쟁을 벌일 때가 다가왔다고 생각하였다. 바로 소련과 미국이 힘의 균형을 갖게 되었다는 것이 마음을 놓게 만들었다.

11월 말, 모스크바에 60센티미터의 폭설이 내리면서 기온은 영하 21도까지 떨어졌다. 이런 혹독한 추위를 무릅쓰고 김일성은 박헌영과 홍명희를 대동하고 스탈린을 찾아갔다. 이때 스탈린의 건강에 적신호가 켜지고 있었다. 김일성은 겨우 앉아서 말을 더듬거리는 스탈린의 손을 부여잡고 애원하였다.

"대원수 동무, 내레 간절한 소원이 딱 하나 있습네다. 그걸 들어주시라우요."

"그게 뭔데 그러나?"

"내년쯤 남조선을 공격하여 한반도를 화끈하게 통일하고 싶습네다."

"무슨 말인지 그 뜻을 알겠다. 내가 마오쩌둥 동지와 대화를 나눠보고 나서 결정할 테니 좀 기다려라."

스탈린은 기대했던 것보다 김일성을 쌀쌀맞게 대하였다. 짧은 방문에서 김일성은 스탈린에게 속사정을 털어놨지만 큰 성과를 얻지 못하고 평양으로 돌아왔다.

나는 이때 평안북도 중강진에 감청부대와 기상부대를 비밀리에 설치하고 소련과 북한의 비밀첩보를 잡아내고 있었다. 또 평양 출신의 주명덕 대위를 평양으로 파견하여 강창옥을 지원하는 첩보대를 설치하게 시켰다. 또한 감청부대는 스탈린과 마오쩌둥의 통신 내용을 잡아내어 본국으로 송신하였다. 암호해독은 나의 전매특허였다. 트루먼 대통령은 이때부터 내 보고를 절대적으로 신뢰하였다. 그는 이 년 전 소련의 첩보조직에 대항하기 위해 CIA를 창설하였다. 이렇게 해서 나는 CIA 요원으로 소속이 변경 되었다. 하지만 한국에서 누구도 내가 CIA요원 이라는 사실을 알지 못하였다. 심지어 이승만 대통령도 내가 군인인지 아니면 첩보원인지 헷갈리고 있었다.

이듬해 나는 이 대통령의 호출을 받고 경무대로 들어갔다. 이날따라 대통령의 얼굴은 어둠이 짙게 깔려 있었다. 이 날부터 나는 이승만 대통령을 각하란 말 대신에 파파라고 부르게 되었다. 나는 이 대통령의 양자가 된 것이다. 한국의 대통령을 자주 만나면서 부자지간으로까지 정이 흠뻑 들었다. 나의 임무는 미국이 신뢰할 수 없는 위험한 인간 이승만을 감시하는 것이었다. 사실 이 대통령의 지원 없이는 첩보활동에 제약이 따르게 되었다.

이 해는 늦더위가 기승을 부리고 있었다. 9월 말인데도 이날 기온은 31도까지 오르면서 등에 땀이 줄줄 흘러 내렸다. 매미들도 늦더위를 즐기는지 귀청이 따갑도록 울어대었다.

그는 나를 보더니 "오 마이 싼"이라고 불러주었다. 나도 덩달아 "마이 파파"라고 응수해주었다. 조금은 어색했지만 가끔 만나고 통화를 자주 하면서 자연스럽게 되었다. 시간이 가면서 이 대통령과 나는 아버지와 아들의 관계로 발전하였다. 나의 효과적인 첩보 수집능력은 이 대통령과의 밀접한 관계에서 비롯되었다. 이 대통령은 정부와 군대의 정예요원들과의 문호를 나에게 개방하였다. 나는 이 대통령에게 대한민국 공군 창설을 제안하였다. 나의 제안이 받아들여져 대한민국에 공군이 창설되었다. 그리고 나는 정식으로 대한민국 공군 소령이 되었다. 이후 그는 나의 첩보활동에 수송기관과 병력을 제공해 주었다. 이 대통령은 나하고 만날 때면 어김없이 아들로 불러주었다.

"내 아들, 소련의 원폭실험은 어떻게 되어가고 있지?"

나는 이날 예상 밖의 질문에 적잖이 당황하였다. 자칫하면 국익에 반하는 행동을 하게 될 수도 있었기 때문에 잠시 몸을 사리지 않을 수 없었다.

"아버지, 소련의 원폭실험은 성공했습니다."

"엉. 그게 사실이야?"

"그렇습니다. 성공입니다."

"이제 스탈린도 핵무기를 보유하게 되었단 말이지? 허허, 이것 참 어쩌나……."

"이걸 믿고 김일성이 날뛸까봐 걱정입니다. 아버님……."

이때 이 대통령의 얼굴은 누렇게 변하면서 의자에 털썩 앉는 것이었다. 나는 얼른 다가가 대통령의 상체를 받쳐주었다. 잠시 후 안정이 되자 그는 나를 지그시 바라보면서 입을 열었다.

"아들, 오늘 꼭 할 얘기가 있네. 한번 들어주겠나?"

"네, 아버님. 그럼요. 어서 말씀하시죠."

이 대통령은 물을 한 컵 마시고 나서 공책에 뭔가를 긁적긁적 적는 것이었다. 나는 잠깐 창밖을 쳐다보면서 대통령이 무슨 말을 할까 생각하면서 기다렸다. 그런데 그의 입에서는 전혀 예측할 수 없었던 말이 나왔다.

"아들, 소련이 원폭실험에 성공했다니까 내 머리가 어지럽네. 김일성이 기고만장하고 있을 것 같은데 이 일을 어쩌면 좋을까?"

"아버님의 그 심정을 충분히 이해합니다. 이제부터 스탈린은 핵무기를 믿고 미국에 당당하게 덤빌 것입니다."

"바로 그거네. 김일성도 아마 이 날을 기다렸을 걸세. 소련의 핵무기를 믿고 뭔가 사고를 칠 수 있네. 무기 하나 변변한 게 없는데 김일성이 내려오면 당할 수밖에 없네. 겨우 일제의 압제에서 벗어나서 기를 펴고 있는 우리 국민들을 어떻게 보호하면 좋겠나……."

나는 앞을 훤히 내다보는 이 대통령의 식견에 혀를 내두르고 있었다. 나는 이때 위로의 말을 어떻게 해야 좋을지 몰라서 그저 침묵을 지키고 있었다.

"아버님, 아직은 김일성이 남침을 한다는 징후는 확실하지 않습니다. 제가 본국에 계속 보고하고 있습니다. 다행히 트루먼 대통령은 루스벨트 대통령보다는 소련을 더 강하게 경계하고 있고 아버지에 대한 관심도 훨씬 높습니다."

이 말이 끝나자 대통령은 눈을 반짝이면서 내 말을 바로 받아주었다.

"아들, 오늘 간절한 부탁이 하나 있는데 어디 한 번 들어보라고……."

"예, 말씀 하시죠."

"아들, 우리 대한민국이 당면하고 있는 가장 큰 문제는 뭐라고 보고 있나?"

"무기입니다."

"옳지, 옳지……. 정확히 알고 있구면……. 우리가 갖고 있는 게 일제가 쓰다가 놓고 간 소총뿐이라고. 이러다 김일성이 번개처럼 밀고 내려오면 어쩌겠어?"

이때 국군은 일본군이 미처 챙겨가지 못한 아리사카라는 구식 소총으로 무장하고 있었다. 그런데 이 소총은 약실의 상태가 불량하여 고압에서 폭발하는 치명적인 결함을 갖고 있었다. 전쟁터에서 이런 결함은 곧 패배로 이어지게 마련이었다. 심지어 한국군의 군복은 일본 군복에서 일제 계급장을 떼어낸 것이었다.

이 대통령은 소총과 전차를 갖추려고 사방팔방으로 접촉했지만 어디선가 뚜렷한 이유도 없이 장벽에 막혀버리는 것이었다. 이때 북한은 소련제 T-34전차를 계속 받아들이고 있었다.

이즈음에 김일성은 남일 중장과 장평산 소장을 소련어 연수를 받게 한다는 명목으로 모스크바로 보냈다. 하지만 이들이 모스크바로 간 이유는 전혀 다른 데 있었다. 그는 남침을 결정하고 39년 9월, 독일이 폴란드를 침략하면서 발군의 위력을 보였던 전차부대의 전격전을 배워오도록 하였다. 그는 독일 전차부대의 전격전으로 사흘 안에 서울을 점령

한다는 계획을 세우고 있었다.

얼마 후 나는 모스크바의 첩보원에게서 남일과 장평산의 도착과 그들의 방문 목적을 보고 받고 알게 되었다.

이날 나는 스탈린과 마오쩌둥의 통신 감청 내용을 공개하려다 그만 입을 꾹 다물어 버렸다. 아직은 말할 때가 아니었다.

"아버지, 미국 정부에는 한국에 무기를 원조하는 것을 훼방하는 붉은 세력들이 요소요소에 들끓고 있습니다. 제 아무리 무기를 지원해달라고 애원해도 상부로 전달되지 않고 있습니다."

"음……. 그건 나도 알고 있지. 그게 다 스탈린이 이중스파이를 통해 조종하고 있다는 거 알고 있네."

나는 이 대통령이 던진 한 마디에 더는 입을 닫고 있을 수 없었다. 나는 이때 어느 정도 자신감을 갖고 첩보를 공개하였다.

"아버지, 얼마 전에 평양의 휴민트가 아주 요긴한 첩보 하나를 보내왔습니다."

"그래? 어떤 첩보가 내려왔나?"

"아버님과 한국 국민들에게는 그다지 썩 좋지 않은 첩보입니다."

"그렇다니까 더 들어보고 싶네……."

이때 대통령은 눈을 지그시 감더니 뭔가 생각에 잠기는 것 같았다. 어차피 알게 될 일인데 이 자리에서 다 털어놓기로 하였다. 하지만 대통령의 마음을 더 무겁게 한다는 부담감이 있었다. 그렇다고 언제까지 김일성의 동태를 감추고 있을 수는 없었다. 나는 수첩을 펼쳐들고 다 보고하기로 작심하였다.

"각하, 지금 심히 염려가 되는 것이 하나 있습니다. 어서 방안을 찾아 대응해야 합니다. 시간이 그리 많지 않습니다."

"그게 뭔데 그러나?"

"최근 소련의 열차가 빈번하게 온성을 거쳐 흥남 역으로 내려오고 있습니다. 홍남교화소에 수감되어 있는 동생이 평양의 강창옥에게 전한 첩보에 따르면 이달 초까지 소련제 T-34전차 130여 대가 원산이남 전방으로 내려갔습니다."

이 때 이 대통령의 목소리는 평소보다 훨씬 크게 들렸다. 그의 손끝은 가볍게 떨리고 있었다.

"아니, 그게 사실이란 말인가?"

"또 40여 대의 미그 15기도 기차에 실려 역시 전방으로 이동했습니다."

"허허허, 이거 큰일이구먼. 우리는 연습기 서너 대밖에 없는데 김일성은 미국 전투기를 압도하는 미그기를 갖고 있다니. 앞으로 도발을 해오면 어떻게 당할 수 있겠나……."

일제 치하에서 험한 꼴을 다 겪은 노정객의 눈에서 눈물이 흐르기 시작하였다. 그 모습을 보고 있노라니 나도 갑갑하여 미칠 지경이었다.

"아버지, 지금 한국은 외롭습니다. 여기다 스탈린의 건강은 오늘내일을 장담할 수 없습니다. 당뇨가 극심해서 오래 살 것 같지 않으니까 스탈린은 살아서 뭔가 큰일을 저지를 것 같습니다. 빨리 소련의 북한 지원을 미국에 알리고 무기를 받아야 합니다."

"아니, 스탈린의 건강이 나쁘다고? 그렇다면 더 국방을 강화해야겠는데……."

"지금 소련에서는 경찰국장 베리야와 중앙위원 후르시쵸프의 암투가 시작되어 한 치 앞도 내다볼 수 없습니다. 베리아는 스탈린의 고향 후배입니다. 어딘가 믿는 구석이 있죠. 이러니 스탈린은 제 명에 못 죽을 수도 있습니다. 자의든 타의든 스탈린은 살아서 한반도를 적화통일 시키려고 서두를 것입니다. 남침을 할 수 있는 절호의 기회를 잡은 것이죠."

이때 베리아는 소련 핵개발의 책임자이면서 해외첩보망의 총지휘관으로 나는 새도 떨어뜨릴 정도로 막강하였다. 그는 정치국원과 내무상을 겸하고 있어서 실제로는 스탈린보다 위에 서있었다. 어느 누구도 베리아 앞에서 잘난 척 했다가는 목숨을 부지할 수 없었다.

나는 이렇게 앞으로의 정국의 향방을 설명하였더니 이 대통령은 메모를 하면서 들어주었다.

"아들. 자네 얘기를 듣고 보니 김일성이 스탈린을 믿고 무모한 짓을 저지를 가능성도 있을 것 같네."

"아버지, 제가 쓸데없이 말씀을 드려 괜한 걱정만 끼쳐드리는 게 아닌가 해서 마음이 무겁습니다."

"아니. 이런 생생한 얘기를 내가 어디서 들을 수 있겠나. 내일 일도 잘 모르는 데 미래의 전망이 다 맞을 수는 없지."

"아버지, 너무 심려를 끼쳐 드렸습니다."

"지금 뭔 얘기야. 그렇지 않아. 아들의 지적처럼 미리 준비를 하면 되지. 한자에 유비무환이라는 말처럼 하면 된다고."

"그게 무슨 뜻이죠?"

"매사에 준비가 되어 있으면 근심할 일이 없다는 뜻이네."

"저는 오늘 아버지의 마음을 어느 정도 이해하였습니다."

"고맙네. 어떻게 하면 트루먼 대통령을 움직여 무기를 갖출 수 있을까? 어디 한 번 아들이 머리를 짜내보게."

4. 김일성의 구걸전쟁

김일성의 원초적인 습성은 거지 근성이었다. 시간이 흐를수록 남조선을 차지하지 못해 안달이 난 김일성은 스탈린의 바짓가랑이를 붙잡고 늘어졌다. 미군이 군사고문관 일부만 남겨두고 철수하자 김일성은 신바람이 났다. 거기다 애치슨 국무장관이 한국과 타이완을 미국의 방어선에서 제외하자 겹경사를 만난 것처럼 날뛰었다. 그는 모스크바로, 베이징으로 달려가서 스탈린과 마오쩌둥을 만나서 무기를 구걸하였다. 처음엔 전쟁을 그리 달갑지 않게 여겼던 스탈린은 미국의 태도변화를 보고 찬성으로 돌아섰다. 국공내전으로 경제가 피폐해질 대로 피폐해진 마오쩌둥은 사실 옆집 집안싸움에 끼어들 수 있는 처지가 아니었다. 내 코가 석자인데 남의 사정을 헤아릴 겨를이 없었다. 여기까지가 역사가들이 말하는 진실이다. 누군가 '역사란 1백 가지 중 한 가지만 진실이면 모두가 진실이다'라고 말하였다.

김일성은 남한이 미 제국주의 식민지가 되도록 만든 것이 못내 아쉬웠다. 그는 외상 박헌영을 끌고서 모스크바의 스탈린을 찾아갔다. 49

년 겨울이었다. 이 해는 유난히 추웠다. 두 사람은 크렘린궁에서 스탈린을 만났다. 남한을 칠 테니까 병력과 무기를 지원해달라고 애원하였다. 김일성은 전쟁을 일으켜야 체제에 순응할 사람과 저항세력을 가를 수 있고 그 틈을 타서 저항세력을 제거할 수 있었다.

이들은 스탈린을 어렵게 만날 수 있었다. 그의 얼굴을 보는 순간 얼굴에 병색이 짙게 드리우고 있었다. 얼마 못 살 것 같은 느낌이었다. 그의 얼굴에는 황달증상이 여실히 보이고 있었다. 운동은 안하고 색만 밝히는 그의 곁에는 염라대왕의 그림자가 어슬렁거리고 있는 것 같았다. 스탈린의 건강에 이상이 있다는 것을 알게 된 김일성은 다급해졌다. 자기를 믿어주는 스탈린이 살아있을 때 남한을 먹어야겠다는 생각뿐이었다. 스탈린이 먼저 말을 시작하였다.

"두 분 먼 길 오시느라 수고하셨소. 어쩐 일이오?"

이때 김일성이 그의 말을 받아주었다.

"수상 각하, 긴급히 상의할 일이 있어 직접 찾아뵈었습니다."

"뭔데 그렇게 급한 일이 있단 말이지?"

이번에는 옆에서 잠자코 서 있던 외상 박헌영이 답변을 하였다.

"내년에 남조선을 무력으로 점령하겠습니다. 조국을 해방시키는 일을 할 것입니다."

"뭐, 무력으로 조국을 해방시키겠다고? 그러니까 남침을 하겠다는 건가?"

"네, 그렇습니다."

"이길 자신은 있어?"

"자신 있습니다. 저희 북조선은 전 인민의 일치단결로 허리가 잘린 한반도를 하나로 만들려고 허리띠를 졸라매고 정신력으로 버티고 있습니다."

"남조선 사정은 어떤가?"

김일성이 잠깐 대답을 못하고 말을 더듬거리자 박헌영이 얼른 이어받았다.

"남조선은 해방 이후 지금까지 정파 싸움에 모든 국력을 소진하였습니다. 또 남로당이 계속해서 남조선을 분열과 갈등으로 몰았습니다. 이승만은 남로당 하나도 제대로 제압하지 못했습니다. 자연히 군사적인 문제에 관심을 기울이지 못했습니다."

"민주주의라는 게 그런 맹점을 갖고 있네. 병력은 어떤가?"

"병력 역시 저희 공화국이 우위에 있습니다. 저희 북조선은 15만 병력을 보유하고 있지만 남조선은 8만에 못 미치고 있죠."

"나에게 원하는 게 뭔가?"

이 질문에 김일성이 나섰다.

"세 가집니다. 우선 남침전쟁을 허가해주시고 무기와 물자 그리고 병력을 지원해주십시오."

"나머지 하나는 뭐요?"

"우선 중화인민공화국 마오쩌둥 주석을 설득하는 것입니다."

"허, 그건 두 사람의 몫이 아니요? 내가 얘기할 수 있는 것은 무기는 지원하겠다는 것이요. 병력은 얼마나 더 필요한지 알 수도 없으니까 마오쩌둥과 상의하면 더 좋은 방안이 나오지 않을까?"

이날 김일성과 박헌영은 일단 스탈린을 마주하여 남조선을 미 제국주의에서 해방시켜야 한다는 당위성을 설명하는데 성공하였다. 또 무기를 지원하겠다는 약속을 받아내는 성과도 올렸다. 스탈린은 얼마 안 있어 전차, 곡사포, 전투기 등 소련제 무기를 선박 편으로 함경북도 청진항으로 수송하였다. 청진항에서 하역한 무기는 다시 화물차에 실려서 전방으로 속속 배치되었다. 이 작업은 극비리에 추진되었지만 영원한 비밀은 없다는 말처럼 사람의 눈은 피할 수가 없었다.

이때 김기수는 결사반동죄로 오 년형을 선고 받고 흥남교화소에서 복역하면서 화물차에 실려 남쪽으로 내려가는 무기들을 꼼꼼히 적어서 어머니를 거쳐 강창옥에게 전하였다.

김일성과 박헌영 두 사람은 아주 만족해서 평양으로 돌아왔다. 석 달 후 김일성 혼자 베이징으로 가서 마오쩌둥을 대면하였다. 베이징에는 국공 내전으로 시커멓게 불 탄 집들이 아직도 많이 보였다. 인민들은 전쟁에 신물이 났는지 얼굴은 누렇게 떠있었다. 베이징은 활력이 없어 죽은 도시나 다름없어 보였다.

김일성은 인민궁전으로 들어가 마오쩌둥을 단독으로 만났다. 그는 벌떡 일어서더니 김일성을 반겨주었다. 그는 아주 패기에 찬 음성으로 말문을 열었다.

"김 주석, 반갑소. 먼 길 오시느라 고생 많았소. 어서 오세요."

"축하합니다. 장제스를 물리치시고 승리를 얻으신 주석님의 공로를 전 인민이 기뻐하고 있습니다."

"흐흐흐……. 장제스 하나쯤은 시간이 해결해준 겁니다."

"이제 그 여세를 몰아 남조선을 해방할 수 있게 지원을 해주시기 바랍니다."

"나도 남조선은 미 제국주의 보호 아래 있어서는 안 된다고 봅니다. 어떤 희생을 치르는 한이 있더라도 미 제국주의를 몰아내야 합니다."

"남조선 이승만은 미 제국주의의 꼭두각시에 불과합니다. 남조선의 해방을 위해 인민군과 무기를 지원해주시면 남조선을 전광석화처럼 쳐들어가 사흘이면 서울을 점령하겠습니다."

"스탈린은 어떻게 말했나?"

"소련은 무기, 특히 전투기와 개인화기를 지원하기로 약속했습니다. 다만, 내부 사정 때문에 병력 지원은 마오쩌둥 주석과 상의하라고 했습니다."

"그러니까 남조선을 침공하는 것은 동의한 건가?"

"그렇습니다."

"우리는 스탈린과 달리 인민지원군만 파견하겠소. 무기는 스탈린한테 받으라고. 우리에게 무기가 없다는 것은 다 아는 것이니까 말이야."

"그렇습니다. 이 은혜를 결코 잊지 않겠습니다."

"김 주석, 공격일은 며칠로 잡았습니까?"

"현재는 6월25일 일요일에 선제공격을 할 생각입니다."

"6월25일이라……. 뭐 특별한 의미가 있나요?"

"6월은 기후가 온화하고 3개월 만에 부산까지 점령하면 9월이 됩니다. 보릿고개에 현지에서 식량을 조달할 수 있습니다. 이래서 절기상 전투하기에 가장 이상적입니다."

"잘 알겠소."

"우리 8억 인민은 김 주석이 남조선에서 미 제국주의를 몰아내도록 협조하겠소."

그날 오후 중화인민공화국 마오쩌둥 주석과 조선민주주의인민공화국 김일성은 전쟁지원 합의서에 도장을 찍었다.

김일성은 이제 전쟁 준비를 절반이나 한 것처럼 생각하였다. 그는 머지않아서 남조선을 미 제국주의 압제에서 해방시킨다는 자부심을 갖고 평양으로 돌아왔다.

이때 나는 김일성의 움직임을 은밀하게 뒤쫓고 있었다. 다롄의 황해수산에서 김일성이 평양으로 출발한 다음 날 첩보가 날아왔다.

그건 타이완 정부 장제스 총통 휘하의 대륙공작조가 보낸 것이었다. 김일성의 남침 첩보를 받아들은 나는 정신이 아물아물 혼미해졌다. 나는 최초의 첩보를 바탕으로 크로스체크에 들어갔다. 먼저 김기수가 전달한 소련의 무기 지원이 사실인지를 체크하였다. 항공사진을 판독한 결과 전방에 50여대의 미그기와 130여 대의 전차를 배치한 것으로 드러났다. 김기수가 강창옥을 통해 보낸 첩보가 약간의 오차가 있기는 했지만 90퍼센트 이상 일치하였다. 다음은 김일성 측근에서 들어온 첩보를 분석하였다. 그 결과 나는 6월25일에 북조선이 남침할 것으로 확신하게 되었다. 나는 공작과장 김기수를 조용히 불렀다.

"예, 절 부르셨나요?"

"아, 빨리 왔구먼. 거기 앉게. 이제 시간은 다섯 달이다. 전쟁을 막을 수 있는 획기적인 방안을 찾아야 한다. 지금 속이 정말 답답하다. 아무리 말해도 동문서답이나 하고 있으니 말이지."

이 말을 듣자 공작과장 김기수도 내가 최근 거듭된 스트레스 때문에 맛이 살짝 간 게 아닌가 하고 의심하는 것 같았다. 그도 제 정신이 아닌 것처럼 보였다. 나는 그의 속을 훤히 들여다보고 있었다.

"아니, 자기가 뭔데 김일성의 남침을 막겠다고 저렇게 동분서주하는지 도무지 알 수 없네. 그런다고 누가 그걸 알아줄까?"

김일성의 구걸전쟁은 누가 봐도 역겨울 정도였다. 그는 스탈린에게 계속해서 군인을 보내달라고 애걸복걸 사정하고 있었다. 이 첩보를 알게 된 마오쩌둥은 기분이 그리 좋지 않았다. 마오쩌둥은 김일성이 자기 말을 백 퍼센트 믿지 않는다고 오해를 하고 있었다.

그는 장위펑 비서관을 불렀다.

"북조선 김 주석이 스탈린에게 병력을 파견해달라고 계속 압박을 넣고 있는데 그런다고 없는 병력이 금방 생기는 게 아니다. 이걸 전문으로 김 주석에게 전달하라."

"예, 알겠습니다. 바로 조치하겠습니다."

장위펑은 마오쩌둥의 집무실에서 나오자 바로 전문을 띄웠다. 그날 오후 3시경 김일성은 마오쩌둥이 보낸 뜻밖의 전문을 받고서 억장이 무너질 것만 같았다. 믿었던 도끼에 발등 찍힌 꼴이 되고 말았다.

> 본인은 김 주석이 위기에 몰리게 될 경우에 병력을 파견하기로 했는데 스탈린 주석에게 반복해서 병력을 요청하는 것은 무리입니다. 그러면 그 일이 성사되지 않을 수도 있으니 자제바랍니다.

─중화인민공화국 주석 마오쩌둥.

　나는 김일성이 남침을 하겠다고 했을 때 스탈린이 칼자루를 쥐고 있다고 판단하고 있었다. 하지만 스탈린은 경찰국장 베리아 처리 때문에 골머리가 지끈지끈 아플 때였다. 베리아는 스탈린을 처치하고 자기가 그 자리를 차지하려는 음모를 꾸미고 있었다. 이런 극비의 반란이 스탈린의 귀에 들어가게 되었다. 이제 베리아는 스탈린의 마음먹기에 따라 언제 어떻게 처리될지 모르는 식물상태로 내몰리고 있었다.

　불쑥 마오쩌둥의 경고를 받은 김일성은 소련제 무기들을 동부전선에서 서부전선에 이르기까지 지형과 전술에 맞게 배치하였다. 북조선의 전선은 80퍼센트가 산악지대라서 무기를 이동하는 데도 시간과 노동력이 만만치 않았다. 그는 지게부대의 힘을 빌렸고 심지어 곰에게 마약을 주사하여 무기를 나르게 시켰다. 한 번 마약에 길들여진 곰은 마약주사를 맞고 싶어 난리였다. 비좁고 꾸불꾸불한 산길에 지게부대는 안성맞춤이었고 곰은 사람의 네 배를 지고 다녔다.

　이들은 제대로 먹지 못하고 강도 높은 노동에 시달리다보니 일찍 죽었다. 하지만 김일성은 이들이 노동을 하다가 죽어도 눈 하나 깜짝 하지 않았다. 김일성은 남조선이 체제를 정비하기 전에 침범하려고 밤에는 횃불을 들고 무기를 날랐다. 한편으로는 남로당을 시켜 이승만 정권을 흔드는 공작을 계속 벌이고 있었다. 제주 4.3사태나 여순반란 사건이 그랬다. 이승만 정권이 출범한지 불과 두 달여 만에 여순반란사건이 터졌다.

　1949년 2월 말, 나는 김일성에 관한 극비보고서를 작성하여 도쿄 극동사령부 맥아더 사령관에게 전달하였다.

　북조선 김일성 주석, 50년에 무력도발 가능성 있음. 1) 동부전선에 소련제 미그 15기, 곡사포, 소련제 T-34 전차 집중 배치 중 2) 김일성 내

부자의 확인을 거쳤음 3) 중공군의 무선 감청 등을 종합한 결과 확인함.

이 보고서를 극동사령부는 워싱턴에도 전달하였다. 당연히 트루먼 대통령도 내 보고서를 본 것으로 알려졌다. 그날부터 정확히 사흘째 되는 날에 애치슨 국무장관은 미국의 방어선에서 한국과 타이완을 제외한다고 발표하였다. 이것으로 내가 올린 극비문서는 휴지가 되고 말았다. 그날 나는 집무실에서 조니 워커를 스트레이트로 인사불성이 되도록 마시고 곯아떨어졌다. 이렇게 이중삼중 감청을 거쳐 확보한 첩보가 조금도 위력을 발휘하지 못하니 은근히 부아가 치밀어 올라오는 것이었다. 당시 나의 계급은 소령이었다. 하지만 나는 군인이 아니었다. 나의 소속은 미 CIA이어서 항상 열외가 되었다. 결국 내가 보낸 첩보는 극동사령부와 미 CIA의 힘겨루기에 이용되었다. 김일성은 남침을 위해 한 발 한 발 나아가고 있었다. 이때 미국은 첩보전에서 소련에 10년은 뒤졌다는 평가를 받고 있었다.

이 해도 거의 다 저물어가고 있을 무렵에 내가 보낸 첩보가 누군가에 의해 스탈린에게 전달되고 있는 물증을 포착하였다. 아무래도 첩보의 수치, 상황, 시간 등이 그대로 스탈린에게 전달되고 있는 것 같았다. 상식적으로 첩보란 설정한 내용이 바뀌면 그 첩보는 생명을 잃게 되는 것이다. 50년 새해에 스탈린은 개인화기를 주로 북한에 보내주고 있었다. 이것은 전쟁 준비가 거의 완료 단계로 들어가고 있다는 뜻이었다. 이때부터 김일성은 자기 측근들을 의심하는 고약한 버릇이 생겨났다. 그는 툭하면 첩보를 유출시켰다면서 담당자를 즉결 처분하였다. 사람 죽이는 일을 마치 파리나 모기를 잡는 정도로 생각하고 있었다. 이렇게 김일성이 전쟁 준비에 미쳐 날뛰자 사람들은 그만 일제히 입을 닫아버렸다. 이렇게 첩보가 나가지 않도록 단속을 했지만 김일성이 남침을 할지도 모른다는 첩보가 나돌고 있었다. 나는 문제의 그 첩보를 입수할 수 있었다.

이때 김일성은 가장 먼저 나를 의심하고 있었다. 그는 조선로동당 내부에 미국 첩보원 니콜스의 첩자가 파고들어와 있다고 판단하였다. 그는 3인자로 인정을 받은 중앙보안간부학교 군사부교장 오진우를 은밀히 불러 남한의 프락치를 잡아내라고 지시하였다.

어린 김정일을 업어 키운 인연으로 고위직에 오른 오진우는 김일성을 위해서라면 죽을 수 있을 정도로 충성을 바치고 있었다. 김일성은 그를 보자마자 성질부터 부렸다.

"아니, 이게 어카 된 거야. 내가 올해 남조선을 치고 들어간다는 소문이 어캐서 좍 퍼진 거이가? 오 교장이 책임지고 그딴 첩보를 밖으로 빼돌린 아새끼를 날래 잡으라우. 알간?"

"옛……. 그런 반동분자 새끼가 있으면 얼른 잡아서 입을 찢어버리고 이마에 바람구멍을 내갔시요."

"미제 그놈들은 그걸 어카로 판단하고 있나?"

"제가 확인한 바로는 맥아더나 트루먼은 그걸 쓰레기통에 던져버렸다고 합네다."

"그 이유가 뭐고?"

"지금 미국 양아치새끼들은 군부와 첩보대가 양분되어 서로 힘겨루기를 하니까 어떤 첩보도 자기 배를 불리는데 도움이 안 되면 무조건 배척하고 본답네다."

"옳지. 좋아 좋다고. 그래야만 우리가 정신을 바짝 차리게 해줄 수 있는 것 아니 갔나."

"수상 동지, 정확하게 보셨습네다. 미군들은 하모니카나 신나게 불면서 고향만 생각한다고 합네다."

그때 김일성은 문득 누군가가 떠올랐는지 눈을 감고 입을 씰룩 씰룩거렸다.

"그놈의 아새끼, 이름이 누구더라. 도날드……."

61

"수상 동지, 도널드 니콜스 녀석입니다."

"맞아. 내가 보기에는 그놈의 프락치가 우리 안에 침투한 것 같다. 대책을 세우라우. 또 그놈의 목을 댕강 따버리라우."

"바로 특등사수로 된 암살단을 조직해서 기필코 니콜스 새끼의 심장에 구멍을 내갔습네다."

"맞아 맞는다고. 꼭 그렇게 하라우."

2월로 접어들면서 평양의 날씨는 한층 부드러워졌다. 봄기운이 아직은 이르긴 하지만 가끔 눈발이 날리는 가운데 훈풍이 언뜻언뜻 느껴졌다.

강창옥은 김준철이 은밀하게 전해주는 극비 보고서를 무전으로 나에게 꾸준히 보내고 있었다. 김일성은 점점 더 전쟁 준비에 미쳐가고 있었다. 16살 소년까지 훈련소로 불려갔다. 미처 철도 안든 어린 아들을 전쟁터에 보내는 엄마들의 가슴은 칼로 살을 도려내는 것처럼 아팠다. 그렇다고 소리 내서 울었다간 반동으로 몰려 수용소로 끌려갈 수 있어 입술을 깨물면서 속으로 울음을 삭혔다.

창옥은 이런 상황을 상세하게 기록하여 나한테 전달하였다. 나는 이 첩보를 극동사령부에 보냈지만 역시 이번에도 무시되기는 매 한가지였다. 맥아더 사령관은 이 보고서를 집어 들더니 짜증부터 내었다고 한다.

"아니, 니콜스 그 인간은 하라는 일은 안하고 왜 이런 보고서만 자꾸 올리는 거야."

이것은 나의 소속이 CIA이었기 때문에 내가 올리는 첩보에 가치를 적게 부여하고 있었다. 워싱턴 정가도 역시 내 보고서를 열어보지도 않고 서랍에 쑤셔 넣기는 마찬가지였다. 내가 작성한 보고서가 연달아서 무시당한 것을 보고만 있을 수가 없었다. 나는 그동안 누적되었던 울화통이 터지기 일보 직전이었다.

5. 군부의 기생충 남로당원

유엔총회에서 남한만의 단독선거로 결정이 나자 남한의 정치, 사회 단체는 일제히 들고 일어나서 반발하였다. 또한 한국의 정계는 좌우로 나뉘어서 이념논쟁으로 치달아 한치 앞을 내다볼 수 없을 정도로 혼미 하였다. 이 시기에 이념의 갈등이 얼마나 심했던지 아버지와 아들이 서로 대적하는 일도 수시로 일어나고 있었다. 심지어 안방에서는 이승만을 지지하고 작은방에서는 김일성을 지지하는 웃어넘길 수 없는 촌극도 벌어지고 있었다. 더 심한 경우는 이념갈등 때문에 형제를, 친구를 살해하는 일도 벌어지고 있었다. 이때는 이념이 밥보다 더 중요한 시기였다. 약삭빠른 김일성은 이런 틈을 놓치지 않고 이용하였다. 이렇게 민주주의와 공산주의의 이념 대결이 극으로 치달으면서 부작용이 곳곳에서 드러나고 있었다.

이때 김일성은 불난 집에 부채질 하는 격으로 남로당을 통한 파괴와 선동을 집요하게 벌이고 있었다. 그는 스탈린과 마오쩌둥이 보내주는 자금을 남로당원과 간첩들에게 아낌없이 풀었다.

나는 이때부터 북한 게릴라의 예상 침투로와 작전지도를 작성하는 일에 착수하였다. 앞으로 군사작전에는 보다 정밀한 지도가 필요하였다. 지도가 없는 전쟁은 눈을 감고 총을 쏘는 것이나 마찬가지였다. 지도를 잘 활용하는 것이 전쟁에서 손실을 줄여주고 때로는 엄청난 부를 창출하기도 하였다. 나는 일본군이 10여 년 전에 제작한 지도를 갖고는 전쟁에서 결코 이길 수 없다는 판정을 내렸다. 이런 사실을 이 대통령에게 보고하였더니 흔쾌히 승낙해주었다. 그는 전쟁에서 지도의 중요성을 익히 알고 있었다.

2차 세계대전 당시 독일의 침공을 받은 폴란드 군인들은 독일군의 막강한 화력에 밀려서 리투아니아 국경을 넘어가게 되었다. 이때 폴란드 장교 하나가 그 지역의 지도를 갖고 있어서 탈출하다가 독일군의 비밀기지를 발견하였다. 이들은 본국에 무전으로 그 위치를 알려 약 3백여 명의 독일군을 섬멸할 수 있었다. 폴란드 군의 기습을 받은 독일군은 퇴로를 잃고 우왕좌왕 헤매다가 숨졌다. 이 소식이 폴란드에 전해지자 국민들은 시청광장으로 몰려와 춤을 추었다. 이것이 바로 전쟁에서 지도가 주는 힘이었다.

나는 일본에서 교육을 받으면서 인연을 맺은 고단출판사 오카무라 사장에게 편지를 보내었다. 오카무라 사장은 내 말이면 팥으로 메주를 쑨대도 믿어주었다.

오카무라 사장님, 제가 한국에 온지도 벌써 이 년이 훌쩍 흘렀습니다. 여기 와서 보니 군사 작전에 없어서는 안 되는 지도가 부실합니다. 여기 편집된 견본을 보내드리니 만주와 타이완 그리고 연해주가 포함된 전도와 지역별로 5만분의1 지도를 2만부씩만 인쇄해서 보내주시기 바랍니다. 지도 제작비는 별도 채널을 통하여 정산하겠습니다.

－미 공군 6006부대 소령 도널드 니콜스.

두 달쯤 지나서 오카무라 사장의 친필 서신이 나에게 도착하였다.

니콜스 소령님의 편지는 잘 읽었습니다. 부탁하신 대로 지도를 제작
하여 보내겠습니다. 우선 소령님의 놀라운 선견지명과 유비무환의
자세에 찬사를 보냅니다. 다만 일본식으로 되어있는 영문 지명은 교
체가 불가합니다. 넓으신 양해를 구합니다.

—고단출판사 사장 오카무라 배상.

6개월 후 오카무리 사장은 아무 군말 없이 내가 부탁한 지도를 인쇄
해서 미쓰비시 석유수송선 편으로 인천항을 통해 사무실까지 보내주었
다. 나는 이 지도를 이 대통령이 마련해준 대방동 공군부대 사무실에 보
관하였다. 북쪽에 호전적인 김일성이 버티고 있어서 미리 지도를 준비
해 두면 언젠가 요긴하게 쓸 수 있을 것 같았다. 이때 남한에서 가장 골
치 아픈 존재가 남로당이었다. 여전히 이승만 진영과 김구 진영으로 나
뉘어 서로를 물어뜯고 있었다. 김일성 친위대인 남로당은 지령에 따라
눈만 뜨면 분탕질을 일삼고 있었다. 이것은 스탈린의 전술이기도 하였
다. 나는 이것을 미리 알고 수차례나 경고했지만 그때마다 남로당의 쇠
심줄 같은 흑색선전에 밀려 맥을 출 수가 없었다. 남로당의 방해공작 때
문에 되는 일이라고는 하나도 없었다.

내 짐작으로 남한에는 30만 명이 넘는 남로당 당원들과 스파이들이
암약하고 있었다. 물론 스파이면서 남로당원인 경우가 있어서 30만 명
가운데 중복이 있었다. 당시 남로당은 합법적인 단체로 인정받고 있었
다. 나는 남로당을 위험한 집단으로 보고 틈만 나면 어떻게 섬멸하는 게
좋을 지를 놓고 고민에 빠졌다. 본국에서도 역시 남로당을 위험한 집단
으로 보고 있었다.

일상적인 행정이나 첩보활동만으로는 남로당의 혼란을 잠재울 수가

없었다. 이때부터 나는 주 무기인 공포를 적절히 이용하기로 하였다. 이때 남한 공무원들의 부패는 이루 말로 설명할 수 없을 정도로 심하였다. 이런 틈을 비집고서 간첩들과 남로당원들은 암약하였다. 나는 네가 한 일을 알고 있다는 말 한 마디로 공무원들은 부들부들 떨었다. 또한 군부의 부패도 일반 공무원들보다 더 하면 더 했지 결코 덜 하지는 않았다.

나는 어제 네가 누굴 만나 뭘 했는지 알고 있다. 이런 분위기만으로도 공포심을 느꼈다. 이러니 공무원들이나 군인들에게 나는 공포 그 자체였다. 나는 공포를 적절히 활용해서 이들을 효과적으로 다스릴 수 있었다. 제 아무리 강심장이더라도 내 앞에만 서면 다들 겁에 질려 얼굴이 창백해졌다. 공포는 첩보의 어머니였다.

나는 이런 공포 분위기를 깨지 않으려고 무진 애를 썼다. 누구도 나의 공포에서 자유로울 수가 없었다. 해방 후 무정부 같은 무질서에서 나에 대한 공포심이 혼돈과 무질서를 바로 잡아주는데 어느 정도 기여하였다. 나는 그렇다고 첩보활동의 핵심인 비밀주의와 엄숙주의를 깨지 않았다. 내가 갖고 있는 비밀노트에 설마 내가 들어있을까 하는 불확실성이 공포심을 더 키워주었다. 내 말 한 마디면 장관들도 벌벌 떨었고 장군들은 거의 기절할 정도로 겁에 질렸다. 이러니 안국동 첩보대에 수시로 나를 찾아와서 상대방의 비리를 적은 문서들을 주고 갔다. 또 비리에 적발되면 어김없이 나에게 구명을 요청하였다. 이들은 한결같이 한국 돈은 쓸모가 없으니까 달러를 구하지 못하면 골동품이나 금덩어리를 들고 왔다. 나는 이들의 요청을 받아줄 수 없다면서 소리를 질러 내쫓았다. 이런데도 남한의 전반적인 비리는 끊이지 않고 벌어졌다. 돈을 먹다 걸리면 재수 없어서 걸렸다고 여겼다. 나는 시간이 어느 정도 흐르면 이들의 명단을 이승만 대통령에게 넘겨 옷을 벗겨버렸다. 아직 행정력이 미치지 못하는 구석에서는 먼저 먹는 놈이 임자라는 말이 돌고 있었다. 나는 이를 적절히 이용하여 이승만 대통령이 이들을 장악할 수 있도록 도왔다.

이렇게 주시하고 있는 데도 미국 국민이 기증하는 쌀, 옥수수, 밀 같은 현물들이 부패한 관리들의 개인 지갑으로 들어가고 있었다. 나는 본국에 수시로 미국의 원조가 적절히 배분되지 않고 있어 개선이 필요하다고 보고하였다.

고양이 키운다고 쥐가 사라지지 않듯 부정부패는 어수선한 분위기에서 지하로 파고들어 갔다. 공무원들의 부정부패가 어느 정도 수그러들자 사회는 활기가 돌았다.

사실 트루먼 대통령은 맥아더 사령관과 이승만 대통령을 그다지 신뢰하지 않고 있었다. 특히 맥아더 사령관의 월권행위와 무책임한 발언 때문에 트루먼은 정책에 혼선이 이만저만이 아니었다. 트루먼이 가장 우려했던 것은 맥아더의 명령 불복종과 무책임한 발언이었다. 그에게 한국은 일본의 점령사령관에게 맡겨진 하나의 부속물에 불과한 것처럼 보였다. 일본의 전후 처리에 매달리다 보니 한국과 타이완에 대한 애정은 그저 그랬다. 중국 본토는 마오쩌둥의 차지가 되면서 모든 채널이 끊어지게 되었다. 이런 데도 맥아더는 중국 본토에 대한 미련을 떨쳐버리지 못하고 있었다. 그는 중국이 공산화되면 남한도 공산화될 수 있다고 여겼다.

이때부터 나는 두 달에 걸쳐 38선 서부전선을 중심으로 지형지물을 꼼꼼하게 탐색하는 작업에 들어갔다. 놀랍게도 서부전선에는 북한의 스파이들이 무시로 드나들면서 첩보 활동을 하고 있었다. 나는 관찰 결과를 놓고 참모들과 논의한 끝에 임진강 수로와 한강 하류의 수로를 측정하기로 하였다. 만약 인민군이 한강이나 임진강 수로를 이용해 수중으로 침투하면 서울의 함락은 시간문제로 보였다. 여기에 드는 비용은 미 국무성과 극동사령부가 부담하였다. 나는 6006부대 전용기로 도쿄로 날아가 맥아더 사령관 앞에서 브리핑을 하였다. 브리핑을 마치고 서울로 돌아와 미 군정청장관 존 하지 사령관을 만나 임진강과 한강수로 측정의 필요성을 역설하였다.

그는 두 차례의 세계대전을 두루 거친 전략가답게 그 자리에서 바로 내 의견에 동의하였다. 하지만 워싱턴의 호사가들의 입장은 크게 달랐다. 이러쿵저러쿵 말하는 데는 세금이 안 붙는다는 말처럼 내가 하는 일을 비방하고 나섰다. 내가 하는 일을 보면 당장 전쟁이 날 것 같다는 것이었다. 미국은 일본을 무시했다가 진주만 공격으로 돌이킬 수 없는 손실을 입었고 일본이 항복하기 직전에 소련의 대일선전 포고를 하게 만들었다. 결국 이것이 소련의 북한 점령의 구실을 만들어 준 것이다. 나는 입만 갖고 전쟁을 하는 자들의 말들을 한쪽 귀로 듣고 흘려버렸다. 그로부터 두 달 만에 본국에서 한강수로 측정 예산이 내려왔다. 임진강과 한강은 남북 모두에게 전략상 요충지였다. 여기가 뚫리면 수도 서울은 평양의 앞마당이 되고 마는 것이었다. 수도 서울은 평양에서 불과 140킬로미터로 세 시간 거리밖에 안되었다. 당시 두 강의 접근로는 한 사람이 다닐 수 있는 둑길이 전부여서 나는 무지하게 힘이 들었다. 어느 날 나는 남대문시장을 지나가다 우연히 땔감 장수들이 메고 있는 것에 시선이 꼽혔다. 그들은 땔감을 A자형 기구에 지고 시장에 오는데 평소 두세 배가 넘는 무게를 거뜬히 지고 있었다. 나는 이들의 모습을 보고 기뻐 속으로 외쳤다.

"야, 강에는 길이 없으니까 저걸 이용하면 되겠구나. 이것 참 하늘이 나를 돕는구나."

이렇게 나는 속으로 환호하면서 부하들에게 A자형 기구를 50여개 확보하라고 지시하였다. 사흘 후 안국동 마당에 그 괴상한 수송기구가 무더기로 등장하였다. 한국에서는 그것을 '지게'라고 부른다는 것을 처음으로 알게 되었다. 나는 편의상 지게를 A프레임이라고 부르기로 하였다. 좀 떨어져 보면 내 눈에는 지게가 영락없이 영어 A자처럼 보였다. 이것은 한 사람이 지나갈 수 있는 작은 길만 있어도 거뜬히 기능을 발휘하는 것이었다. 이건 아주 효율적인 운송수단이었다. 남한에는 5일장이라는 것이 있었는데 거기에는 이것을 파는 상인들이 따로 있었다. 그 옆에는 이것을 돈을 받고 수리해주는 사람들도 있었다.

나는 수로 측정에 필요한 A프레임 부대를 만들려고 인부들을 모집하였다. 알음알음 공고가 나가자 해방 후 워낙 궁핍했던 시기라서 그런지 쉰 명 모집에 8백 명이 넘게 몰려들었다. 나는 용산 이태원의 일본군이 주둔했던 막사로 지원자들을 집합시켰다. 이렇게 힘든 일에 지원한 사람들에게서 이해할 수 없는 일이 벌어지고 있었다. 나는 젊은이들로 채우려던 원래의 계획을 대폭 수정하였다. 사흘에 걸쳐 체력과 A프레임을 사용하는 방법을 테스트하였다. 짐을 나르는 테스트에서 의외로 20, 30대 젊은이들이 50, 60대 나이든 사람들에 비해 기술이 뒤졌다. 젊은이들은 나이든 사람들보다 한 번에 질 수 있는 짐의 양도 적었으며 속도도 30퍼센트는 더디었다. 젊은이들은 또 짐을 지고 가다 균형을 잡지 못하고 넘어지는 경우가 나이든 사람들에 비해 두 배는 더 많았다. 나는 임진강 수로에 투입할 사람들을 두 배수로 뽑은 다음에 사상검증에 들어갔다. 그 결과 인부들 가운데 섞여 있는 남로당원을 가려낼 수 있었다. 나는 일차로 선발한 A프레임 부대의 요원 후보들 가운데 22명을 탈락시켰다. 최종적으로 50명이 선발되었다. 그 다음은 이들 장정들을 통솔하는 중간간부를 뽑기로 하였다. 이때 나는 일제치하에서 날리던 정치깡패들에게 주목하였다. 이들은 체포되어 경찰서 유치장에 들어가 있었다. 나는 방첩대 김창룡 소장을 안국동 첩보대로 불렀다. 그는 미군이 특별히 배려한 랭글러 지프를 타고 동에 번쩍 서에 번쩍하였다.

"소령님, 이번에는 무엇을 도와드릴까요?"

그는 왼쪽 벨트에 48구경 리볼버 권총을 차고 있었는데 그 권총 케이스에는 내 부하가 붙여준 'Inspected'라는 파란색 딱지가 보였다. 이건 검색하여 안전하다는 표시였다. 나는 벌써부터 일제의 조직폭력배에 관심을 두고 있었다. 어딘가 이들을 써먹을 데가 있을 것만 같았다.

"아무래도 저 무식한 장정들을 부릴 중간간부가 있어야겠네. 혹시 조직폭력배를 수로측정에 동원할 수 없을까?"

"그래요? 지금 그 놈들은 모처에 격리되어 있습니다. 관련 부처끼리 서로 협력하면 안 될 것도 없죠. 몇 명이나 필요한가요?"

"대략 열 명에 한 명이면 되니까 다섯 명이면 되겠네."

"그럼 알겠습니다. 돌아가서 상의한 다음 찾아뵙겠습니다."

이 말을 마치기 무섭게 그는 미 군정청 하지 사령관의 마크가 선명하게 보이는 지프를 타고 사라졌다. 그는 법무부로 찾아가서 다짜고짜 조폭들을 수로측정 노역으로 내놓으라고 요청하였다. 이렇게 저돌적으로 나오니까 법무부는 그만 맘대로 쓰라고 하였다. 그날 오후 4시가 조금 넘어 그는 나를 다시 찾아왔다.

"소령님, 됐어요. 승낙 받았습니다. 여기 명단에서 다섯 명을 고르시면 됩니다."

나는 김 소령의 명단에서 일제시대부터 정치깡패로 날리던 김두한, 이성순, 이정재, 유지광, 임화수, 신정식 등 여섯 명을 수로측정 관리자로 선정하였다. 이들은 한날한시에 영창에서 자유의 몸이 되어서 파주군 장탄면 임진강 변의 작업장에 투입되었다. 그동안 국민들의 비난을 받고 있던 이들은 물속에 들어가서 수로를 측정하면서 속죄하였다. 이들은 누가 봐도 몸 안 사리고 봉사하였다. 강물에 들어가 10분만 있어도 거머리가 시커멓게 달라붙었다.

이들은 자기들에게 쏟아지는 정치깡패라는 말에 크게 부담을 느끼고 있었다. 이들은 자기의 부정적인 이미지를 물에 흘려보내려는 듯이 땀을 뻘뻘 흘리면서 일하였다.

6월로 접어들면서 간간히 비가 내렸지만 맑은 날이 많아 수로를 측정하는데 별 문제가 없었다. 그런데 수로측정에 참고할 만한 기초자료가 별로 없어 애를 먹었다. 다행히 왕조시대에 만들어진 대동여지도와 택리지라는 고문헌과 일본이 한국을 점령하고서 조선총독부가 한국의 토지를 수탈할 목적으로 작성한 측량도가 조금은 도움이 되었다.

나는 줄에 무쇠덩이를 매달아 강 속에 늘어뜨린 다음에 바닥에 닿으면 그것을 끌어올려 쇠줄에 묻어있는 개흙을 분석하여 수심과 지형을 측정하였다. 또 인민군이 수중으로 침투할 수 있는 곳에 철책을 이중삼중으로 설치하였다. 그 철책에는 칼날처럼 예리한 창을 달아서 수중 침투 중에 머리나 가슴에 찔리도록 만들었다. 이때부터 A프레임 부대의 진가가 톡톡하게 빛을 보기 시작하였다. 수송대가 5킬로미터쯤 떨어진 곳에 장비를 부려놓으면 그것을 지게부대가 져 날랐다. 어떤 때는 또 여성들도 머리에 작은 물건들을 이고서 날라주었다. 나는 이들에게 일당을 쳐서 지급하였으며 햄이나 소시지 같은 미제 물품을 특별히 나눠주었다. 이러자 다들 눈을 휘둥그레 뜨고 좋아하는 기색을 보였다.

어느덧 7월로 접어들면서 장마철이 되어 강물이 불어나 수로측정 작업을 쉬고 있는데 전혀 예상치 못한 복병을 만나게 되었다. 도쿄 극동사령부는 아무 이유 없이 작업을 중단하라고 지시하였다. 이러니 할 수도, 그렇다고 멈출 수도 없는 어정쩡한 상태가 되었다. 나는 미 군정청 하지 사령관에게 공문을 발송하였다. 이때 하지 사령관과 이 대통령은 아주 불편한 관계에 놓여 있었다. 이 대통령은 그를 공산주의자로 보고 있었다. 이와 함께 곳곳에서 하지 사령관의 정치 개입을 호되게 비판하는 목소리가 불거지고 있었다. 이승만도 김구도 그를 별로 좋아하지 않았다. 나는 이렇게 작업이 중단된 것은 남로당의 이간질 때문이라고 생각하였다. 나와 맥아더 사령관은 서로 첩보를 놓고 평가하는 기준이 달라서 가끔 충돌하고 있었다. 나중에 알게 된 일이지만 이렇게 된 것은 김일성의 불만을 들은 스탈린이 미 CIA에 있던 킴 필비에게 지시를 받은 앨저 히스의 농간에 놀아난 것이었다. 김일성은 이처럼 내가 하는 일에 훼방을 놓으면서 전쟁 준비에 미쳐가고 있었다. 정말 기가 막힌 일들이 연달아서 일어나고 있었다.

어쨌든 남한에서는 전국이 들썩거리고 있었다. 하지 사령관은 맥아더 극동사령관의 심복이었지만 관리 능력에 있어서는 낮은 점수를 받고 있었다. 이래서 하지 사령관과 나는 사소한 이유로 견원지간이 될 수밖에 없었다. 그는 심지어 나를 이승만의 충견으로 보고 있었다. 서로 하는 일이 다르기 때문에 나는 그 사람에 대해서 그다지 신경 쓰지 않고 지냈다. 나는 이승만 대통령과 대화로 이 작업은 계속되어야 한다는 데 의견의 일치를 보았다.

"이보라고. 니콜스 소령. 임진강 수로만 잘 막으면 탱크 수십 대를 저지하는 효과가 있다네. 아마 김일성 그 놈이 또 농간을 부리고 있는 것이 확실한데 그대로 밀어붙이게."

"맞습니다. 이대로 방치하면 수중으로 적이 침투하여 서울이 언제 함락될지 아무도 장담할 수 없죠."

내 보고를 받은 이 대통령은 일단 작업을 하라고 지시하였다. 전에도 임진강 수로를 통해 인민군이 침투하려다가 사전에 발각이 되는 바람에 북으로 달아난 사건이 있었다. 이 같은 사례를 들어 임진강 수로를 정확하게 측정을 할 필요가 있으며 머지않아 인민군의 주요 침투가 될 것으로 예상하였다. 다행히 예산은 이미 확보되었으며 60퍼센트 이상 작업이 이루어졌기 때문에 중도에 그만 둘 수가 없었다. 지루한 장마도 끝나고 폭염으로 푹푹 끓고 있을 때 다시 수로측정 작업에 들어갔다. 장정들은 아주 효과적으로 장비와 물자들은 져 날랐다. 일시적으로 자유의 몸이 된 정치깡패들도 구슬땀을 흘리면서 일하였다. 나는 임진강과 한강의 수로측정 첩보가 북한이 알지 못하게 하려고 노력하였다. 만약 인민군이 어느 지점에 철책이 있다는 것을 알게 되면 수로 조사는 하나마나한 일이 되었다. 나는 보안을 위해 이들 일거일동에 눈을 떼지 않았다. 그런데 한강으로 옮겨서 수로측정을 마치기에는 계절이 허용치 않았다. 9월 하순이 되면서 한강의 수온은 뚝 떨어져 사람이 들어가 한 시간 이상 작업할 수 없었다. 나는 한강 북쪽의 일부분을 남겨두고 일단 작업을 멈추었다. 내년 5월 하순에 다시 작업하기로 하였다. 내가 선발한 장정들은 특수 보안교육을 시켜서 사회로 복귀시켰다. 나는 임진강의 밀물과 썰물 때 수심이 5미터 이상 차이가 난다는 것을 알게 되었다. 이를 이용하면 수로 경비를 효율적으로 할 수 있었다. 썰물이 되면 경비병을 절반으로 줄여서 다른 곳에 배치할 수 있었다. 그동안 하루 24시간 경비병을 똑같이 배치하였다. 그 결과 정작 병력이 필요한 곳에서 손을 놓고 있다가 인민군에 당하였다.

나는 임진강 수로가 장마철이나 80밀리미터의 집중호우에도 범람한다는 사실을 알아내었다. 또 양쪽의 강가는 모래가 70퍼센트인 진흙으로 되어 있다는 것과 썰물이 되면 수위가 4미터 가까이 내려간다는 것을 작전지도에 표기하였다.

결국 75퍼센트의 후반공정에서 작업을 중단했지만 그런대로 인민군의 수중침투를 차단하는데 효과가 있었다. 인민군이 수중으로 침투하여 서울로 잠입하면 그동안은 당할 수밖에 없었지만 이제는 어느 정도 차단할 수 있게 되었다.

나는 중간 결과를 작성해서 도쿄 극동사령부에 보내었다. 그런데 내 보고서를 받고도 극동사령부는 쓰다달다 일언반구 없었다. 이런 태도를 보면서 나는 분노하였다. 이때 내가 뭐하려고 이 짓을 하고 있는지 스스로 생각해도 이해가 안 되었다. 가을로 접어들 무렵에 이 대통령의 친서가 나에게 내려왔다.

니콜스 소령 귀하. 나는 임진강과 한강의 수로측정이 절실하다는 것을 알면서도 예산이 없어 엄두도 못 내고 있는데 소령이 이렇게 나의 부담을 덜어주고 우리가 적의 침입으로부터 안심하고 살 수 있게 되었으니 뭐라 감사의 말씀을 드려야 할지 모르겠습니다. 한국인보다 더 한국을 사랑하는 소령의 마음에 경의를 표합니다.

―대한민국 이승만.

나는 이 대통령의 친서를 받고나니 일에 보람이 느껴졌다. 이렇게 정국이 어느 정도 안정이 되는가 싶더니 새해에 난데없는 혼돈이 몰아치고 있었다.

4월 3일 아침, 나는 부하들이 우당탕탕 뛰어와서 잠을 깨우는 바람에 눈을 번쩍 떴다.

"아니 무슨 일이기에 이렇게 잠을 깨우는가? 자네들은 어디다 예의를 팔아먹었나?

"소령님, 그게 아닙니다. 지금 저 남쪽 제주도에서 폭동이 일어났다는 긴급통보가 올라왔습니다. 지금 제주도는 무법천지나 마찬가지라는 것입니다."

"뭐라고? 무법천지라고?"

나는 바로 김창룡 소령에게 전화를 걸었다. 그는 전화를 받지 않는 것이었다. 이번에는 부리나케 미국 대사관으로 전화를 걸었지만 역시 연결이 안 되었다. 나의 단골 연락처가 전화를 다들 받지 않으니 마음은 조마조마하여 더는 견딜 수가 없었다. 분명히 제주도에서 큰 사건이 일어난 것 같은데 확인할 수 없었다. 나는 제주도 사건의 주동자로 박헌영과 김달삼을 꼽고 있었다. 나중에 두 사람의 행적을 추적한 결과 나의 짐작이 정확하게 맞았다.

　이렇게 되자 미군과 한국 정부는 사회 곳곳에서 암약하고 있는 남로당 당원들을 정리하는 작업을 서두르기로 하였다. 여기서 김창룡 소령은 발군의 숨은 실력을 발휘하였다. 이렇게 남로당에 대한 수사가 진행되자 강화도에 숨어 있던 박헌영은 북한으로 들어가 버렸다. 역시 제주도에서 4.3사태를 일으킨 김달삼도 배편으로 해주를 거쳐 평양으로 달아났다. 이렇게 나는 남로당의 핵심분자 두 명을 놓치고 말았다. 이 두 사람이 김일성의 지극한 환대를 받았다는 보도가 노동신문 일면에 실렸다. 둘은 아주 의기양양하게 손을 들고 어버이 수령 동지의 품에 안긴 것을 영광으로 생각한다고 아부를 떨었다.

　나는 김창룡 소령의 도움으로 남로당 당원들의 명단을 입수하였다. 그 후 서너 달이 지나서 한국 군대 안에 있는 남로당 프락치들의 명단을 받았다. 이 명단을 보고서 나는 그만 말을 못하고 있었다. 그동안 우리가 몰랐던 군부의 간부들이 대거 남로당에 포섭되어 김일성에게 충성을 바치고 있었다. 사흘 후 나는 김창룡 소령을 안가로 오게 하여 만났다. 나는 다소 걱정스런 말투로 입을 열었다.

　"김 소령, 이거 명단을 보니까 군대부터 숙군작업을 서둘러야 겠소. 안 그러면 이놈들이 우리 군인의 등에 총을 쏘고도 남겠는 걸."

　"네, 소령님, 그렇죠. 숙군작업은 귀신처럼 대상자를 물색한 다음에 번개처럼 진행해야 합니다. 우선 이 대통령께 보고부터 올려서 재가를 받아야 합니다."

　"우선 보고 전이라도 잡고 보세. 아마 소문이 나면 북으로 튈 놈이 한두 놈이 아니겠어. 그러면 닭 쫓던 개 담 넘어 쳐다보는 격이 되고 마네. 여기 남아있는 남로당 골수분자부터 우선 처리하고 보세. 이주하, 김상용 두 놈을 전격적으로 체포하세."

　"예. 그렇게 하는 게 좋습니다. 두 놈은 여차하면 북으로 튈 놈입니다. 넋 놓고 있다가는 박헌영과 김달삼 같은 꼴이 또 일어나지 말란 법이 없잖습니까?"

"그런데 소령님, 여기 박정희 중령을 보십시오. 박 중령이 남로당 당원이었다니 세상일은 알다가도 모를 입니다."

김 소령은 군부의 남로당 명단을 보더니 혀를 끌끌 차면서 근심스런 표정을 지었다. 나는 이때 박정희란 이름은 들어본 것 같기는 하였지만 그를 만난 기억은 없었다.

"박 중령이 누군데 그러나?"

"예, 제가 알기로는 박 중령은 정일권 소장이 무척 아끼는 부하로 알려져 있습니다. 그런데 도무지 이해를 할 수 없군요. 세상에는 우리의 상식을 뒤집는 일이 너무 많습니다."

나는 군대 안에 독버섯처럼 자라고 있는 남로당 분자들을 솎아내는 숙군작업을 하겠다는 의중을 이 대통령과 맥아더 사령관에게 전달하였다. 이때부터 숙군작업은 도둑고양이처럼 진행되었다. 그러나 세상에 비밀은 없는 법이었다. 숙군작업이 시작되었다는 첩보를 들은 남로당계 군인들은 서서히 동요하기 시작하였다. 이때 북한의 난수방송을 해독한 결과 김일성은 "남조선 군인들은 한층 더 힘차게 미제 앞잡이 이승만 정권을 타도하는 데 선두에 서기 바란다."면서 선동하고 있었다. 선동의 대상은 남한의 군대 안에 암약하고 있는 남로당 계열 군인들이었다.

나는 더 이상 남로당을 좌시하고 있다가는 군부가 적화통일의 전진기지가 될 수 있다는 긴급보고서를 본국으로 올렸다. 트루먼 대통령과 참모들은 내 보고서를 보고도 설마 하였다. 이때 트루먼 대통령은 용단을 내려주었다. 남한 군부 내의 남로당 패거리 명단을 받은 트루먼은 숙군작업을 전격 승인하였다.

얼마 있어 여수와 순천에서 남로당 계열의 장교들이 반란을 일으켰다. 이 사건으로 많은 민간인들이 희생되었다. 숙군작업을 한창 진행 중에 또 한 방을 맞게 되었다. 이처럼 숙군작업을 은밀하게 하고 있는데도 첩보가 군대 내부로 흘러가 남로당 계열의 군인들이 폭동을 일으켰다. 이런 가운데 전방에서 몇몇 군인들이 부하들을 데리고 북한으로 넘어가는 사건이 터졌다.

어수선한 가운데 어느 날 정일권 소장의 전화가 걸려왔다. 당시 멋쟁이로 통한 정 소장을 자주 보는 편은 아니었다. 지난해 소장 진급을 앞두고 나를 찾아와 "잘 부탁한다."면서 산삼 몇 뿌리를 놓고 간 적이 있었다. 그는 평소에 연락이 뜸한 편이었다.

"니콜스 소령님, 저는 정 소장입니다. 지난해 한 번 찾아가 뵌 적이 있습니다. 저를 기억하시겠죠?"

"아, 정 소장이군요. 정 소장님 하면 멋쟁이가 아니겠소? 할리우드로 진출하셔도 절대 빠질 데가 없는 분이죠."

"하하하……. 칭찬해주셔서 고맙습니다. 소령님이야 말로 한국에 오셔서 첩보활동으로 자유를 지키고 계십니다. 전쟁의 기초는 적의 첩보를 알아내는 것이죠. 하하하……."

이렇게 나와 정 소장은 서로 덕담을 주고받고 있었다. 그의 목소리가 살짝 떨리고 있어 특별히 부탁할 게 있는 것 같았다. 나는 상대방의 목소리를 듣고 그 사람이 뭘 원하는지를 대충 알 수 있을 정도가 되었다.

"정 소장님, 이렇게 전화를 거신 데는 뭔가 깊은 뜻이 있을 것 같은 데요. 말씀해주시죠."

내가 먼저 정 소장의 의중을 대략 파악하고 선수를 쳤다. 그랬더니 그의 답변은 아주 뜻밖의 것이었다.

"소령님, 우리 육군에 박정희 중령이 있습니다. 언제부터인지 박 중령이 남로당 골수분자라는 문건이 떠도는데 사실 그는 남로당의 존재에 대해서도 잘 모른다고 합니다. 일단 박 중령이 소령님을 찾아가서 해명하도록 할까 하는데 괜찮을까요?"

나는 정 소장의 청탁에 대해 그렇게 하라고 대답하였다. 이렇게 답변한 것은 박 중령이 혹시나 군부의 다른 남로당 당원 명단을 들고 올지 모른다는 기대감 때문이었다.

"정 소장님, 좋습니다. 제가 하는 일이 심문이니까 한 번 만나보고 도움이 되도록 하겠습니다."

"소령님, 어렵지만 박 중령이 남로당 당원이라는 소문은 사실과 다릅니다. 그렇게 본다면 여기에 안 걸릴 군인은 없을 것입니다. 선처를 부탁드립니다. 충성!"

"최종 결정은 대통령이 내리는 것이니까 간곡하게 박 중령의 구제를 요청하겠습니다. 아마 이런 전후 사정을 아시면 구제하실 것입니다."

이 전화를 받은 지 닷새 째 되는 날 오후에 박 중령이 안국동으로 찾아왔다. 그는 동양인 특유의 짤딱 만한 외모에다 강직하게 보였다. 사실 내가 한국군 영관급을 만나는 것은 김창룡 소령 다음이었다. 나는 그에게 심문실에서 기다리라고 일렀다. 어쨌든 그는 남로당 당원 명단에 올라있는 군인이어서 조사가 필요했다. 나는 이때도 김창룡 소령을 호출하였다. 나에게는 한국 군인을 심문할 수 있는 권한이 없었다. 김 소령은 전화를 끊은 지 30여분 만에 모습을 드러내었다. 그는 말도 시원시원한 데다 동작 하나는 삵처럼 민첩하였다. 다른 사람이 하루 24시간을 산다면 그는 48시간을 사는 것처럼 빠르게 움직였다.

"소령님, 무슨 하고 싶은 말이 있습니까? 긴급히 호출하시고?"

"아, 일단 저기 앉으라고……. 지금 박정희 중령이 심문실에서 기다리고 있네. 군부 내의 남로당 명단에 올라있는 인물이니까 신중하게 심문을 해보라고……."

"뭐요, 박정희 중령이라고요?"

"그렇네."

"혹시 누구한테 청탁을 받지는 않았나요?"

"지금 그걸 말하기가 좀 그러네."

"그러니까 부탁을 받으신 건 맞지요?"

"지금은 그렇다 아니다 말할 수 없소. 어서 가보게."

"이거 너무 뜸을 들였습니다. 서둘렀어야 했는데 숙군 첩보가 동네방네 다 퍼졌습니다. 벌써 물 건너 간 것 같습니다. 소령님……."

"어찌 되었건 박정희 중령의 구명을 부탁받았소. 이건 대통령의 재가가 있어야 할 텐데……. 그 분은 워낙 공산주의자에 대해서는 강경한 분이라 말이 먹힐지 걱정이네."

"아, 그렇군요. 어쩐지 제 예감이 맞았군요."

"여기 박 중령이 갖고 온 한국군의 남로당 당원 명단이 있네."

박 소령이 갖고 온 "군부 내 남로당 당원 명단을 대조해 보니 이미 확보한 명단보다 더 많은 군인들이 남로당 당원이었다.

김 소령은 이 명단을 보더니 얼굴에 분노가 일어나고 있었다. 이건 뭔가 범상치 않은 일이 벌어질 것이라는 표정이었다.

"니콜스 소령님, 이건 양수겸장입니다. 이걸 방치했다가는 큰 일이 터지겠습니다. 김일성은 이들을 통해서 우리 군부 내부를 속속들이 들여다보고 있습니다. 이러니 김일성을 자극하여 전쟁으로 비화될 수도 있습니다."

"역시 김 소령은 전문가답네. 자네 얘기가 옳네. 박헌영이 남한에 80만 명의 남로당 당원이 있고 서울에만 20만 명이 있다고 하지 않았나?"

이날 김창룡 소령은 박정희 중령을 불러 몇 가지를 심문하고 돌려보냈다. 그가 떠나고 서너 시간이 지나서 정일권 소장의 전화가 다시 걸려 왔다.

"소령님, 박 중령 만나보셨죠? 그는 군대 내부의 분위기가 남로당에 가입하지 않으면 어떤 보복이 따를지 몰라 다들 가입했다는 겁니다. 박 중령처럼 남이 하니까 따라서 남로당원이 된 군인들이 더 있습니다."

"예, 박정희 중령은 정 소장님이 아끼는 부하라는 게 확인되었습니다. 또 군부 내의 남로당 명단을 갖고 와서 참고가 되었습니다. 정상 참작이 되도록 힘쓰겠습니다."

"소령님, 감사합니다."

나는 숙군작업 1차 보고서를 갖고 경무대로 들어가서 이 대통령에게 전달하였다. 한참 동안 보고서를 읽더니 고개를 들어 나를 보면서 질문을 하였다.

"소령, 여기 보니까 우리 현역 장교들이 남로당 당원이라는 게 놀랍소. 이재하 소령, 남기만 대령, 이춘구 중령 그리고 박정희 중령이 남로당 당원으로 김일성에게 충성을 하는 자들이 아니요?"

"각하, 맞습니다. 이 군인들은 북한으로 보내는 게 좋을 듯합니다. 김일성이 바로 숙청하겠지만요."

"이들 영관급 장교들은 얼마 있으면 별을 달 장군감인데 참 안되었네. 쯧쯧쯧……."

"각하, 이들을 어떻게 처리하면 좋겠습니까?"

"내 생각은 법과 원칙에 따라서 처리하는 게 옳을 것 같네. 여기에는 일절 관용이 개입되지 않도록 하게."

나는 이때 정일권 소장의 청탁 건을 대통령에게 말하기로 하였다.

"각하, 조사해보니까 장교들 가운데 아마 뭔지도 모르고 남로당 당원이 된 사람이 대부분입니다. 이 중에서 박정희 중령은 아무 생각 없이 당원이 되었다고 합니다. 김창룡 소령이 3시간이나 심문을 하였습니다."

"그래? 박 중령에 대해 더 말할 게 있나?"

"각하, 이번에 영관급까지는 심문을 마쳤습니다. 여기 박정희 중령의 심문보고서가 있습니다."

"으음. 불편부당하게 되었을 것으로 믿고 싶소. 여기에 박정희 중령의 심문 내용도 있나?"

나는 얼른 보고서를 잡고서 살짝 접어놓은 곳을 펼쳤다. 돋보기를 끼더니 한참이나 읽는 것이었다. 그는 다시 안경을 벗고 나를 보면서 말문을 열었다.

"니콜스 소령, 여기를 보게. 박정희 중령의 형이 남로당 골수분자였네. 이것을 어쩌나……."

"각하, 박 중령은 정일권 소장이 끔찍이 아끼고 있는 부하라고 합니다. 이번에 한 번만 잘 봐주시죠."

내 말을 들은 이 대통령은 잠깐 말을 멈추고 생각에 잠겼다.

"사람은 누구나 실수를 할 수 있네. 조그만 실수로 단죄를 하면 인재가 안 생기는 법이요. 이들을 상중하로 구분하여 개전의 의지를 보이면 각서를 받고 없던 일로 하게."

나는 이 대통령의 지시대로 처리하고 나서 정 소장에게 통보하였다. 박 중령은 군부의 숙군명단에서 빠지게 되었다. 이즈음 맥아더 사령관도 군부의 남로당원을 위험한 집단으로 보고 있었다. 그는 이 대통령에게 숙군작업을 서둘러 달라고 요청하고 있었다. 한편, 김일성은 남로당 당원들에게 보낸 난수방송에서 숙군작업이 있을 것이라는 사실을 알려주었다. 이 첩보를 들은 나는 속이 뒤집어질 것만 같았다. 생쥐 같은 김일성이 극비의 비밀을 알아챘다고 생각하니 머리가 어지러웠다.

나는 남로당 당수 박헌영의 심복이며 비서인 박갑동을 체포하려고 기회를 엿보고 있었다. 그동안 박헌영의 전술의 대부분은 그의 머리에서 나왔다. 그는 와세다대학 정경학부를 나온 수재 중의 수재였다. 박헌영은 이미 내 손아귀에 들어와 있었기 때문에 그리 신경을 쓰지 않았다. 어떻게든 박갑동만 체포하면 김일성의 남한 공산화 전략에 타격을 입게 되었다. 박헌영이 북으로 달아난 후 그는 지하로 숨어들어서 암약하였다.

나는 첩보활동 보고서를 작성하고 있었다. 이날 첩보요원 박우철이 삼십대 중반의 젊은이를 데리고 들어왔다.

"소령님, 이 친구가 이번에 전향하겠다는 의사를 보여서 함께 왔습니다. 또 특별히 보고할 것도 있다고 합니다."

"그래? 잠깐만 기다리고 있게. 이것을 마저 쓰고 보세."

나는 보고서를 작성하느라 그에게 정신을 쓸 수 없었다. 나는 타자기 자판을 두드리면서 문서를 만들고 있었다.

나는 속으로 뭐 별게 있겠냐면서 그리 높게 평가하지 않았다. 이때 박우철이 나에게 다가왔다.

"소령님, 이 친구 가볼 데가 있다고 합니다. 잠깐 멈추고 면담을 하시죠."

"아, 그래? 알겠네."

이 말을 듣고 타자기를 옆으로 밀어놓고 그 친구를 심문실로 데리고 갔다. 비교적 곱상한 얼굴인데다 막일을 한 손 같지 않게 매끈하였다.

"나이와 이름은 어떻게 되나?"

"올해 38살, 정상호입니다. 삼 년 전 남로당에 가입했는데 이제 그들의 거짓과 선동에 환멸을 느껴서 결별하고 싶습니다."

"좋아. 그럼 전향서는 박우철에게 주게. 오늘 특별히 할 얘기라도 있나?"

그는 여기서 얼굴을 나에게 돌리고 목소리를 한껏 낮추었다.

"예. 닷새 후 박갑동이 이주하를 만난다고 합니다. 지금 김일성의 모든 지령은 박갑동이 창구를 거쳐 전달됩니다."

나는 이런 첩보를 받고 이주하와 박갑동을 동시에 잡을 생각을 하니 심장이 빨리 뛰었다.

"오오, 잘 알았네. 이 얘기는 절대로 다른 데서 하면 안 되는 거 알지?"

"소령님, 조금도 염려 마십시오. 그건 잘 알고 있습니다."

다음날 날이 새면서 김창룡 소령을 급히 호출하였다. 그는 한 시간이 조금 못되어 사무실로 올라왔다.

"소령님, 무슨 일이라도 있나요? 새벽부터 호출하시고……."

"그럼 있지. 숨이나 좀 돌리고 말하게."

"괜찮습니다. 어서 얘기해주시죠."

"자네하고 내가 비밀리에 할 작전이 생겼네."

"그게 뭐죠?"

"이주하가 모레 세 시에 왕십리에서 박갑동을 만날 것이라는 첩보가 들어왔네."

"이주하가 박갑동을 만난다고요?"

"그러네."

지난해부터 박갑동을 추격하였는데 그는 좀처럼 꼬리를 보이지 않았다. 김 소령은 박갑동이라는 이름 석 자를 듣더니 신이 나서 표정이 밝아졌다. 박갑동은 머리가 하도 잘 돌아가서 김일성의 일급 참모이면서 박헌영의 비서로 있었다.

"소령님, 박갑동은 북한을 들락거리면서 김일성의 참모로 활약하고 있습니다. 아마 김일성이 전쟁을 하면 그것은 박갑동이 머리에서 다 나온 것으로 보면 됩니다."

"그건 맞는 말이네. 여기 지도를 보게. 여기가 왕십리 이화여관일세. 옆에 샛길로 올라가면 두 번째 나타나는 집에서 박갑동이 이주하에게 비밀문서를 준다고 하네. 이번 작전명은 번개로 하겠네."

"그것 참 잘되었네요. 마침 건너편 집은 비어있어요."

이날 나는 아침 일찍 건너편 집에서 박갑동이 나타나기를 기다렸다. 나는 이번에 첩보를 제공한 정상호를 포함하여 특수요원 다섯 명을 도로를 보수하는 인부로 위장시켜 배치하였다. 이들은 땅을 파다가 박갑동이 나타나면 바로 체포하게 시켰다.

김 소령은 인부들에게 땅을 더 열심히 파라고 신호를 보냈다. 우리가 잠깐 한눈을 파는 사이에 사내 셋이 나타났다. 김 소령은 바짝 긴장하여 문틈으로 보면서 권총에 실탄을 장전하였다. 여차하면 사살하기로 하였다. 이때 인부들은 세 남자들을 덮쳤다. 이러니 현장은 순식간에 아수라장이 되었다. 갑작스럽게 공격을 받자 박갑동은 권총을 빼들고 한 방을 쏘았다. 총소리가 들리더니 정상호가 도로에 벌렁 넘어졌다. 나는 양쪽을 경계하면서 박갑동을 체포하도록 지원 사격을 하였다. 다행히 정상호는 왼쪽 다리에 총알이 스치고 지나가면서 상처는 그렇게 깊지 않았다. 이러는 순간 박갑동은 위험을 알고서 금호동 쪽 골목으로 후다닥 튀는 것이었다. 내 부하들이 그의 뒤를 쫓았지만 결국 놓치고 말았다. 이때 뒤를 돌아보니 김 소령은 이주하의 손에 수갑을 채워 끌고 나와 빙긋이 웃고 있었다.

당시 이주하는 남로당 중앙위원을 맡고 있었다. 그는 남로당 핵심인물이었기 때문에 이주하만 체포하면 김일성의 남한 적화사업은 어느 정도 수그러들게 되었다. 전쟁 직전 김일성은 조만식과 이주하를 맞바꾸자고 제안을 해왔지만 남한 실정을 잘 아는 이주하를 보내면 김일성에게 날개를 달아주는 것 같아서 맞교환을 거부하였다. 이때 김일성은 남침 준비를 다 마치고 작전명령 폭풍을 발령하기 직전이었다.

전쟁이 나자 김창룡 소령은 이주하를 수색 부근의 한강 백사장에서 처형하였다. 남로당 거물급 박갑동은 바로 북한으로 올라가서 6.25전쟁을 기획하였다. 이때 김일성은 그의 비상한 머리에 감탄을 하였다. 박갑동은 6.25전쟁의 설계자였다. 남로당 3인방으로 주가를 날리던 이주하는 총살로 허무하게 삶을 마쳤다. 어차피 북으로 갔어도 김일성의 숙청을 피할 수는 없었을 것이다.

전쟁이 끝나자 박갑동은 구사일생으로 살아남을 수 있었다. 그는 김일성의 숙청을 피하여 베이징으로 갔다가 도쿄에서 살았다.

6. 독도 무주지 음모

3월 초, 나는 한국에 첫 발을 디딘지 이 년이 다 되었을 때 이승만 대통령을 만날 수 있는 기회가 생겼다. 한국에 와서 한·일관계가 생각보다 훨씬 복잡하고 미묘하다는 것을 알게 되었다. 하기야 식민 지배를 받은 나라치고 그렇지 않은 나라가 어디 있겠냐만 한·일 관계는 유독 심하였다. 점차 이런 관계는 수백 년 전으로 거슬러 올라간다는 것도 알게 되었다.

아직 밖은 제법 쌀쌀하였다. 남대문 밖은 땔감장수들로 북적거렸다. 가끔 눈발이 흩날려 아직은 겨울처럼 느껴졌다. 이때까지만 해도 나는 신생 독립국의 대통령을 감시하는 임무에 충실하였다. 나는 이틀에 한 번꼴로 본국에 이 대통령의 동정을 미주알고주알 다 보고하였다. 미국 정부는 이 대통령을 뭔가 일을 저지를 인물로 보고 있었다. 한국은 미소 위원회의 결정인 신탁통치 반대 데모로 어수선해서 정신을 차릴 수 없었다.

제주도는 점점 더 복잡하게 돌아가면서 수백 명의 사상자가 발생하였

다. 여기도 남로당의 김달삼이 사주하여 무고한 시민들을 죽이면서 급
기야 치안유지를 위해 군대가 투입되었다. 김달삼은 나의 블랙리스트
에 올라있는 요주의 인물이었다. 나는 본국에 제주도 소요사태를 상세
하게 보고하였다. 나는 이렇게 한반도 남쪽에서 소요사태로 나라가 어
지러울 때 극동사령부가 동쪽 끝에 있는 무인도 바위섬이 미 공군의 폭
격훈련장으로 지정되었다는 첩보가 들어왔다. 일본이 귀신을 속일 수
있을지언정 내 첩보망을 빠져나갈 수는 없었다. 극동사령부가 미 5공
군에 보내는 주례보고서에 이에 대해 간단하게 한 줄 들어 있었다.

동해의 독도를 미 공군의 폭격 훈련장으로 지정, 6월부터 폭격 훈련
시행함.

나는 동해가 일본해로 바뀐 문서를 보고난 다음부터 깊은 고민에 빠
지지 않을 수가 없었다. 이 대통령에게 이 사실을 보고하느냐 마느냐를
놓고 내 본연의 임무와 충돌이 예상되었기 때문이었다.

이때 본국에서 듣던 중 반가운 소식이 들려왔다. 그동안 미국은 첩보
활동에 있어서 소련에 한참 뒤쳐지고 있었는데 첩보대를 창설하여 총
력 대응하기로 하였다는 것이었다. 사실 2차 대전 이후 첩보에 있어서
미국은 소련에 비해 크게 낙후되어 있었다. 백악관 문턱까지 소련 스파
이들이 넘나들면서 첩보를 빼 내가는데도 손을 놓고 있었다. 이래서 내
활동에 대한 지원이 예전보다 좋아질 것 같았다. 한편, 내가 한국에 와
서 이 년 가까이 공작비를 미 극동사령부를 통해 받다보니 파생되는 일
이 한두 가지가 아니었다. 우선 공작비의 사용처를 놓고 이러쿵저러쿵
말들이 많아지게 되었다. 또한 자연히 첩보활동이 위축되게 마련이었
다. 이러니 맥아더 극동사령관과 나의 관계가 그리 좋을 리가 없었다.
나는 본국의 지시에 따라 창설 준비에 필요한 서류들을 정리해서 보내

주었다. 이렇게 정신없이 뛰다 보니 계절은 벌써 5월 초로 접어들고 있었다. 도쿄 극동사령부 산하 미 5공군이 독도에서 폭격 훈련을 6월 초에 실시한다는 것이었다. 이것은 한국 입장으로서는 가만히 있을 수 없는 대형 사건이었다. 예정대로라면 훈련 개시까지 겨우 한 달 남짓 남아서 실제로 대처할 시간이 그리 많지 않았다. 미 5공군 주력부대는 오키나와에 있었다. 나는 석 달 만에 이 대통령의 전화를 받았다. 지난달 초 제주도에서 일어난 소요사태로 인해 나는 심신이 무척 지쳐있었다. 이 대통령의 전화를 받으면서 나는 두 갈래의 선택을 놓고 심적인 갈등을 겪고 있었다. 그 하나는 이 대통령과 신생 독립국 한국에 대한 연민의 정이었고 다른 하나는 맥아더 사령관이나 그의 보좌관 윌리엄 시볼드가 일본을 끔찍하게 생각하는 것처럼 내가 머물고 있는 한국에 대한 애정 사이에 어떤 것을 택하느냐는 것이었다.

5월 하순 오후 2시, 종로경찰서 건너편의 안국동 첩보부대에서 나와 경무대로 향하였다. 밖에 나오니 날은 얼굴이 후끈 거릴 정도로 뜨거웠다. 나는 보안을 위해 운전병을 놔두고 지프에 올라 시동을 걸었다. 경무대까지는 차로 5분 거리밖에 안되었다. 경무대 입구에서 몇 가지 간단한 검문 절차를 마치고 별실로 들어가니 이 대통령은 벌써 내려와서 나를 기다리고 있었다. 그는 넉 달 전 만났을 때보다 훨씬 더 수척해 보였다. 마음고생이 심하다는 것을 한눈에 알 수 있었다. 나는 몇 달 만에 이 대통령을 보면서 독도를 둘러싸고 벌어지는 음모를 끝까지 파보고 싶은 마음이 들었다. 이건 단순히 호기심이거나 아니면 이 대통령에 대한 막연한 동정심 때문만은 아니었다.

당시 워싱턴 정가에서는 맥아더 장군의 보좌관이었던 윌리엄 시볼드는 지나치리만치 일본을 감싸고돈다는 말들이 퍼지고 있었다. 그는 분명히 미국의 공무원이었다. 다만 그의 어머니는 일본계 영국인이었고 부인은 일본인으로 가정사가 좀 특이한 편이었다. 아마 추측컨대 이런 복잡한 가족관계가 그를 친일로 몰아간 게 아닌가 여겨졌다. 하지만 명백히 그는 미국 공무원 신분을 넘어 국가의 국익에 반하는 행동, 그러니까 다른 나라의 영토문제에 깊이 개입하고 있었다. 그의 임무는 맥아더 장군을 보좌하여 전후 일본의 처리를 하는 게 본업이었지 일본의 관리가 요구하는 어떤 정무적인 판단이나 결정을 하라는 것이 아니었다. 바로 미 공군의 독도 폭격 훈련장 지정이 그랬다. 한·일 간의 영토문제에 미국 관리가 끼어드는 것은 외교상으로도 문제의 소지가 다분히 있었다. 그는 마치 미 국무부나 국방부의 고위층도 선뜻 내리기 어려운 결정을 본국의 승인도 받지 않고 추진하였다. 그가 이렇게 국익에 반하는 행동을 거침없이 하게 된 것은 맥아더 장군이 평생을 전쟁터에서 보낸 탓에 국제관례에 어두웠기 때문이었다. 이 점에서 나는 첩보요원이면서 군인 신분이었지만 행정 관료들을 자주 접하면서 그 나라의 행정 스타일을 존중하였다. 이때 따끈한 실론티 두 잔이 들어왔다. 찻잔에서 모락모락 오르는 향긋한 홍차의 향취가 내 코끝을 스치고 지나갔다. 이 대통령은 나에게 어서 들라고 손짓을 하였다. 그는 말없이 찻잔을 입에 갖다 대려다 다시 내려놓으면서 나를 정면으로 응시하였다. 그러고서 말을 시작하였다. 나는 이때 찻잔을 든 그의 오른손이 산들바람에 흔들리는 풀잎처럼 아주 미세하게 떨리고 있었다. 나는 이 대통령의 첫 마디를 기다렸다. 이 대통령은 첫마디에 뜸을 잔뜩 들이는 습관이 있었다. 그만큼 그는 말 한 마디라도 신중하게 하였다. 그런데 뜻밖에도 그의 입에서 나온 말은 "독도"였다.

"니콜스 소령, 내가 듣기로는 맥아더 장군이 독도를 미 공군 훈련장으로 결정하였다는데 이 첩보를 혹시 알고 있소?"

나는 경무대로 오기 전에 이 대통령의 의중을 몇 가지로 압축을 하였는데 독도는 그 중의 하나였다. 나의 예측이 정확하게 맞아 떨어진 것이다. 나는 이런 질문을 받고서 처음 듣는다고 잡아뗄 수 없다. 마음속으로 "드디어 올 것이 오고야 말았구나."하고 생각하였다. 이 대통령이 어떤 외교채널을 통해서 이런 극비의 첩보를 입수하게 되었는지는 알 수는 없지만 이 질문 하나로 나의 짐은 한결 더 가벼워졌다. 내가 이 첩보를 이 대통령에게 흘렸다가 문제가 되면 나중에 엄중한 책임을 추궁 당할 수 있었다.

"각하, 이미 독도 훈련장에 관한 첩보를 받으셨군요."

"그럼. 내가 하와이에서 독립 운동할 때 일본의 한국 침략을 불법으로 보고 나를 도와준 양심적인 일본인들이 몇 명 있었어요. 지금 그 사람들은 다들 정부 요직에 앉아 있다고. 그들한테서 첩보를 들었지. 이 사람들은 자기 나라가 독도의 소유권을 주장하는 게 말도 안 된다는 겁니다. 이 사람들은 양심적인 일본인들이지……."

"각하, 저도 이 첩보를 접한 후 고민이 많았습니다. 다행히 각하께서 다른 채널을 거쳐서 이 사실을 아셨기에 저는 보이지 않는 손이 되어드릴 수 있게 되었습니다."

"니콜스 소령, 진짜 문제는 일본의 요청에 응해 맥아더 사령관이 멋도 모르고 춤을 추고 있어요. 미 극동사령부와 사령관은 일본의 전후 처리에만 관여할 수는 있죠. 남의 나라 영토문제에 개입하면 안 됩니다. 독도는 일제의 침략 이전부터 엄연한 대한민국 영토였습니다. 이건 점령군 사령관이 이래라 저래라 할 문제가 아닙니다. 잘못하면 두고두고 분쟁거리를 만들 수 있어요."

나는 이때 대통령의 주장에 대해 옳다 그르다 말할 수 있을 만큼 독도를 에워싼 양국의 역사와 갈등에는 문외한이었다. 괜히 멋모르고 끼어들었다가 장님 코끼리 만지는 격이 될 수 있어서 무척 몸을 사리고 있었다.

"제가 각하의 말씀을 들어보니까 각하께서 갖고 계신 독도 첩보가 저보다 훨씬 더 구체적이고 상세합니다."

"소령, 어쨌건 이런 첩보가 존재한다는 것이 서로 확인이 되어 다행이

오. 다 소령 덕분이오. 정말 고맙소…….”

“저도 그렇게 생각합니다. 첩보는 일방적이어서는 안 됩니다. 서로 작용과 반작용을 하는 것이 첩보의 생리이기 때문에 크로스 체크가 그만큼 중요합니다.”

“그런데 일본이 아직도 남의 영토에 허욕을 부리는 걸 보면 제국주의 근성을 버리지 않고 있다는 것이요. 이건 어수선한 시기를 이용해서 독도를 자기 땅으로 편입하려는 일본의 모략입니다. 일본이 원자폭탄 두 발에도 정신을 못 차리니 일본을 어떻게 해야 정신이 들게 할 수 있겠소. 허참.”

이 대통령의 말을 들으면서 나는 독도가 미 5공군 폭격 훈련장으로 지정된 데는 일본 정부의 불순한 의도가 저변에 두껍게 깔려있다는 것을 알 수 있었다.

바로 윌리엄 시볼드, 이 사람이 정말 문제구나. 이 친구가 평생을 군인으로 지내어 국제관계에 어두운 맥아더 사령관을 뒤에서 조종하고 있구나.

일본군이 철수한 이후 소련이 북한에 들어와 어떤 일들을 벌일지 알수 없었다. 일본은 이런 틈을 노려 독도를 대외적으로 문제를 삼으려고 혈안이 되어 있었다. 이 대통령은 손수건을 꺼내 눈물을 닦더니 벌겋게 충혈이 된 눈으로 나를 쳐다보았다.

“몸이 백 개라도 다 감당할 수 없게 되었소.”

“각하, 이건 미 극동사령부와 일본 정부가 공동으로 기획한 것으로 추정됩니다. 더는 알아봐야겠지만 뭔가 불순한 의도가 다분히 엿보입니다.”

“맞아요. 내 생각과 니콜스 소령의 판단이 같소. 벌써 일본은 패망 삼년째를 맞고 있는데 겉으로든 속으로든 변한 게 하나도 안 보여요. 일본은 지금 곰팡이 낀 제국주의시대의 유물을 핥고 있습니다. 그렇게 쓴맛을 보고서도 옛날 제국주의의 골동품을 안 버리고 남의 나라 땅을 호시탐탐 넘보고 있어요. 이걸 보면 일본은 죽어도 제국주의 근성을 못 버릴 것 같습니다. 이렇게 된 것은 맥아더 장군이 천황의 존재를 인정해주었기 때문입니다."

"각하, 지금 공문으로 봐서는 6월 초에 독도에서 폭격 훈련이 시작될 것 같습니다."

"소령, 독도가 미 공군의 폭격 훈련장이 되어서는 안 됩니다. 그런 다음에 일본이 독도 영유권을 들고 나올 게 틀림없습니다. 오키나와처럼 말이죠."

이게 바로 일본의 무주지 작전이었다. 사람이 살지 않는 섬으로 만든 다음에 미국이 독도를 일본에 넘겨주는 그런 작전이었다.

"각하, 이제부터 모든 채널을 동원하여 독도가 미 공군의 훈련장으로 지정된 배경과 그 의도를 서둘러 파악하겠습니다. 시간 좀 주십시오."

"정말 고맙소. 니콜스 소령. 부탁하오. 잠깐만……."

"각하, 더 하실 말씀이 있으신가요?"

"독도에는 독도만의 동물이 살고 있다고 들어봤소? 독도 강치라는 동물인데 물개를 닮았다네. 그런데 일본은 메치라고 부르는데 기름으로 쓴다고 마구잡이로 잡아들이고 있다는 보고를 받았소. 지금 우리의 국력이 거기까지 미치지 못하니까 소령이 좀 알아보고 그 동물을 보호할 수 있는 길을 한번 찾아봐줄 수 있겠소?"

"각하, 우리 국가에서는 야생동물의 보호가 철저합니다. 과거 남획으로 나그네비둘기가 멸종한 사례가 있어 무슨 일이 있어도 야생동물부터 보호합니다."

"일본이 강치를 잡는다고 독도를 들락거리다가 독도가 탐이 나서 자기네 영토라고 억지를 부리는 거란 말이오."

"그렇겠습니다. 일본이 독도 강치를 잡지 못하도록 극동사령부에 건의하겠습니다."

"강치 수컷의 음경을 잘라 말린 게 해구신이라고 해서 남자들의 정력에 좋다는 겁니다. 이게 비싸게 팔리니까 너도나도 강치를 잡는 겁니다. 얼마 전 모 장관이 강치 해구신 몇 개를 선물이라고 갖고 왔기에 호통을 쳤습니다. 그 장관을 두 달 있다가 개각 때 집으로 보냈습니다. 그 친구는 지금 자기 행동을 후회하고 있을 거요."

이렇게 이 대통령을 만나 두 시간 넘게 대화를 나누면서 대통령에게 보고하는 위험 부담에서 자연스럽게 벗어나게 되었다.

5월 초, 일본 도쿄의 다이이치 빌딩의 극동사령부 본부.

이날 도쿄 시내에 가랑비가 추적추적 내리고 있었다. 하늘은 온통 회색 빛으로 어두웠다. 도로 곳곳에 미군기의 폭격으로 웅덩이가 생겨 이따금 지나가는 차량들이 브레이크를 잡을 때 나오는 금속성 소리가 고막을 긁고 있었다. 신주쿠를 비롯해 우에노, 이케부쿠로 등지에는 육안으로도 성한 집이라고는 하나도 안 보였다. 곳곳에서 집을 수리하고 안전을 점검하는 주민들과 공무원들이 뒤섞여 북적거렸다.

일본은 아직도 히로시마와 나가사키에 떨어진 원자폭탄의 참혹한 후유증에서 벗어나지 못하고 있었다. 그러기에는 삼 년이란 세월은 너무 짧았다. 일본 국민들은 무엇보다 침략전쟁의 원흉인 천황이 무사하고 또 천황제를 존속시켜준 맥아더 장군에게 무한히 감사하게 생각하고 있었다. 히로히토 천황은 무사하였다. 도조 히데끼가 모든 책임을 지고 갔기 때문이었다. 그리고는 미국 전함 미주리호에서 종전회담에 서명을 하고서도 천황의 지위를 예전처럼 누리고 있었다.

이날 오전 10시 반, 일본 외무성 히라모토 오사무 차관이 검은색 서류가방 하나를 들고 극동사령부 건물로 성급히 들어가는 게 눈에 띄었다. 당시 일본 관리들이 이 건물을 방문하는 일은 너무 흔해서 기자들조차도 거들떠보지도 않았다. 이날만은 파격적이었다. 히라모토 차관이 들어가자 윌리엄 시볼드가 문 앞에 섰다가 정중하게 그를 맞는 것이었다. 사실 일본 관리들에게 극동사령부는 하늘과 같은 존재였다.

극동사령부 직원들은 패전국 일본의 관리들을 거칠게 대하였다. 이런 가운데 딱 한 사람만 예외가 있었다. 그 사람은 미국인 시볼드였다. 이 사람은 모국어가 세 개냐고 말할 정도로 일본어와 중국어에 능수능란하였다. 그는 일본 혈통을 타고난 어머니와 아내의 영향을 받아 미국인이면서 일본인처럼 보였다. 이때 일본 정부는 시볼드를 적절히 이용하여 실리를 챙기고 있었다. 이런 점에서 시볼드는 전후 폐허에서 일본의 입장을 미국과 전승국들에게 일본인보다 더 일본인답게 사정을 잘 전달하였다.

이때 일본은 한국에 대한 지배권을 잃은 것을 못내 아쉬워하는 분위기였다. 종전 전까지만 해도 일본의 젊은이들 가운데는 한국으로 진출하려는 열기가 학원가를 뜨겁게 달구고 있었다. 출세의 길을 식민지 한국에서 찾으려는 야망을 가진 젊은이들이 많았다.

히라모토는 그의 안내에 따라 6층 접견실로 들어갔다. 접견실에 들어간 히라모토는 도쿄 극동군사령부가 어떻게 해서 이처럼 미국 냄새를 물씬 풍기는 건지 도무지 이해할 수가 없었다. 외딴섬에 있는 극동사령부는 작은 백악관이었다. 그는 컨퍼런스 룸으로 들어갔다. 그는 자리에 앉기도 전에 오늘 협의할 내용부터 시볼드에게 내밀었다. 거기에는 일본의 서체로 단 두 글자가 정중앙에 떡하니 자리 잡고 있었다.

獨島

한자를 어느 정도 읽을 줄 아는 시볼드는 한자 獨島를 뚫어져라 바라보더니 히라모토를 향해서 머리를 몇 번 주억거렸다. 그는 시볼드의 얼굴을 보면서 가볍게 미소를 짓는 것으로 화답하였다. 이건 당신의 의중을 알았다는 일본인 특유의 의사표시였다.

히라모토가 자기들이 주장하는 竹島를 놔두고 굳이 獨島를 들고 온 것은 지금 어떤 분쟁의 소지를 남기지 않겠다는 의지였다. 아무리 외무성 차관이 독도를 말한들 문서로 獨島란 두 글자는 문제가 될 수 없었다. 이건 일본 정부안에서 독도를 둘러싼 음모가 치밀하게 추진되고 있다는 것을 내비치고 있었다. 긴 문장의 문서보다 단 두 글자 獨島가 훨씬 더 파괴력이 있는 것 같았다. 그래서 히라모토는 자기들이 주장하는 다케시마 竹島란 지명 대신 한국의 지명인 獨島를 선택한 것이었다.

이날 히라모토가 만나고 있는 시볼드는 미군정 최고책임자 맥아더 사령관의 비서관이다. 일본 통치의 모든 결정은 극동사령관에게서 나오고 있었다. 실제로 두 글자지만 獨島와 竹島는 하늘과 땅만큼이나 차이가 컸다. 만약 일본이 竹島라고 쓰면 獨島는 일본 영토라고 확정하고도 남는 것이었다. 그렇다면 굳이 미국에 매달려 독도에 대해 애원할 하등의 이유가 없었다. 도쿄대 외교학과 출신의 수재인 히라모토는 竹島와 獨島의 미묘한 차이를 알고 대처하였다. 당시 독도에 관한 일본의 전략은 대부분이 해양법에 해박한 히라모토의 머리에서 나왔다. 시볼드가 그에게 먼저 인사말을 건네었다.

"히라모토 상, 안녕하십니까? 오늘은 비가 와서 여기까지 오시느라 상당히 불편하셨죠?"

"시보르도 상도 안녕하십니까? 전혀 그렇지 않았습니다. 일본에서는 매화 열매가 익어가는 때에 내리는 비라고 해서 매우라고 부릅니다. 이 매우가 많이 내려야 일본열도에 풍년이 든다고들 좋아합니다. 또 우리 일본 사람들은 매실장아찌 우메보시를 매끼 밥상에 올리고 있습니다. 오늘 내리는 비는 풍년을 약속하고 매실의 열매를 알차게 해줍니다."

"아, 이 비에는 그런 오묘한 자연의 섭리가 있군요. 자, 그러면 오늘

의제는 독도로 하는 거죠?"

"그렇습니다. 독도 아니 대일본의 영토인 竹島를 의제로 삼겠습니다."

히라모토는 아까 그 종이를 시볼드에게 보여주면서 독도는 일본 영토라는 것을 손을 가슴에 갖다 대면서 표시하였다. 잠자코 듣기만 하던 시볼드는 두 눈을 껌뻑거리더니 그에게 시선을 모았다. 뭔가 물어보고 싶은 게 있는 것 같았다.

"시보르도 상, 이번 기회에 대일본제국이 잃어버린 영토를 되찾을 수 있도록 지원해줘야 합니다."

시볼드는 비록 일본의 처지에 동조를 하고는 있지만 일본 고위관리 입에서 '대일본제국'이라는 말이 거침없이 나오자 약간은 언짢다는 듯이 눈살을 찌푸렸다. 사실 미국에서 볼 때 일본은 〈大〉자를 붙이기에는 민망할 정도로 소국이었다. 이 〈大〉자가 일본이 침략전쟁을 일으킨 허황된 지배논리의 바탕이었다. 다만, 서양의 문물을 일찍 받아들여 국가의 경쟁력이 다른 아시아 국가에 비해 컸다는 것뿐이었다.

"지원이라면 어떤 것을 말하는지 좀 구체적으로 설명을 해주면……."

"가장 좋은 게 조센징들이 일본 영토인 죽도에 얼씬거리지 못하도록 겁을 주어 쫓아내야 합니다. 미국이 말이죠."

"그럼 그 섬에 우리 미군이 주둔하라는 건가요?"

"아아아……. 그게 아니고 독도를 미 공군 훈련장으로 지정해 수시로 폭격훈련을 해달라는 겁니다. 조센징들이 아예 독도에 접근하지 못하게 말이죠. 우리가 오키나와를 접수한 것처럼 말이죠."

히라모토 차관은 이처럼 여운이 긴 말을 남기고 돌아갔다. 시볼드는 일본이 주장하는 독도 지배논리에 대체로 수긍하게 되었다.

이승만 대통령은 일본의 간계로 미군이 독도를 폭격 훈련장으로 지정하기로 하였다는 첩보를 접한 다음부터 외교채널을 동원하여 은밀하게 저지하려고 노력하였다. 우선 극동사령부 맥아더 사령관과 전화로 사실 여부를 확인하는 작업에 들어갔다. 이때 일본과 국교가 정상화되어 있지 않아서 일본 정부와는 접촉을 할 길이 없었다.

나는 인맥을 총동원하여 독도 폭격 훈련장 음모를 알아내려고 노력했지만 끝내 알 수가 없었다. 워낙 은밀하게 진행되고 있었기에 누구 하나 답변을 해줄 사람을 찾을 수 없었다. 이 과정에서 얻은 수확이라면 한국이 일본 정부의 음모를 눈치 챘다는 것을 인식시켜준 것이었다. 국제 외교 관례에서 볼 때 상대 국가가 그 사실을 알아차리면 그것을 멈추는 것이 관례였다. 하지만 제국주의의 영토 확장에 미쳐 있던 일본은 "제 버릇 개 못준다."는 말처럼 상대가 어떻게 나오든지 그대로 밀어붙였다. 또 일본은 독도를 차지하면 소련에 빼앗긴 쿠릴열도의 북방4도를 회복하는 데도 유리할 것으로 보였다.

7. 미군의 독도 폭격훈련

나는 극동사령부의 내부자를 통해서 알게 된 첩보를 분석한 결과 윌리엄 시볼드 외교국장을 일차로 의심하였다. 앞에서 말한 대로 그의 혈관에 일본인의 피가 흐르고 있지는 않지만 가족관계에서 충분히 그러고도 남을 가능성이 있었다. 나는 일본이 한국의 어수선한 틈을 타서 독도를 차지하려는 속셈이 있다는 것을 이 대통령에게 넌지시 알렸다. 그는 이 같은 나의 보고에 대해 무척 고마워하는 것이었다.

이 대통령은 일본이 원자폭탄 두 발에 그만 백기를 들기는 했지만 진정성은 조금도 찾아볼 수가 없다고 말하였다. 이런 가운데 제주도 사태는 서서히 안정을 되찾아가고 있었다. 나는 끝내 일본과의 외교적 채널이 안 되어 있어서 사실 여부를 확인할 수 없었다. 나는 여기서 또 다시 전후 신생 약소국이 겪게 되는 서러움이 어떤 것인지 알게 되었다.

이런 가운데 5월도 후딱 지나고 6월로 접어들었다. 서울은 38선 분할 점령을 반대하는 시위로 몸살을 앓고 있었다. 북한에 진주한 소련은 김일성을 조종하여 한국에 전기 공급을 중단시켰다. 이렇게 되자 서울은

제한 송전으로 어둠에 휩싸이게 되었다. 내가 있던 미 공군 6006부대
는 본국에서 긴급하게 공수한 발전기를 돌려 그런 대로 불을 밝힐 수 있
었다. 얼마 후에 본국에서 디젤발전기가 넉넉하게 공급되어 업무를 처
리하는데 불편이 어느 정도는 해소되었다.

이때 평양에 있는 휴민트 강창옥이 무선으로 아주 예상 밖의 첩보를
보내왔다. 스탈린이 김일성에게 전차부터 전투기, 소총과 실탄, 대포
등의 무기를 열차편으로 수송하고 있다는 것이었다. 이 첩보는 흥남에
서 평양을 거쳐 무선으로 나에게 전달되었다. 나는 스탈린이 그러고도
남을 인간이라는 것은 어느 정도는 예상하고 있었지만 처음으로 스탈
린과 김일성의 무기 커넥션을 알게 되었다. 이것으로 나는 김일성이 스
탈린을 믿고 머지않아 큰일을 저지를 수도 있다는 확신을 갖게 되었다.

나는 〈스탈린, 북한에 T-34 전차 30대, 대포 20문, 미그기 10대 반
입을 시작했음.〉이라는 전문을 도쿄 극동사령부로 긴급히 타전을 하였
다. 그런데 한 달이 가고 두 달이 흘러도 여기에 대한 일체의 쓰다 달다
반향이 없었다.

나는 이런 극비의 첩보를 전달하고 크로스 체크를 하는데 집중하면서
독도 문제에서 잠시 벗어나게 되었다. 북한에 소련제 전차 수십 대가 들
어오고 있다는 것은 김일성이 전쟁 준비에 몰입하고 있다는 증거였다.

나는 미 극동사령부에 상세하게 이 첩보를 다시 보고하였다. 사실 이
런 고급 인문첩보는 개인의 행동이 일일이 통제를 받는 공산주의 국가
에서 어렵사리 얻어낸 것이어서 즉각 대응에 들어갈 것으로 예상하였
다. 이때 미국에서는 이승만 정권에 무기를 주는 것은 어린이한테 칼을
쥐어주는 것이라는 분위기가 팽배하였다. 극동사령관 맥아더 장군조
차도 여기에 대해 한 마디 대꾸도 없었다. 김일성의 무분별한 전쟁놀이
를 방치한 것이나 다름없었다. 나만 혼자 이런 고급 첩보를 얻어내려고
노력하는 것이 어리석게 느껴졌다. 어떻게 받아들이든 내 본연의 임무

는 멈출 수 없었다. 이때 이 대통령은 국민들에게 북진통일을 달성하자고 부르짖고 있었다. 트루먼 대통령은 이 대통령의 북진통일이라는 구호에 유달리 심하게 거부반응을 보이고 있었다. 심지어 이 북진통일이라는 말이 김일성을 자극하여 그를 더 호전적으로 만들 수 있다는 신중론까지 제기되었다. 이런 가운데 개인 소총만 갖춘 한국의 국군이 창설되었다. 비록 한국 국군이 걸음마를 떼기는 했지만 일제 아리사카 99식 소총으로 국가를 방위하기에는 너무나 초라하였다. 북한은 이 틈에 스탈린의 적극적인 지원으로 무기를 갖추면서 군대다운 면모를 착착 갖춰 나가고 있었다. 나는 하루하루 북한의 무기 동향을 접하면서 머지않아 뭔가 큰일이 터질 것만 같다는 불안감을 떨칠 수 없었다. 나는 이렇게 초특급 첩보 입수와 분석 보고서를 작성하는 일에 매달리면서 6월이 다가오는지도 모르고 지내었다.

6월 8일 아침 7시, 독도는 새 아침을 맞았다. 하늘에는 구름한 점 없이 맑고 푸르러 마치 유리창을 들여다보는 것 같았다.

독도의 물골 주변은 마치 시골 5일장처럼 어부들로 시끌벅적 거렸다. 막 7시가 넘어서고 있었다. 해는 떠올라서 동해의 외로운 섬 독도에 빛을 한껏 선사하고 있었다. 어부들은 반찬이라고는 김치에다 가리비를 넣고 끓인 미역국에 밥을 말아 한 그릇씩 뚝딱 해치웠다. 이때 해동호 선주 황달치는 특유의 거드름을 피면서 목청껏 소리를 질러댔다.

"이보라고들. 수다나 떨어대려면 어서 육지로 꺼져버려! 아니, 미역을 많이 따고 해삼을 저 바구니에 가득 잡아야 지갑이 두둑해질 거 아녀? 입은 그만 놀리고 어서 가서 물질이나 하라고. 일하기 싫으면 그만두고. 말리지 않을 테니까……."

선주 황 씨의 불호령이 떨어지기 무섭게 어부들은 밥그릇을 챙겨놓고 급히 물가로 달려갔다. 어선으로 올라가는 어부들, 물질하러 바다로 들어가는 여자들로 장날처럼 어수선하였다.

독도에는 갈매기들이 번식 철을 맞아 새끼를 부르고 짝을 찾는 울음 소리가 뒤섞여 고막이 따가울 정도였다. 또 막 부화한 새끼들이 털갈이를 하면서 둥글둥글 뭉쳐진 솜털이 눈처럼 바람에 휘날리고 있었다.

어부들은 각자 좋은 목을 차지하려고 경쟁하듯이 달려가 어로활동에 몰입하고 있었다. 벌써 10시가 조금 넘어가고 있었다. 그런데 물질은 워낙 체력 소모가 많은 중노동이라서 이쯤에서 일제히 작업을 멈추고 새참을 먹어야 일을 할 수 있었다.

"자, 잠깐 쉬고 새참을 먹고 일합시다. 그래야 6시까지 버틸 거 아뇨……."

선주 황 씨가 주변의 어선들을 휘익 둘러보면서 큰소리로 외쳤지만 말은 파도소리, 새소리, 바람소리에 묻혀 버렸다.

"아니, 벌써 새참 먹을 시간이 되었나. 시간이 화살처럼 지나가는구면. 자, 다들 먹고들 하세. 우리는 몸이 자산이여. 몸이 만 냥이네……."

전남 여수에서 농사를 짓다가 빚더미에 몰려 독도로 왔다는 강 씨가 혼잣말로 거들고 있었다. 이때 독도에는 미역, 다시마, 해삼, 소라, 문어 등이 지천으로 널려 있어 맘만 먹으면 큰돈을 만지는 것은 일도 아니었다. 허 씨는 이렇게 삼 년만 고생하면 빚도 다 갚고 사람 노릇을 제대로 할 수 있을 것 같다는 희망에 부풀어 있었다.

그런데 10시 반쯤 되었을까, 어부들은 잔물결에 좌우로 출렁이는 어선 위에서 떨어진 체력을 돋우려고 삶은 감자와 주먹밥을 먹고 있을 때였다. 이때 갑자기 어디선가 우우웅하는 소리가 들리는 것이었다. 이상한 소리에 놀라서 모두들 고개를 들어보니 동남쪽에서 정찰기 두 대가 낮게 떠서 날아오고 있었다. 처음에는 일본 정찰기가 아닌가하고 의심했는데 정찰기 밑바닥에 있는 독수리 마크를 보니 미군 정찰기가 틀림없었다. 이러자 어부들은 서로 수건을 꺼내들고 일제히 흔들었다. 정찰기는 동도와 서도를 시계 반대 방향으로 세 바퀴나 돌더니 다시 아까 왔던 코스로 휑하니 날아가 버렸다. 어부들은 우방국의 정찰기라서 조금도 의심하지 않고 물질을 계속 하였다.

나는 이 대통령의 독도를 향한 애끓는 심정을 알고부터 나 몰라라 할 수가 없었다. 일본의 독도 침탈을 막을 수 있는 외교력도, 행정력도 제대로 갖춰지기 전이었다.

대한민국의 출발을 두어 달 앞두고 있어 이 대통령은 다른데 관심을 기울일 수가 없었다.

이때 도청 보고서가 매일 나한테 도착하고 있었다. 어떤 때는 일본 외무성과 극동사령부가 주고받은 독도 전문과 서류들을 통째로 넘겨받을 수 있었다.

이들 서류에는 독도는 물론 울릉도까지 영유권을 주장하겠다는 내용도 들어 있었다. 일본은 패전 후에도 미국을 개입시켜 독도를 차지하려고 음흉한 술책을 부리고 있다는 첩보를 갖고 문제를 삼을 수는 없었다.

이날은 하루 종일 비가 내리고 있었다. 나는 안국동 첩보대에서 대통령의 전화를 받았다. 그의 목소리는 가볍게 떨리고 있었다.

"미스터 니콜스, 갑자기 생각이 나서 전화했네. 트루먼 대통령에게 일본의 독도 침탈 야욕의 흉계를 알릴 길이 없을까?"

"각하, 그건 저도 많이 생각했지만 장담할 수가 없습니다. 물론 트루먼 대통령은 맥아더 사령관의 일본에 대한 정책을 극도로 못마땅하게 여기고 있습니다. 트루먼 대통령은 맥아더 사령관을 교체할까도 여러 번 고려했지만 정치적인 부담이 너무 커서 단안을 내리지 못하고 있는 것 같습니다."

"지금 단계에서 그 사실을 공개할 수는 없습니다. 트루먼 대통령이 일본의 독도 침탈 야욕을 알게 되면 극동사령부가 독도 문제에서 손을 떼지 않을까 하고 생각을 해봅니다."

"소령, 어떻게 하면 트루먼 대통령에게 이 사실을 알릴 수 있을까 생각 좀 해보겠소?"

"각하, 미국 정부에는 일본이 심어놓은 지일파들이 이것을 알게 되면 묵살될 수 있습니다. 오히려 일본이 전후 처리에 독도와 울릉도까지 끼워서 자기 영토라고 주장하여 공론화할 수 있는 구실을 줄 수 있습니다. 설령 트루먼 대통령에게 이 첩보를 전해도 말이죠."

"맥아더 사령관은 일본의 전후 처리만 하면 되는데 우리 영토문제까지 간섭하는 것은 누가 봐도 명백한 월권행위네."

"각하, 그 분은 원자폭탄 두 발로 쑥대밭이 된 일본에 대한 동정심 때문에 그럴 수 있습니다."

"아무리 그래도 우리 영토까지 거기서 개입하는 것은 안 되네."

나는 지난 삼 년간 이 대통령을 가까이서 여러 차례 봤지만 이 순간처럼 격앙된 적은 처음이었다.

"각하, 제게 하나의 방안이 떠올랐습니다. 각하께서 맥아더 사령관 앞으로 친서를 보내시는 게 어떨까요?"

"사실 그 방법 말고는 달리 써볼 수 있는 카드가 없지. 그런데 증거가 남는 친서보다는 전화로 말하는 게 좋겠네."

"그렇게 하시죠. 그쪽도 각하의 전화가 있었다는 걸 공개하지 못합니다. 그러면 그쪽의 흉계가 드러나게 되니까 몸을 사릴 겁니다."

이 대통령은 이날 나와 전화를 끊고 바로 맥아더 사령관에게 통화를 하였다. 하지만 이 대통령은 맥아더의 태도에 조금도 변화가 없다는 것을 확인하는 것으로 만족해야 하였다.

이때 어부들은 어영차 소리를 크게 지르면서 미역 무더기를 배위로 끌어올리느라 땀을 뻘뻘 흘리고 있을 때 또 비행기 소리가 남서쪽에서 들려왔다.

"우웅우와왕 우웅웅……."

이번 비행기 소리는 30분 전에 들었던 소리에 비해 둔탁하게 들렸다. 처음에는 갈매기처럼 점으로 보이더니 점점 가까이 오면서 비행기라는 것을 알게 되었다. 이때 10여 대의 비행기들은 어부들을 향해 고도를 낮추었다. 이때 황 씨는 이 비행기들이 B-29 미군 전투기라는 것을 알게 되었다. 어부들은 B-29를 향해 손을 흔들어 환영을 표시하였다. 그 순간 B-29는 기수를 어부들이 탄 배 쪽으로 가까이 접근하더니 시커먼 폭탄을 투하하는 것이었다.

"우우웅 콰아앙 쿵쾅쾅쾅!"

B-29는 폭탄을 투하하고 바로 상승하였다. 폭탄은 정확하게 미역을 싣고 있는 배의 갑판에 떨어졌다. 그 순간 굉음과 함께 바다는 붉은빛으로 물이 들었다. 바다에는 처참하게 잘려진 머리와 팔 그리고 몸통들이 둥둥 떠올랐다. 불과 몇 분 전만해도 평화롭게 미역을 따던 사람들이었다. 이때 사방에서 코를 찌르는 피 비린내가 풍겨왔다. 그나마 목숨이라도 붙어있는 사람들은 공포에 질려서 고함을 질렀다.

그 후 연속해서 폭탄이 떨어지면서 '우르릉 쾅쾅쾅'하는 소리와 함께 바닷물이 일렁이면서 배들은 산산조각이 났다. 어부들의 비명은 폭탄이 터지는 소리에 묻혀 버렸다.

"여기 사람이 있습니다. 그만 폭격하세요."

"으아아악, 으으윽."

이들의 절박한 외침이 조종사에게 들릴 리는 만무하지만 생사의 기로에서 지푸라기라도 잡는 심정으로 소리를 질렀다. 그런데도 B-29 전투기는 어부들에 정확하게 폭탄을 꽂아 넣었다. 이때 집채만 한 섬광이 번쩍이고 거대한 물결이 일면서 배들은 뒤집혀 물속으로 사라졌다. 불과 10여분 만에 평화롭게 미역을 따던 어부들은 어디로 갔는지 하나도 안보였다.

조금 있으니까 아까 폭격을 했던 전투기들이 이번에는 낮게 비행을 하면서 기총소사를 하는 것이었다. 이때 브라우닝 중기관총 캘리버50의 소리에 해수면이 출렁거리는 것 같았다.

"따따다닷……. 드드드 드르르륵!"

"우와아악 퍼엉."

폭탄을 맞은 배에서 떨어져 나온 나뭇조각을 붙잡고 아등바등 살아보려던 어부들은 기관총을 맞고 바다 속으로 사라졌다.

선주 황 씨는 워낙 헤엄을 잘 치고 군대에서 실탄을 피하는 법을 배운 덕분에 겨우 목숨을 부지할 수 있었다. 주변을 돌아보니 살려달라고 아우성을 치는 어부들이 있었다. 방금 전 그 전투기가 독도를 선회하여 다시 폭탄으로 사지가 절단된 채 죽은 어부들을 향해 기총소사를 하는 것이었다. 이것은 확인 사살이었다.

"타타타타……, 탕."

갑자기 기관총 소리가 들리자 황 씨는 어떻게든 살아야겠다는 일념에서 바다 속으로 머리를 밀어 넣었다.

그는 기총소사가 어느 정도 잦아들면 물 밖으로 머리를 내밀고 숨을 한꺼번에 몰아쉬었다. 물속에서 나와 남서쪽을 바라보니 B-29편대의 꽁무니가 보였다.

그동안 촛대바위에서 느긋하게 식은 몸을 데우고 있던 강치들도 몸부림을 치면서 죽어가고 있었다. 폭격과 기관총에 맞아 죽은 강치들이 배를 하늘로 대고 뒤집혀 있었다. 일부 목숨이 붙어 있는 강치들의 울음소리가 외롭게 들리고 있었다.

"끄억끄억, 우엉우엉……."

어른의 가운데 손가락 마디만한 기관총 총알을 맞은 강치들은 대개가 그 자리에서 즉사하였다. 일부 총알을 빗맞은 강치들은 고통에 몸부림치다가 숨이 끊어졌다. 황 씨는 강치들의 비명을 들으면서 조금 전 타고 있던 배를 잡고 물골로 저어갔다. 그때 30여 미터 떨어진 곳에서 살려달라고 외치는 소리가 들려왔다. 아까 서산에서 왔다는 배 씨였다. 그는 기진맥진 상태에서 노를 저어가 배 씨를 끌어올렸다. 구사일생으로 목숨을 건진 두 사람은 주변을 둘러 봤지만 다들 죽은 것 같았다. 그때 온 몸이 피로 뒤범벅이 된 배 씨가 큰소리로 울기 시작하였다. 그의 몸에서는 비릿한 피 냄새가 풍기고 있었다.

"으이잉, 뭐야. 미군기가 우리를 이렇게 처참하게 죽일 수 있는 거야. 이 양아치 미친 개새끼들!"

두 사람은 물골로 대피해 약간 들어간 바위틈에서 부둥켜안고 서럽게 울었다. 그동안 철석같이 믿었던 우방국의 전투기가 120여 명의 어부들을 향해 폭탄을 투하하고 그것도 모자라 기총소사를 하였다는데 분노가 울컥 치밀었다. 조금 전까지만 해도 시끌시끌했던 동료들의 시신은 바다에 둥둥 떠 있었다. 목이 잘려 나간 시신, 사지만 남은 시신, 내장이 파열되어 벌겋게 노출이 된 시신들이 갈매기와 강치들의 사체와 뒤섞여 있어 구분이 안 되었다. 황 씨는 너무 순식간에 일어난 사건이라 미처 손을 써볼 수가 없었다.

이날 도저히 이해가 안 되는 일이 있었다. 어제까지만 해도 2백여 명이 넘게 몰려와 독도의 해산물을 강탈해 갔던 일본 어부들의 얼굴은 단 한 명도 볼 수 없었다. 더욱이 미 공군은 이날 우리 어부들에게는 폭격 훈련이 있다는 사실을 알리지 않았다. 통보만 받았더라면 목숨을 걸고 미역 채취에 나설 이유가 없었을 것이다. 이것으로 미 공군은 일본 어부들에게는 폭격 훈련이 있다는 사실을 통보한 것이 틀림없어 보였다.

독도 폭격이 있은 지 닷새째 되는 날부터 국내 일부 언론에 우리 어부들 수십 명이 미 공군으로 추정되는 폭격기에 의해 조업 중에 죽는 참극이 있었다고 담뱃갑만 하게 보도되었다. 이 사건이 알려지자 미군은 서둘러 피해자 가족들을 찾아가 보상에 들어갔다. 그런데 미군이 유족들에게 피의 값이라고 지급한 돈은 돼지 한 마리 시세에 지나지 않았다.

"아무리 우리가 배운 게 없어 바다에서 물질을 해먹고 살기로서니 목숨 값으로 돼지 한 마리 값을 준다니 말이 되나. 가장을 잃은 집은 지금부터 입에 풀칠하기도 어려워 먹고 살기가 막막한데……."

"에이, 미군이 우리나라에 온다고 우리는 얼마나 좋아했나. 하는 짓을 보니 북한에 들어온 로스케나 뭔 차이가 있냐고."

"그날 일본 어부들은 쏙 빠졌는데 혹시 일본이 독도를 폭격하라고 사주한 것 아녀?"

"에이, 시벌 것들. 멀쩡한 사람을 죽여 놓고 겨우 돼지 한 마리 값으로 때워. 당장 내일부터 미군 사령부 앞에 가서 드러눕자고. 그렇게 할 사람은 이리 나와요."

나는 독도 폭격 첩보를 좀 더 일찍 알았더라면 이런 비극은 없었을 것이라고 생각하니까 마치 죄인이 된 심정이었다.

미 공군의 힘을 빌려서 울릉도와 독도를 오키나와처럼 자기 영토로 만들려고 했던 일본의 흉계는 수포로 돌아가고 말았다. 미 공군은 53년에 한 번 더 독도에서 폭탄을 투하하는 훈련을 실시하고는 더 이상 하지 않았다. 이 대통령은 전쟁이 한창 진행 중인 52년 1월, "이승만 평화선"을 기습적으로 선포하였다. 이것은 미 공군의 독도 폭격으로 수백 명의 어부들이 희생된 사건에 영향을 받은 것이었다. 독도에서 억울하게 죽은 어민들의 인권문제는 전쟁이 일어나고 맥아더가 유엔사령관에서 해임되면서 세간에서 잊혀졌다. 이 사건으로 틀어진 나와 맥아더 사령관의 관계는 다시 좋아질 수 없는 단계가 되었다. 그것은 또 내가 극동사령부나 주한 미군 사령관의 지휘를 받지 않는 미 CIA 요원이었기 때문이기도 하였다. 이처럼 한국전쟁 내내 주한미군사령부와 CIA는 지휘체계를 놓고 불편한 관계에 있었다.

8. 스탈린의 두더지 킴 필비

새해 벽두의 엄동설한에 중공군은 오뉴월 메뚜기처럼 서울로 밀어 닥쳤다. 이때는 날씨마저도 서울 시민편이 아니었다. 날씨가 하도 추우니까 사람들은 중공군이 동장군을 데리고 왔다고 투덜댔다. 서울시민들은 피란에서 돌아와 보따리를 미처 풀기 전에 다시 피란길에 오르게 되었다. 서울을 점령한 중공군은 인민군의 패악질보다 수십 배는 더 고약하였다. 그들은 물건을 닥치는 대로 빼앗고 여자들만 보면 누가 있건 말건 개처럼 덤벼들어 겁탈하였다.

스탈린과 마오쩌둥 그리고 김일성은 피를 부르는 남침전쟁에 삼각관계를 형성하고 점점 미치광이가 되어가고 있었다. 이즈음 스탈린은 일본의 패망으로 해방된 한국의 북쪽만을 차지한 게 못내 아쉬워 불면증으로 시달리고 있었다. 김성주를 항일 독립군 김일성으로 둔갑시키고 나머지 남한마저 삼키려고 공작을 벌였다. 소련의 대표적인 공작이 미 중앙정보부에 이중 스파이 두더지를 심는 일이었다.

소련 첩보기관은 영국 첩보기관 MI6의 고급요원을 포섭하여 미국의 첩보를 빼내는 공작에 성공하였다.

40년대 말부터 미국은 소련 스파이 천국이 되었다고 해도 과언이 아니었다. 소련 첩보기관은 영국 대외협력국의 고급요원인 킴 필비를 포섭하는 데 성공하였다. 필비는 케임브리지대학을 졸업한 수재였다. 이렇게 필비를 끌어들이고 이어서 돈 맥클린 등 네 명을 엮어 케임브리지 5인방을 이루었다.

이들 가운데 필비와 맥클린은 미 CIA에 파견되어 고급 첩보를 다루게 되었다. 이들은 스탈린이 김일성의 남침 요구를 들어주고 마오쩌둥을 설득하여 80만 인민지원군을 참전시키는데 결정적인 기여를 하였다.

이렇게 영국의 케임브리지 5인방 수재들은 남북분단과 6.25전쟁의 원인을 제공하게 되었다.

나는 스탈린과 마오쩌둥의 통신을 도청하여 케임브리지 5인방의 이적행위를 트루먼 정부에 보고했지만 정부 요직에 앉아있던 스탈린의 스파이들이 이를 묵살하였다.

스탈린은 미국이 이승만 대통령을 위험한 인물로 인식하게 만드는 이간질에 공을 많이 들였다. 국무부의 고위관료인 앨저 히스가 소련의 공작에 걸려든 것도 이때였다.

스탈린은 조선 인민민주주의 국가가 수립되면서 김일성에게 전차부터 전투기 등의 무기를 제공하여 전쟁 준비를 시켰다. 이런데도 미국과 영국 등은 스탈린의 음모를 모른 척 하였다.

스탈린은 이와 동시에 앨저 히스를 움직여 미국이 한국에 무기를 제공하지 못하도록 방해공작을 집요하게 벌이고 있었다. 이런데도 앨저 히스가 건재한 것은 민주당 루스벨트 정부와 트루먼 정부에 비호세력이 있었기 때문이었다.

앨저 히스가 공화당 조셉 매카시 의원과 휘태커 챔버스에게 공격을 당하면서도 국무부에 그렇게 오래 있었던 것은 스탈린과의 관계 때문이었다. 미국의 고위 공무원들은 이 당시 소련의 간첩이었던 루돌프 아벨과의 관계에서 많은 첩보를 소련에 넘겨주었다. 자칭 화가였던 루돌프 아벨은 역시 미국의 핵기밀을 탈취하여 스탈린에게 제공하는데 큰 기여를 하였다. 아벨이 스탈린에게 보낸 비밀 보고서에 김일성이 민족 해방전쟁을 일으켜도 미국이 참전하지 않을 것이라는 내용이 들어있었다. 이를 보고 스탈린은 김일성에게 자신 있게 폭풍작전을 전개하라고 격려하였다. 나는 킴 필비의 극비문서에 등장하는 아벨의 존재를 전쟁 일 년 전에 알아서 본국에 보고하였다. 스탈린이 김일성에게 보낸 극비문서에 루돌프 아벨이라는 이름이 있었다. 이때 그는 미국에서 화가로 활동하고 있어 첩보기관의 눈을 피하고 있었다. 내가 보낸 첩보를 근거로 FBI는 끈질기게 추적하여 루돌프 아벨의 본명이 빌리얌 피셔라는 것을 알게 되었으며 그는 전쟁 중에 체포되었다.

일단 히스의 집안도 좋고, 존스홉킨스대학과 하버드대학에서 공부한 일류 엘리트였다는 것이 그의 배신행위를 용인하는 결과를 가져왔다. 더 기가 막힌 것은 그가 소련의 스파이라고 공격을 받으면서도 루스벨트 대통령과 국무부 장관 딘 애치슨의 사랑을 받았다는 것이었다. 이처럼 민주당 정권에서 인재로 평가를 받으면서 맘 놓고 소련 스파이 역할을 할 수 있었다.

심지어 루스벨트 대통령은 앨저 히스를 자기가 가장 아끼는 인재라면서 소련 스파이 의혹을 무마시켜주었다.

사실 내가 한국에 파견되어 가장 먼저 한 일이 이승만의 움직임을 감시한 것이었다. 미국 민주당 정권에서 이승만은 억울한 누명을 쓰고 있었다. 미국의 소련 스파이들이 이승만을 호전적이면서 신뢰할 수 없는 인물로 이미지를 고착화시키는 작업을 하고 있었다. 이 일에 선두에 선 인물이 바로 앨저 히스였다. 그는 이승만에게 무기를 주면 북침할 수 있으니까 무기를 제공하면 안 된다고 여론을 만들고 있었다. 처음부터 이 대통령은 복진 통일을 구호로 삼고 있었다. 나는 본연의 임무에 충실하면서 이렇게 왜곡된 사실을 바로 잡으려고 호전적인 김일성의 동정을 보고했지만 어떤 이유 때문이지 모르지만 이승만이 호전적인 인물로 굳어지고 있었다.

1월 13일 새벽 4시, 밖은 안개가 잔뜩 끼어 한 치 앞도 분간할 수 없었다. 잠에서 일찍 깬 이 대통령은 커튼을 양쪽으로 젖혔다. 밖에는 뿌연 안개로 누가 뺨을 때리고 도망 쳐도 모를 정도였다. 유리창에는 물방울이 데굴데굴 흘러내리고 있었다.

"아니 한겨울에 웬 안개가 이렇게 두껍게 끼었는지 모르겠구먼……."

이날 안개는 마치 내일을 예측할 수 없는 국운을 얘기라도 해주는 것 같았다. 이때 남한은 혼돈의 도가니였다. 남로당은 선전선동으로 극렬하게 국론을 분열시키고 있었다. 이승만은 손을 떨면서 급히 나를 전화로 호출하였다. 나는 잠결에 전화를 받았다. 내가 움직이자 경비견들이 일제히 컹컹컹 짓고 있었다.

"니콜스 소령……. 나 말이오. 대통령이요. 바로 경무대로 올 수 있겠어요? 급해요."

이 대통령의 목소리가 스타카토처럼 딱딱 끊어지는 게 불길한 생각이 들었다.

"각하, 무슨 일이라도 일어났나요?"

"예. 그래요."

이런 답변을 듣고 가슴이 철렁하였다. 본국으로 보고할 정도의 사안이 될 것 같았다.

"좀 귀띔해 주실 수 없을까요?"

"빨리 들어와요. 그러면 다 알 수 있어요."

"예, 그럼 바로 출발하겠습니다. 각하……."

나는 도무지 뭐가 뭔지 알 수 없어 정신없이 서둘렀다. 밖으로 나오니 땅에는 살짝 눈으로 덮여 있었고 기온은 영하 4~5도쯤 되는 것 같았다.

나는 이 상황을 운전병에게 알리고 싶지 않아 도요타가 제조한 윌리스 군용차에 올라 시동을 걸었다. 밤새 한 데다 세워놔서 그런지 덜덜거리면서 시동이 안 걸렸다.

결국 세 번째에서 시동이 걸렸다. 안국동에서 경무대까지는 엎어지면 코 닿을 정도로 가까웠다. 나는 이날만은 계급장을 단 정복으로 차려입고 경무대로 향하였다. 경무대로 가면서 두 번이나 경호원의 제지를 받았다. 앞에 솜을 얇게 펴서 깔아 놓은 것처럼 짙은 안개 때문에 아무것도 구분이 안 되었다.

때로는 이런 안개가 나의 방패가 되어주었다. 나는 짙은 안개 속에 내 모습을 감쪽같이 숨길 수 있었다. 나는 늘 김일성이 보낸 총잡이가 나를 노리고 있을지 모른다는 공포에 사로 잡혀있었다. 희대의 전쟁광 김일성은 이런 틈에 나를 제거할 수는 없었을 것이다. 도로가 너무 미끄러워 평소보다 세 배는 시간이 더 걸렸을 것 같았다.

"각하, 아직 동이 틀려면 멀었어요. 더 주무세요."

영부인 프란체스카 여사가 보기에 안쓰러웠던지 홍차 한 잔을 들고 와서 조심스레 말하였다.

"임자, 고마워요. 미국의 애치슨인가 뭔가 하는 인간 때문에 여간 골치 아픈 게 아녀요."

전날 애치슨은 워싱턴 프레스클럽에서 엉뚱한 발상을 기자들 앞에서 발표하여 이승만 대통령의 간담을 서늘하게 하였다. 도무지 미국에 대통령이 있는 나라인지 의문이 들 정도였다.

이것은 한국에게 예삿일이 아니었다. 이걸 보고 스탈린과 김일성이 오판이라도 하는 날이면 대한민국은 소련의 수중에 떨어질 수밖에 없었다.

몸을 돌려 삼청동 쪽을 바라보니 안개가 벗겨지면서 서서히 여명이 밝아오고 있었다. 아침 7시가 조금 넘은 시간이었다.

나는 경호원의 안내를 받아 이 대통령이 기다리고 있는 곳으로 따라 들어갔다. 이때 창밖을 멍하니 쳐다보고 있는 대통령의 뒷모습이 왠지 쓸쓸하게 보였다. 이날 안개에서 앞으로 한국이 짊어지고 가야할 험난한 여정이 보이는 것 같았다.

이때 이 대통령은 집무실을 지나서 접견실로 들어왔다. 막 도착해서 손을 비비고 있던 나는 일어서서 대통령을 맞은 다음에 허리를 숙였다. 이 모습을 지켜보던 대통령도 상체를 굽혀 맞아 주었다.

"소령, 단잠을 깨워서 미안하오. 이거 경천동지하고도 남을 만한 사건이 터졌소."

"아버지, 저를 불러주셔서 영광입니다. 저도 뉴스를 봐서 알고 있었습니다. 지금 미국 정가는 제 정신이 아닙니다. 벌써 스탈린의 앞마당으로 변했습니다."

나는 대통령이 말하는 "엉뚱한 사건"이 무엇을 말하는지 이미 짐작하고 있었다. 도쿄 극동사령부의 첩보원에게서 전달 받아서 그 내용을 소상하게 알고 있었다.

"소령, 나를 도와줘요. 아니 2천만 자유 대한민국 동포를 살려줘요."

"예. 말씀만 하십시오."

"어제 애치슨이 정말 큰 실수를 하였소."

이 대통령의 입에서 애치슨이란 말이 나오는 걸 보고 나의 예감이 적중하였다는 것을 알고 마음이 놓였다.

"……."

"애치슨이 스탈린에게 멍석을 깔아 주었소. 이거 여간 심각한 일이 아니오. 또 김일성의 헛된 망상에 기름을 부어준 꼴이 되었소."

"각하, 겉으로 보기에는 그렇습니다. 지금 말씀대로 스탈린은 해방 이전부터 벼렀던 일이라 애치슨 선언과는 그리 큰 관련은 없다고 봅니다."

"아니 관련이 없다니 그게 무슨 말이요?"

"각하, 애치슨이 이런 말을 한 게 어제고 김일성이 스탈린의 바지가랑이를 잡고 남조선을 해방시키겠다고 호언장담한 게 사 년 전부텁니다."

"그건 귀관의 보고를 통해 알고는 있었는데 아마 애치슨은 그때부터 이걸 염두에 두고 있던 게 아니요?"

"그 당시에 애치슨은 이 업무와 무관한 일을 맡고 있었습니다."

"그러면 도대체 어떻게 된 영문이란 말이요?"

"제가 드리고 싶은 말은 애치슨의 발표와는 달리 미국은 한국에 대해 우방으로서 최선을 다해 도울 것입니다. 만약 김일성이 도발한다면 애치슨라인 때문이 아니라 스탈린과 마오쩌둥의 지원과 야욕 때문입니다."

"내가 애치슨 가문을 잘 알고 있어요. 지금 미국에는 매카시 의원이 밝힌 공산주의자들이 여기저기서 설치고 있는데 루스벨트 대통령이 12년을 집권하면서 공산주의자들에 대한 관용이 문제가 된 것입니다."

"각하, 그 점은 저도 동감입니다. 하지만 트루먼 대통령은 분명히 다릅니다. 지금 미국에서는 소련에 핵무기 기밀문서를 넘긴 로젠버그 부부 재판이 열리고 있는데 이런 추세로 나간다면 극형을 면할 수 없어 보입니다. 소련이 미국보다 오 년 늦게 원폭실험에 성공한 게 바로 루스벨트 대통령 집권 시기에 소련 스파이들이 많이 생겼기 때문입니다. 로젠버그 부부도 그 중의 하나입니다."

"소련이 20년 후에나 원폭실험에 성공할 것으로 알았는데 이렇게 일찍 원폭실험을 하게 된 배경이 바로 스파이들의 배신행위가 있었군요."

"각하, 스탈린이 김일성의 남침을 전폭 지원하는 것은 핵무기를 손아귀에 넣었기 때문입니다. 극동사령부 맥아더 사령관은 김일성을 돕기 위해 중공이나 소련이 압록강을 넘는 순간 핵무기로 저지하겠다는 말을 여러 번 했습니다. 이제 스탈린은 미국의 핵무기가 두렵지 않습니다. 미국이 핵무기를 쓰면 나도 쓴다는 배짱이 생긴 겁니다."

"각하, 이렇게 뵌 김에 극비사항을 밝히고 가겠습니다."

내 입에서 "극비"라는 말이 떨어지자 대통령 얼굴에서는 가벼운 경련이 일어나고 있었다.

"극비사항이란 것이 뭐요?"

"이건 본국에도 아직 타전을 하지 않았습니다."

"어서 말해 봐요."

"이건 스탈린과 마오쩌둥이 주고받는 통신을 감청해서 잡아낸 것입니다. 그대로 믿으셔도 됩니다. 다만 본국에 보고하여 대응책을 세우는 것은 제 몫이라는 것을 인정해주시기 바랍니다."

"그걸 말해서 뭐합니까? 당연한 것이지요."

"그저께 오후 3시부터 4시30분까지 두 사람이 주고받은 대화에 정말 무시무시한 내용이 있었습니다."

"그게 뭐요. 어서 말해주오."

"스탈린은 김일성이 조국해방전쟁을 6월 25일부터 28일 사이에 벌이기로 했으니 마오쩌둥도 만약의 사태에 대비하여 인민지원군을 압록강 건너편에 대기시키고 무기를 이동시키라는 것이었습니다. 스탈린은 일방적으로 마오쩌둥에게 이래라 저래라 명령을 하고 있습니다. 오늘 중에 본국으로 타전하겠습니다."

"뭐라고……. 6월 25일에서 28일 사이라고?"

"네, 맞습니다……."

여기서 몇 분간의 침묵이 흘렀는데 몇 년은 흐른 것 같았다. 대통령은 달력을 뒤적이더니 "이 일을 어쩌나"를 연발하면서 제 자리에서 뱅글뱅글 맴도는 것이었다.

"소령, 몹쓸 두 인간의 대화에 그런 내용이 있다면 그것은 진실입니다. 지금 우리는 탱크 한 대도 없는데 김일성이 밀고 내려오면 어쩐단 말이요. 이 사실을 본국에 타전하면 얼마나 믿어줄 것 같소?"

"각하, 유감입니다. 지금 본국 정부에 한국에 무기를 제공하는 것을 방해하는 세력들이 촘촘히 포진되어 있습니다. 이들은 트루먼 대통령의 지시를 받는 게 아니라 스탈린의 지시를 받고 있어서 심각합니다."

이 말에 이 대통령의 얼굴빛은 먹빛으로 변하였다. 나는 다시 말을 이어갔다.

"앨저 히스, 국무부에 있는 이 분이 가장 큰 걸림돌입니다."

스탈린은 김일성에게 전투기부터 전차와 개인화기까지 계속 지원하고 있는데 미국은 개인소총도 지원하지 않았다. 개인화기는 일제가 놓고 간 아리사카 소총 말고는 내세울 게 없었다. 군복도 일본군이 벗어놓고 간 것들을 그대로 입고 있었다. 이처럼 당장 8만 명의 장정들에게 입힐 군복조차도 마련할 수 없었다. 이 대통령의 눈가에는 눈물이 촉촉이 배어 있었다. 이때 한국은 모든 것이 궁색한 실정이었다.

"히스 그 친구의 사상이 좀 의심스럽기는 해요. 민주당 20년을 집권하면서 공산주의에 대한 온정주의가 만연하였고 그 틈을 노려서 스탈린은 요소요소에 이중첩자들을 심어 놓은 것 같소."

"각하, 이런 실정을 트루먼 대통령에게 호소문으로 쓰겠습니까? 그분께 보내는 것은 제가 맡겠습니다."

"그거 좋은 생각이요. 소령이 대통령에게 직접 전달만 해준다면 내 편지야 얼마든지 쓰겠소."

이때 밖은 벌써 훤하게 밝아졌다. 서로의 얼굴을 분간할 수 있을 정도가 되었다. 하지만 안개는 여전히 벽처럼 버티고 있었다.

나는 줄곧 이 대통령의 얼굴에 시선을 고정시키고 있었다. 석 달 전에 봤던 얼굴하고는 영 딴판일 정도로 말라 있었다. 그 때 나는 결심을 단단히 하였다.

이렇게 가다간 필연적으로 한반도는 한번은 매캐한 화약 냄새에 잠기게 된다. 남북 동시 선거를 거부할 때부터 김일성은 남한을 무력으로 점거하면 되니까 미제국주의자의 요구에 따를 생각이 낱알만큼도 없었다.

"각하, 백 퍼센트 장담할 수는 없지만 저는 트루먼 대통령께 호소문이 전달될 경로를 알고 있습니다."

나의 이 같은 답변에 그는 화색을 띄우며 내 손을 맞잡았다. 그리고는 말을 계속 하였다.

"니콜스 소령 고맙소. 보다시피 우리가 우위에 있는 것은 아무 것도 없소. 이런 사실을 트루먼 대통령이 제대로 알게 할 수는 없을까?"

"소령, 곰팡이 없애듯 김일성을 긁어내야만 모두가 행복해 질 수 있습니다. 만약 그렇지 않으면 십 년 아니 백 년을 두고두고 화근이 될 것이요."

이 대통령의 너무 솔직한 발언에 나는 순간 당황스러워 이 자리를 피하고 싶었다. 지금까지 들어온 첩보로 보면 이미 북한의 전쟁 준비는 거의 완성되어가고 있었다.

"트루먼 대통령은 한국의 실정을 어느 정도 알고 있습니다. 여기서 문제는 국공내전을 치르고 있는 장제스에 대한 지원과 비교해 보면 됩니다."

트루먼 정부는 중국 본토의 공산화를 막으려고 장제스에게 천문학적인 무기를 지원하였다. 이 바람에 2차 대전이 끝난 후 군수산업이 호황을 누리면서 노동시장이 점차 안정되었다. 당시 군수산업이 미국 노동력의 20%를 차지하고 있었다. 사실 정치적 기반이 형편없었던 트루먼 대통령이 재선에 성공한 것은 군수산업이 실업자를 구제해준 덕분이었다. 그게 바로 국공내전이 무기를 소비할 수 있는 시장을 창출하였기 때문이었다. 나는 아주 적절한 비교를 통해 트루먼 대통령을 설득하는 전략을 세우고 싶었다.

"미국은 중국 본토의 공산화를 막으려고 장제스를 지원하였지만 이것은 실패로 돌아갔습니다. 이런데 한국마저 잃게 되면 일본도 위험하게 됩니다. 이런 여파가 동남아시아까지 미치게 됩니다."

나는 여기서 대통령의 국제적인 정치 감각이 보통 수준을 넘어선 것을 보고 혀를 내둘렀다. 날은 이미 밝았지만 밖은 여전히 안개에 감싸여 있었다.

"각하, 새롭게 배웠습니다. 이런 내용으로 호소문을 써보시겠습니까? 써주시면 트루먼 대통령에게 직접 전달하겠습니다."

이때 트루먼 정부는 장제스의 국공내전의 지원을 감축할 요량이었다. 장제스 군대는 염불보다는 잿밥에 눈이 멀었다. 그 결과 미국이 제공한 소총이 적이 아닌 아군의 심장을 노리고 있었다.

"소령, 이제는 죽은 자식은 포기하고 대한민국을 지켜야 합니다. 중국의 마오쩌둥은 껄끄러운 남한과 직접 살을 맞대기보다는 북한 김일성이란 완충지대를 원하고 있습니다."

"각하, 동의합니다. 이제는 중국이 아닌 대한민국을 지키는 것이 북태평양의 평화를 지키는 교두보가 됩니다."

"소령, 이걸 대통령에게 선물하면 좋아할 겁니다."

"각하, 염려하지 마십시오. 저는 한국에 오기 전까지는 한국이 이렇게 희망이 넘치는 나라라는 것을 몰랐습니다. 저는 한국과 한국 국민을 사랑합니다."

"고맙소. 평화는 전쟁을 준비한 자에게만 내리는 선물입니다. 소령이 한국을 이렇게 사랑하는 줄은 몰랐소."

"각하, 오늘 말씀하신 내용을 트루먼 대통령께 문서로 올리겠습니다."

밖에는 안개가 서서히 벗겨지면서 햇살이 비치고 있었다. 마치 신생약소국의 앞날에 서광이 비치는 것처럼 보였다. 내가 안국동으로 돌아오니 9시가 좀 넘었다. 나는 바로 타자기 앞에 앉아서 트루먼 대통령에게 보내는 문서를 작성하였다.

9. 작전명 "폭풍" 발령

1950년 6월, 브라질에서 월드컵 개막전이 열리고 있을 때 지구 반대편에서는 인민군 전차부대가 38선을 넘어 서울로 진격하고 있었다. 이 전쟁의 작전명은 '폭풍'이었다. 김일성은 세계인들의 축제 월드컵이 열리는 시기를 틈타서 남침을 한 것이었다. 미국이 참여한 월드컵 축제는 남침 소식에 구석으로 밀리게 되었다. 미국인들은 월드컵보다 김일성의 남침 속보에 시선이 쏠리고 있었다. 자연히 미국의 언론들은 월드컵 뉴스를 남침 속보에 비해 작게 보도하였다.

한국 시간으로 오전 4시, 리우데자네이루 마라카냐 경기장에서 개막전이 시작되었다. 개막전에서 월드컵에 처음 참가한 잉글랜드가 칠레를 2대0으로 이겼다. 이와 같은 시간에 김일성은 소련제 T-34전차를 앞세워 38선을 넘어 서울로 진격하고 있었다. 2차 세계대전으로 12년간의 공백기가 있었기 때문에 FIFA 줄리메 회장은 이 월드컵이 세계 평화의 제전으로 승화시키려고 벼르고 있었다. 줄리메 회장은 첫 경기가 끝나고 두 번째 경기의 전반전이 끝날 무렵에 사무국장한테 김일성의 남침 소식을 보고 받았다.

"회장님, 이거 큰일 났습니다."

"뭔데 그러나?"

"지구 반대편에 있는 한국에서 조금 전에 전쟁이 터졌습니다."

"아니, 뭐 전쟁이 났다고?"

"전쟁을 일으켜 월드컵에~?"

"회장님, 북한의 김일성입니다."

"맙소사. 그 놈이 다 된 밥에 콧물을 떨어뜨렸구나."

김일성은 이날 오전 10시 평양 주석궁에서 발표한 성명에 조국해방전쟁이 시작되었다는 말 대신에 남조선 괴뢰군이 38선 전역에서 침공하여 인민군이 반격을 하고 있다고 인민들에게 거짓말을 하였다.

이날 아침 6시. 의정부의 한 평범한 가정집.

쿵~쾅쾅쾅쾅······. 크르릉 팍.

따따따타앙······. 드르르으륵······.

산 넘어 동두천 쪽에서 포성이 희미하게 들려오고 있었다. 벌써 동이 트고 있어 밖은 훤하였다. 부인은 어제 마신 술로 잠이 깊이 들었던 남편을 흔들어 깨었다. 포성과 총성이 점점 더 가깝게 들리는 것 같았다. 폭격 소리를 듣고 있으려니 속이 타는 것만 같았다.

"여보, 일어나요. 갑자기 이게 뭔 소리에요?"

"아니, 이 여편네가 잠자다 말고 새벽부터 뭔 헛소리를 하고 있는 거야?"

"아니. 눈 좀 떠봐요. 대포소리 같은 것이 점점 크게 들려오고 있어요."

눈을 비비며 겨우 일어나 앉는 김호삼은 쾅하는 대포소리에 놀라서 이불을 뒤집어쓰더니 말을 더듬었다.

"어이쿠, 이거 대포소리 맞아. 전쟁이 일어난 게 틀림없구나. 그렇지 않고서야 이렇게 큰 소리가 날 수 없어……."

김 씨가 이불속에서 나오자 포성이 더 크게 들려왔다. 그는 너무 놀라서 맨발로 뛰쳐나갔다. 벌써 이장 박광삼은 밖에 나온 지 한참 되었는지 김 씨를 보더니 짜증 섞인 목소리로 말하였다.

"아니, 김씨, 어제 뭘 했나? 이런 난리에도 꿀잠이 옵디까?"

"아니, 이장님. 어제 공사 끝나는 날이어서 간조를 보고 술 한 잔 걸쳤죠. 그래야 노가다꾼들을 부려먹을 수 있습니다. 정말 죄송합니다."

이렇게 김 씨와 이장이 서로 말을 주고받고 있을 때 포탄이 송추 쪽에서 터지는 것 같았다. 이장은 잔뜩 겁에 질려서 금방이라도 울음을 터트릴 것 같은 주민들 앞으로 나섰다.

"주민 여러분, 이거 김일성이 전쟁을 일으킨 게 분명합니다. 지금 포성이 가까워지는 것으로 봐서 서둘러 피란을 가야 합니다. 보따리가 많으면 곤란합니다. 지금 시간이 없으니 빨리 서두르십시오. 안 그러면 다 죽습니다."

이장이 말하고 있는 중에도 포성과 총성은 끊이지 않고 계속 들려 왔다. 소리의 크기로 봐서 인민군은 의정부 입성을 눈앞에 두고 있는 것 같았다. 이장의 말이 떨어지자 사람들은 피란보따리를 꾸리느라고 다람쥐처럼 뛰어다녔다.

"에구구, 이게 무슨 팔자속이냐. 저렇게 대포를 쏴대는 데 어디로 가야 목숨을 지킬 수 있단 말이냐."

동네 여인들은 짐을 광목으로 둘둘 말면서 닭똥 같은 눈물을 줄줄 흘리고 있었다.

아침 6시, 나는 인민군이 38선을 넘어 왔다는 소식을 안국동 첩보대에서 받았다. 드디어 올 것이 왔구나 하면서 무엇부터 먼저 해야 할지 일이 손에 잡히지 않았다. 나는 무전기의 채널을 도쿄 극동사령부에 맞추었다. 이 시간 도쿄도, 워싱턴도 모두 평온하였다.

"치지지익……. 미 극동사령부 당직 사령 나오라. 오버."

이날은 일요일이어서 당직 사령이 비상근무하고 있었다. 몇 차례 교신을 시도하였더니 당직사병이 받았다. 이날따라 2차 대전에서 굴러먹었던 모토롤라 무전기 상태가 나빠서 그런지 제대로 알아들을 수가 없었다.

"치이이익……. 여기는 극동사령부 무전실이다. 오버. 치직……."

"나는 본사 대표이다. 오버."

"치직……. 어서 용건을 말하라. 오버."

"오늘 새벽 4시를 기해 오소리가 38선을 넘어 기습 침략을 강행하였다. 오버. 치지지이익……."

"칙……. 지금 상황을 말하라. 오버."

"찌익. 지금 오소리가 서울 북방 40마일까지 내려왔다. 오버."

"알았다. 오버. 찌익."

나는 극동사령부로 긴급소식을 타전하고 나서 문서들을 폐기하였다. 이런 문서들을 놓고 갔다가는 북한에 있는 휴민트들이 위험한 상태에 빠질 수 있었다. 특히 강창옥과 최명신에 관한 모든 문서를 다 불태웠다. 그 중 일부만 물이 들어가지 않게 접어서 안주머니에 찔러 넣었다.

11시쯤 나는 미국 대사관에 전화를 걸었다. 하지만 몇 번을 시도해도 전화 연결이 안 되었다. 이미 대사관을 비우고 남쪽으로 내려간 것 같았다. 이때 또 포성이 들리는 것이었다. 이제 피할 수 있는 시간은 그리 많지 않았다. 벌써 종로통에는 놀라서 뛰쳐나온 사람과 보따리를 이고 지고 피란을 떠나는 사람들로 넘치고 있었다. 이때 라디오에서는 국군은 의정부 북방에서 괴뢰군을 맞아 싸우고 있다는 전황이 발표되고 있었다.

이때 서쪽에서 인민군은 개성을 지나 파주군 판문리를 지나서 서울로 향하고 있었다. 임진강부터 지형이 탁 트여서 포성이 더 크게 들렸다.

나에게 시시각각 인민군의 동태가 들어오고 있었다. 하지만 무한정 여기에 있을 수 없었다. 12시가 넘어서 첩보요원들이 하나둘씩 모여들었다. 이들은 모두 얼이 빠져나간 것처럼 눈동자가 풀린 것 같았다. 나는 서른 명의 요원들이 모두 사무실에 나타나자 기다렸다는 듯이 지시를 내렸다.

"여기 있는 너희들은 군인이다. 물론 집이 걱정이 되겠지만 나와 함께하지 않으면 군법에 따라 엄벌에 처할 것이다. 다들 알겠나."

"예, 알겠습니다."

모두 잠시 호흡을 가다듬고 있는데 이세훈이 뚱딴지같은 질문을 던졌다.

"소령님, 괴뢰군은 지금 어디쯤 왔습니까?"

"잘 들어라. 지금까지 보고받기로는 중부전선은 의정부 북쪽에서 국군의 저지를 받고 있다. 서부전선은 임진강을 건너는 인민군과 국군이 대치하고 있다. 현재 이것이 내가 알 수 있는 전부다."

"앞으로 우리들은 어떻게 대처해야 합니까? 소령님……."

"너희들은 완전 무장을 하고 상부의 지시를 기다려야 한다. 만약 인민군이 서울로 진격하면 한강을 건너 남쪽으로 가면서 명령에 따라 작전에 투입될 것이다. 지금 가족을 생각하거나 나만 살아보겠다고 하면 결단코 용서하지 않을 것이다."

그날 오후 나는 충격적인 비보를 전해 들었다. 중부전선은 동두천부터 의정부에 이르는 저지선이 다 뚫렸다는 것이었다. 이제 인민군은 파죽지세로 서울로 향하고 있다는 것이었다.

두 시간이 지나서 서부전선 역시 저지선이 뚫리면서 인민군은 서울로 사막메뚜기처럼 몰려오고 있었다. 나는 이런 상황이 곧 닥칠 것이라고 미리 보고했지만 자기들의 공로로 둔갑시킨 자들의 모습과 무기 지원 요청을 묵살한 관리와 두더지들의 얼굴이 스쳐갔다.

엘저 히스 그리고 딘 애치슨, 킴 필비, 돈 맥클린…….

나는 여기서 과거에 얽매일 수 없다는 생각이 퍼뜩 들었다. 첩보요원들을 모두 한자리에 모이게 하였다.

"자, 지금 여러분의 조국은 풍전등화의 위기에 놓여있다. 나는 여러분이 조국을 위해서 할 수 있는 일을 배정하겠다. 죽고 사는 것은 전쟁에서 당연히 있는 일이다. 내 목숨을 바치려고 하면 살 것이고 나만 살려고 발버둥 치면 죽을 것이다. 오늘 서른 명을 4개 팀으로 나누겠다. 먼저 일 팀은 중부전선에서 내려오는 인민군의 동태를 살피기 바란다. 이 팀은 서부전선 개성에서 내려오는 인민군의 동태를 파악하여 보고하기 바란다. 삼 팀은 영어를 어느 정도 하니까 나와 함께 움직이기로 한다. 마지막 한 팀은 서울시내의 남로당이나 적색분자들이 어떻게 준동하는지 감시하기 바란다. 알겠나."

"옛, 저희는 죽기를 각오하고 싸우겠습니다."

나는 각자의 역할들을 분담해주고서 공작과장 김기수를 불렀다.

"오늘부터 나는 당신을 공작과장으로 임명하겠다. 나와 함께 하면서 저 팀들을 관리하기 바란다."

나는 즉석에서 종이에 공작과장 임명장을 손 글씨로 써서 주었다.

임명장 미 공군 6006부대 니콜스 소령은 김기수를 6006부대 공작과장으로 임명한다.

－1950년 6월 25일. 도널드 니콜스.

오후 들어 내가 파견한 첩보요원들이 보내는 전황이 속속 무전으로 들어오고 있었다. 이들은 한결 같이 절망적인 보고만 하고 있었다. 나는 이들에게 인민군의 규모와 무기를 알아보라고 다시 지시하였다. 이러고 있는데 북한의 전투기가 김포비행장과 여의도비행장을 기습하여 몇 대밖에 없는 전투기가 모두 불에 탔다는 비보가 전해졌다. 나는 믿었던 전투기마저 인민군의 기습으로 파괴되었다는 소식을 듣고 이제는 트루먼 대통령의 결단에 희망을 걸 수밖에 없다고 판단하였다.

이날 오후 3시경 나는 경무대가 궁금하여 견딜 수가 없었다. 아니 이 대통령이 어떤 상태인지 알고 싶었다. 무작정 지프를 몰아 경무대로 내달렸다. 안국동에서 6분 만에 입구에 도착해서 접견을 신청하였다. 나는 대통령 접견서를 써서 밀어 넣었더니 몇 초 만에 되돌아 나왔다. 20대 후반의 경찰은 나를 아래위로 훑더니 바로 신청서를 반려하였다. 나는 이때 CIA신분증을 경찰의 코앞에 바짝 갖다 대었다. 그걸 보더니 짜증 섞인 목소리로 호통을 치는 것이었다.

"자꾸 이러깁니까? 지금 각하를 만날 수 없습니다. 빨리 집에 가서 피란 떠날 준비나 하세요."

그는 이러면서 아주 매몰차게 밀어내는 것이었다. 그렇다고 순순히 물러설 내가 아니었다. 나는 오른쪽 허리에 차고 있던 매그넘 권총을 빼들었다. 그것을 옆으로 향하게 하고 말을 걸었다.

"나는 대통령 각하 내외분을 경호하려고 온 미군 특수부대 요원이오. 미국 정부의 특명을 받고 왔으니까 어서 들여보내주시오."

이때서야 경찰관은 내가 보통 사람이 아니라는 것을 알았는지 접견서를 다시 받아갔다.

그것을 앞뒤로 뒤집어 가면서 몇 번씩 들여다보더니 들어가도 좋다고 손짓을 하였다. 그때 서울 중앙방송에서는 국민들에게 알리는 목소리가 나오고 있었다. 경찰관은 라디오를 켜놓고 업무를 처리하고 있었다. 나는 무의식적으로 걸음을 멈추고 라디오가 있는 곳으로 귀를 돌렸다. 방송에서는 몇 번이고 반복하여 똑같은 내용이 나오고 있었다.

국민 여러분, 국민 여러분, 여기는 대한민국 국방부입니다. 안심하시고 생업에 종사하시기 바랍니다. 서울은 안전합니다! 우리 국군은 괴뢰군에 당당하게 맞서서 싸우고 있으며 서부전선에서는 우리 군인들이 북진하고 있습니다!

이 방송을 들으면서 나는 도저히 믿어지지 않았다. 소련의 중화기로 무장한 괴뢰군을 우리 국군이 밀어내고 있다는 것은 사실이 아니었다.

나는 접견실로 들어가서 이 대통령을 기다리고 있었다. 이때 북악산 너머에서 간간히 포성이 들려오고 있었다. 내 경험으로 봐서 모레 오전이면 서울이 적의 수중으로 떨어질 것만 같았다. 나는 전쟁을 몇 번 치러 봤기 때문에 예언가가 되었다.

이때 유리창 밖에 신성모 국방부 장관의 모습이 얼핏 스쳐지나가는 것이었다. 나는 부리나케 신 장관의 뒤를 쫓아갔지만 그를 볼 수가 없었다. 그는 나의 블랙리스트 명단에 올라 있는 인물이었다. 그는 엊그제 전군에 휴가 명령을 내린 장본인이었으며 나의 남침첩보를 듣고 잠꼬대 같은 소리냐면서 대놓고 무시하였다. 나는 40분이 지나서야 이 대통을 접견할 수 있었다. 나는 여기서 오래 머물 시간이 없었다.

동북쪽에서 나는 포성으로 집이 흔들리는 것 같았다. 하얀 중절모를 쓴 이 대통령의 얼굴에 핏기라고는 찾아볼 수 없었다. 그는 나를 보더니 자석에 끌리는 못처럼 와락 달라붙었다.

"아이고. 니콜스 소령, 내가 걱정이 돼서 이렇게 찾아주었구먼. 30분 전에 트루먼 대통령과 통화를 했어요. 맥아더 사령관도 전화를 주었어요. 두 분 다 우리 대한민국을 지키겠다고 확답했어요. 맥아더 사령관은 일본에 있는 해병대를 먼저 투입하겠다고 약속했어요."

"각하, 저도 화급하다고 연달아 재촉하고 있습니다. 우선 몸부터 피하시고 보아야 합니다."

"소령, 그걸 말이라고 해요? 국민들이 죽어나가는데 그들을 버리고 나만 살겠다고 서울을 버릴 수는 없어요. 한 발짝도 안 움직일 겁니다."

"각하, 제 말 좀 들어보십시오. 중세에 헝가리의 왕 벨라4세는 모히평원에서 몽골군에게 완패하였습니다. 하지만 신하들의 간청으로 도피했습니다. 그 다음에 그는 게릴라전을 펼쳐서 몽골군대를 몰아냈습니다. 만약 그때 벨라4세가 몽골의 포로가 되었다면 아마 헝가리는 세계 지도에서 더 이상 없었을 것입니다. 또 2차 대전에서 독일군이 파리로 입성할 때 드골 장군은 런던으로 가서 작전을 지휘하였습니다. 만약 대통령께 유고가 발생하면 싸워보기도 전에 남한은 김일성의 차지가 됩니다. 우선 몸부터 한강 이남으로 피하시고 보십시오."

"누가 뭐라고 해도 나는 백성들과 함께 서울을 사수하겠소. 소령은 어서 가서 임무에 충실하기 바라오."

"각하, 인민군이 김포와 여의도 비행장의 전투기를 모두 파괴했습니다. 언제 저들이 서울로 들어올지 알 수 없습니다. 지금 동쪽은 의정부 직전에, 서쪽은 문산에까지 인민군이 진입했습니다."

"소령, 불쌍한 국민들을 놔두고 나 혼자 살아보겠다고 빠져나갈 수는 없어요."

나는 진땀을 뻘뻘 흘리면서 이 대통령을 설득하다가 그만 손을 들고 말았다. 정말 고집이 당나귀를 닮은 것 같았다. 나는 마지막으로 한 마디만 하고 싶었다.

"각하, 옛날에 전쟁에서 왕이 포로가 되면 패한 것이었습니다. 이것은 지금도 불변입니다. 만약 김일성이 각하가 여기 있다는 것을 알면 어떻게 하겠습니까? 이제는 용단을 내리십시오. 더는 시간이 없습니다."

이 대통령은 김일성 얘기를 꺼냈더니 마음이 조금 움직이는 것 같았다.

이때 서울 하늘에서 미그15기의 굉음이 들려왔다. 소리가 들리는 방

127

향으로 추정하니 영등포에서 폭격을 하는 것 같았다. 이렇게 가까운 곳에서 폭음이 들리자 이 대통령은 더 안절부절 못하였다. 얼마 후 폭격을 끝낸 미그기가 북으로 돌아갔는지 다시 잠잠해졌다.

이때 내 무전기가 신호가 잡혔는지 치직거리기 시작하였다.

"치익치익. 나오라. 오버."

"말하라. 여기는 본부다. 오버. 치지직."

"여기는 의정부역이다. 현재 인민군은 동두천을 통과하여 서울로 진격하고 있다. 오버."

"동두천에서 인민군과 교전을 벌인 국군의 상태는 어떻게 되었는지 말하라. 오버."

"오후 1시경 인민군 정예부대와 맞서서 서울로 들어오지 못하게 막았지만 중과부적으로 패퇴하였다. 오버."

"다른 특이점은 없는가? 오버. 치지지직."

"여기 중부전선에는 소련제 T-34전차부대가 선두에 서서 진격하고 있다. 오버."

"그럼 서부전선 나오라. 오버. 치이이익."

"여기는 서부전선 문산역 앞이다. 오버."

"거기 상황은 어떻게 되고 있나? 오버."

"여기도 국군이 중화기로 무장한 인민군에게 밀리고 있다, 오버."

"국군의 상태를 자세히 말하라. 오버."

"여기는 개성을 지키는 기계화여단의 정예부대가 소련제 전차 30여 대를 앞세워 진격하고 있다. 오버."

"지금 인민군에 맞서는 우리 국군은 없는가? 오버."

"모두 패퇴하였다. 인민군은 지금 거침없이 전차를 앞세워 서울로 진격하고 있다. 오버."

"알았다, 오버."

"이런 추세라면 모레 서울이 적의 수중에 들어갈 것 같다. 오버."

이때부터 6006부대 첩보원들은 전방의 전황을 보고하였다. 그런데 대부분이 우울한 전황이었다. 나는 할 수 없이 첩보원들에게 후방으로 철수하라는 명령을 하달하였다.

"다람쥐는 강 건너 지사로 집합하기 바란다. 오버. 치이익……."

여기서 다람쥐는 6006부대 첩보원을, 지사는 도청을 가리키는 음어였다. 나는 이 대통령의 경호의 한 축을 맡기로 하고 안국동 본부로 돌아왔다. 해는 벌써 서쪽으로 기울면서 붉은 빛을 뿌리고 있었다. 막 자리에 앉으려고 하는데 일 번 전화기의 벨이 울리는 것이었다. 일 번 전화기는 경무대와 직통으로 연결되어 있었다. 나는 얼른 수화기를 집어들었다. 이때 내 마음은 초읽기에 돌입하고 있었다.

"여보세요. 무슨 일이죠?"

"저는 경무대 비서실장입니다. 니콜스 소령님, 각하께서 서울을 뜨기로 결정하였습니다. 경호를 부탁드립니다."

"알겠습니다. 필요한 조치를 준비해서 바로 연락하겠습니다."

나는 전화를 끊고 김창룡 소령에게 급히 호출신호를 보내고 안국동 본부에 배치한 열 명의 첩보원들을 불러들였다. 3층에서 전황을 살피던 요원들이 뭔 일이 있나 해서 후다닥 내려왔다.

"소령님, 무슨 일이 있나요?"

"이건 보안이다. 형님이 남쪽으로 가시니까 도와드려야 한다. 알겠나? 질문은 더는 안 받겠다."

이들은 어느 정도는 눈치를 챘는지 입을 다물고 지시를 기다리고 있었다. 나는 국가관이 뚜렷하고 충성심이 강한 사람을 요원으로 선발하여 두었다. 이들은 완전 군장을 하고 긴장된 모습으로 조용히 대기하고 있었다. 이들은 자기들에게 떨어진 임무가 엄중하다는 것을 짐작하고 있었다. 이들은 비상식량을 챙기고 내가 비밀문서들을 소각하자 달려

들어 거들었다. 나는 이들에게 책임감을 부여하고 싶었다.

"너희들은 한국의 정예 첩보요원이다. 형님이 남으로 가는 동안 안전하게 보호하는 임무를 맡게 될 것이다. 알았나?"

"옛. 알겠습니다."

"형님이 누군지 알려고 들면 안 된다."

"넷……."

나는 6006부대 요원들을 이끌고 경무대 후문으로 가서 대기하였다. 벌써 주변은 어둠이 깔려 사물을 구별할 수 없었다. 우리는 언제 적이 나타날지 몰라서 바짝 긴장을 하고 있었다. 소문에 의하면 인민군 척후병들이 이미 서울에 잠입했다는 것이었다. 내 임무는 형님의 움직임을 침범하는 자를 처치하는 것이었다. 우리는 권총에 실탄을 장전하고 눈을 번득거리고 있었다.

조금 있자 지프 한 대가 불도 안 켜고 정문으로 들어오고 있었다. 운전석에 군복 차림의 김창룡 소령이 보였다. 나는 첫눈에 대통령이 타고 있다는 것을 알 수 있었다. 우리는 세 대의 윌리스 지프에 나눠 타고 김 소령의 지프를 따라갔다. 내가 탄 지프는 앞에서 이 대통령이 탄 지프를 인도하였다. 내 부하들은 자기에게 주어진 방향을 향해서 총을 들고 경계를 서고 있었다. 김 소령이 운전하는 지프는 세종로로 들어서더니 바로 속력을 높이는 것이었다. 나는 무전기로 부하들에게 지시하였다.

"형님과는 30미터 이상 벌어지지 마라. 알았나? 오버."

"알았다. 오버."

지프는 한강대교를 건너 1번 국도를 따라 수원까지 30분 만에 돌파하였다. 나는 음어로 형님의 이동경로를 무쵸 대사에게 보고하였다. 수원 도청에 마련된 전시 경무대로 대통령 내외가 들어섰다. 다들 넋이 반쯤 나간 표정이었다. 이날 우리는 도청 부속실에 야전 텐트를 치고 교대로 불침번을 서면서 밤을 새웠다.

남침 이틀째의 아침이 밝아왔다. 우리는 주변이 너무 소란하여 저절로 눈이 떠졌다. 아무래도 누군가 높은 분이 여기로 온 것 같았다. 어젯밤 9시쯤 도착해서 어떤 정보도 받지 못해서 누굴까 하고 촉각을 곤두세웠다. 나는 경호의 등급으로 볼 때 맥아더 사령관일 것으로 추측하였다. 도청 마당에서 이 대통령이 왔다 갔다 하는 모습이 얼핏 보였다. 아마 그 분을 맞으러 나온 것 같았다. 좀 있자 지프 세 대가 마당으로 들이닥쳤다. 아니나 다를까 1호 차에는 맥아더 사령관과 워커 대장이 타고 있었다. 이때 멀리서 포성이 들렸다. 이날 아침에 경기도 도청 마당에는 별만 24개가 모였다. 맥아더가 내리자 이승만 대통령이 그에게 다가가 두 손을 잡고 아주 정중하게 말하였다. 이때 이 대통령의 얼굴은 근심과 고통으로 일그러져 있었다.

"맥아더 사령관님, 환영합니다. 제발 부탁하건데 우리 한국과 한국 국민들을 구해주시기 바랍니다."

"이 대통령 각하, 너무 걱정 마시오. 우리 한 번 해봅시다."

이 대통령은 목이 타고 애간장이 녹는 심정으로 부탁을 하는 데 맥아더의 답변은 아주 단호하였다. 이날부터 이 대통령의 경호는 한미합동으로 하게 되었다.

나는 나흘째 되는 날에 수원을 떠나 대전으로 내려갔다. 인민군은 T-34 전차를 앞세우고 대전으로 진격하고 있었다. 한국군은 이 전차 앞에 맥을 못 추고 있었다. 미군이 부산에 도착해 전투에 투입이 되었지만 한국의 지형을 전혀 모르는 상태에서 인민군에 맞설 수 없었다. 이때 나는 대전 부근에서 딘 소장이 행방불명되는 비보를 듣게 되었다. 나는 얼 페트리지 장군의 명령을 받고 딘 소장 구출 직전에 나섰지만 그는 벌써 인민군의 포로가 되어 있었다. 나는 구출작전을 포기하고 대구로 밀려 내려갔다. 7월말, 인민군은 대구를 지나서 영천으로 진입해 한국의 두 번째 도시인 부산을 압박하고 있었다. 여기서 만약 부산마저 함락되면 한국은 김일성 치하의 공산국가가 되는 것이었다. 남쪽의 항구 도시 부산은 몰려든 피란민들로 발 디딜 틈이 없을 정도로 북적거렸다. 이때 나도 부산으로 들어가 영도에 공작부대를 만들었다. 뿔뿔이 흩어졌던 요원들이 용케도 알고 모여들었다. 몇 명을 빼고는 다들 건강한 모습으로 나타났다.

10. 스탈린의 맥아더 해임공작

김일성은 북조선로동당과 남조선로동당을 통합하여 조선로동당을 만들고 스스로가 로동당 위원장에 올랐다. 이 자리는 독재국가 북한에서 최고의 존엄만이 누릴 수 있는 극상의 자리였다. 이때부터 김일성의 공포정치는 더욱 강화되어 인민들은 숨조차 맘대로 쉴 수 없을 지경이었다. 그는 거침없이 남침 준비를 하면서 조금이라고 방해가 되는 사람은 가차 없이 처단하였다. 이런 중에 그는 스탈린에게 다음과 같은 내용의 전문을 띄웠다.

스탈린 수상 동지. 나는 남조선의 사회를 혼란하게 만들고 그 틈을 노려서 조국해방전쟁을 일 년 안에 감행하기로 결정하였으니 수상 동지의 각별한 지원과 편달을 바랍니다.

―조선인민민주주의공화국 수상 김일성 앙망.

스탈린은 몰로토프가 전해주는 전문을 받아들고 찬찬히 읽고는 부들부들 떨면서 소리를 목청껏 질러 대었다.

"몰로토프. 너 이리 와봐. 너 김일성인지 김성주인지 추천하면서 내 말을 똑 부러지게 들을 거라고 말했지? 그런데 아새끼가 초장부터 삐딱해졌잖아. 너 책임지라고. 알았어? 자네 내 성질이 더럽다는 것을 알지?"

"예, 알겠습니다. 수상 동지. 좀 진정하시죠. 제 말씀을 더 들어보고 판단하시죠."

스탈린은 몰로토프의 얘기를 듣고는 성질이 좀 누그러지는 것이었다. 좀 미안했던지 머리를 긁적거리면서 말을 계속하였다.

"그래. 화를 내서 미안하구먼. 걔는 왜 그렇게 전쟁을 빨리 하겠다고 보채는 거야?"

이 질문이 나오자 몰로토프는 작심한 듯이 이런 기회에 다 설명하겠다고 결심하였다.

"김일성은 조국해방전쟁은 빠를수록 승산이 높다고 봅니다. 남조선 이승만 정권도 점차 안정적으로 돌아가고 있습니다. 이러니 남로당의 선전선동이 점차 먹혀들지 않습니다. 김성주, 아니 김일성은 이걸 걱정합니다. 앞으로 이 년 안에는 남조선도 모든 체제가 자리 잡힐 것으로 보입니다. 지금 이승만은 미국에 무기를 지원하달라고 징징거리고 있습니다. 만약 미국이 이런 요구를 들어주는 날이면 남침은 물 건너가게 됩니다. 어수선할 때 쳐들어가야 한다는 게 그의 판단입니다. 언제까지나 미국이 남조선에 무기를 지원하는 걸 막을 수는 없는 일입니다."

이 말에 귀를 기울이고 있던 스탈린은 왼손으로 몰로토프에게 가까이 다가오라고 손짓하였다. 이때 그의 동작 하나하나가 힘들어 보였다. 그의 얼굴에는 죽음의 사신이라는 검버섯이 듬성듬성 돋아나고 있었다.

"자네 지금부터 메모를 해서 내 말을 그 녀석에게 꼭 전해야 되네."

"네. 그렇게 하겠습니다."

자네가 전쟁을 서두르는 데는 그만한 이유가 있다고 본다. 하지만 전쟁이란 혼자서 하는 것이 아니다. 지금 남조선은 미 제국주의자들의 소극적인 지원은 그럭저럭 받고 있지만 머지않아 본국으로 철수한다. 더욱이 미국에는 우리는 갖지 못한 가공할 원자폭탄이 있다. 이 원자폭탄 두 발에 히로시마는 지도상에서 사라지고 말았다. 내가 다 되었다고 지시할 때까지 기다려라. 그 때까지 남조선의 간첩과 남로당원들을 선동하여 이승만이 정신을 차릴 수 없도록 사건을 터뜨리기 바란다.

－소련 서기장 스탈린.

"서기장 각하, 이런 데도 그 인간이 말을 안 듣고 박박 우기면 어떻게 할까요?"

"그러면 인정사정 볼 것 없다. 그 놈을 이르쿠츠크로 유폐시키고 부수상 박헌영을 수상으로 올리면 된다."

이 말을 듣고 외교부장 몰로토프는 너무나 예상 밖이어서 머리가 혼란스러워 당최 갈피를 잡을 수 없었다. 하지만 잠시 후 몰로토프는 스탈린의 말에 숨어 있는 큰 뜻을 깨닫게 되었다. 이때 소련의 과학자들은 밤을 새워 코피까지 흘리면서 원폭실험을 준비하고 있었다. 몰로토프는 서기장의 말을 간단히 요약하여 김일성에게 전문을 날렸다. 나는 이 전문을 가로 채어 암호해독기로 풀어내었다. 이 전문에 담긴 내용을 읽어보고 깜짝 놀랐다. 이때 김일성은 48년부터 남침을 하겠다고 스탈린을 졸라대고 있었다. 여기에는 조만간 원폭실험을 하게 된다는 암시도 들어 있었다. 제주도와 여수 순천에서 남로당의 폭동은 김일성의 계획이었다는 것도 역시 들어 있었다. 이때부터 나는 김일성과 인민군의 동태를 24시간 감청체제로 바꾸었다. 소련은 기술적으로 암호화 작업에 소홀히 하고 있었기 때문에 나는 스탈린의 음모를 알 수 있었다. 이것이

나에게는 커다란 행운이었다.

2차 대전에서 독일 동부전선에 투입하였던 T-34 전차가 온성과 청진을 거쳐 중부전선의 평강과 서부전선의 개성 일대에 집중 배치되고 있었다. 이 첩보를 극동사령부와 CIA에 보고하였지만 역시 주목을 끌지 못하였다. 이것은 스탈린과 김일성의 커넥션을 너무 가볍게 보았기 때문이었다. 김일성은 남한의 체제가 정비되고 미국이 무기를 제공하면 전쟁에 승산이 없으니까 조국해방전쟁을 서둘렀다. 특히 남조선이 김일성의 꿍꿍이 속을 읽어 무기실태를 알기 전에 후딱 해치우고 싶었다. 하지만 스탈린의 말마따나 전쟁은 혼자 하는 게 아니었다.

스탈린은 핵보유국이 되기 전에는 미국에 맞서는 행동을 하지 않기로 자제하고 있었다. 이때 미국은 스탈린이 원폭실험을 극비로 추진하고 있다는 사실을 모르고 있었다.

1948년 8월 19일, 소련은 미국보다 오 년 뒤늦게 원폭실험에 성공하였다. 이제는 핵무기에는 핵무기로만 대응할 수 있게 되었다. 이렇게 비대칭 상황이 무너진 것이었다.

이후 미국은 소련을 견제할 수 있는 수단을 잃고 핵무기 경쟁에 돌입하였다. 전문가들이 우려했던 핵무기의 비대칭 상황이 깨지면서 핵무기를 등 뒤에 숨기고 서로 눈치를 보게 되었다. 미국은 뒤늦게 핵기밀 보안에 실패한 것을 두고 통한의 후회를 했지만 이미 엎질러진 물이었다.

원폭실험 이후 스탈린은 김일성의 남침전쟁 제안을 전격 수용하면서 무기지원을 약속하였다. 이때는 사 년 전의 히로시마와 나가사키하고는 사정이 전혀 달라졌다. 트루먼은 맥아더가 신의주와 백두산 일대 중공군 주둔지에 원자폭탄을 투하하겠다고 버티자 소련과 전면전이 우려가 되어 그의 해임을 검토하기 시작하였다. 여기까지 오도록 끊임없이 트루먼을 압박한 인물은 미국의 형제국인 영국의 처칠 수상이었다. 그는 미국이 핵무기를 또 쓰면 소련 역시 핵무기를 들고 나올 것으로 확신하고 있었다.

2차 세계대전 당시 나치 독일군 유보트의 공격을 받은 영국은 함락 일보 직전까지 갔었다. 이때 처칠에게 유일한 두려움은 독일 해군의 유보트 공격이었다. 독일군은 두 차례의 세계대전에서 모두 1천 척이 넘는 유보트를 건조하여 연합군의 군함과 상선 5천 척 이상을 침몰시켰다. 당시 귄터 프린 함장이 지휘하는 유보트 부대는 영국 해군의 군항인 스캐퍼플로우를 습격하여 영국이 자랑하던 전함 로얄 오크를 격파하였다. 이후 처칠은 "U"자만 눈앞에 어른거려도 얼굴이 화끈거리고 혈압이 오르는 것이었다. 이것은 일종의 외상증후군으로 평생 처칠을 따라다니면서 괴롭혔다.

이래서 처칠은 툭하면 트루먼에게 전화로 역성을 내면서 맥아더를 해임하라고 요구하였다. 그는 영국 최고의 샌드허스트 육군사관학교를 졸업한 수재여서 고졸 출신의 트루먼을 손에 올려놓고 놀고 있었다. 그러면서도 트루먼 대통령에 대한 예우에 있어서 결례가 되지 않도록 신중하게 행동하였다. 이런 처칠에게도 끝까지 숨기고 싶은 뼈아픈 과거사가 있었다.

1915년 2월, 해군성 장관 처칠은 터키 갈리폴리 반도 전투에서 수십 척의 함대와 25만 명의 병력을 잃는 실수를 하였다. 육군사관학교 출신이 해군성 장관을 맡은 것이 문제였다. 이 불명예는 그가 죽을 때까지 그의 뒤를 따라다니면서 힘들게 하였다.

"각하, 제 말을 좀 들어주십시오. 맥아더 그 인간을 왜 붙잡고 있나요? 어서 해임하세요. 만약 맥아더가 한반도에 핵무기를 쓰면 스탈린은 유럽에 핵무기를 터트릴 겁니다. 맥아더가 말하는 압록강과 유럽은 사정이 전혀 다릅니다. 유럽은 우선 인구밀도가 높고 고도의 인류문명이 공존하고 있습니다. 이건 전범 히틀러도 감히 생각하지 못했던 중범죄입니다."

"각하, 이제 걱정 말고 편히 주무십시오. 원자폭탄은 대통령의 무기라는 점은 만고불변입니다. 시간을 두고 좀 더 지켜보십시오. 아무리 배고파도 밀밭에서 샌드위치를 구할 수는 없는 법이니까요."

"각하, 다음 달까지 맥아더의 군복을 벗기지 않으면 제가 쫓아가겠습니다. 이건 인류 평화를 위해서 드리는 최후통첩입니다."

"수상 각하, 혹시 더 하실 말씀은 없습니까?"

"맙소사, 이 얘기를 잊을 뻔 했습니다. 만약 유럽에 원자폭탄이 투하된다면 많은 나라의 소중한 생명과 사회기반시설 그리고 인류문화유산에 돌이킬 수 없는 타격을 입습니다. 폭발하는 순간에 3분의 1이 죽고, 후폭풍으로 절반이 죽습니다. 나머지 20%는 방사능에 피폭되어 고통 속에 서서히 죽어갑니다."

이날 처칠은 아주 비장한 목소리로 설명하면서 전화를 끊었다. 이때 국군과 유엔군이 압록강 쪽으로 북진하고 있어서 처칠은 점점 더 초조해지고 있었다. 금방이라도 맥아더가 원자폭탄을 투하할 것만 같았다. 그러면서 분노로 일그러진 스탈린과 베리아의 얼굴이 교차되었다. 이때 모든 권력은 베리아의 손아귀에 들어가 있었다. 처칠은 영국, 캐나다, 호주, 뉴질랜드 등 영연방국가의 군대가 보내오는 첩보를 받고 있어서 한국의 전황을 그런대로 알고 있었다. 인민군이 수세에 몰리면서 중공군의 참전은 시간문제였다. 맥아더 사령관이 원자폭탄을 쓰겠다고 나오는데도 트루먼이 우유부단하게 나오는 게 큰 걱정거리였다. 그에게는 가끔 혼자서 툴툴거리는 버릇도 생겨났다.

아니, 맥아더 그 인간 하나 때문에 지금 내 체면이 뭐가 되었냐고. 또 유럽에 전쟁의 불길이 일어나는 것을 보고만 있을 수는 없지. 트루먼은 왜 그런 멍청이 인간을 껴안고 있는 거야. 속내를 도대체 모르겠단 말이야.

사실 핵무기에는 핵무기로만 등가 교환이 가능하기 때문에 스스로 핵무장하는 것 말고는 다른 옵션이 없었다. 이러니 처칠의 심장은 점점 더 조여드는 것 같았다. 이렇게 나가면 제 명에 죽지 못할 것 같았다. 이때 스탈린은 처칠이 트루먼에게 맥아더를 해고하라고 쥐어짜고 있다는 첩보를 받았다. 그는 병상에 누워서 베리아를 불렀다. 베리아가 들어오자 간호병이 자리를 떴다. 그는 스탈린의 고향인 그루지야의 후배라는 것 때문에 각별한 신임을 받고 있었다.

"베리아, 이리 가까이 와보게. 지금 유엔군이 어디까지 치고 올라왔나?"

"제가 보고받기로는 지난주 이승만은 원산에까지 와서 장병들을 격려하였고 미국의 여배우 마릴린 먼로가 유엔군들 앞에서 위문공연을 했다고 합니다. 아마 지금 이승만은 평양의 환경대회에 참석하러 서쪽으로 이동하고 있을 겁니다."

"아니 그럼 이승만은 평양을 되찾은 것으로 착각하고 있는 게 아닌가? 여전히 맥아더는 원자폭탄을 쓰겠다고 고집부리고 있나?"

"아마 그건 고집으로 끝날 것 같습니다. 처칠이 워낙 트루먼에게 맥아더를 해임하라고 압박하고 있고 트루먼은 자기 손에 피를 더는 묻히지 않겠다는 입장입니다."

"하하하……. 트루먼도 맥아더도 둘 다 하는 짓이 다 나에게는 도움이 된다. 그러면 스탈린도 김일성이 수세로 몰리면 국경지대에 원자폭탄을 쓸 수고 있다고 흘려보게."

"예……. 수상동지. 그건 참 기막힌 전술입니다. 바로 실행하겠습니다."

"아참, 김일성은 지금 어디에 가있나?"

"예, 지금 만주 푸쏭으로 피신했습니다."

"푸쏭이란 데가 어디지?"

"백두산에서 그리 멀지 않은 만주입니다. 김일성은 13살까지 거기서 살았다고 합니다."

"그래? 혹시 사정이 악화되면 김일성을 연해주로 보냈다가 모스크바로 데려오게. 그를 보호해야 훗날을 도모할 수 있으니까……."

경찰국장 베리아는 사흘 후 스탈린이 지시한 극비문서를 그럴듯하게 위조하여 CIA에 파견된 영국의 이중스파이 킴 필비에게 발송하였다.

> 맥아더가 압록강 변에 원자폭탄을 투하하면 우리 소련은 유럽에 원자
> 폭탄을 투하할 것이다. 이에 대한 모든 책임은 먼저 원자폭탄을 꺼내
> 든 쪽이 지는 것이다.
>
> —스탈린.

소련의 충견 이중간첩 필비는 베리아의 문서를 받아보고서 이것이 스탈린의 맞불작전이라는 것을 대뜸 알아차렸다. 필비는 케임브리지 5인방 가운데 MI6에 있는 이중스파이 앤서니 블런트에게 이 가짜 문서가 처칠 수상의 손에 들어가도록 하라고 지시하였다. 아주 단순한 이 공작은 주효하여 이 주 후 다혈질의 처칠은 이 극비문서를 받더니 그만 얼이 나가버렸다. 마치 실성한 사람처럼 혼자 중얼거렸다.

> 아니, 지금이 어느 때인데 핵무기를 자꾸 들먹거리는 거야. 맥아더 그
> 인간 더 놔두었다가는 큰일을 저지르겠구먼. 그런데 트루먼은 왜 이
> 런 인간을 두둔하고 있는 건지 모르겠구먼. 빨리 옷을 벗기지 않고.

스탈린이 보낸 극비문서를 읽어보고서야 처칠은 스탈린이 자기에게 뻣뻣하게 대하는 이유를 알 수 있었다.

거의 사색이 된 처칠은 백악관의 핫라인으로 트루먼과 통화를 시도하였다. 그가 전화를 받자 대뜸 본론으로 들어갔다.

"대통령 각하, 이러다가는 지구가 멸망하게 되었습니다. 모레 제가

백악관으로 갈 테니까 자세한 얘기는 그때 하겠습니다.”

“아니, 수상 각하. 모레는 실업자 구제를 위해서 텍사스 주로 시찰을 갑니다. 전화로 간단히 대화를 나누면 어떨까요?”

“아니, 각하. 이 세상이 망하는 데 실업자 구제가 무슨 소용이 있나요? 얼굴을 마주하고 얘기를 해야 합니다.”

이때 유엔군은 개마고원을 지나 장전호 부근에서 주둔하고 있었지만 중공군 코빼기도 볼 수 없었다. 어림잡아 7일만 있으면 압록강에 도달할 것 같았다. 이러니 맥아더 사령관은 자기의 예측이 맞을 것이라면서 의기양양하였다.

그것 보라고. 뭐 인민지원군 30만 명이 국경을 넘어 인민군을 지원한 다? 내 꼭 장병들을 가족과 함께 크리스마스를 보낼 수 있게 할 거야.

그는 스탈린이 원자폭탄 사용을 지시한 극비문서를 들고 백악관으로 달려갔다. 트루먼은 일정을 급하게 조정하고 형제국의 수상을 살갑게 반겨주었다. 이때 미국에서는 처칠의 저돌적인 행동을 비판하는 기사들이 실리고 있었다. 아무리 형제국이라도 지킬 것은 지켜야 한다는 논조들이었다. 이 기사를 읽고서 처칠은 가소롭다는 듯이 반죽 좋게 웃어 넘겼다.

“허허허. 지구가 멸망하게 생겼는데 외교적인 절차가 뭐 그리 중요하단 말인가?”

트루먼은 처칠을 보고 짜증을 낼 수도 없었고 사정을 해본들 들어 먹힐 위인도 안 되었다. 그저 나의 운명이려니 하고 그를 맞아주었다. 사실 이때까지만 해도 해가 지지 않는 나라 영국의 파워는 죽지 않고 있었다. 트루먼은 처칠을 웃음으로 맞아주었다.

“아니, 수상 각하. 무슨 일이 있어 이렇게 찾아오셨나요?”

"대통령 각하, 스탈린 그 인간 참 못쓰겠어요. 개구리 올챙이 적 모른다더니 원자폭탄을 믿고 그런지 아주 교만하기 짝이 없어요."

"허허 그럴 리가요. 그는 지금 고혈압과 당뇨의 합병증으로 다 죽어가고 있습니다. 길어봐야 이삼 년밖에 못산다는 첩보를 니콜스 소령이 보내왔습니다. 허허허……."

"아? 그래요. 그러면 그게 더 큰 문젭니다. 저 잔인한 인간 백정이 막판에 몰리면 무슨 짓을 벌일지 귀신도 모를 겁니다. 여기 구체적인 물증이 있어서 갖고 왔습니다."

"아니 물증이 있다고요?"

"그렇습니다. 여기 있습니다. 읽어 보십시오."

러시아어로 된 스탈린의 지령과 킴 필비가 영어로 번역한 사본이 함께 달려 있었다. 이 문서를 보니 처칠의 말이 백번 옳았다. 트루먼은 즉각 CIA에 스탈린의 서명을 대조하여 진위 여부를 보고하라고 지시하였다. 이것이 혹시 가짜일지도 모르기 때문이었다. 그런데 99.9퍼센트가 일치한다는 통보가 내려왔다.

"수상 각하. 이건 스탈린의 서명이 틀림없습니다. 얄타회담 선언문에 있는 스탈린 서명을 찾아내어 3개 기관에서 대조하였더니 틀림없다는 판정이 내렸습니다."

"그렇습니다. 여기서 우리가 핵무기를 쓴다면 3차 세계대전은 예약된 것이나 다름없습니다."

"……."

"이제 방법은 단 하나, 맥아더 그 인간을 더 이상 붙들고 있으면 안 됩니다."

"나도 원자폭탄으로 두 번 다시 내 손에 피를 묻히고 싶은 생각은 없습니다. 히로시마와 나가사키로 그만입니다. 수상 각하, 지금 스탈린과 핵무기 대결을 벌이면 공멸하게 됩니다."

이 문서를 다 읽고서는 트루먼의 얼굴은 먹빛으로 변하였다. 그리고는 처칠을 똑바로 바라보면서 입을 열었다.

"수상 각하. 지금까지 각하의 예측은 전부 맞았습니다. 이 고비만 넘기면 결단을 내리겠습니다. 이것 말고도 그는 일본 정부하고 너무 밀착이 되어 있어서 말도 많고 탈도 많고 그러니⋯⋯."

"각하, 저한테만 날짜를 대략 말씀해주시죠."

"그건 제 머릿속에 있습니다."

"그럼 각하께서 신속하게 결정하기를 바랍니다."

사실 처칠은 영국이 중국으로부터 조차한 홍콩의 기득권을 지키는 일이 가장 급선무였다. 홍콩의 운명 말고는 다른 것은 그의 눈에 들어올 리가 없었다. 그의 머릿속에는 홍콩의 과거와 현재가 번갈아서 겹쳐지고 있었다.

아참, 지난 42년에 일본이 홍콩을 침략할지도 몰라 우리 연방인 인도군과 캐나다 왕립 소총군단을 홍콩에 증원하여 배치하였고 1차 세계대전 때 구축한 북쪽의 진 드링커 방어선을 다시 손봐서 혹시 모를 일본군의 기습에 대비하였지.

이때 김일성은 스탈린에게 자기를 살려달라면서 통사정하고 있었다. 이건 파산 일보 직전이었다. 이때 비서 김철중이 스탈린이 보낸 문서를 들고 와서 두 손으로 건네주었다.

"수상 동지. 쏘오련 스탈린 서기장이 보내온 문서가 여기 있습네다."

"그래, 이걸 어케서 받은 건가?"

"지금 해저통신선도, 무선기지국도 전부 마비되어 우회하여 받느라고 시간이 많이 걸렸습니다."

나는 북한과 중공 그리고 소련과의 통신을 다 파괴하여 북한을 철저히 고립시키기로 하였다. 나는 이때 김일성과 스탈린 그리고 마오쩌둥은 전쟁을 하면서 서로 엇박자에 맞춰서 춤을 추게 하려는 음모를 꾸미고 있었다.

11. 경무대 앞의 T-34전차

남한에서 소련제 T-34전차는 거침없는 괴물이었다. 폭풍작전 개시 사흘 만에 T-34는 경무대 앞마당까지 들이닥쳤다. 이때 미군과 유엔 군은 T-34전차와 미그 15기의 공격에 속수무책으로 당하고만 있었다. 군인도, 국민도 이 두 가지만 떴다하면 도망가기에 급급하였다.

도쿄의 극동사령부는 도저히 안 되겠는지 나에게 전차와 미그15기의 제원을 확보하라는 명령을 내렸다. 이때부터 우리는 전국을 수소문하여 전차와 미그기의 잔해를 찾았다. 전시라서 이런 정보들을 쉽게 받을 수가 없었다. 이런 가운데 나와 미 공군 참모부 간에 주고받은 교신 내용이 고스란히 노출된 것 같았다. 그 순간 내 목덜미가 서늘해졌다. 전시라서 너무 다급한 나머지 통신보안에 신경을 안 쓰는 실수를 저지른 것이었다. 나는 이때 땅을 치면서 후회하였다. 아무리 생각해도 영 찜찜하여 견딜 수가 없었다. 나는 소 잃고 외양간 고친다는 심정으로 철벽처럼 보안을 지켰지만 이미 도청이 되고 말았다.

인민군 통신부대는 미 5공군이 니콜스에게 T-34 전차와 미그 15기의 제원을 확보하라는 명령을 내리는 교신을 도청으로 알아내었다. 남일 대장은 전군에 니콜스의 통신을 잡아내라는 지시를 하달해놓고 있었다. 그럴 때 도청에 딱 걸려든 것이었다.

낙동강 이남으로 밀려난 국군과 유엔군은 깊은 고민에 빠지게 되었다. 인민군의 전차와 전투기만 보면 한없이 작아지는 것이었다.

미군이 T−34 전차와 미그 15기를 집중 공격하였지만 꿈쩍도 않는 것이었다. 유엔사령부는 오랜 고민 끝에 두 개의 무기 제원을 확보하라는 지시가 나에게 떨어졌다.

> 니콜스 소령은 북한의 T−34전차와 미그15기의 잔해를 입수하여 취약점을 찾아낼 수 있도록 적극 협조할 것. 시간은 빠를수록 좋으며 부품이 확보되면 미국 국방연구소로 보낼 것.
>
> —미 5공군 사령부 얼 페트리지 장군.

이때 경북 예천의 낙동강변 회룡포에 진을 치고 있던 인민군 부대는 전략회의를 열고 있었다. 이 회의에는 남일 대장이 참석하고 있었다.

"자, 내레 말하갔시오. 아무래도 니콜스 양키를 잡지 않고는 우리가 이길 수 있는 확률이 낮아진단 말이오. 그 놈을 유인해서 잡아야 하갔시오. 어떤 방법이 있갔소?"

이때 통신부대장 리철호가 손을 번쩍 쳐들었다. 뭔가 자신감이 있다는 표시였다.

"그럼 리 동무가 말해 보라요."

"며칠 전 니콜스의 통신 내용으로 봐서 우리의 듬직한 전차와 미그 15기를 찾을 것입네다. 그래서 우리가 전차와 미그기를 적당한 곳에 놓고 그 놈을 유인하여 처치하면 좋갔시오."

이렇게 리철호가 말을 마치자 전원은 감탄을 하면서 박수를 치는 것이었다. 사흘 후 인민군은 영천의 하양에서 부서진 전차 한 대를 낙동강 지류에 갖다 놓고 정예 사수 20명을 매복시켰다. 이들에게는 니콜스를 보는 즉시 사살해도 좋다는 명령이 떨어졌다.

나는 부산 영도부대에서 동지들이 전차와 미그 15기의 잔해를 발견했다는 제보를 기다리고 있었다. 8월 중순, 더위가 한창 기승을 부리고 있을 때 한정숙 동지로부터 제보가 날아왔다.

"소령님, 지금 파괴 전차 한 대가 내성천에 버려져 있습니다. 현재 아무도 지키고 있는 것 같지는 않습니다."

T-34전차를 탈취하려고 떠나던 날은 하염없이 비가 내렸다. 비가 내리니 첩보요원들의 몸에서는 악취가 심하게 나는 것이었다. 날씨까지 구질구질해지자 이들은 의기소침해졌다. 적진으로 들어가야만 하는 일이 마음을 무겁게 짓눌렀다. 아직도 낙동강 전선은 인민군 대장 남일이 장악하고 있어 접근이 쉽지 않았다. 이때 반전이 일어났다. 인민군 주력부대가 포항 해변의 장사리로 이동하였다는 것이었다. 빗물에 흠뻑 젖어 침통해 있던 병사들은 이 첩보를 받고 덩실덩실 춤을 추었다. 어떤 악천후도 병사들의 사명에 대한 열정을 식힐 수는 없었다.

나는 새벽 6시에 병사 여섯 명을 데리고 현장으로 출동하였다. 우리의 임무는 T-34 전차의 취약 부위를 확보하는 것이었다. 전차는 사방이 트인 개활지에 버려져 있었다. 나는 파괴된 전차에 접근하기 전에 지형지물부터 염탐하라고 지시하였다. 혹시 적군이 어딘가 매복하여 우리의 출현을 기다리고 있을 수도 있었기 때문이었다.

이때 나는 동천비행장에 파견되어 있던 영국군 첩보원의 지원을 받기로 하였다. 만약 우리가 위기에 빠지면 영국군이 즉각 출동하여 지원하기로 되어 있었다. 공포의 무법자 T-34전차는 미군에게는 난공불락의 성채나 다름없었다. 이것은 T-34전차를 확보하지 않고서는 도저히 해결할 수 없는 일이었다.

여섯 명의 요원들은 야음을 틈타서 버려진 T-34전차에 소리 없이 접근하였다. 아니나 다를까 전차에서 20미터쯤 떨어진 곳에서 북한 병사들이 파괴된 전차를 감시하고 있는 기색이었다. 이것은 전차를 미끼로 나를 제거하려는 것이었다. 요원들은 낮은 포복으로 다가가면서 망원경으로 관찰하니 역시 인민군이 참호 속에 쭈그리고 있었다. 이들의 몰골은 상거지나 다름없었다. 옷은 너덜너덜하고 머리는 미치광이처럼 산발하고 있었다. 그들 발 옆에는 먹다 남은 애호박과 생 옥수수와 감자들이 나뒹굴고 있었다. 이들은 오랫동안 굶주리고 있었다. 하지만 이들을 섣불리 얕보았다가는 낭패를 당할 수 있어 더 조심하였다. 세 명은 작전상 후퇴하여 전략을 다시 짜기로 하였다. 밖으로 나온 인민군을 보니 AK소총을 들고 가슴에는 수류탄을 네 발씩 달고 있었다. 이것으로 우리들에게 저항할 경우 인명 손실은 물론이고 목적을 달성할 수 없을 것 같았다. 가끔 이들은 꾸벅꾸벅 조는 것이었다.

새벽 3시, 우리는 두 명씩 세 개 조로 나누었다. 한 개조는 적군의 앞쪽에서 교란작전을 펴기로 하였다. 그러는 사이에 나머지 한 조는 전차에 접근하는 것이었다. 마지막 한 조는 부상자를 구출하는 임무를 주었다. 먼저 A조는 길을 우회하여 적군의 앞쪽에 도착하였다. 한정숙 조장이 하얀 이빨을 드러내면서 지시하였다.

"자, 시간은 지금이 최적이다. 여기서는 명중률이 좀 떨어지니까 사거리를 약간 줄이는 것이 필요하다. 두 사람은 앞으로 나가서 저기 보이는 미루나무 뒤에 바짝 붙어라. 나는 여기서 너희들을 엄호해주겠다. 알았나?"

"옛, 알았습니다."

정면에서 봐도 적군들은 전투의지를 잃은 것 같았다. 하지만 경계를 소홀히 할 수 없었다. 두 명이 미루나무까지 다가가는 데도 그들은 여전히 고개를 아래로 떨구고 있었다.

148

이때 한 조장은 미루나무 뒤에서 적군들을 향해 카빈총의 방아쇠를 당겼다. 그들은 제대로 먹지를 못해서 그런지 아무런 힘을 쓰지 못하였다. 그저 픽픽 쓰러지는 것이었다.

"탕탕탕탕……."하는 소리가 연달아 들리면서 앞에 있던 세 명의 적군이 앞으로 나뒹굴었다. 미루나무를 방패삼아 우리 병사는 적의 진지로 수류탄을 투척하였다. 조금 있으니까 진지에서 8명의 적군이 우르르 뛰쳐나와 AK소총으로 대응사격을 하였다. 이때 우리 병사들도 연발사격으로 대응하였다. 3분쯤 지났을까 한창 사격을 퍼붓고 있는데 미루나무 뒤에서 사격을 하고 있던 우리 요원이 비명을 지르면서 쓰러졌다. 이때 구출조가 지원사격을 하면서 다가가려고 하였다. 이때까지 그 병사의 신분 확인을 못하였다. 그는 너무 방심하여 상체를 미루나무 밖으로 노출한 것이 화근이었다.

이때 나에게 한정숙 조장의 목소리가 무전기에서 들려왔다.

"여기는 A조 한정숙. 오버."

"말하라. 오버."

"지금 한 명이 부상을 당하여 전투 불능상태임. 오버."

"알았다. 곧 구출조가 다가갈 것이다. 지원 사격을 계속하기 바란다. 오버."

"본부 나오라. 오버."

"여기는 본부. 말하라. 오버."

"잔당의 반격이 심하니 백린탄을 쏴서 저들의 시야를 차단시켜주기 바란다. 오버."

"알았다. 그렇게 하겠다. 오버."

나는 구출조에게 적의 진지를 향하여 세 발의 백린탄을 쏘라고 지시하였다. 다행히 바람이 없어 백린탄이 진지 앞에서 터지자 적군은 앞이 안보이니까 사격을 바로 멈추었다.

잠시 후 구출조는 적군의 시선이 차단된 틈을 타서 부상병에게 다가갔다. 그는 이대규 요원이었다. 적군의 총알이 그의 복부를 관통하는 바람에 피를 너무 많이 흘려서 절명 상태였다. 야전에서 어떻게 손을 써볼 도리가 없었다. 나는 대구 동천비행장에 있는 영국군 첩보대에 SOS를 날렸다. 10분쯤 있자 앰뷸런스 헬리콥터 한 대가 우리 상공에 나타났다. 이때 붉은색 연막탄을 쏘아 우리의 위치를 확인시켜 주었다. 연막탄을 두 발 더 쏘아서 적군의 시야를 완전하게 가리었다. 이 순간 헬리콥터는 사망한 이대규 요원의 시신을 싣고 대구를 향해 날아갔다.

연막탄에 가리어 아무 것도 할 수 없었던 적국들이 하나둘 쓰러지면서 적진은 조용해졌다. 우리가 엄호사격을 하는 동안에 T-34전차 분해조는 전차에 다가가 핵심부품을 뜯어내고 있었다. 우선 엔진룸을 쇠몽둥이로 내리쳐서 강제로 뜯어내었다. 그 다음에 포대가 있는 부분의 껍데기도 일부 확보하였다. 이들은 찜통 같은 전차 안에서 비 오 듯이 땀을 흘렸다. 이때 한 명의 병사가 말을 하였다.

"자, 보라고. 아무래도 저 뒤에 노출된 라디에이터가 취약한 것 같은데…….."

이 말을 듣고 한 사람은 뒤고 돌아가서 라디에이터와 덮개를 뜯어내었다. 이렇게 완수하기까지 약 두 시간 쯤 걸린 것 같았다. 우리 요원들은 한 명만 빼고는 부상자고 없었다. 나는 요원들을 모아놓고 말하였다.

"오늘 우리 요원 가운데 이대규가 세상을 떠났다. 전쟁터란 원래 죽음이 상존하는 곳이다. 동천에 있는 야전병원의 군의관이 이대규 요원의 사망을 공식적으로 인정하였다. 이대규 요원은 고아원에서 자랐기 때문에 일가친척도 없다. 그의 죽음을 슬퍼해줄 사람은 바로 어제까지 한솥밥을 먹었던 우리들뿐이다. 여기서 이대규 요원을 위한 추도묵념을 하겠다."

우리는 모두 고개를 숙이고 이대규 요원이 저 세상에서 행복을 누리기를 기원하였다.

나는 T-34전투기의 부품과 잔해들을 동천비행장으로 옮겼다가 특별기편으로 도쿄 극동사령부로 보내었다.

나는 8명의 적군을 사살하고 세 명을 생포하였다. 이들을 잡고 보니 중학생이 세 명이나 끼어있었다. 김일성은 조국해방전쟁이라는 그럴듯한 명분을 내세워 14살짜리 중학생을 전쟁터로 끌고 온 것이었다. 이들을 심문한 결과 남일 대장은 나를 사살하려고 하양에 있는 부서진 전차를 여기까지 끌고 왔다는 것을 알아내었다.

이 같은 전략은 모두 김일성이 직접 짰다는 것도 알게 되었다.

약 나흘이 지나자 전차의 제원이 나왔다. 지금까지 아군은 T-34전차의 앞과 상부를 주로 공격하였기 때문에 꿈쩍도 하지 않은 것이었다. 전차의 약점은 전혀 엉뚱한 데 있었다.

T-34전차의 부품을 분석한 결과 전차 뒤에 15도 각도로 기울어져 있는 라디에이터 덮개가 가장 취약한 것으로 나타났음. 추후 공격 시 106밀리미터 무반동포로 전차의 뒤를 집중 공략하면 쉽게 무력화가 가능함.

이후 유엔군은 T-34전차를 보기만 하면 뒤로 돌아가서 라디에이터를 집중 공격하였다. 그 결과 T-34는 이빨 빠진 호랑이가 되고 말았다. 또 전투기에서는 네이팜탄을 전차 뒤에서 주로 터트렸더니 라디에이터가 녹아내렸다. 이러니 전차는 바로 고철로 변하는 것이었다. 미 공군의 얼 페트리지 장군은 나에게 은성무공훈장을 주었다. 이 작전에 참여한 요원들에게도 훈장이 수여되었다.

여전히 낙동강 변에서는 전투가 계속되고 있었다. 하지만 전차가 맥을 못 추게 되면서 인민군은 지리멸렬하였다. 이때 여전히 소련제 미그

15기가 위세를 떨치고 있었지만 B-29 전투기는 미그15기를 따라잡지
못하였다. 공중전에서 전투기의 속도가 떨어지면 빠른 전투기의 먹이
가 되는 것이었다. 이때 나에게 또 하나의 임무가 부여되었다.

이번에는 소련제 미그15기의 동체를 확보하라는 명령이었다. 이미
나는 평양을 지나 신안주 방면의 청천강 변에 미그15기 한 대가 추락하
였다는 것을 미군 조종사와 평양의 휴민트를 통해 확인해 놓고 있었다.
나는 20여 명의 병사를 대성호에 태우고 진남포를 지나 청천강 쪽으로
항해하였다. 사실 공군이 선박을 탄다는 것이 우스꽝스럽게 들릴 수도
있겠지만 사실이 그랬다. 이러니 자연스럽게 우리에게는 배 타는 공군
이라는 별명이 따라붙었다. 이때 우리 첩보대의 헬리콥터 한 대가 현장
에 대기하고 있었다. 선박으로는 접근에 한계가 있었기 때문에 헬리콥
터를 이용하여 미그15기의 잔해가 있는 곳으로 접근하였다. 우리는 망
원경으로 7백 미터 되는 곳에 있는 미그15기의 잔해를 확인하였다. 그
잔해에서 불과 80미터쯤 떨어진 제방이 아무래도 미심쩍었다.

이때 상호는 5만분의 1 지도를 보면서 망원경으로 적진을 살피더니
자신감 있는 목소리로 외쳤다.

"하나오공공, 아홉여섯공."

이것은 3시 방향으로 960미터 떨어진 곳에 사격 목표물인 적들이 있
다는 뜻이었다.

사실 인민군들이 모르게 이 작전을 마치려고 했지만 적들은 내가 미
그기 잔해를 거두러 올 것을 알고 미끼를 놓고 기다렸다. 다행히 이곳은
적군의 본부에서 40킬로미터 이상 떨어진데다 B-29 전폭기가 우리를
엄호하고 있었다.

나는 작전을 앞두고 요원들에게 마지막이 될지도 모를 말을 하였다.
그들은 바짝 긴장된 상태로 나의 말에 귀를 기울였다.

"자 여러분, 오늘은 역사적인 날이 될 것이다. 이번은 낙동강 변에서

T-34 전차 부품을 뜯을 때하고는 상황이 판이하게 다르다. 거기는 남한이었지만 여기는 적진이다. 섣불리 덤볐다가는 큰 화를 입을 수 있다. 오늘 저 미그기 잔해를 확보하지 못하면 우리 전투기는 계속 적의 먹잇감이 된다. 그러면 우리는 공산당의 노예가 되어 비참하게 살아갈 것이다. 공산주의란 일 퍼센트의 당 간부가 99퍼센트의 피를 빨아먹고 사는 사회이다. 좀 안 된 얘기지만 여러분은 살기 위해 싸우지 말고 죽기를 각오하고 싸우기 바란다."

이때 부하들은 금방이라도 적진으로 달려갈 것처럼 결연한 표정을 짓고 있었다. 나는 말을 계속 이어갔다.

"너희들이 저 미그기 잔해를 노획하면 수십만 명의 목숨을 적기의 폭격에서 구해낼 것이다. 설령 목숨을 잃더라도 여러분은 국민들의 가슴속에 영원히 기억될 것이다. 오늘 우리는 죽음으로 임무를 완수해서 조국의 자유를 지켜내야 한다. 만약 오늘 작전에 실패하면 나도 여러분과 함께 청천강의 모래밭에 백골로 나뒹굴고 있을 것이다!"

내 말이 끝나자 요원들의 눈에는 눈물이 서려 있었다.

"충성! 우리는 이 한 몸을 기꺼이 바쳐 조국의 자유를 지키겠습니다."

"오늘 작전 완료 명령은 탱고다운이다. 다들 알았나?"

"옛. 알겠습니다."

"자, 알았으면 지금부터 작전을 개시한다."

나는 8명의 특공대를 헬리콥터로 현장 20미터 지점에 낮게 떠서 하강시켰다. 이때까지는 그저 평온무사할 것처럼 보였다. 마지막 두 명이 줄을 타고 내리는 순간 총소리가 들렸다. 총소리의 크기로 봐서 15밀리미터 고사포가 틀림없었다. 나는 즉시 공격에 대응하도록 지시하였다.

"전원 정위치에서 사격을 준비하라. 여기서 밀리면 전원 죽을 수밖에 없다. 총알을 아끼지 말고 대응하기 바란다. 죽기를 각오하면 살 것이다."

"옛."

첩보요원들의 얼굴은 땀과 모래로 뒤범벅이 되어 있었다. 10여 분을 응전하였더니 적의 반응이 잠잠해졌다. 우리는 이 틈을 이용해 동시에 경계와 엄호를 하면서 미그15기의 잔해를 선박 옆으로 옮겼다. 다행히 미그15기는 열 개 이상의 조각으로 쪼개져 있었다. 요원들은 지렛대를 이용하여 갑판으로 미그15기의 잔해들을 밀어 올렸다. 이때 상공에서는 B-29 폭격기가 우리를 엄호하고 있었다. 50여 분 만에 우리는 미그15기 한 대를 확보하였다. 이렇게 안심하고 있는데 적의 총소리가 나는 것이었다.

갑작스런 공격에 분대장의 발사!하는 소리와 동시에 20밀리미터 오리콘 고사포는 고막이 찢어질 것 같은 요란한 소리를 내면서 불을 뿜었다. 역시 소총과는 다르게 묵직한 소리가 나면서 총알이 날아갔다.

"콰앙쾅쾅쾅……."

이때 내 가슴이 한없이 무너지는 비극이 벌어졌다. 두 명의 요원이 모래밭에 엎드려 꼼짝도 하지 않았다. 미그기15의 잔해를 다 싣고 방심한 사이에 적군의 지원군이 사격을 퍼붓는 것이었다. 나는 요원들에게 "탱고다운! 탱고다운!"을 목이 터져라 외쳤다. 이 말을 겨우 들은 첩보요원들은 일단 지형지물을 이용해 대피하였다가 배로 올라탔다. 우리는 교전을 하면서 전우의 시신을 모래로 덮은 다음에 철수하였다. 이것은 나에게 천추의 한으로 남게 되었다. 우리 일행은 배에 올라 두 명의 희생자를 추모하며 큰 소리로 울었다. 또 희생지의 시신을 수습하지 못해서 면목이 없었다. 이런 일들은 불과 몇 분 만에 일어났다.

나는 작전이 다 끝나고서 측지병 상호에게 지시하였다.

"이제 작전을 마쳤으니 전투기 조종사에게 적군의 위치를 통보해줘라."

"여기는 에코알파골프리마에코, 에코알파골프리마에코. 브라보 둘 아홉 나오라. 오버"

"알았다. 여기는 브라보 둘아홉. 계속 말하라. 오버."

"하나둘넷 삼여섯 삼아홉 넷팔. 오버."

"알았다. 오버."

브라보 둘아홉은 B-29전투기를 가리키는 말이었고 하나둘넷 삼여섯 삼아홉 넷팔은 방위를 가리키는 말이었다. 이 말이 떨어지고 5분쯤 지나니 B-29 전투기 3대가 나타나 미그기가 있던 청천강 변의 신안주 지역에 폭탄을 집중 투하하였다.

우리가 목숨을 걸고 확보한 미그15기는 바로 미 전략물자연구소로 보내져 분석한 결과 최고고도, 가속도, 상승률, 줌 등에서 아군 전투기를 압도하였다. 더욱이 미그15기의 연료탱크가 뒷부분에 있다는 것을 알아내어 성능이 뒤지는 F-86 세이버는 미그 15기의 연료탱크를 집중 공략하여 제공권을 장악하였다.

여기서 김일성은 내가 먹잇감으로 걸려들기를 바랐지만 기대에 어긋났다. 그는 너무 실망하였다. 그는 나를 유인하는 데는 성공하였지만 제거하지 못하자 이 작전에 참여한 인민군들을 모두 죽여 버렸다. 단, 지휘관 박병우는 자기 손으로 직접 총살하였다. 김일성은 여전히 자기의 실수는 하나도 인정하지 않고 실패한 일은 다 부하들의 탓으로 돌렸다. 이러면서 인민군들의 사기는 급전직하 떨어지고 있었다. 이러니 인민군들이 내 부대로 귀순하는 일이 크게 늘어났다. 그만큼 이들 중에 불순분자나 이중스파이를 가려내는 일이 쉽지 않았다.

이 작전도 성공적으로 끝나자 트루먼 대통령은 무쵸 대사를 통해 격려의 메시지를 나에게 전해왔다.

나는 T-34전차와 미그15기의 기체를 확보하여 전쟁을 승리로 이끈 니콜스 소령의 공로를 치하합니다. 죽음도 불사하면서 연달아 큰 공을 올리고 있는 니콜스 소령은 미국 국민과 전 미군의 자랑입니다.

－미합중국 대통령 해리 트루먼.

나는 트루먼 대통령의 격려를 받고 요원들을 모두 불러서 간단한 파티를 열고 서로서로 치하하였다. 나는 이날 부상으로 전 요원들에게 미군 영내에서만 한정품으로 유통이 되는 소시지와 햄 그리고 치즈와 약품을 선물로 주었다.

12. 웨이크 섬의 동상이몽

해리 트루먼은 1884년 5월 8일 미국 미주리 주 촌동네에서 태어났다. 그는 집안 사정으로 고등학교를 졸업하고 바로 군에 입대하였다. 1차 세계 대전에 프랑스 지역에서 근무하다 전쟁이 끝나고 고향으로 돌아왔다. 이것이 그의 대외활동의 전부였다.

1919년 트루먼은 아내와 함께 사업을 하였지만 경험 미숙으로 다 털어먹고 알거지 신세가 되었다. 그는 1922년부터 12년 동안 법조계에서 일하다 상원 의원에 당선되어 정치에 발을 들여놓았다. 이때 루스벨트 대통령의 눈에 들어 그의 러닝메이트가 되었다.

1945년 1월, 트루먼은 부통령이 되면서 정치 인생에 있어서 역전의 기회를 잡게 되었다. 취임 후 석 달 만에 루스벨트 대통령이 뇌출혈로 세상을 떠나자 미합중국 33대 대통령에 취임하였다. 이때 사람들은 고졸 출신 대통령이 무엇을 하겠냐는 듯이 비아냥거렸다. 루스벨트는 처음이자 마지막으로 대통령에 네 번이나 당선되어 12년간 백악관을 지켰다. 이러니 그의 갑작스런 죽음은 국민들을 슬프게 만들었다. 국민들은 그때 심정을 아무것도 안 보이는 폭풍속의 어둠이었다고 표현하였다.

이때 트루먼의 실력은 아직 검증되지 않았을 때였다.

장례식에서 트루먼은 슬픔에 잠겨 있는 루스벨트 대통령의 부인 앨리노어 루스벨트에게 이렇게 말하였다.

"영부인, 어떻게 위로의 말씀을 드려야 될지 모르겠습니다."

그러자 트루먼에게 돌아온 그녀의 대답은 아주 쌀쌀 맞기 짝이 없었다.

"아뇨. 오히려 제가 트루먼 대통령께 어떻게 위로의 말씀을 드려야할지 모르겠습니다."

그녀는 트루먼 대통령이 고졸 출신이라는 것을 얕잡아 보고 이렇게 말한 것이다. 이때 전쟁은 한창 진행 중이었다. 트루먼은 모든 것을 다 이어받았다. 하지만 부통령 경력 석 달뿐인 일천한 트루먼의 능력은 검증되지 않았다. 이처럼 트루먼은 너무나도 혼란스러운 상황에서 대통령 임무를 맡게 되었다.

이런 중에 일본은 끝까지 항복하지 않았고 저항하였다. 남태평양과 이오지마, 오키나와에서 수 만 명의 미군들이 희생되었다. 이러자 미국에서는 반전운동의 기운이 서서히 일어나고 있었다.

왜 미국의 젊은이들이 유럽에서, 괌에서, 오키나와에서 죽어야만 하는가? 결국 여론에 떠밀린 트루먼은 항복하지 않는 일본에 대해 특단의 조치를 내리기로 결심하였다. 이 명령은 태평양전쟁 사령부 맥아더 사령관에게 극비리에 하달되었다. 이것으로 미국은 더 이상 젊은이들을 전쟁터에 묻지 않아도 되었다.

8월 6일 히로시마에는 리틀 보이를, 9일 나가사키에는 뚱뚱보를 투하하라.

—미합중국 대통령 해리 트루먼.

158

　트루먼은 원자폭탄을 개발한 아인슈타인과 끝내 핵개발에 참여를 거부한 라이너스 폴링 같은 과학자들의 거센 반대에 직면하였다. 이럼에도 두 도시에 원자폭탄을 투하하는 것이 승인되었다. 언론은 히로시마에 원폭이 투하된 그날 태양은 두 번 떴다고 보도하였다. 두 방의 원자폭탄을 맞은 일본은 도쿄에도 떨어질지 모른다는 공포에 사로 잡혀서 그만 손을 들었다.

　그동안 위풍당당한 일본은 이렇게 패망하였고 식민지는 원래 주인에게 돌아갔다. 이러자 일본 국민들은 극심한 혼란에 빠졌다. 이때 전쟁광 일왕 히로히토와 육군대장 도조 히데끼는 한 달만 있으면 일본이 최후의 승자가 될 것처럼 국민들을 세뇌시키고 있었다. 10월에는 유엔이 정식으로 출범하였다. 이렇게 발등의 불을 끄고서 한숨을 돌리고 있는데 트루먼에게는 아주 힘든 과제가 기다리고 있었다.

　바로 세계는 자본주의와 공산주의 간의 냉전이 시작되었다. 자본주의의 보스인 트루먼 대통령은 스탈린의 공산주의에 대항하려고 트루먼 독트린을 발표하였다. 그는 이렇게 세계의 공산화를 저지하기 위해 힘을 썼다. 2차 대전으로 초토화가 된 유럽의 경제 부흥에 재정지원을 하였다. 이른바 마셜플랜이 가동되었다. 세계대전 당시 한 편이었던 영국, 프랑스는 물론 적국이었던 독일, 이탈리아도 지원하였다. 이 바람에 서유럽은 전쟁의 폐허에서 빠르게 회복하였다. 그 후 이들 나라들은 미국의 거대한 소비시장이 되었다. 안으로는 루스벨트 대통령의 뉴딜정책을 더 확대한 페어딜 정책을 실시하여 미국의 경제를 성장궤도에 올려놓았다. 하지만 트루먼의 재선은 순탄하지 않았다. 언론들은 모두가 공화당의 토머스 듀이의 승리를 점치고 있었기 때문이었다.

　11월 둘째 주 화요일, 트루먼은 선거에 패하였다는 뉴스를 듣고 일찍 잠자리에 들었다. 부인 베스 트루먼은 남편이 안 되어 보여 걱정스럽게 물었다.

"여보, 그래도 선거 결과는 보고 주무셔야죠. 신문이 틀릴 수도 있으니까요."

"뭐 안 봐도 뻔한 건데……. 그냥 일찍 잠이나 잡시다."

그가 막 눈을 감고 잠이 들려고 할 때 선거본부에서 전화가 걸려왔다. 그는 부인이 전해주는 수화기를 왼쪽 귀에 갖다 붙였다.

"어딘가?"

"각하! 선거본부입니다. 트루먼 대통령 각하! 우리가 이겼습니다!"

"뭐라고? 내가 이겼단 말이야?."

"네, 그렇습니다. 어서 오십시오. 당원들이 기다리고 있습니다. 각하……."

이날 신문들은 선거 결과도 나오기 전에 공화당의 토머스 듀이 후보가 이겼다고 대서특필하고 있었다.

그는 벌떡 일어나 선거본부로 달려갔다. 그는 운동원들이 갖다 주는 꼬깃꼬깃한 신문지를 펼쳐들고 사진을 찍었다.

그 전날 시카고 데일리 트리뷴은 "Dewy Defeats Truman"라는 메인타이틀로 보도하였다. 이건 분명 오보였다. 당시 미국의 언론들은 민주당의 장기집권에 회의를 느끼고 있었기 때문에 정권 교체를 갈망하고 있었다. 이렇게 트루먼은 우여곡절 끝에 재선에 성공하였다.

어느 날 보수 성향의 처칠 수상은 트루먼에게 이렇게 고백하였다고 한다.

"솔직히 말해 난 당신이 대통령이 된 게 싫었어요. 루스벨트만큼 잘해내지 못할 거라 생각했기 때문이었지요. 하지만 당신은 그 누구보다도 서구 문명을 지키고 스탈린의 공산화를 막아낸 영웅이었습니다."

이것은 영국에서 귀족 가문에 태어나 명문학교를 졸업한 처칠에게 트루먼은 한낱 소인배로 보였다는 것을 나타내는 일화였다. 이때를 기점으로 해가지지 않는다는 대영제국은 몰락하고 미국이 세계의 강국으로 등장하였다.

이때 한반도에는 미군과 소련군이 들어와 각각 남북을 분할하여 점령하고 있었다. 미군이 진주한 남한은 아시아의 공산화를 막는 전진 기지가 되었고 북한은 소련의 아시아 공산화의 남진기지가 되었다.

6월 22일 오전 10시, 트루먼 대통령은 나의 세 번째 긴급 보고서를 받고서 비상회의를 소집하였다. 대통령은 아주 굳은 표정으로 등장하였다. 백악관 상황실에는 대통령을 중심으로 오른쪽에는 국방장관 헨리 스팀슨, 레슬리 그로브스 육군 장군이, 왼쪽에는 극동담당 차관보 월튼 버터워스, 국무장관 딘 애치슨이 자리를 잡았다. 모두들 긴장된 모습이 역력하였다.

이날의 긴박한 분위기가 어느 정도 가라앉자 트루먼 대통령이 먼저 입을 열었다.

"그저께 미 공군 6006부대 첩보대 니콜스 소령이 마지막이라면서 김일성의 남침 첩보를 또 보내왔소."

대통령의 입에서 마지막 첩보라는 말이 나오자 서로를 쳐다보면서 다들 뜻밖이라는 표정을 지었다.

"너무 놀랄 것 없소. 이제 내가 말을 할 테니 과연 이 첩보에 대한 신뢰를 어디까지 보면 좋겠는지 서로 의견을 말해보시오."

이제 더는 시간이 없었기 때문에 아주 간곡하게 보고서를 작성하여 내가 아는 채널을 통해 대통령에게 전달이 되도록 하였다.

"니콜스 소령은 벌써 오 년째 한국에서 첩보활동을 하고 있어서 신뢰할 만하네. 오늘의 첩보는 바로 이것이네."

이 말과 함께 그는 종이에 "6월 25일~28일"이라고 써서 들어 올렸다.

"각하, 아니 그게 니콜스가 말하는 그 날입니까?"

헨리 스팀슨 국방장관이 자못 궁금했던지 바로 질문을 던졌다.

"이날이 니콜스 소령이 말한 김일성의 거사일입니다. 의견이 있으면 말해보시오."

이날 스팀슨 국방장관이 대통령의 말이 나오기 무섭게 입을 열었다.

"각하, 제 의견으로 볼 때 이것은 지나친 과민반응입니다. 김일성 단독으로는 전쟁을 수행할 능력이 안 됩니다. 또 소련이나 중국이 지원을 한다고 해고 제한적인 지원에 머물 것입니다."

"그러니까 국방장관은 니콜스 소령의 첩보는 일고의 가치도 없다는 말입니까?

"그렇습니다. 현장에 나가있으면 대개가 불길한 쪽으로 기우는 법입니다."

"국방장관의 판단은 맥아더 사령관의 그것과 거의 같군. 그럼 국무장관의 생각은 어떤지 들어봅시다."

"니콜스 소령의 첩보는 과장되었거나 피해망상에 사로잡힌 것으로 보입니다. 지금 어디를 봐도 김일성이 전쟁을 할 수 있다는 특이한 것은 없습니다. 오직 니콜스 소령 한 사람뿐입니다. 스탈린은 분명히 김일성을 돕고 있습니다. 그에게 무기를 공여한 것은 기본적인 무장 수준입니다. 그것으로 본격적인 전쟁을 수행할 수 있을 정도는 안 됩니다."

딘 애치슨은 대놓고 니콜스가 정신적으로 문제가 있다는 쪽으로 몰아붙였다. 이 말에 트루먼은 입맛을 쩝쩝 다시면서 눈살을 찌푸렸다.

"지금까지 보면 김일성은 전쟁을 수행할 수 있는 실정이 안 된다는 것이 지배적이요. 그러면 그로브스 장군이 말해보시오."

"각하, 저는 니콜스의 첩보가 이렇게 난도질을 당해서는 안 된다고 봅니다. 여기서 스탈린이 마오쩌둥에게 무전으로 남침일을 밝혔다는 데 주목할 필요가 있습니다. 일단은 각하께서 민주주의를 파괴하는 일체의 침략행위를 용납할 수 없다고 천명하는 것도 전쟁억제에 도움이 될 수 있습니다."

"어느 정도 첩보가 신뢰가 간다면 그것도 좋은 방안이 될 수는 있을 것 같소."

계속해서 뭔가 끌쩍거리고 있던 국무장관 애치슨이 발끈하여 말을 받아쳤다.

"각하, 확실성이 없는 첩보 하나로 민주주의 파괴 운운하는 것은 코미디입니다. 만약 전쟁이 일어나지 않으면 각하의 경고 때문이라고 할 수 있겠습니까? 말로 전쟁을 막을 수 있다면 그건 누군들 못하겠습니까?"

애치슨은 노골적으로 트루먼 대통령에게 반기를 들고 나왔다. 그는 눈을 내리깔고 아주 불쾌하다는 표정을 지었다. 이때 잠자코 있던 극동담당 차관보 버터워스가 입을 열면서 다소 어색한 분위기는 해소되었다.

"저는 니콜스 소령을 한 번도 본 적은 없습니다. 그가 스탈린과 마오쩌둥의 교신을 도청하여 김일성의 남침일을 예고한 것은 어느 정도 일리가 있습니다. 하지만 공산국가에서 전쟁이란 독재자의 마음에 달려 있는데 이렇게 날짜가 고정된다는 것은 좀 믿기가 그렇습니다. 그의 첩보의 신빙성은 낮아 보입니다. 이에 대한 판단은 각하의 몫입니다."

버터워스는 나의 첩보에 대한 판단을 군통수권자인 대통령에게 슬쩍 밀어버렸다. 이것은 설령 나의 예고대로 전쟁이 일어나도 책임 지지 않으려는 술책이었다.

"그러면 여기서 도쿄 극동사령부 맥아더 사령관의 의견을 한 번 보고 넘어갑시다."

각하, 직접 뵙고 제 의견을 피력해야지만 이곳 사정이 워낙 복잡하여 귀국하지 못하는 것을 이해하십시오. 저는 극동아시아에 있으면서 소련과 중공 그리고 김일성의 삼각관계를 소상하게 알고 있습니다. 지금 도널드 니콜스 소령이 벌써 세 번째로 남침을 예고하였는데 그 것은 삼국의 역학관계를 모르는 데서 나온 결과입니다. 먼저 김일성은 아직도 서른 중반의 애송이입니다. 그는 전쟁을 수행할 수 있는 연

163

륜에 한참 미달됩니다. 전쟁은 경험입니다. 또 스탈린은 지금 얼마를 살지 모르고 이미 실권은 베리아나 후르시쵸프에게 넘어간 것으로 보입니다. 이 두 사람은 스탈린만큼 호전적이지 못합니다. 마지막으로 중공의 마오쩌둥은 지금 자기 앞가림도 못하는 처지입니다. 국고는 바닥이 났습니다. 최근 3년간 허베이 지역의 가뭄으로 인민들은 배를 주리고 있습니다. 그래서 인민들이 전쟁을 원하지 않습니다. 중국의 역사에서 왕이 백성의 뜻을 거슬러서 전쟁을 벌였다가 왕조가 무너진 게 한두 번이 아닙니다. 만약 한국에서 전쟁이 난다면 오키나와의 해병대가 다섯 시간이면 서울에 도착할 수 있습니다. 여기 도쿄에 극동사령부가 있고 오키나와에 해병대가 주둔하고 있다는 것만으로 전쟁억제력이 충분히 발휘되고 있습니다.

―미 극동사령부 사령관 더글러스 맥아더.

맥아더 사령관의 견해를 듣고 보니 그럴 듯하여 다들 공감하는 것 같은 모습이었다. 마지막으로 트루먼 대통령이 어떤 결정을 내릴 때가 되었다.

"자, 두 시간에 걸친 의견 교환은 아주 유익했소. 김일성의 남침 첩보에 대해 나름대로 의견을 들어보니 신뢰도가 그리 높지 않은 것 같소. 여기에 맥아더 사령관도 역시 나름대로 그쪽의 역학관계를 잘 알고 대응을 말해주었소. 국방장관이 맥아더 사령관이 기지를 발휘하여 김일성의 도발을 억제할 수 있는 수단을 강구하여 시행하도록 하십시오."

"각하, 맥아더 사령관의 노련한 전술이면 애송이 김일성의 도발을 억제하고도 남습니다. 예의 주시할 수 있도록 별도의 조치를 취하겠습니다."

이날 대통령을 보좌하는 네 명의 고위관리들은 대체로 니콜스 소령이 보낸 첩보의 신뢰성에 대해 낮은 점수를 주었다.

이때 미국의 군수산업에는 금단증상이 급격하게 나타났다. 2차 세계대전으로 군수산업은 하루 24시간 공장을 돌려도 안 될 정도로 호황을 구가하였다. 그러다 일본에 원자폭탄 두 방이 떨어지면서 군수공장의 가동률은 십 퍼센트 이하로 뚝 떨어졌다.

이때 미국에는 노숙자의 삼십 퍼센트가 군대에서 전역한 병사들이었다. 이들은 쓰레기통을 뒤져서 주린 배를 채우고 있었다.

사흘 후 딘 애치슨 국무장관에게서 김일성의 남침 보고를 처음으로 받은 트루먼은 "딘, 이 개자식들을 무슨 수를 써서라도 막아야 된다!"면서 분노하였다. 이 같은 분노에는 사흘 전 백악관 상황실에서 니콜스 소령의 남침첩보를 놓고 전략을 세웠던 네 명의 고위관리를 향한 것도 일부분 들어있었다. 극동담당 차관보 버터워스 한 명만 빼고는 입이 열 개라도 할 말이 없게 되었다. 이들은 한국에 미군을 파견하는 데도 소극적이었다. 트루먼은 반전주의자들의 격렬한 반대 캠페인에도 불구하고 파병을 관철하였다. 유엔 안전보장이사회 한국전 파병안의 통과는 7월 14일이었으며 미군이 부산에 도착한 날은 27일이었다. 이후 수십만 명의 장병들이 신생 민주국가의 자유를 지키려고 부산항으로 들어왔지만 다시는 부산항에 오지 못하였다. 맥아더의 인천상륙 작전의 성공으로 대한민국은 공산화 직전에 기사회생하였다. 이런 중에 수십 년을 전쟁터에서 살아온 맥아더와 재선에 성공한 트루먼 사이에 조금씩 불화가 싹트고 있었다. 서로를 믿지 못하는 데서 오는 갈등이었다.

맥아더는 트루먼을 향해 군대를 잘 알지도 못하면서 콩 놔라 팥 놔라고 한다고 대통령의 지시를 수시로 비판하였다. 맥아더는 내가 보고하는 대북 첩보를 깔끔하게 무시하였다. 맥아더는 불과 삼 년 전 출범한 CIA를 몇 수 아래로 낮게 보았고 CIA는 맥아더를 위험인물로 여겼다. 맥아더는 국공합작에서 패하여 손바닥만 한 섬으로 쫓겨나 절치부심하고 있는 장제스를 끌어들여 중국을 치면서 김일성도 치는 전략도 염두에 두고 있었다. 그의 결정타는 만주에 원자폭탄으로 떨어뜨려 중국을 궤멸시키는 전략이었다. 중국이 손을 들면 자연히 김일성도 몰락할 것으로 보았다. 하지만 트루먼은 원자폭탄으로 더 이상 자기 손에 피를 묻히고 싶지 않았다. 한국전쟁에 원자폭탄은 조금도 고려의 대상이 아니었다. 이렇기 때문에 트루먼과 맥아더의 의견 차이는 한 치도 좁혀질 수가 없었다.

두 사람이 운명적으로 틈이 벌어지게 된 것은 중공군의 참전 예측이 서로 다르기 때문이었다. 맥아더는 내 보고서는 거들떠보지도 않고 중공군의 참전은 제한적으로 보았다. 그는 국경에서 소규모의 참전이 있을 것으로 추정하였다. 이런 주장의 배경에는 원자폭탄을 믿고 있었기 때문이었다.

> 오직 육군뿐인 인민해방군이 대거 참전을 하면 압록강과 만주의 국경
> 지대에 원자폭탄 네 발만 던지면 끝이 난다. 더욱이 우리는 무기에서
> 중공은 물론 소련을 능가하고 있어 인민지원군은 우리의 적수가 되지
> 않는다.

이런 생각이 맥아더의 정신을 지배하고 있어 누구의 말도 먹일 수가 없었다. 그 단적인 사례가 내가 보낸 첩보를 거의 다 무시한 것이었다.

트루먼은 맥아더의 이런 발상을 아주 위험하게 보고 제동을 걸기로 한 것 같았다. 그는 만약 이 계획이 실행되면 소련을 자극시켜 3차 세계대전으로 비화될 수 있다고 확신하였다. 이것은 영국 처칠 수상만의 생각이 아니었다.

트루먼은 30대 후반의 김일성을 전범국 일본의 연장선에서 다루는 문제를 놓고서 고뇌하였다. 이때 신생 독립국 한국은 전쟁준비가 전혀 되어 있지 않았다. 반면에 38선 이북을 점령한 김일성은 스탈린의 전폭적인 지원으로 남한의 열 배 이상 전력에서 앞섰다. 김일성이 모스크바

로 찾아가 무기를 챙기는 동안 38선 이남에서는 이념논쟁과 부정부패로 국력의 대부분을 탕진하였다. 한국은 국부도 농업 말고는 내세울 만한 게 별로 없었다. 사실 위기가 닥치자 트루먼은 이 대통령의 무기 지원요청을 한 귀로 듣고 다른 귀로 흘린 것이 후회가 되었다. 이 대통령의 무기 지원 요청에 대해 김일성의 공산주의에 심취한 한국 지도자들 가운데 몇몇은 이승만에게 무기를 주면 전쟁을 일으킨다는 구실로 은근히 미국에 압력을 넣었다.

이때 트루먼의 몸과 마음을 짓누르고 있는 게 또 하나 있었다. 한국전쟁을 둘러싼 이해득실에서 마오쩌둥의 속셈이었다. 그는 도무지 마오쩌둥의 본심을 읽지 못해 전전긍긍하였다. 더욱이 내가 올리는 마오쩌둥에 대한 새로운 첩보가 트루먼에게 전달이 되지 않았다. 설령 첩보가 전달되었을지라도 2차 세계대전을 종식시켰다는 성취감에 젖어 있어 그것은 아예 눈밖에 있었다. 이것이 결국 김일성의 전의와 전력을 과소평가하게 만들었다. 그가 대통령이 되었을 때는 전쟁은 어느 정도 막바지로 치닫고 있었다. 이러니 자연히 한국은 그의 관심 밖에서 빗겨나 있을 수밖에 없었다. 패전국 일본의 처리문제가 산적해 있었으며 인도차이나 반도의 정정 불안도 트루먼의 관심을 김일성에게서 멀어지게 하였다.

밤 9시, 나는 태평양 북서쪽의 말발굽 모양의 겨자씨만한 섬에 착륙하였다. 일본군의 전진기지였던 웨이크 섬에는 변변한 숙소도, 사무실도 없었다. 달랑 활주로를 관리하는 사무실과 병사용 퀸셋 한 동뿐이었다. 내가 도착하자 그날은 바람이 제법 거칠게 불었다. 나는 수송기의 도어를 힘주어 밀치고 내리자 얼굴이 뽀얗고 영국제 롱코트를 걸친 관리가 다가와서 인사를 하였다. 그는 그의 업무에 대한 자부심 하나로 야전에서 야성이 굳어져 있는 것 같았다. 그의 말투는 딱딱하면서 안하무인격이었다.

"미스터 니콜스, 환영하오."

이 말에 그만 내 머리에서 윙윙 소리가 나는 것이었다. 나는 이 남자에 대해 아는 게 조금도 없었다. 그런데 대통령을 마중 나올 정도이면 보통은 넘을 것 같았다.

나는 어디서 배워먹지 못한 개뼈다귀 같은 새끼가 나타났냐는 듯이 얼굴을 붉혔다. 이건 까불면 그냥 안두겠다는 경고였다. 그는 곁눈질로 나를 보더니 말투가 부드러워졌다. 첩보원의 세계에서는 신분을 비밀로 하는 것은 불문율이었다.

"고맙소. 나를 환영해줘서 말이요. 그런데 당신이 무슨 근거로 나를 환영하는 거지?"

내 말투가 좀 거칠게 나오자 이 관리는 잠깐 말문이 막혔는지 갑자기 말이 끊어졌다.

"비바람이 부는 야전에서 풍찬노숙을 오래 해서 그런지 좀 무례하군."

"나는 귀관이 누군지 모르지만 오늘 죽을지 내일 죽을지 생사의 기로에서 살다보니 당신 같은 귀족이 보면 거칠게 느껴질 거요. 그만 본론으로 들어갑시다. 누가 나를 부른 거요? 지금 한창 첩보전이 치열하게 전개되고 있는데 자리를 비우게 되었으니……."

"그건 제가 여기서 밝힐 수 있는 사안은 아닙니다."

"그럼 첩보전을 전개하고 있는 군인을 귀신이 부른 건 아니겠죠?"

그 사내는 이쯤에서 자기 신분을 밝히는 게 문제가 없다고 판단한 것처럼 보였다. 나는 얘기를 나누면서 이 사내의 신분을 어느 정도는 짐작하게 되었다. 미 공군 첩보 담당 십 년의 군인 경력에 이런 판단력은 덤이었다.

"나는 CIA 도쿄지국장 로버트 해리슨이라고 합니다."

처음에 생각했던 대로 내 짐작이 맞았다. 첩보를 오랫동안 다루면서 얻은 경험이 주효하였다. 나는 선 자세로 그에게 인사를 건네었다. 그는 사실 내 직속상관이었다. 나는 격앙된 마음을 어느 정도 누그러뜨리고 말을 하였다.

"그렇군요. 어느 정도 예상은 했었죠. 우리 둘은 미합중국 국민과 국익을 위해 일하고 있소. 안 그렇소?"

"물론이죠. 국민과 국익은 하나죠."

"나는 지금 우리 역사를 새롭게 쓰고 있는 중이오. 자기 조국의 역사를 망각하는 자는 그 역사를 누릴 자격이 없다는 것도 알게 되었소. 훗날 지금 피 흘리면서 죽어가는 우리 병사들의 영혼을 역사는 위로해줄 것이오."

"맞습니다. 역사는 늘 새롭게 써지고 있으니까요."

그때 어둠속에서 CIA 국장의 얼굴에는 비로소 안도의 미소가 피어나는 게 얼핏 보였다. 그는 뭔가 망설이듯이 입을 열었다.

"혹시 첩보를 갖고 있습니까?"

이 말을 듣자 나는 그대로 둬서는 안 되겠다 싶어 원칙에 따라 설명을 해주었다.

"첩보를 내놓으라고요. 내가 여기에 온 목적은 귀관을 만나는 것 같지 않은데, 그걸 논하는 것 자체가 미합중국의 위계질서를 붕괴시키는 행동이 아닐까요?"

"……."

사실 이때 CIA 도쿄 지국장은 아주 중요한 자리였다. 일본의 식민지였던 한국의 동태는 물론 김일성의 비밀스런 첩보까지 그의 손을 거쳐서 대통령에게 보고되었다. 내가 입수한 첩보가 CIA 도쿄지국을 통해서 본국으로 건너간다는 것을 알고 있었다.

나는 북한의 남침이 확실하다고 대통령에게 직접 보고하였다. 하지만 대통령 가까이 있는 CIA는 북한의 전면 남침 가능성을 낮은 것으로 평가하였다. 나는 흥남교화소를 통해 강창옥에게 전달된 인민군의 동태를 전달받았다. 그녀는 소련이 북한에 제공한 전차, 전투기, 박격포 등의 무기 목록과 보관 장소를 상세하게 조사하여 나에게 전달하였다.

북한이 남침을 강행하기 7일 전에 백악관에 올린 보고서를 보면 "북한이 한국에 대해 단발로 총격을 가하는 사태는 있지만 전면전은 없을 것이다"고 되어있다. 나는 CIA의 의도적인 판단 미스에 불만이었다.

"내가 한반도에서 전쟁이 임박했으니까 대비를 하는 것이 좋다고 보고하면 CIA는 초지일관 한반도에서 전쟁이 없을 것이라고 보았습니다. 내가 보낸 첩보를 한 번만 인정했어도 이런 비극은 없었을 것입니다."

겉으로 보기에 만만할 것 같았던 나의 엄중한 경고에 해리슨 지국장은 당황하는 기색이 역력하였다. 내 쪽이 당돌하게 나오자 놀라서 다음 말을 잊었는지 눈만 껌뻑거렸다. 사실 미 공군 첩보대 고문관이란 자리는 그리 대단하지는 않았다. 하지만 미합중국 대통령한테 직접 첩보를 제공하고 있었기 때문에 해리슨 지국장은 꼬리를 내릴 수밖에 없었다. 내 한 마디면 도쿄 지국장 정도는 깃털처럼 가볍게 날아갈 수 있었다. 사실 나는 내가 갖고 있는 힘의 10퍼센트도 안 쓰고 있었다. 나의 권한이 막강하다는 것은 미 5공군 얼 페트리지 장군은 알고 있었다. 그는 무쵸 대사를 통해 내 임무와 역할에 대해서 들어 알고 있었다.

"……."

"자, 우리 이렇게 뜬눈으로 밤을 새울 수는 없지 않겠소?"

"예, 나를 따라오시죠."

벌써 밤 11시가 넘어가고 있었다. 섬이 워낙 작다 보니 발을 헛디디면 바다로 빠질 것 같았다. 사방에서 들려오는 파도소리에 귀는 한시도 편할 수 없었다. 여기다 한 치 앞도 분간할 수 없을 만큼 어두웠다. 나는 극비의 보안 서류가 들어있는 손가방을 옆에 끼고 멀리 보안등에서 비치는 불빛에 반사된 빛을 따라 걸어갔다. 오후에 소나기가 내렸는지 바닥에는 물이 고여 있어 발걸음을 옮길 때마다 질퍽거렸다. 내가 도착한 곳은 임시막사였다. 안으로 들어가니 페인트 냄새가 코를 자극하였다. 바로 병사가 커피가 딸린 샌드위치를 놓고 나갔다. 주방에 서너 명의 병사들이 두런거리고 있었다. 그들의 대화중에 트루먼 대통령의 이름이 서너 번 튀어나왔다. 아마 이들 군인들은 간단한 차나 다과를 준비 하는 병사들로 업무상 트루먼 대통령이 이곳에 온다는 것을 알고 있는 것 같았다. 야전에서 첩보활동을 10년 넘게 한 나는 트루먼 대통령이 이곳에 온다는 것을 눈치로 알아차렸다.

여전히 바람 소리가 요란하니까 야전침대에 누워서도 환청이 들리는 것 같았다.

"그러면 그렇지. CIA 도쿄지국장이 아무 이유 없이 이딴 곳에 뭣 하러 오겠어?"

다음날 아침 손바닥만 한 웨이크 섬은 제법 소란스러웠다. 나는 군인들이 떠드는 소리에 눈을 뜨고 보니 아침 6시였다.

깜짝 놀라서 자리를 박차고 일어나 군복을 손질하고 찬물에 거품도 없이 면도부터 하였다. 밖으로 나가니 활주로 끝 지점에 유엔군 사령관의 전용기가 눈에 들어왔다. 좀 전에 들린 비행기 소리가 맥아더 사령관의 전용기가 내리는 소리였다는 것을 알게 되었다.

조금 있자 대통령 전용기가 내릴 때가 되었는지 항공요원들이 바쁘게 움직이기 시작하였다. 이때 누구도 외부에 나오면 안 된다는 지시가 떨어졌다. 맥아더 사령관과의 접촉이 금지된 것이다. 나는 이 통보를 받고 속으로 앞으로의 그림을 그리면서 탄식을 하였다.

아, 가엾은 고집쟁이 맥아더 사령관. 그렇게 트루먼 대통령과 대립각을 세우더니 이제는 군복을 벗고 고향으로 갈 날이 얼마 안 남았구나.

이때 트루먼 대통령의 전용기가 웨이크 섬 상공에 모습을 드러냈는지 비행기 소리가 크게 들렸다. 하늘은 심술 영감처럼 검은 구름이 잔뜩 끼어 있었다. 대통령 전용기는 섬 둘레를 세 번 선회하더니 활주로에 사뿐히 내렸다. 이날 웨이크 섬에서 국군 통수권자인 대통령과 유엔사령관의 만남은 미합중국 역사에서 처음 있는 파격이었다. 대통령은 유엔사령관을 만나려고 본토에서 하와이를 거쳐 8천 킬로미터를 비행하였다. 반면 맥아더 사령관은 전쟁을 지휘한다는 명분으로 워싱턴 귀환을 거부하고 도쿄에서 3천 킬로미터 떨어진 웨이크 섬을 택하였다. 맥아더는 트루먼 대통령 전용기 앞에서 대기하였다. 그가 트랩에 모습을 보이자 맥아더는 거수경례를 받쳤다. 트루먼은 그의 경례를 받는 둥 마는 둥 트랩에서 내려 맥아더를 향해 발걸음을 옮겼다. 수행원은 물론 군인들, 기자들까지 긴장감으로 고조되어 있었다. 트루먼이 손을 내밀자 맥아더는 힘을 주어 잡고 흔들었다. 의전은 이것으로 끝이었다. 이날 트루먼은 장거리 여행 탓인지 얼굴이 수척해 보였다. 일본 전후 처리도 복잡한데 한국전쟁까지 터지고 보니 한가로울 수가 없었다. 두 사람은 임시로 마련된 막사회의실로 자리를 옮겼다. 이 자리에는 기자들은 들어가지 못하였다. 도쿄에서 오늘 만남을 위해 공수한 원탁에는 트루먼이 좋아하는 따끈한 실론 산 홍차 잔에서는 김이 모락모락 오르고 있었다. 트루먼은 홍차 잔을 입에 갖다 대었다. 이때 맥아더가 먼저 말을 하였다.

"각하, 이렇게 멀리까지 오시게 해서 죄송합니다. 지금은 전시라서 그러니 너그렇게 봐주시기 바랍니다."

"그걸 뭐 새삼스럽게 말하나요. 내가 여기까지 왔는데……."

"제 입장에서는 이것을 얘기해야 될 것 같아서 그렇습니다."

이 순간 트루먼은 뭔가 불쾌한 사건을 끄집어냈다는 표정을 짓고 있었다. 어서 본론으로 들어가고 싶은 것 같았다.

"지금 우리 군인들은 어떤 상태에 있나요?"

"이 주 전에 38선을 돌파하였고 내주에 평양과 원산에 거의 동시에 입성할 것입니다."

"귀관은 지금 김일성이 어떤 상태라고 봅니까?"

"각하, 지금 그 녀석은 얼이 빠졌을 겁니다."

"그런데 귀관은 지금까지 전쟁은 한국에서 일어났는데 거의 일본 도쿄에서 지휘하고 있는데 이래도 전쟁이 됩니까?"

"각하, 뭔가 오해를 하고 있는 것 같군요. 한국은 특수한 상태여서 도쿄에서 지휘가 가능합니다. 지난번 인천상륙작전은 제가 직접 현장에서 진두지휘했습니다. 제가 필요하면 언제든지 방문을 하고 있습니다."

이때 어색한 침묵이 흐르면서 트루먼은 맥아더의 복장을 세심히 뜯어보았다. 모자는 테두리가 거의 다 헤어져 있었고 군복은 세탁을 언제 했는지 모를 정도로 꾀죄죄하였다. 이걸 보고 트루먼은 맥아더의 오만이 얼마나 심한지를 알 수 있을 것 같았다. 트루먼은 미합중국의 국군 통수권자였다. 그는 맥아더가 자기를 드러내놓고 무시하듯 행동하니까 기분이 좋을 리 없었다. 트루먼은 조금 전 했던 질문을 다시 던졌다.

"지금 김일성의 행방은 파악하고 있습니까?"

"네, 각하. 그는 낙동강 방어선에서 1백 킬로미터 떨어진 수안보란 온천도시에서 전투를 지휘했습니다. 그러다 인천과 서울에 우리 군인들이 들어가자 북으로 달아났습니다."

"그게 답니까?"

이번에 트루먼은 더 불만스런 톤으로 질문을 던졌다.

"그는 지금 평안북도 압록강 주변 국경도시에 머물고 있을 가능성이 있어 수색을 강화하고 있으며 의심 지역에는 폭탄을 집중 투하하고 있습니다."

"만약 마오쩌둥이 한국전쟁에 30만 명의 인민지원군을 참전시키면 어떻게 대처하겠습니까?"

"제가 판단하기에는 인민지원군이 참전해도 그 수는 6만여 명에 그칠 것 같습니다. 그 정도는 우수한 화력으로 초반에 격퇴할 수 있습니다.”

“귀관의 주장에 저는 심히 우려할 수밖에 없습니다. 인민지원군은 팔로군 출신의 여우같은 펑더화이 총사령관이 이끄는데 그는 상당히 전술에 능한 인물입니다. 또 마오쩌둥은 지고는 못 배기는 교활한 군인입니다.”

“각하, 중국은 국가로 선포한지 겨우 일 년밖에 안되었습니다. 거기다가 공군이나 해군이 없고 오직 보병뿐입니다. 이런 군대는 역사상 없었습니다. 지금대로 밀고 간다면 김일성은 중국으로 도망칠 게 뻔합니다.”

“혹시 귀관은 소련이 참전한다면 어떻게 대처할 작정입니까?”

“스탈린은 아주 영리합니다. 그는 내가 원자폭탄을 쓰겠다고 하니까 떨고 있죠. 그 인간은 각하나 저를 생각만 해도 오줌을 지릴 정도입니다. 김일성에게 전차나 폭격기 등의 무기를 지원하였지만 병력을 지원할 용기가 없습니다.”

“나는 미합중국 대통령으로 또 국군 최고 통수권자로 귀관에게 마지막으로 한 마디 하겠습니다.”

맥아더는 대통령의 입에서 어떤 말이 나올지 몰라 모자를 벗었다 다시 썼다. 긴장된 순간이었다. 트루먼은 자기 얼굴을 맥아더 장군 앞으로 바짝 붙였다. 그의 귀에 대고 조용히 말을 하였다.

“장군, 미안하지만 원자폭탄은 대통령의 무기입니다. 이것을 꼭 명심하십시오. 원자폭탄은 절대 재래식 무기가 아닙니다.”

이 말은 인민지원군이 참전을 하더라도 히로시마나 나가사키하고는 다르다는 통고였다. 맥아더는 이 말을 듣는 순간 이번 전쟁은 승자도 패자도 없이 끝날 것이라는 확신이 들었다.

“예, 각하…….. 그렇게 하시죠.”

트루먼은 사령관이 자신감을 갖고 있는 것은 바람직하지만 원자폭탄을 염두에 두고 인민지원군의 존재를 가볍게 보는 것 같아 심기가 불편하였다. 트루먼은 인민지원군의 수를 30만 명으로, 맥아더는 6만 명으로 예상하고 있었다. 인민지원군의 참전은 있을 수 있다는데 두 사람 다 의견의 일치를 봤지만 병력 수에서는 현격한 격차를 보였다. 트루먼은 약간 신경질적인 어투로 말을 이어갔다.

중공은 지난해까지 국공내전에 참전했던 기간 병들을 재소집해서 전쟁에 대한 의욕과 이해가 빠르다고 하던데……."

"각하, 전투는 반드시 경험이 많다고 해서 또 숫자가 많다고 해서 이기는 것은 아닙니다. 세탁소나 해서 먹고 사는 인간들이 총을 쏘면 얼마나 잘 쏘고 전쟁을 하면 얼마나 잘 하겠습니까?"

이 말에는 미국으로 이민 온 중국인들이 주로 세탁소를 하고 있어서 상대가 안 된다는 뜻이었다. 트루먼은 이날 맥아더의 지나친 낙관주의는 유엔사령관으로의 독선 때문에 나오는 것으로 결론을 내렸다.

"각하, 우리의 자랑스러운 해병대는 지금 원산을 향해 진군하고 있습니다. 아직 인민지원군의 움직임은 감지되고 있지 않습니다. 이대로 가면 우리 병사들은 고향에서 가족과 함께 크리스마스를 보낼 수 있습니다."

여기서 트루먼 대통령은 맥아더와는 더 이상 말씨름을 하고 싶지 않다는 표정을 지어 보였다.

이것을 알아 챈 맥아더 사령관은 왼쪽 팔목의 시계를 힐끔 쳐다보았다. 나도 바쁜 몸이라는 은근한 항의의 표시였다. 물론 전시에 최고의 지휘관으로 자리를 뜨는 것은 바람직하지 않지만 최고의 통수권자 앞에서 해서는 안 되는 행동이었다. 이때 트루먼은 맥아더의 무례한 태도를 보면서 마음속으로 후임자를 고르고 있었다.

그는 특히 내년의 선거를 의식하지 않을 수 없었다. 언론에서는 차기 공화당 후보는 아이젠하워나 맥아더 장군 둘 중 하나가 될 것으로 보도하고 있었다. 이날 트루먼도 맥아더도 웨이크 섬의 회동에서 얻은 게 별로 없었다. 단지 중공 인민지원군의 한국전쟁 참전과 군인의 수에 대한

의견 차이만 확인하였을 뿐이었다. 두 사람의 대화가 실속 없이 길어지자 맥아더가 나섰다.

"각하, 전선의 지휘관이 더 이상 자리를 비울 수 없습니다. 저는 도쿄로 돌아가서 전황을 살피고 보고하겠습니다."

오전 11시가 조금 넘은 시간이었다. 맥아더는 트루먼 대통령보다 2시간 먼저 웨이크 섬에서 도쿄로 돌아갔다. 이날 나는 먼발치에서 맥아더 사령관의 뒷모습만 보았다. 그는 나에게 한 마디도 없이 황망히 비행기에 올랐다.

나는 웨이크 섬의 대기실에서 기다리고 있는데 임시막사로 오라는 연락이 왔다. 나는 막사의 문을 열고 들어갔다. 거기에는 중절모를 쓴 트루먼 대통령이 근엄하게 앉아 있었다. 그는 나를 보더니 벌떡 일어서서 두 손을 잡아주었다. 나는 그 전에 트루먼 대통령을 본 적이 없었는데 이것은 파격이었다. 이래서 나는 군인으로 거수경례를 못하고 고개를 깊이 숙여 최고의 국군 통수권자에게 예의를 표시하였다. 그 옆에는 헨리 스팀슨 국방장관이 앉아서 지켜보고 있었다.

이건 내 임무에 대한 미합중국 대통령으로서 경의의 표시였다. 나는 자신감이 충만한 목소리로 말을 하였다.

"각하를 직접 뵙게 될 줄은 꿈에도 몰랐습니다. 저는 첩보전으로 적군의 맥을 미리 끊어버리려고 총력전을 펼치고 있습니다."

그때 트루먼은 뭔가 다른 생각에 빠져 있는 것처럼 보였다. 국군통수권자가 미국 본토에서 하와이를 거쳐 웨이크 섬까지 가서 맥아더를 만나는데 대해 백악관 내부 반발이 제법 거셌다. 그는 이런 반발과 격식을 무시하였다. 뭔가 일말의 기대하는 게 있었기 때문이었다. 트루먼은 나를 쳐다보면서 말을 하였다.

"귀관의 눈부신 활약으로 우리가 첩보전에서 우위를 지키고 있는데 전투 현장에서 그게 수용이 안 되어 고민이 깊습니다."

이 말은 내가 올린 세 번의 남침 첩보가 정확하였는데도 무시되어 전쟁이 일어나게 한 것에 대한 사과의 말로 들렸다. 나는 이 같은 말을 듣고서 그동안 복잡했던 감정들을 강물에 흘려보내기로 하였다.

"각하, 첩보는 전쟁에 있어서 비타민과 같습니다. 너무 많아도 문제지만 첩보는 먼저 아는 자가 우위를 차지하게 됩니다."

"귀관은 목숨 걸고 첩보를 발굴하고 있는데 왜 일선에서 수용이 안 된다고 봅니까?"

"그건 일선 지휘관들이 나름대로 관록도 있고 첩보라인도 많이 있습니다. 그러나 첩보라인은 일선 지휘관의 휘하에 있기 때문에 자기 조직에 유리하게 판단을 내리게 됩니다. 공군 첩보부대는 누구에게 유리하게 분석하는 행위를 용납하지 않습니다. 미 공군 첩보대는 한국의 젊은이들이 참여하는 혼성부대입니다. 공군은 38선에서 움직이는 것이 아니라 적진 깊숙한 데까지 침투합니다. 이것은 저희 공군만이 할 수 있는 일입니다."

"음……. 사령관은 인민지원군의 개입을 크게 신경 쓰지 않는데 귀관이 올린 첩보를 보면 30만 명이 대기하고 있다고 했는데 신뢰도가 어느 정도인가요?"

"각하, 이 첩보는 북한에 심어둔 장제스 군인 휴민트들이 무전으로 보낸 것입니다. 이것을 크로스 체크하였기 때문에 신뢰도는 90퍼센트에 가깝습니다."

이때 트루먼 대통령은 그의 손목시계를 힐끔 쳐다보았다. 웨이크 섬 로컬시간으로 벌써 12시가 넘어가고 있었다. 여기서 맥아더 사령관의 발언과 내 말에 차이가 있다는 느낌을 받았다. 그가 트루먼 대통령에게 어떤 말을 하였던 간에 나의 판단을 그대로 말하였다.

"그럼 휴민트 강창옥의 첩보는 신뢰할 수 있습니까?"

"물론입니다. 그는 목숨 걸고 첩보를 보내고 있습니다. 6006부대 공작과장의 외사촌 누이입니다."

"그러면 인민지원군의 참전에 대해 귀관의 최종 판단은 어떤 겁니까?"

"각하, 저는 15살 어린 나이에 독일 전선에서 첩보전을 시작했습니다. 거기서 고공 낙하를 처음으로 경험했고 오늘까지 20년 넘게 첩보전에 매달리고 있습니다. 중공군은 미군에게 치명타를 줄 것입니다."

"우리 군대가 압록강까지 진격하는 것은 어떻습니까?"

나는 이 대목에서 트루먼 대통령의 의중을 확실하게 읽을 수 있었다. 직접 만나서 들어보니 트루먼 대통령은 조기 종전을 주장하는 것 같지는 않았다.

"각하, 우리 군대는 물론 유엔군도, 한국군도 원산에서 평양을 잇는 선을 넘어가면 초대형 재앙에 직면하게 됩니다. 그쪽은 협곡이어서 인민지원군에 포위되면 진퇴양난에 빠집니다. 인민지원군은 지금도 압록강을 건너 군수물자를 들여오고 있습니다. 또 미그15기는 수시로 남쪽으로 초계비행을 하고 있습니다. 만주 비행장에서 미그15기 조종사가 훈련을 받고 있습니다."

이건 두 시간 전에 웨이크 섬에서 도쿄 유엔사령부로 돌아간 맥아더 장군과는 아주 상반된 예측이었다.

"좀 더 상세하게 귀관의 판단을 설명해줄 수 있겠어요?"

"네, 그러겠습니다. 인민지원군 30만은 지금까지 전선에 배치된 남북한과 유엔군 병력을 전부 합친 것보다 5만이 더 많습니다. 무턱대고 동쪽에서 장전호나 서쪽의 군우리로 진격하였다가는 인디안 태형을 당할 수 있습니다. 각별히 조심해야 합니다."

"인디언 태형이라……. 음."

인디언 태형은 미국 개척 시기에 인디언들에게 포로가 된 미국인들을 두 줄로 지나가게 하여 이들을 몽둥이로 두드려 패는 무서운 체벌이었다.

"각하, 중국의 인해전술의 덫에 걸리면 총알이 모자라는 사태를 맞을 수 있습니다."

이 말을 마치고 나는 가방에서 강창옥이 작성한 5만분의 1 지도를 꺼내 탁자 위에 펼쳤다. 자연히 트루먼의 시선은 지도를 따라서 움직였다.

"각하, 강계, 초산, 개천……. 이 세 곳에 10만 명씩 30만 명의 인민지원군이 협곡에 숨어서 출격 명령만 기다리고 있죠."

"참 훌륭합니다. 귀관의 더 많은 활동을 기대합니다."

그는 이렇게 말하면서 자리에서 일어섰다. 그는 나에게 악수를 청하였다. 이건 본토로 돌아가야 할 시간이 되었기 때문이었다.

"각하, 저는 미합중국의 군인으로써 첩보활동을 통해 명예와 보람을 간직하겠습니다."

"알겠소. 38선 이남에 김일성이 발을 붙이지 못하도록 지원하겠습니다."

"무사히 돌아가십시오. 각하."

트루먼 대통령은 12시 50분에 웨이크 섬 활주로를 이륙하여 하와이로 향하였다. 나는 상관인 맥아더에 대해서는 한 마디도 언급하지 않았다. 그것이 군대의 규율이면서 상명하복의 전통이었다. 이날 대통령과 독대에서 맥아더 사령관은 그 자리를 더는 보전하기가 어려울 것 같다는 예감이 짙게 풍겼다.

사실 맥아더는 이 기회에 공산주의자들을 쓸어버리겠다는 생각을 갖고 있었다. 한국전쟁을 중국 본토까지 확대하는 결정은 대통령의 일이었기 때문에 사사건건 마찰이 생겼다. 나는 대통령이 떠나고 20분 후 웨이크 섬에서 김포공항을 향해 이륙하였다. 여기서 트루먼 대통령이 전쟁을 자기 임기 안에 더 이상 확전하지 않고 끝내기로 했다는 인상을 받았다. 나는 트루먼 대통령과의 면담에서 맥아더 사령관이 인민지원군을 너무 쉬운 상대로 보고 있는지 밝히는데 대부분의 시간을 썼다. 하지만 그는 맥아더 또는 사령관이라는 구체적인 말을 단 한 자도 사용하지 않고 핵심만 찍어 전달하였다. 이건 첩보전의 베테랑이 아니면 구사할 수 없는 협상의 스킬이었다.

미군 수송기로 7시간의 비행 끝에 나는 김포에 도착하였다. 나는 랭글러 지프를 타고 안국동 첩보대로 들어갔다. 이때 미 해군과 유엔군은 압록강을 향해 북진하고 있었다. 나는 안 봐도 알 수 있는 게임을 하고 있는 미군의 진격을 멈추게 할 수 있는 대안을 찾을 수가 없었다. 그저 신의 가호가 있기를 비는 것 말고는 아무 것도 없었다. 급물살에 떠내려 가면서 살아보려고 지푸라기라도 잡는 그런 심정이었다. 장전호에 있는 나의 휴민트들은 미군이 협곡으로 진격하면 끔찍한 재앙에 직면할 것이라고 경고하고 있었다.

10월 하순, 석양의 그림자가 길게 드리우고 있었다. 아침저녁으로 차가운 기운이 감돌고 있었다. 김일성이 서울을 유린한지가 넉 달이 다 되어가고 있었다. 멀리서 국군이 김일성의 잔당들과 시가전을 벌이고 있는지 이따금 따발총 소리가 어둠을 가르고 있었다. 집무실로 들어온 나는 잠시 두 손을 모으고 묵상에 잠겼다. 제발 부디 미군과 유엔군이 더 이상 희생되지 않게 해주길 빌었다. 그 시각에 맥아더는 미군들을 인민지원군이 기다리고 있는 진퇴유곡으로 몰아넣고 있었다.

벌써 계절은 혹독한 추위가 기다리는 겨울의 초입으로 접어들고 있었다. 미군 수송기들은 산악지역에 동복과 내복을 낙하하기 시작하였다.

미군 병사들은 또 크리스마스를 고향에서 가족과 함께 보낼 수 있다는 기대에 들떠 있었다. 이렇게 병사들의 마음이 콩밭에 가있으니 전투가 제대로 될 리가 없었다.

마오쩌둥은 펑더화이에게 인민지원군의 겨울 전면 공세를 승인하였다. 이제 모든 것은 시간에 달려 있었다. 마오쩌둥은 자유민주주의 국가인 대한민국과 바로 국경을 맞대는 불편과 비용의 부담을 떠안고 싶지 않았다. 총사령관 펑더화이는 마오쩌둥의 이런 속내를 간파하고 미군이 더 가까이 다가오기를 기다리고 있었다.

한반도에서 가장 추운 지역인 장전호에서 전투가 시작되기 직전이었다. 막상 인민지원군 30만 명이 압록강을 넘었다고 했는데 어디에 숨었는지 산악지대에는 정적이 감돌고 있었다. 이렇게 인민지원군에 대한 믿을 수 없는 일들의 연속이었다.

이런 우둔한 전략을 펼치는 미군과 유엔군을 보면서 평양의 강창옥은 나에게 다시 전문을 보내왔다.

> 니콜스 소령 귀하. 지금 인민지원군은 장전호로 들어가는 곳곳에 병사들을 매복시키고 사마귀가 먹잇감이 걸려들기를 기다리고 있는 형국입니다. 더는 가까이 접근하면 큰 화를 입게 될 것입니다.

나는 강창옥의 전문을 받고서 뜻을 그대로 살려 워싱턴으로 보내었다. 지금 이 시간에도 미군은 장전호 골짜기를 향해 도로 양쪽으로 줄을 지어 걷고 있었다. 이러니 인민지원군은 미군들이 갖고 있는 탄알 수까지 다 세고 있었다. 나는 미군의 노출이 적게 도움이 된다고 여러 번 경고하였지만 하나도 받아들여지지 않았다.

병사들은 영하 20도의 혹독한 추위에 가을 군복을 입고 있어 쉽게 동상에 걸렸다. 특히 미국의 플로리다 같은 남부지방 출신의 병사들에게 영하 20도는 살인적인 추위였다.

나는 인민지원군의 참전이 곧 시작될 것이라는 보고를 급히 올렸다. 이런데도 어찌된 속셈인지 맥아더 사령관은 극소수만 참전한다는 주장을 되풀이하고 있었다. 그는 마오쩌둥이 삼 년 가까이 국공내전을 치르느라 국고가 바닥이 났으며 타이완 문제로 한국전에만 정신을 집중할 수 없을 것으로 생각하고 있었다.

나는 그동안 맥아더 사령관에게 첩보를 보고하면서 그의 의중을 어느 정도 파악하고 있었다. 다들 맥아더 사령관은 인민지원군의 참전을 오판한 것으로 알고 있었다. 그는 1차 세계대전부터 야전에서 잔뼈가 굵은 노회한 직업군인이었다. 그의 복심은 CIA의 첩보 독점에 대한 반발심이었다. 나는 김일성과 스탈린 그리고 마오쩌둥 등 세 명의 한국전쟁과 관련된 첩보를 거의 독점하고 있었다. 여기서 만약 첩보가 이원화되어 있다면 서로들 공명심 때문에 기밀유지가 어려웠을 것이다. 기밀이 새나가면 첩보의 생명력은 그걸로 끝이었기 때문이다. 그는 직업군인으로 세상을 바꿀 수 있을 만큼 큰 공을 세우고 싶은 야망에 사로 잡혀 있었다.

그의 속셈은 중공군이 얼마가 참전하든 자기의 적수가 되지 않는다고 보았다. 그는 장병들에게 크리스마스는 집에서 가족과 함께 보내게 해주겠다는 달콤한 약속을 하였다. 그렇잖아도 고향을 떠나 향수병에 걸린 장병들은 이 말을 곧이곧대로 믿게 되었다. 이래서 그는 무리하게 미군을 압록강을 향해 진격하라고 명령하였다. 이런 가운데 CIA는 원자폭탄을 쓰겠다고 말하는 것을 못마땅하게 여기고 있었다. 이때 CIA는 맥아더를 고향으로 보내려는 음모를 꾸미고 있었다. 이때부터 맥아더의 극동사령부와 CIA는 물과 기름처럼 서로 상극이 되었다. 문제는 이 두 개의 서로 다른 조직은 힘겨루기를 하면서 한국전쟁은 수렁으로 빠져들고 있었다. CIA는 이렇게 해서 투르먼 대통령의 마음을 자기편으로 끌어들이는 데 성공하였다.

이때 유엔군은 38선을 넘어 패주하는 인민군을 잡으면서 북으로 무섭게 진군하고 있었다. 이렇게 되자 이 대통령은 드디어 김일성을 몰아내고 통일이 되는 것으로 굳게 믿었다.

트루먼은 열흘 전 처칠 수상의 전화를 받았다. 처칠 수상의 어머니는 미국에서 태어나 대서양을 건너 시집을 간 미국 공주였다. 처칠의 외가는 미국이었기 때문에 그의 미국 인맥은 거미줄처럼 얽혀 있었다. 그는 비서가 건네주는 전화기를 받아드니 처칠의 목소리가 흘러나오고 있었다.

"대통령 각하, 안녕하세요. 꼭 드릴 말씀이 있어 전화 드렸습니다. 잠깐 시간이 될까요?"

"수상 각하, 좋습니다. 말씀하시죠."

"지금 한국전쟁이 새로운 국면으로 들어가고 있는데 맥아더 사령관의 처신에 문제가 있는 것 같습니다. 이걸 보고만 있어서는 안 될 것 같아서 전화를 했습니다."

이렇게 처칠은 에둘러 말하고 있었지만 대통령은 그가 뭘 얘기하려는지 알아 차렸다.

"수상 각하, 저도 사령관의 도드라진 언행을 보고받고 있는데 어떻게 처리해야 할지 참 난감한 실정입니다."

"각하의 그 심정, 충분히 이해합니다. 사령관은 유엔군이 압록강까지 진격했을 때 중공군이 참전하면 원자폭탄을 투하하겠다는 것입니다. 그동안 많은 희생을 치르면서 2차 세계대전을 어렵게 종식시켰는데 사령관이 무모하게 나가면 세계대전으로 비화됩니다."

"수상 각하, 사령관이 자기 멋대로 생각하고 그걸 작전에 반영하려고 하면 저는 그 지위를 박탈할 수밖에 없습니다."

"각하, 문제는 애당초 그런 말이 더는 나오지 않게 싹부터 잘라내야 합니다. 소련도 이 년 전에 원폭실험에 성공해 지금은 일본에 원자폭탄을 사용할 때와는 상황이 크게 달라졌습니다."

"참 옳은 지적입니다. 일단 제5공군의 전투기에 내 승인 없이는 원자폭탄을 적재하지 못하게 막았습니다. 또 원자폭탄 저장고에 대한 접근을 24시간 감시하고 있으니까 안심하셔도 됩니다."

처칠 수상은 아직도 2차 세계대전으로 런던이 초토화되었던 악몽을 떨쳐 버리지 못하고 있었다. 그는 또 오 년 만에 정권을 다시 잡은 것도 맥아더 사령관의 원자폭탄 공격을 막으라고 기회를 준 것으로 여겼다. 마지막으로 트루먼 대통령이 나긋나긋한 목소리로 마무리하였다.

"수상 각하, 이제 너무 염려하지 마십시오. 원자폭탄은 대통령만이 다룰 수 있습니다."

"하하하……. 대통령의 무기라……. 정말 이 말보다 더 함축적으로 원자폭탄을 잘 표현하는 말은 더 없을 것 같군요."

"수상 각하, 이러니 이제 마음을 놓으십시오. 제발……."

"그런 각하의 뜻을 알았으니까 오늘부터 두 다리를 쭉 펴고 자겠습니다."

13. 강창옥의 금지된 사랑

　김준철. 국가보위부 간부, 김일성종합대학 출신의 엘리트였다. 준철은 폐허가 된 평양에서 남조선 군대나 유엔군을 환영하거나 전투를 돕는 반동분자를 색출하는 업무를 맡고 있었다. 그는 이런 반동분자를 보는 즉시 상부에 보고하고 있었다. 북한은 사건의 경중을 가릴 것도 없이 이들을 죽여 버렸다.

　평양에 진입한 유엔군은 헐벗고 굶주린 주민들에게 식량과 옷가지를 나누어 주었다. 옷과 식량을 받아든 주민들은 나눠준 태극기와 성조기를 들고 열렬히 환영하였다. 준철은 이들을 반동분자로 기록하여 국가보위부에 보고하는 일을 맡고 있었다. 그는 목구멍이 포도청이고 사흘 굶어 담 안 넘는 놈 없다는 말처럼 측은했지만 임무를 소홀히 할 수 없었다. 하루 일과를 마친 준철은 창옥을 농산물 보관소로 불러내었다. 준철은 사귄지 오 년이 넘도록 그녀의 손목 한번 제대로 잡지 못하였다. 그나마 온전하게 남아있는 보관소이지만 파편에 맞아서 그런지 구멍에서 빛이 들어오고 있었다.

둘은 볏짚을 긁어모아 깔고 앉았다. 가끔 쥐새끼들이 왔다 갔다 하는 것 빼고는 적막하였다. 두 사람은 지금껏 서로 사랑한다는 말조차 나누질 못하였다. 창옥의 부모가 친일파로 몰려 수용소로 끌려가고 나서 둘 사이는 더 서먹서먹해졌다. 그날부터 동네 사람들도 창옥을 이상한 눈으로 쳐다보는 것이었다. 준철은 국가보위부에 근무하는 덕으로 전선으로 끌려가지 않았다. 그 대신 반동분자를 색출하여 보고하는 일이 맡겨졌다. 주민들은 자기들끼리 얘기를 하다가도 준철이 나타나면 다들 입을 닫고 그가 지나가기를 기다렸다. 주민들에게 준철은 저승사자나 마찬가지였다. 오랜만에 창옥을 만나자 준철이 먼저 입을 열었다.

"창옥아, 너무 보고 싶었어."

"……."

"왜 말이 없는 거야?"

"아냐. 뭐랄까 딱히 지금 할 말이 없어서 그래……."

준철은 그녀의 두 손을 잡고 앉았다. 북조선에서 사랑에 빠진 청춘 남녀가 은밀하게 만날 곳은 눈을 씻고 봐도 찾을 수 없었다.

"창옥아, 나하고 결혼할 수 있겠어?"

"뭐? 아니야. 우리 사이는 뛰어넘을 수 없는 두껍고 높은 벽에 가로막혀 있어. 나는 친일분자의 딸이고 준철 씨는 국가보위부에 근무하는 수재야. 나하고 결혼하면 자기 평생에 멍에가 될 수 있어. 나 말고 자기 성분에 맞는 여자를 찾아보는 게 준철 씨 인생에 도움이 될 거야. 내 말을 건성으로 듣지 마세요."

"창옥아, 난 어떤 장애도 다 넘을 수 있어. 이 길이 아닌 다른 길을 선택할 수도 있어."

"다른 길이라고? 그게 뭔데?"

"아직은 그걸 밝힐 수 없어. 때가 되면 자연스럽게 알게 될 거야."

이때 그녀는 한숨을 길게 내쉬었다. 이걸 보고 준철은 한동안 침묵을 지키다가 말을 걸었다.

"아니, 왜 그렇게 한숨만 쉬고 말이 없는 거야?"

"나도 다른 여자들처럼 살림하고 남편이 퇴근하길 기다리면서 애나 키우면서 살고 싶었는데……."

그녀는 가늘게 흐느끼면서 준철에게 말하였다. 그러자 준철이 그녀의 말을 받아 주었다.

"그래 창옥아, 이제라도 늦지는 않았어. 우리 결혼해서 평범하게 살아가자."

이때 준철은 그녀의 상체를 살포시 껴안더니 자기 입술을 그녀의 입술에 살짝 포개었다.

"준철씨, 이러지마. 우리는 아직 이러면 안 된다고……."

"창옥아, 사랑해."

"정말 날 사랑하는 거야?"

"그럼, 사랑해."

준철이 보니까 그녀의 두 눈에서는 눈물이 흐르고 있었다. 그녀는 반은 울음 섞인 말로 속마음을 털어놓았다.

"자기 사랑을 받아주기에는 앞으로 나에게 어떤 암울한 사건이 기다리고 있을지 나도 몰라. 국가보위부에서 나를 감시하고 있어. 나 때문에 자기 삶이 뒤죽박죽되는 걸 원치 않아."

이때 준철이 대단한 각오를 한 것처럼 주먹을 불끈 쥐고 말을 하였다.

"창옥아, 자기를 사랑하기 때문에 내가 감수할 일이 있다면 무슨 일이라도 다 받아들일 수 있어. 걱정 마."

준철은 그녀를 번쩍 들어 볏짚 위에 살며시 뉘었다. 그리고는 인민복을 벗어 깔고 그녀를 다시 그 위로 옮겨 뉘었다. 그녀의 볼은 눈물로 얼룩이 져있었다. 이때 그녀는 부끄러웠던지 두 손으로 준철의 얼굴을 밀쳐내는 것이었다.

"창옥아, 우리 결혼해서 부부의 인연을 맺자고."

이 말에 창옥은 벌떡 일어나서 준철을 노려보고 있었다.

"준철 씨, 나 정말 사랑하는 거야?"

"그럼, 사랑해……."

"혹시 내가 잘못되어도 다 받아줄 거야."

"그럼, 나는 자기의 모든 것을 끝까지 함께 할 수 있어."

그 순간 어디 계신지 알 수 없는 어머니가 간절하게 보고 싶었다. 준철은 그녀를 바라보면서 뭔가 할 말이 있는 것처럼 우물우물하였다. 그걸 눈치 챈 창옥이 말을 꺼내었다.

"자기 나한테 할 말 있지? 숨기지 말고 할 얘기 있으면 해줘."

눈만 끔뻑이고 있던 준철이 목구멍으로 기어들어가는 소리로 말을 하였다.

"창옥아, 우리 남으로 내려가자."

준철이 뜬금없이 던지는 말에 그녀는 충격을 심하게 받았는지 눈에서 초점이 사라졌다.

"준철 씨, 지금 나보고 남으로 가자고 했지?"

"그래. 어서 여기서 뜨자고. 여기 있어봐야 어떤 희망도 찾을 수 없어."

준철의 마음은 벌써 38선 가까이 가 있었다. 지난해 준철은 아버지마저 돌아가시고 나서 홀몸이 되었다.

"안 돼. 나는 여기 있어야 한다고. 아버지 어머니가 언제 돌아오실지 몰라. 두 분이 집에 오셨는데 내가 없으면 하늘이 무너진 것 같으실 거야."

"물론 자기 효심을 이해할 수 있어. 하지만 두 분은 딸이 지옥 같은 데서 기도 못 펴고 노예처럼 살기를 원하시지 않을 거야. 내 말이 어디 틀렸어?"

간밤에 창옥의 꿈에 어머니가 나타났다. 그녀는 어머니를 보고 목이 터져라 불렀지만 어머니는 자꾸만 멀어지는 것이었다. 그녀는 꿈에서 깨어나니 너무 아쉬워서 베갯 잇이 젖도록 울었다. 그녀에게 어머니 꿈 얘기를 듣고서 준철은 딱히 뭐라 할 얘기가 없어 그녀의 손을 잡고 일으켜 세웠다.

늦가을 밤은 일찍 깊어졌다. 준철과 그녀는 미소로 작별인사를 하고 헤어졌다. 집에 오니까 순옥이가 버럭 화부터 내는 것이었다.

"언니, 어데 갔다 이제 오는 거야. 미군기가 평양 외곽에 폭탄을 퍼붓는 소리가 귀로 안 들렸어?"

"순옥아, 미안해. 성남리 동평양여관에 갔다가 명신이 만나서 얘기하느라 시간 가는 줄 몰랐어."

"언니, 왜 나한테 거짓말 하는 거야? 난 누굴 만났는지 다 알고 있단 말이야."

순옥이 이렇게 말하는데 언니로서 구차하게 보일까봐 입을 꾹 다물었다. 순옥은 어디서 구했는지 잡곡에다 쌀이 드문드문 들어있는 밥을 해놓고 언니를 기다리고 있었다. 가끔 인편으로 들리는 소문에 의하면 영변과 선천에서는 굶어죽는 사람들이 수만 명이 된다는 것이었다. 그녀는 동생이 차려준 무짠지 하나에 밥 한 그릇을 뚝딱 해치웠다. 밥상을 물리자 동생이 담뱃갑만한 쪽지를 건네주는 것이었다.

"언니. 아까 6시쯤 밖에서 누군가 나를 부르는 소리가 있어 뛰어나갔더니 이 쪽지를 휙 던지고 금세 사라져버렸어."

그녀는 뭔지 모르지만 불길한 느낌이 들어 손을 떨면서 그 쪽지를 열었다. 혹시나 국가보위부의 단속에 걸린 건 아닌가 해서 가슴이 철렁하였다. 그렇잖아도 순옥은 준철이란 사람은 요주의 인물이니까 조심하라고 여러 번 경고를 하였다. 준철은 사촌동생 기수가 남조선으로 가서 첩보부대에 있다는 것을 알고 있었다. 창옥은 기수에게 니콜스 소령을 소개하였다. 국가보위부는 일가친척이 남한으로 내려간 인민들을 특별히 주시하고 있었다. 국가보위부에서 창옥의 사촌동생 기수가 미 공군

산하 첩보부대에서 활약하고 있다는 것은 더 이상 비밀이 아니었다. 쪽지를 펴본 그녀 얼굴은 파란 물감을 풀은 세숫대야처럼 변해 버렸다. 이 모습을 지켜본 순옥은 걱정이 되어 속이 녹는 것 같았다.

"언니, 그게 뭔데 그래? 나한테 얘기해줄 수 없는 거야?"

그 순간 창옥은 울컥하더니 울음을 터트리는 것이었다. 아니 가슴 심연에서 뿜어져 나오는 그런 통한의 울음이었다. 순옥은 언니의 울음 가운데 가슴을 후벼내는 글씨를 읽고 언니를 부둥켜안고 울었다.

"순옥아, 어머니 아버지가 숙청되셨단다. 아무 죄 없는 울 엄마 아빠 불쌍해서 어쩌니."

"언니, 어디서 돌아가셨대요?"

"맹산이라고도 하고 양덕이라고 하는데 정확히 알 수 없다고 한다. 순옥아……."

둘은 엄마 아빠 결혼사진 앞에 촛불을 켜놓고 큰절을 올리면서 울고 또 울었다. 순옥은 두 분 사진 앞에서 혼절하여 버렸다. 창옥은 맨발로 뛰어나가 바가지에 찬물을 떠다 동생 얼굴에 뿌렸다. 그것도 안 되자 입에 대고 숨을 불어넣었다.

"이것아, 제발 정신 차려라. 깨어나라. 너마져 가면 이 언니는 어떻게 살라고 이러니?"

한참 있더니 순옥은 부스스 눈을 뜨는 것이었다. 창옥은 동생을 껴안고 하염없이 눈물을 흘렸다. 순옥이 주섬주섬 일어나서 부엌에 가더니 숨겨놨던 약주와 북어포를 갖고 들어왔다. 자매는 상에다 북어포를 차려놓고 술을 따라놓고 절을 하다가 엎드려서 또 통곡하였다. 대명천지에 부모가 언제 어디서 돌아가셨는지도 모른다는 게 어찌 있을 수 있을까 생각하니 더 서러웠다. 얼마나 울었는지 목소리는 완전히 쉬어버렸고 눈은 퉁퉁 부어 붙어버렸다. 이때 순옥이 먼저 말을 꺼내었다.

"언니, 난 내일부터 엄마 아빠를 찾아 나설 거야. 시신이라도 찾아서 양지 바른 곳에 모셔드려야지. 언니는 어쩔래?"

"순옥아, 그렇게 하자. 그런데 좀 더 확인해보고 떠나는 게 좋겠다. 아까 말한 수용소에서는 전투가 한창 벌어지고 있단다. 무작정 그리 간다는 건 자살행위나 다름없다."

"이 북새통에 그걸 누구한테 확인할 건데?"

"밤새 생각을 해보면 답이 나오지 않겠니?"

그 때 멀리서 새벽닭이 우는 소리가 들려왔다. 수탉은 전쟁을 아는지 모르는지 어김없이 시간을 알려주고 있었다. 자매는 이때서야 잠깐 눈을 붙였다.

창옥은 아침에 눈을 뜨자마자 준철네로 달려갔다. 이러다 보위대에 걸리기라도 하면 위험한 상태에 빠질 수도 있었다. 그러나 빨리 손을 써야 아버지 어머니를 편히 모실 수 있다는 생각에 모험을 감수하였다. 가는 길에 보니 폭탄 세례를 줄기차게 받아서 평양에는 성한 집이 별로 없었다. 그녀는 준철네 집으로 조심스럽게 접근하였다. 조금만 기다리면 준철이 나올 것만 같았다. 담에 기대어 30여분을 기다리니 준철의 모습이 보였다. 그녀는 대문 틈으로 준철의 모습을 확인하였다.

"여보세요. 준철 씨, 나 창옥이야."

준철은 오늘도 반동분자를 색출하러 나가려고 준비를 하는 것 같았다. 여전히 반응이 없었다. 이번에는 좀 더 목소리를 크게 하여 불렀다.

"준철 씨, 창옥이. 잠깐만."

그제야 목에 수건을 걸친 준철은 자기를 부르는 소리가 나니까 대문 쪽으로 다가왔다.

"아니, 아침에 누군데 나를 찾으세요?"

"나 창옥이야."

"응, 창옥이라고? 아침 일찍 웬일이야?"

준철은 뛰어와 대문을 열더니 누가 보든 말든 창옥의 손을 잡고 안으로 당기는 것이었다.

"창옥아, 왜 안 좋은 일이 생겼어?"

그 말을 듣자마자 창옥은 억누르고 있던 울음이 봇물처럼 터져 나왔다. 준철은 창옥을 당겨 가슴에 품어주었다.

"흑흑흑……."

그녀는 목소리를 죽여가면서 서럽게 울었다.

"창옥아, 무슨 영문인지 얘기해봐."

가슴에 맺힌 서러움이 좀 풀렸는지 창옥은 울음을 삼키고 준철을 올려보았다.

"어젯밤 자기랑 헤어져 집에 갔더니 누군가 문틈에 쪽지를 꽂아 넣고 갔대. 거기에 아버지 어머니가 맹산인지 선천인지 수용소에서 숙청을 당하셨다는 거야. 두 분이 살아계실 때 딸한테 전해달라고 부탁을 하신 것 같아."

"아마 그게 맞을 거야. 다른 분들도 그렇게 불길한 소식이 전해졌거든."

"어디서 돌아가셨는지 알 수 있는 방법이 없을까?"

"창옥아, 어서 집으로 가 있어. 출근해서 알아보고 연락할게. 요즘 좀 늦기라도 하면 사상을 의심받게 되거든."

"그래. 부탁해. 준철 씨……."

준철은 사랑하는 연인이 겪고 있는 고통을 보면서 하루라도 빨리 지옥 같은 세상에서 탈출하고 싶었다. 그 시간 순옥은 동평양여관으로 달려갔다. 아직 동이 트기 직전이라서 인적은 없었다. 여관의 미닫이문을 가볍게 몇 차례 흔들었다. 그랬더니 안에서 고모의 목소리가 들려왔다.

"거기, 누구세요?"

"고모, 저 순옥이에요. 순옥이……."

고모는 순옥이란 말을 듣더니 맨발로 달려와 문을 열어주었다. 순옥은 고모를 보자마자 손을 부여잡고 울음을 터트렸다.

"순옥아, 무슨 일이 났냐? 울지 말고 얘기부터 해봐라."

"고모, 엄마 아빠가 숙청되셨대요."

"뭐라고? 그 소식은 어디서 들었냐?"

"누가 우리 집에 쪽지를 넣어주었어요."

"하긴 그렇게들 소문이 알음알음 퍼진다고 하더라. 김일성 그놈은 갈아 먹어도 시원찮다."

"그래. 고모도 알아볼 테니까 들어가 밥이나 먹고 가거라."

"고모, 밥 생각은 없어요. 저 그냥 갈래요."

이때 고모의 눈가에도 눈물이 촉촉이 배어 있었다.

"순옥아, 어쩌다 이렇게 끔찍한 세상이 되었는지 모르겠다. 어서 가서 기다려라."

자매는 며칠 동안이나 아버지 어머니 소식을 수소문해 봤지만 도저히 알 수가 없었다. 설령 알아낸다고 해도 폭탄이 떨어지고 총알이 날고 있어 갈 수도 없었다. 그녀는 남으로 내려가자는 준철의 제안을 받아들이지 않기로 작심하였다.

"내가 떠나면 동생은 누구한테 의지할 것이며 아버지 어머니 시신은 누가 수습한단 말인가. 죽더라도 여기서 죽을 거야."

이러고 있는 데 준철이 그녀의 집으로 다시 찾아왔다. 그는 아주 미안한 기색으로 사과부터 하였다.

"창옥아, 정말 미안해. 내가 할 수 있는 데는 다 수소문했는데 사실인지 모르겠는 거야. 그게 헛소문일 수도 있으니까 좀 기다려 봐도 될 거야."

"그랬으면 오죽 좋겠어. 김일성이 그놈 누가 암살 안 하나?"

"쉿! 창옥아. 그런 말을 함부로 하면 쥐도 새도 모르게 끌려가는 거 알지?"

"알았어. 어디서도 다시는 이런 말을 안 할게."

창옥의 아버지와 어머니의 생사문제가 불거지면서 준철은 그녀에게 남으로 내려가자는 말을 더는 할 수 없었다.

이날 창옥은 나에게 무전으로 어머니 아버지가 수용소에서 숙청되었다는 사실을 알려왔다. 이 사실을 알고는 위로의 말을 전하지 않고는 견딜 수 없었다.

창옥 씨, 정말 안타깝습니다. 하지만 전시니까 조금만 기다려보면 좋은 소식이 올지도 모릅니다. 지금 유엔군이 인민군을 압록강으로 몰아붙이고 있습니다.

—도널드 니콜스

이날 자매는 내가 보낸 위로 전문을 읽고서 눈이 퉁퉁 붓도록 울었다고 알려왔다. 이 얘기를 듣고 나니까 강창옥이 보낸 전문에 눈물이 배어 있는 것처럼 느껴졌다.

14. 김준철의 장렬한 최후

김준철은 김일성의 잔인한 성격과 입만 열면 튀어나오는 거짓말에 환멸을 느끼기 시작하였다. 더욱이 김일성의 신격화는 인간이 상상할 수 있는 모든 것을 초월하고 있었다. 그는 자기를 북한의 유일신으로 포장하려고 수만 명의 기독교 신도들을 생매장하였다. 준철은 이때 여러 명의 절친한 친구들을 잃어버렸다. 그 친구들은 끝까지 신앙을 부인하지 않고 구덩이에 묻혀서 순교의 길을 택하였다. 이처럼 김일성은 기독교를 인민의 아편으로 여기고 극심하게 탄압을 하였다.

그는 이제 북한에 대한 모든 미련을 버리고 남으로 가기로 결심을 하였다. 문제는 사랑하는 여인이었다. 그는 마지막으로 부벽루 근처로 창옥을 불러내었다. 그녀는 부모님이 어디서 돌아가셨는지 알아내려고 돌아다니다 보니 파김치가 되어 있었다.

준철은 오늘은 창옥에게 남으로 가겠다는 약속을 받아낼 참이었다. 대동강의 밤바람은 차가웠다. 준철은 자기 코트를 벗어 창옥의 어깨에 걸쳐주었다.

"준철 씨, 이러지마. 자기 고뿔들면 어쩌려고 그래. 지금 전쟁 통에 약
도 병원도 없는데."

"무슨 말을. 자기가 더 걱정이야. 부모님 생사를 알아내려고 돌아다
니는데 고뿔에 걸리면 안 되지."

그의 입에서 부모님 얘기가 나오자 창옥은 그만 참고 참았던 눈물을
쏟아내었다. 그는 너무 안 된 마음에 손수건으로 창옥의 눈물을 닦아주
었다. 자기가 사랑하는 여인의 부모님의 생사를 알아내지 못하니 자신
이 죄인이 된 심정이었다. 그는 울고 있는 창옥을 살며시 안아주었다.
이런 때 어떤 말을 해야 위로가 될지 도무지 생각이 안 나는 것이었다.

"창옥아. 사랑해. 우리 남으로 내려가자. 여기는 생지옥이야."

이 말을 듣더니 그녀는 준철을 두 손으로 밀치는 것이었다. 옷매무새
를 바로 하고서 입을 열었다.

"준철 씨, 나에게 더 이상 남으로 가자는 말은 하지 말았으면 좋겠어."

"그러면 못 가겠다는 말이야?"

"맞아. 미래란 언제나 불확실하거든……."

"그래. 얘기 참 잘했어. 먼 미래의 상상을 지금 현실로 만들어 걱정하
는 것은 부질없는 짓이야. 걱정을 미리 사는 것이니까. 이것은 바보들
이나 하는 짓이라고."

"아니. 그런데 좋은 일은 안 맞지만 나쁜 일은 잘 맞는 법이거든."

"창옥아, 제발 우리 남으로 가자. 이제 시간이 얼마 없어."

"아니, 부모님 생사도 모르고 하나뿐인 동생을 두고 가는 것은 그건
인간이 할 짓이 아니야."

"창옥아, 그럼 동생도 함께 내려가면 안 될까?"

창옥은 준철이 국가보위부에 근무하고 있어서 늘 말을 조심하고 있었
다. 잠시 후 창옥은 정색을 하고 말을 하는 것이었다.

"준철 씨, 나는 죽어도 여기서 죽을 테니까 혼자 내려가."

"창옥아, 그건 안 돼. 살인마들이 우글거리는 지옥 같은 데서 탈출해 함께 인간답게 살아보자. 응?"

이 말을 듣고 창옥은 눈물을 흘리는 것이었다. 이 모습을 보고 있던 준철의 눈시울도 붉어졌다.

"창옥아. 이 체제에 환멸을 느끼고 부모님도 안 계시잖아. 여기서 어떤 희망도 찾을 수 없어. 남으로 가서 지게를 지더라도 자유를 누리면서 살고 싶어."

"준철 씨, 그 마음은 알겠어. 나도 부모님 생사만 알면 훌훌 털어버리고 떠나고 싶어."

"……."

"준철 씨, 고백할게 있어요. 듣더라도 놀라지마."

"그게 뭔데 그래? 응. 어서 말해봐."

"나는, 나는……. 사실 남조선 스파이였어……."

준철은 창옥의 거침없는 발언에 그만 얼굴이 파랗게 변하면서 진땀을 흘리는 것이었다. 그는 잠깐 혼미한 상태로 빠져들었다.

"준철 씨, 아니야. 아니야. 제발 정신 차려요."

"아니 뭐라 남조선 스파이라고? 그게 정말이야?"

이때 준철의 입에서는 실성한 사람처럼 가느다란 목소리가 흘러나왔다. 이 모습을 보고 있으려니까 창옥의 애간장은 바짝바짝 타들어가고 있었다.

"쉬잇! 그만 그만 제발요……."

이제는 쏟아진 물이었다. 이제부터 창옥의 운명은 준철의 펜 끝에 달려 있었다. 한참 만에 정신이 돌아온 준철의 입에서 창옥을 안심시키는 말이 나왔다.

"창옥아, 그래도 자기는 내 사랑이야. 걱정 마. 죽을 때까지 이것은 입밖에 내지 않을게."

"준철 씨, 나도 그래요."

준철은 창옥을 보고 빙그레 미소를 지었다. 이것은 우리 둘만 아는 비밀이라는 의미 같았다. 이날 준철은 서평양까지 걸어서 창옥을 바래주고 돌아갔다. 창옥이 집에 가니 순옥은 언니를 기다리다 옷을 입은 채곯아떨어져 있었다. 순옥은 어머니 아버지가 언제 오실지 몰라 집을 비우지 않고 있었다.

준철은 지옥 같은 이곳에서 하루라도 빨리 벗어나고 싶은 마음뿐이었다. 사랑하는 여인을 두고 가는 게 마음에 걸렸지만 본인이 끝내 안가겠다니까 어쩔 도리가 없었다. 그는 창옥이 준 5만분의1 지도를 보면서 은폐와 엄폐가 가능한 길을 찍어두었다.

날만 밝아오면 유엔군 폭격기가 나타나 폭탄을 우박처럼 쏟아 부었다. 이러니 평양에서는 개미 새끼 한 마리도 얼씬거리지 않았다. 다들 토굴로 대피하였다. 준철은 서투른 솜씨지만 쌀과 보리를 대충 볶은 다음에 맷돌로 갈아서 가루로 내었다. 또 옷가지 몇 점을 챙겨 넣었다. 그는 다음날 아침 일찍 일어나 아버지와 어머니에게 작별인사를 드리려고 두 분의 묘를 찾아갔다. 그는 평양에서 20리 쯤 떨어진 곳에 있는 묘까지 걷다 쉬다 하면서 찾아갔다. 묘지 일대는 네이팜탄 공격을 맞아서 새카맣게 그을려 있었다. 그는 먼저 아버지 묘에 절을 올리고 무릎을 꿇고 속으로 작별을 고하였다.

아버지, 불초소생 준철은 이제 여기를 떠납니다. 지옥만도 못한 곳에 환멸을 느낄 대로 느꼈습니다. 아버지 하나뿐인 아들이 떠나면 누가 철따라 벌초를 해드리고 술 한 잔을 부어 올리겠습니까? 아버지 한 오년쯤 있다가 잘린 허리가 합쳐지면 그때 오겠습니다. 그럼 편안히 계십시오. 아버지…….

그는 일어서서 어머니 묘로 가려고 하는데 까닭 없이 목덜미에 서늘한 기운이 느껴지는 것이었다. 하도 이상해서 뒤를 돌아보니 같은 부서에 근무하는 최상혁이 능글능글 웃으면서 서있었다. 그는 준철을 보더니 싸가지는 어디서 삶아 먹고 온 것처럼 협박하였다.

"야, 김준철, 부모님께 작별인사는 제법 야무지게 하는데. 정말 효자하나 났구나. 언제 남으로 떠나기로 했나?"

그는 준철의 마음속으로 들어갔다 나온 것처럼 정확하게 짚어내었다. 하지만 준철은 조금도 당황하지도 않고 태연하게 맞장구를 쳐주었다.

"응, 최상혁, 아니 정 할 일 없으면 잠이나 잘 것이지 남의 뒤꽁무니나 밟고 있는가?"

"흐흐흐……. 야, 자꾸 구차하게 변명을 늘어놓을 게 아니라 가슴에 손을 얹고 자아비판부터 하라고."

이때 상혁은 등을 돌리고 주변의 묘들을 둘러보면서 괜스레 시비를 거는 말만 늘어놓고 있었다.

"자네 아버지 묘에는 혁명열사릉에서나 볼 수 있는 대리석 비석을 세웠구먼. 아들 하나 잘 둬서 비석은 좋은데 자네가 가면 누가 이 묘를 돌보나?"

이놈의 말을 듣고 보니 더는 그대로 두었다가는 큰일이 터질 것 같았다. 그의 주머니에는 어제 짐을 묶다가 남은 끈이 조금 들어 있었다. 준철은 이때 아래 계곡 골짜기를 바라보고 서있는 상혁의 목에 번개처럼 달려들어 끈을 걸고 이판사판 젖 먹던 힘까지 다하여 조였다.

"으으윽……. 준……철아……. 너는 내…… 친구……잖……아. 왜 이……래. 놔……줘. 안……그럴……게."

"이 더러운 새끼야. 난 너 같은 친구를 둔 적이 없어. 네놈은 안되었지만 저 세상으로 가야겠어. 너는 김일성이 후장이나 실컷 빨다가 죽을 놈이야."

그는 올가미에 걸린 여우새끼처럼 발버둥을 치는 것이었다. 그럴수록 준철은 손목에 힘을 더 주었다. 구슬땀은 비 오듯 흐르고 있었다. 그는 상혁의 왼쪽 발에 자기의 오른 발을 걸어서 뒤로 넘어트렸다. 상혁이 썩은 나무토막처럼 풀썩 넘어지자 상혁의 명치를 밟으면서 끈을 더 세게 당겼다.

"으으으으 캐캑캑……."

"상혁이 이 새끼, 너는 친구를 팔아 출세를 하려고 꼼수를 부렸지. 하늘은 너 같은 놈을 용서하지 않는 법이다. 어디 친구 뒤를 밟고 있어. 안 된 얘기지만 너는 오늘이 제삿날이야. 끙끙."

"으으으익……."

그는 상혁을 향해 큰소리로 거침없이 말을 토해내었다. 이마의 땀방울은 목을 타고 사타구니까지 내려갔다. 마치 상처에 소금을 뿌린 것처럼 뜨끔거렸다.

"나는 네놈의 못된 소행을 이미 간파하고 있었다. 너는 지금까지 보위부에서 동지들의 뒤를 밟는 일을 해왔다. 박천호도 네 놈의 밀고로 처형되었다. 그래서 너는 제 명에 못 죽을 운명이었다."

상혁은 죽어가면서도 준철의 말을 알아들었는지 손을 버둥거리면서 흔들었다.

그리고는 겨우 알아들을 수 있을 정도로 말을 하였다.

"야야. 자자잘 못 했어. 으으윽 다시는 안……."

이 말을 끝으로 상혁의 몸은 바람 빠진 타이어 튜브처럼 축 처지는 것이었다. 준철은 이놈의 명줄을 끊어놓고야 말겠다는 독한 생각으로 끈을 더 세게 당겼다. 이렇게 동지들의 약점을 캐서 로동당에 보고하여 출세하려던 배반자는 제거되었다. 준철은 이번에는 시체를 처리하려고 사방을 둘러보았다. 그랬더니 아래에 얼마 전에 유골을 이장해 간 구덩이가 눈에 들어왔다.

200

아, 하늘은 끝까지 나를 버리지 않는구나. 어찌 끈이 주머니에 있었으
며 또 빈 구덩이가 기다리고 있단 말인가. 상혁아, 저 세상에 가서는
제발 착하게 살아라…….

그는 격앙된 감정을 억누르면서 상혁의 시체에서 실오라기 하나 남기
지 않고 모두 벗겼다. 그리고는 상혁의 시체를 질질 끌어다 구덩이에 던
져 넣었다. 그리고는 널빤지로 흙을 살살 긁어서 뿌리고 꾹꾹 밟아주었
다. 그는 그 놈의 시체를 묻은 곳을 주변과 차이가 나지 않게 살살 마무
리를 하였다.

준철은 상혁의 시체를 구덩이에 넣고 그 위에 흙을 덮고 옷을 태우고
나니 온몸은 소나기라도 맞은 것처럼 땀으로 흠뻑 젖었다. 온몸이 욱신
욱신하였다. 어느 정도 정신을 차리고 나니 심장이 쿵쾅쿵쾅 뛰는 것이
었다. 그는 산자락에 있는 우물가로 가서 찬물을 마시고 천천히 걸어 내
려갔다. 이미 해는 석양에 걸려 있었다. 이때 갑자기 전투기 소리가 요
란하게 나더니 네이팜탄을 묘지 있는 곳부터 시작해서 시내 쪽으로 퍼
붓고 있었다.

마치 화산이 폭발하는 것처럼 거대한 불기둥이 하늘을 향해 솟구쳤
다. 열 대의 전투기가 번갈아 가면서 네이팜탄을 투하하니 탈 수 있는
것은 모두가 타버리고 부서졌다. 준철은 재빨리 광산 동굴로 몸을 숨겼
다. 사람은 네이팜탄을 맞으면 눈 깜짝할 사이에 숯덩이가 되었다. 폐
광의 동굴에서도 열기가 후끈 다가왔다. 사람들은 전투기가 사라지고
어느 정도 열기가 잦아들자 동굴 밖으로 나왔다. 주인을 잃고 떠돌던 가
축들은 숯덩이가 되어 즐비하게 널려 있었다. 그는 친구를 죽였다는 죄
책감에서 정신없이 걷다보니 창옥이네 집이 나타났다. 거기에 친구 최
명신도 와 있었다. 그녀는 말로만 듣던 준철을 처음 보고는 좀 경계하는
눈치였다. 집안 분위기는 여전히 침울하였다. 그때 순옥이가 언니를 부

르면서 뛰어 들어왔다. 창옥은 순옥의 손을 덥석 잡더니 애가 타서 자꾸 물었다.

"이것아. 천천히 얘기해봐라. 도대체 무슨 일이냐."

"언니, 언니. 아버지 어머니가 어디 계셨는지 알아냈어."

"어떻게 알아냈냐? 거기가 어디니?"

"열 달 전에 덕천에 계신 것을 본 사람이 있어. 그 남자가 탈출하면서 쪽지에 이름을 적어갖고 나왔대. 여기 있어. 언니."

순옥이 옮겨 적은 쪽지에는 강대호, 박계희 두 분의 이름이 또박또박 적혀 있었다.

"아이고 우리 순옥이 참 장한 일을 했구나."

이 쪽지를 들고서 창옥은 그만 울음을 터뜨리는 것이었다. 준철과 명신은 진땀을 흘리면서 창옥을 달래었다.

"그만 울어. 얘들아. 두 분이 계셨던 데를 알아냈으니 얼마나 좋은 일이니. 그만 뚝 그쳐라."

친구 명신은 연신 창옥을 살살 얼리는 것이었다. 일단 이것만으로도 두 분의 소재를 파악할 수 있는 실마리는 잡은 셈이었다. 울음을 그친 창옥은 준철을 옆방으로 데리고 갔다. 그러더니 준철의 품에 안겨서 소리를 죽여 더 우는 것이었다.

"창옥아, 아직은 어떤 판단을 내리기는 좀 이르니까 더 수소문 하자고. 이제는 나도 본격적으로 나설게."

"그러자 마. 준철 씨는 나서면 안 돼. 그 불똥이 우리한테 튈 수 있거든."

이 말은 사실이었다. 준철이가 반동분자의 소재를 파악하면 그 화가 창옥에게 미칠 수 있었다. 여기서는 무관심이 곧 관심이었다.

"준철 씨, 어서 남으로 내려가. 나는 어느 정도 수습이 되면 뒤따라갈게."

이 말에 준철은 뭔가 일이 잘 풀릴 것 같은 예감이 들었다. 다음날 보위부로 갔더니 그저께까지 멀쩡했던 건물은 흔적도 없었다. 들리는 소문에 의하면 이번 폭격에 보위부 직원 29명이 죽었다는 것이다. 이때 준철은 혼잣말로 중얼거렸다.

아하, 악인의 죽음은 이렇게 해서 미궁으로 빠지게 되는구나. 상혁이 이놈의 새끼, 이제 누가 너를 기억해 주겠니. 이 악질 새끼야.

이날 이후 누구도 상혁의 죽음에 대해 손톱만큼도 의심을 품지 않았다. 그는 미군의 네이팜탄의 공격 때 죽은 것으로 인정이 되었다.

그 날 창옥은 준철에게 도널드 니콜스라는 미군의 이름과 주소, 연락처 그리고 석 줄짜리 소개서를 써주었다. 그는 혹시 잡히기라도 하면 삼키려고 손이 빠르게 닿은 오른쪽 주머니에 찔러 넣었다.

다음 날 일찍 준철은 창옥과 이별을 하고 남으로 향하였다.

준철은 미군은 압록강으로 진격하고 있어서 곧 통일이 될 것으로 확신하였다. 그러면 창옥을 다시 만날 수 있을 것으로 철석같이 믿었다. 이날 아침 준철은 보위부에 있으면서 귀동냥으로 들은 정보가 있어서 무너진 대동강 철교를 피하여 부벽루 아래쪽에서 나룻배를 이용하였다. 사공은 한번 건네어주는데 5원을 받았다.

그는 수염을 텁수룩하게 기르고 머리도 다듬지 않아 막일꾼처럼 변장하였다. 아무리 전시라서 혼란스럽기는 했지만 보위부 요원이 피란민 가운데 잠복하고 있을지 몰라서 조심하였다. 이때 일행 중에 평안북도에서 살던 사람이 있어 국군이 평양에서 개천을 향해 진격하고 있다는 소식을 들을 수 있었다. 평양 시민들은 국군이 오자 환영식을 성대하게 열어주었다. 아무리 국군이 압록강을 향해 올라간들 험준한 산악지형에 은신하고 있는 중공군이 몰려나오면 어떤 사건이 벌어질지 예측을 할 수 없었다.

그는 남으로 내려가는 피란민들 틈에 끼어서 그저 말없이 앞만 보고 걷고 또 걸었다. 한참 걷다보니 철원이 50킬로미터 남았다는 이정표가 눈에 띄었다. 그는 힘겹게 걸으면서도 창옥의 얼굴을 지워버릴 수 없었다. 아니 오히려 지우려고 할수록 더 똘망똘망 떠오르는 것이었다. 무심코 걷고 있는데 40대 중반으로 보이는 남자가 말을 걸어왔다.

"아니 젊은이 벙어리 아뇨? 아니면 입에 풀칠이라도 했남?"

준철은 그의 얼굴을 힐끗 쳐다보았다. 나이에 비해 더 늙어 보이는 얼굴이었다. 준철은 보위부에서 일했기 때문에 특히 몸을 사리고 있었다. 사람들 얘기로는 피란민 가운데 보위부 요원들이 듬성듬성 박혀있다는 것이었다. 이들은 피란민인 것처럼 행세하면서 누가 남으로 내려가는지를 조사하고 있었다. 그는 속으로 "이제 한나절만 걸으면 남조선에 당도하겠구나."하면서 다리에 힘을 주었다. 오른쪽 새끼발가락에 물집이 잡혔는지 아려왔다. 지난 여드레를 미숫가루만 먹었더니 다리는 힘이 빠져 후들거렸다. 그는 죽어도 서울에 가서 죽겠다고 각오하고 나왔으니 남을 탓할 수도 없었다. 더더욱 되돌아 갈 수도 없는 노릇이었다. 이제 죽으나 사나 남으로 가는 길 말고는 달리 찾아볼 방안이 없었다. 이렇게 힘들게 걷고 있으려니 아버지 어머니 얼굴이 떠올랐다. 이런 상념에 잠겨있는데 겉늙은 사내는 이번에는 시비조로 말을 붙여왔다.

"젊은 동무, 내 말이 말 같지 않은감?"

그는 이쯤에서 더는 침묵만 지킬 수는 없을 것 같아서 힘겹게 입을 열었다.

"나래요? 함경남도 마전에서 감자나 붙여먹던 농투산이라요. 가방끈이 짧아 아는 게 별로 없지요."

이렇게 말을 했지만 이 영감은 준철의 말을 믿지 못하겠다는 듯이 빤히 올려다보는 것이었다.

"동무, 귀신은 속여도 나는 못 속인다우. 그러지 말고 우리 친구가 되어 남조선에서 함께 사업을 하자우."

204

준철은 사업이라는 말도 들어본 적이 없어 그의 말을 이해할 수 없었
다. 어느덧 철원 로동당사가 30킬로미터가 남았다는 간판이 눈에 들어
왔다. 피란민들은 날이 어두워지기를 기다리면서 마지막 남은 것들을
다 풀어서 요기를 하고 있었다. 그때 아주 불길한 쪽지들이 피란민 무리
들에게 퍼지고 있었다.

  38선을 눈앞에 두고 북한의 내무서 요원들이 눈을 시퍼렇게 뜨고서
  피란민들의 출신성분을 은밀하게 조사하고 있음.

이 쪽지를 본 준철의 심장은 마치 도둑질하다가 들킨 것처럼 쿵쾅거
리고 있었다. 이제 그가 할 수 있는 일은 피란민들의 대열에서 이탈하여
다른 길로 내려가는 것뿐이었다. 아까 말을 걸던 남자가 주는 강냉이 주
먹밥을 입에 넣었지만 도저히 목구멍으로 넘길 수 없었다.
  "아, 젊은이 좀 먹어두라고. 앞으로 이틀이 걸릴지 사흘이 걸릴지 모
르는데 속을 채워야 하네."
  "예, 고맙습네다. 먹겠습네다. 영 식욕이 없수다레."
  "아니, 이 사람아. 여기 식욕이 있는 사람이 어데 있갔수. 목숨을 부지
할라고 우겨넣는 거라오."
  이 말을 들으면서 준철은 적당한 시기에 옆으로 새려고 작정을 하고
빈틈을 노리고 있었다. 밤 9시가 넘으면서 옆에서 뺨을 쳐도 모를 정도
로 어두워졌다. 준철은 그동안 갖고 있던 소지품을 모두 수풀 사이에 우
겨넣고 산비탈을 오르기 시작하였다. 이제 목숨은 하늘에 맡기는 수밖
에 달리 없었다. 이때 평양에 두고 온 강창옥의 얼굴이 어른거렸다. 그
녀를 당겨서 입맞춤을 하던 그 순간의 향기가 코앞에 어른거렸다. 그는
혼자서 중얼거렸다.

창옥아, 내가 남조선에 도착해서 자리 잡으면 꼭 데리러 갈 테니까.
그때까지 잘 지내고 있어. 사랑해 창옥이…….

그는 아까 멈추었던 지역을 방위 삼아 남쪽으로 내달렸다. 두어 시간
달리니 멀리서 커다란 저수지가 별빛에 아련히 반사되고 있었다. 보위
부에 있으면서 봐두었던 봉래호가 틀림없었다. 저 봉래호만 지나면 남
조선은 눈감고도 갈 수 있는 거리였다. 준철은 호흡을 가다듬고 봉래호
에서 반사되는 별빛을 따라 걷고 있을 때였다.

전방 80여 미터에서 문득 시커먼 물체가 움직이는 것 같았다. 그는 온
몸에 소름이 끼쳐오자 납작 엎드렸다. 사람 같기도 하고 짐승 같기도 하
여 도무지 앞으로 나갈 수 없었다. 그는 어둠속에서 전방을 주시하면서
검은 물체의 실체를 파악하고 있었다. 그때 어렴풋이 칙 하는 금속성 마
찰소리가 들려왔다. 준철은 그 순간 별들만이 반짝거리는 하늘을 바라
보면서 속으로 되뇌었다.

저 먼 우주에서 반짝이는 별들은 지금 내 처지를 알아줄 리 없지만, 혹
여 내가 이 자리에서 죽더라도 별들은 살아남겠지. 하지만 저 별들도
언젠가는 다른 천체의 중력에 이끌려 조용히 숨을 거두게 되겠지.

준철은 이미 자기의 운명이 여기까지라는 것을 예감한 것처럼 보였
다. 그는 조금 전에 보았던 검은 물체와는 동쪽으로 20도 각도를 두고
내달리기 시작하였다. 이제는 죽음과 삶이 따로 분리된 것이 아니었다.
그에게 있어 삶은 곧 죽음이 되는 순간이었다. 그때 저 밑에서 서너 명
의 인기척이 들리면서 금속성 소리가 연달아 들려오고 있었다. 준철은
모든 것을 저 하늘에 맡기고 산비탈을 타고 아래로 내달렸다. 그의 정강
이에서는 피가 흐르는지 땀에 절어 따갑게 느껴졌다. 이때 그는 발을 헛

디디면서 나뒹굴었다. 아마 대여섯 바퀴는 구른 것 같았다. 손바닥에 피가 축축하게 고여 있었다. 왼쪽에서 남자들의 두런거리는 목소리가 들려왔다.

"저 간나 새끼, 죽이지 말고 사로 잡으라우. 저 새끼 죽어라 도망치는 것을 보니 반동분자가 틀림없다."

이 말이 떨어지기 무섭게 서너 명의 사내들이 준철을 뒤쫓기 시작하였다. 준철은 오로지 앞만 보고 내달렸다. 어둠 속에서 봉래호에서 반사되는 별빛을 길잡이로 삼았다. 그는 순간 안주머니에 있는 권총을 꺼내들었다. 그 탄창에는 모두 열두 발의 총알이 들어있었다. 그리고는 몸을 울창한 억새풀 덤불속에 숨겼다. 그때 세 명이 덤불을 지나쳐 달려가고 있는 것이 느껴졌다. 준철은 세 놈이 주춤하는 틈을 타서 총을 꺼내어 겨냥하였다. 그들의 왼쪽 팔에 흰색의 완장이 보였다. 이것으로 봐서 내무서에서 나온 감찰반일 것 같았다. 권총을 잡은 그의 오른손은 파르르 흔들렸다. 그는 속으로 하나 둘 셋 하면서 방아쇠를 당겼다. 탕하는 총소리가 어둠을 가르면서 맨 앞에서 총을 들고 두리번거리던 사내가 힘없이 고꾸라졌다. 그러자 가운데 있던 키 작은 사내가 소리를 질렀다.

"자, 저 뒤쪽이다. 사격이다."

준철은 또 한 방을 쏘았다. 맨 뒤에 있던 사내의 다리에 총알이 박혔는지 풀썩 주저앉더니 나뒹굴었다. 멀쩡한 사내가 버럭 소리를 지르는 것이었다.

"대장님, 여기 동지가 쓰러졌습니다. 사람을 보내주세요."

조금 있으니까 이번에도 네댓 명으로 추정되는 사내들이 넘어지고 엎어지면서 달려오고 있었다. 이제 준철에게 남은 총알은 열 발이 전부였다. 함부로 총을 쏠 수가 없었다. 새벽 4시가 넘으면서 아까보다는 조금은 사물을 느낄 수 있었다. 이때 반장처럼 보이는 사내가 사방을 휘익 들러보더니 목청껏 소리를 질렀다.

"반동분자에게 알린다. 만약 더 저항을 하면 네 심장에 총알이 박힐 것이다. 빨리 자수하면 목숨만은 살려줄 것이다. 더 이상의 자비는 없다."

이때 준철은 어둠속에 반사되는 그의 이빨을 목표물로 삼아서 방아쇠를 당겼다. 탕하는 소리와 함께 불과 3분 전까지만 해도 기세등등하게 말을 내뱉던 사내가 앞으로 고꾸라졌다. 준철은 다시 몸을 숨겼다. 그리고는 저 사내들의 동태를 살피고 있었다. 이때 대장이 총에 맞고 쓰러지자 놈들은 일제히 준철을 향해 총을 난사하였다.

그는 잽싸게 바위 뒤로 몸을 숨기고 안주머니에 있던 모든 서류들은 약간 파인 곳을 더듬어 찾아낸 다음 집어넣고 발로 흙을 긁어모아 묻었다. 만약 그가 죽더라도 강창옥과 니콜스를 보호하기 위한 최후의 배려였다. 이제는 저 놈들과 정면 승부를 하는 길 밖에는 뾰족한 수가 없었다. 이제 그의 권총에는 일곱 발의 총알이 장전되어 있었다. 그는 어둠속에 움직이는 물체들을 향해 다시 방아쇠를 당겼다. 총알이 빗나갔는지 여전히 놈들은 사방으로 총을 갈기고 있었다.

"저쪽이다. 저쪽!"

준철은 머릿속으로 총알을 하나하나 세면서 쏘고 있었다. 여기서 총알이 생명이었다.

"여섯 발, 여섯 발……."

이때 총알 한 알 한 알이 피와 같았다. 그 놈들이 우르르 준철이 있는 쪽으로 몰려오는 것이었다. 그는 다시 총을 빼들었다. 어둠속에 움직이는 물체를 향해서 총을 쏘았다. 그와 동시에 으으윽 하더니 한 놈이 쓰러져 데굴데굴 구르는 것이었다. 이제 남은 놈은 두 놈뿐이었다. 준철은 보위부에 있으면서 백두산 삼지연 밀림지대에서 여러 번 심야극기 훈련을 받은 적이 있었다. 오늘에서야 그동안 갈고 닦은 실력을 써먹게 된 것이었다.

이때 약간 날이 밝아지자 저들은 준철의 위치를 눈치 챈 것 같았다. 그는 다른 놈에 비해 머리가 돌아가는 것이었다. 두 놈은 바위를 방패삼아 앉더니 뭔가 속삭이는 것이었다. 잠시 후 하나는 위쪽으로, 다른 하나는 옆으로 가는 것이었다. 워낙 빠르게 움직이는 바람에 준철은 총을 빼들었다가 다시 내렸다. 위쪽으로 올라간 놈이 아래를 내려다 보면서 두리번거리고 있었다. 준철은 거머리처럼 납작하게 붙어 겨우 숨만 할딱거리고 있었다. 준철도 총을 들었다. 이제 더는 시간이 없었다. 날이 밝아오면 준철에게는 아주 불리하게 되었다.

준철은 권총을 두 손으로 잡고 그 놈을 향해 방아쇠에 힘을 주었다. 준철이 쏜 총알은 놈의 명치에 맞았다. 그 놈도 동시에 방아쇠를 당겼다. 그의 총알은 준철의 왼쪽 심장을 관통하였다.

그는 오른손에 권총을 쥐고서 뒤로 넘어져 데굴데굴 일곱 바퀴를 구르다 멈추었다. 그가 구른 자리에는 피로 점점이 이어져 있었다.

이렇게 준철의 자유 대한에서 살아 보겠다는 기대는 물거품이 되었다. 이때 그는 철원을 10킬로미터 남겨놓고 있었다.

서울 오류동 6006 미공군 첩보대.

나는 강창옥의 전문을 받고 김준철이 도착하기를 기다렸지만 두 달이 지나도록 아무런 기별이 없었다. 이렇게 되자 나는 준철이 38선 부근에서 지키던 내무서원들에게 발각되어 처형된 것으로 판단을 내릴 수밖에 없었다. 나의 판단이 정확했다는 것이 그로부터 석 달 반에 밝혀졌다. 중부전선에서 북진을 하던 정일용 대위가 산에서 준철이 묻었던 문서와 권총을 발견하여 나에게 보내왔다. 그 서류에는 강창옥의 자필로 적은 내 주소와 연락처가 또박또박 적혀 있었다.

김준철은 죽으면서까지 비밀문서를 인민군에게 넘어가지 않게 땅에 묻은 것으로 드러났다. 그 문서 뭉치에는 강창옥이 나에게 보낸 첩보들이 열두 장이 들어 있었고 권총에는 다 쏘지 못한 세 발의 실탄이 남아있었다. 그 문서와 권총에는 피가 엉겨있는 것으로 봐서 준철은 총격전에서 희생된 것이 틀림없었다.

나는 준철의 피가 엉겨있는 종이를 잘라서 한적한 곳에 묻고 비석을 세워주었다. 나는 그 비석에 다음과 같은 비문을 직접 써넣었다.

> 김준철. 평양 출생. 1952년 자유를 찾아 남하하다가 인민군에게 적발되어 휴전선 부근에서 사망하였다. 그는 강창옥이 보낸 북한의 군사 시설과 중요 시설물의 좌표를 표시한 지도를 땅에 묻고서 최후를 맞이하였다. 도널드 니콜스는 그의 유품들을 모아 여기에 고 김준철의 안식처를 마련한다.
>
> —1951년 10월.

나는 그의 무덤 앞에서 한참 동안 눈물을 흘렸다. 나의 휴민트 강창옥을 사랑했던 젊은이가 그 꿈을 이루지 못하고 38선 바로 앞에서 최후를 맞이하였다는 것이 믿어지지 않았다.

이때 뒤에서 나를 기다리고 있던 강창옥의 외사촌인 김기수 공작과장이 착 가라앉은 목소리로 말을 하였다.

"소령님, 이제 그만 내려가시죠. 그의 영혼은 충분히 위로를 받았습니다. 이런 비극은 김준철로 끝이었으면 좋겠습니다."

15. 해저통신선 탱고다운

10월 초, 인천상륙작전이 성공하면서 나는 부산 영도부대에서 다시 안국동 미 공군 첩보대로 돌아왔다. 막상 오류동으로 돌아와 보니 인민군은 일을 할 수 없을 정도로 첩보부대를 엉망으로 만들어 놓고 도주하였다. 그런데 이날 오후 중국 대륙공작조 요원이 나를 찾아왔다. 나에게는 이런 일이 수시로 일어나고 있어서 별 신경을 안 썼다. 다만, 누가 찾아오던지 워낙 의심이 많았던 나는 일단 콩으로 메주를 쑨 대도 믿지 않았다. 김일성은 내 목에 10만 불의 현상금을 걸어놓고 있었기 때문이었다. 나는 가끔 농담반 진담반 '내 목이 얼마짜리인 줄 아나? 10만 불이라고. 10만 불'이라고 말하였다. 그러면 내 요원들이 따라 웃었다.

이때 공작과장 김기수가 내 집무실로 들어왔다.

"그래? 저자는 어디서 왔다는 것인가?"

"소령님, 지금 찾아온 자가 건넨 메모입니다. 여기 보면 자기 이름이 진청룽이고 중화민국 첩보대 요원이라고 밝히고 있습니다."

이 말을 듣고 나는 양미간을 잔뜩 찌그리면서 김 과장을 올려다보았다. 이건 뭔가 흑막이 있지 않겠냐는 그런 표시였다. 나의 책상에는 그 당시 크게 인기를 끌고 있던 슈퍼맨, 원더우먼 같은 만화가 수북하게 쌓여 있었다. 나는 어려서부터 만화를 지독히도 좋아하였다. 아니 만화에 미쳤다고 해도 결코 틀린 말은 아니었다. 나는 전쟁터에서도 만화를 손에 놓지 않고 짬짬이 읽었다. 어디서든 만화를 읽으면 스트레스가 사라지는 것이었다.

"그자는 소령님에게 직접 전하겠다면서 꼭 만나게 해달라는 말만 거듭하고 있습니다. 어떨까요?"

"그래……. 나를 꼭 만나겠다는 건가?"

"예, 그렇습니다. 다른 말은 일체 안합니다."

이때 나는 김 과장의 귀를 내게 대라고 손짓하였다. 그러자 김 과장은 자기 왼쪽 귀를 나의 입에 바짝 붙였다. 나는 겨우 들릴까 말까한 목소리로 말하였다.

"일단 저자에게 뭔가 트집을 하나 걸어 영창에 집어넣으라고. 알았지?"

"예, 그렇게 하겠습니다. 뭐 이중첩자로 몰아서 하룻밤 영창에서 재우겠습니다."

"그럼, 바로 그거야. 여기 위치를 알고 찾아온 놈은 두더지로 몰아도 아무 탈이 없다. 요즘 이중간첩 두더지가 극성을 부리고 있으니까 몸수색을 잘 하라고."

나는 6006 첩보부대를 찾는 사람은 일단 두더지로 보는 것이 습관처럼 굳어져 있었다. 이렇게 해서 김일성이 나의 목을 따려고 내려 보낸 청부살인조를 체포한 적이 있었다. 그 날 이후 이들의 행방을 아는 사람은 아무도 없었다. 그들은 영창에 있다가 밤 9시가 넘어서 쥐도 새도 모르게 어디론가 사라져 버렸다. 문득 어제 나를 찾아왔던 대륙공작조 요원이 생각나는 것이었다. 나는 인터폰으로 공작과장을 호출하였다.

나의 한국말 실력은 미국인인가 의심이 들 정도로 유창하게 구사할 수 있게 되었다.

"김 과장, 나 좀 보자고. 빨리 오라고……."

내 말이 끝나기 무섭게 김 과장은 달려와 내 앞에 부동자세로 섰다.

"어제 대륙공작조 그 친구 더 알아보았나?"

"그렇잖아도 지금 막 메모를 하겠다고 해서 연필과 종이를 넣어주었습니다."

"그 친구 식사는 어떻게 해주었나?"

"우리 취사병에게 부탁해서 양을 넉넉하게 줬더니 하나도 안남기고 싹싹 핥았습니다."

나는 그가 건네주는 대륙공작조원의 문서를 받았다.

"여기 그 자가 작성한 문건이 있습니다. 간단한 것이어서 제가 번역했습니다. 읽어보시죠."

나는 그가 주는 문서를 읽으면서 뭔가 판단이 잘못되었다는 것을 인식하게 되었다. 나는 입을 앙다물고 밖을 쳐다보았다.

"아 그랬구나. 이건 내가 실수한 거야. 사람을 몰라 본 거야. 빨리 그 자를 데리고 와요."

"소령님, 바로 장제스의 친필 서신입니다."

그는 장제스 총통의 친필 서신이라는 것을 사전에 입도 뻥긋 하지 않았다. 그 내용은 다음과 같았다.

니콜스 소령 귀하. 김일성의 침략 전쟁에서 자유민주주의 대한민국을 수호하느라 고생하는 귀관의 공작에 도움을 주려고 극비리에 서신을 보냅니다. 지금 중공 마오쩌둥과 인민지원군 사령관 펑더화이는 감청을 염려하여 유선으로 교신하고 있습니다. 40여 년 전 영국은 조선의 금광에서 금을 채굴하고 본토와 연락하려고 안주 해변에서 센양으로 연결되는 해저통신선을 설치하였습니다. 지금 마오쩌둥 군대가 압록강 변에서 북한으로 들어갈 날만을 기다리고 있습니다. 귀관께서 마오쩌둥과 연결되는 통신선만 절단하면 소통이 두절되어 중공군의 참전에 상당한 차질이 생길 것입니다. 부디 성공하기를 기원합니다.

-중화민국 총통 장제스.

나는 장제스 총통의 친필서신을 읽고 나서 나도 모르게 무릎을 쳤다. 이제야 중공군과 본토 사이의 교신을 감청할 수 없는 원인이 밝혀진 것이다. 이것을 알게 된 이상 시간을 조금이라도 지체할 필요가 없었다. 우선 해저통신선 좌표는 장제스의 첩보로 파악이 되었다. 이제 실행에 옮기는 일만이 남았다. 이것이 인민해방군의 참전을 지연시킬 수 있는 유일한 길이었다. 나는 이때부터 해저통신선을 끊어버리는 작전을 짜고 있었다. 김일성은 이것으로 마오쩌둥의 지시를 받고 있었다. 이때 중공의 통신망은 아주 열악하였다.

나는 어느 정도 작전이 마무리되었을 때 출동하였다. 시간이 그리 많지 않았기 때문이었다.

나와 평양 출신 4인방으로 짜인 첩보부대는 대성호에서 날이 어둡기만을 기다렸다. 밤 8시가 되자 동남쪽 하늘에 손톱보다 약간 큰 달이 보였다. 음력으로 여드레 되는 날이었다. 동주는 손재주 하나는 좋아서 못하는 게 거의 없었다. 취사병은 교동도 부대에서 준비해온 음식들을 적당히 조리를 해서 저녁식사를 마련하였다. 작전 지원팀은 모두 8명으로 자기들끼리 따로 식사를 하였다.

날이 어두워지면서 바닷물은 서서히 빠지고 있었다. 다음 밀물은 12시간 있어야 일어나니까 이 작업은 늦어도 6시간 안에 마쳐야 했다. 이때 저 멀리 어둠속에 검은 물체가 가물가물 보였다. 나는 시계를 보면서 작전 지시를 내렸다.

"작전명령에 따라 각자 정해진 자리에 가서 대기하기 바란다."

이동주는 배에 있던 사다리 발판을 들어서 갯벌에 내렸다. 그 다음에 육중한 쇠바퀴를 네 명이 단단히 붙잡고 천천히 아래로 굴렸다. 갯벌에 내려가자 무릎까지 바닷물이 올라왔다. 김상호는 어깨에 카빈총을 메고 트럭을 향해 달려갔다. 트럭이 해변으로 다가오자 셋은 쇠바퀴를 뒤에 연결시켰다. 대합조개를 잡듯이 쇠바퀴 뒤에 세 사람이 올라탔다. 그 모습이 로마 시대에 경주하는 병사처럼 보였다. 쇠바퀴는 대략 80센티미터쯤 땅속으로 들어갔다. 나는 작전용 지도를 보면서 지시를 하고 있었다.

"지도상에는 통신선이 이곳을 지나는 것으로 되어있으니까 트럭을 거기까지 멀리 몰고 갈 필요는 없다. 이동거리를 절반으로 줄여도 된다. 그건 시간 낭비다."

"예, 그렇게 하겠습니다."

김상호는 내가 가리키는 지점부터 집중적으로 수색하기 시작하였다. 열 번 넘게 70미터 거리를 왕복했지만 해저통신선은커녕 흔한 밧줄 하나 걸리지 않았다. 이러자 다른 대원들의 입에서 한숨이 새어 나왔다. 김상호가 하는 모습이 답답했던지 동주가 직접 운전대를 잡았다. 이번에는 상호까지 쇠바퀴 뒤에 올라탔다. 무게에 눌린 쇠바퀴는 거의 일 미터 가까이 땅속으로 박혔다. 동우는 2단 기어를 넣더니 천천히 움직이기 시작하였다. 엔진은 죽겠다는 듯이 왱왱 거리고 있었다. 어차피 버리고 갈 것이니까 최대한 엔진 출력을 높였다. 대략 30미터쯤 달렸을 때 쇠바퀴에 덜커덕 하면서 뭔가 걸렸는지 꼼짝달싹 하지 않았다. 해변에서 삽을 들고 뭔가 걸리기만을 눈 빠지게 기다리던 지원팀이 우르르 달려들었다. 동우는 트럭 운전대를 김상호에게 맡기고 다시 내렸다.

"야, 드디어 걸렸다. 운전석에서 느낀 감으로 보면 통신선이 틀림없다. 우선 갯벌을 좀 걷어내고 트럭으로 끌어라."

9시가 넘어가자 손톱만한 초승달마저 저버리자 주위는 어둠에 잠겨

오직 감에 따라 움직일 수밖에 없었다. 하지만 워낙 야전에 익숙한 요원들이어서 일사분란하게 일을 처리하였다. 김상호는 2단 기어를 넣고 다시 트럭을 서서히 움직였다. 갯벌을 걷어내서 그런지 트럭이 움직이자 직경이 10센티미터 정도 되는 시커먼 물체가 쇠바퀴에 걸려 올라왔다. 이때 평양체신학교 출신인 김상호가 감식에 들어갔다. 그는 플래시를 켜고 통신선을 눈에 가까이 대고 겉부터 자세히 살피는 것이었다. 그는 적들이 불빛을 보고 사격을 할 것 같아서 바로 껐다.

"소령님, 이건 통신선이 맞습니다. 이 통신선의 생산자는 미국의 제너럴 일렉트릭 사입니다. 현재 해저통신선은 GE만이 생산할 수 있습니다. 소령님, 통신선은 일반 전선과는 크게 다릅니다. 이 통신선은 납으로 된 관이 감싸고 있고 그 가운데 구리선이 있습니다. 겉은 타르로 덮여 있어 바다에서 전체가 보호됩니다. 그래서 바다 속에서도 수백 년 동안 견딜 수 있습니다. 이 통신선은 절단되면 특수기술자 없이는 보수가 불가능합니다. 이 통신선이 끊어지면 마오쩌둥과 김일성의 소통이 차단됩니다."

"아하, 잘 알았어요. 그러면 빨리 이 통신선을 절단하고 여기에서 탈출합시다. 저놈들의 감시망에 걸리는 날이면 공격을 받을 수도 있으니까 말이요."

김상호는 통신선 절단조인 이동주와 상의를 하고 있었다. 동주는 약방의 감초처럼 안 끼는 데가 없었다.

"얼마쯤 절단하는 게 좋을까?"

"북구를 어렵게 해야 하니까 가능한 길게 절단하는 것이 좋을 거야. 한 10미터쯤 자르면 되지 않겠어?"

"아니, 장난하는 건가? 30미터쯤 절단해야 복구가 어렵다고. 이건 영국의 기술자들이 아니면 손도 못 대는데 지금 영국은 물론 호주와 캐나다, 뉴질랜드 등 영연방 국가들이 참전하고 있는데 이걸 복구해주겠어."

이때 동우가 이 일과는 전혀 관련이 없는 말을 하였다.

"그런데 왜 영국하고 호주, 캐나다, 뉴질랜드 애들은 그렇게 뭉쳐 다니는 거야?"

"아니, 그것도 모르나? 걔들은 영국 여왕의 부하들이잖아."

영국군이 움직이면 그 뒤에 호주, 캐나다, 뉴질랜드 군인들이 졸졸졸 따라붙는 이유를 알게 되었다. 우리들은 이들 3개국 군인들을 안작이라고 불렀다.

이때 시간이 곧 목숨인데 시답잖은 얘기를 주고받는 것이 못마땅하여 소리를 질렀다.

"아니, 적들이 언제 몰려올지 모르는데 농담을 할 건가? 빨리 절단하라고······."

"알겠습니다. 한 30미터쯤 절단하겠습니다."

이 얘기를 옆에서 듣고 있던 동주는 상호가 가리키는 곳에 절단기를 물렸다. 그리고는 나를 빤히 쳐다보는 것이었다. 나는 어둠속에서 조용히 명령을 내렸다.

"좋아."

"그럼 절단하겠습니다."

"하나, 둘, 셋."

"오케이. 컷!"

내 명령이 떨어지자 동주는 절단기에 힘을 세게 주었다. 통신선절단기를 돌리면서 힘을 주자 "툭"하는 소리가 나면서 첨벙하면서 갯벌로 떨어졌다. 통신선은 마치 두 동강이 난 뱀처럼 파도에 밀려 꿈틀거렸다. 어둠속에 일어나는 일이었지만 대낮에 보는 것처럼 상상이 되었다. 이때 요원들은 일시에 만세를 부르면서 기뻐하였다.

"만세, 야, 우리가 해냈다. 브라보······."

그들은 바닷가 쪽으로 30여 미터를 더 내려갔다. 트럭이 잘린 통신선을 끌고 전진하자 잘린 통신선이 주르륵 딸려 나왔다. 그런 다음에 통신선을 스무 토막으로 잘라 대성호 갑판으로 끌어올렸다. 이 시간 이후 청천강 하류의 정주 앞 바다에 대기 중인 인민지원군은 본토와 모든 교신이 마비되었다. 나는 요원들에게 이날 작전의 성공을 축하하고 격려하였다.

"그래, 모두 고생 많이 하였다. 이건 한 사람의 노력으로 된 것이 아니다. 장제스의 대륙 공작조가 위치를 알려주지 않으면 도저히 불가능한 일이다. 또 이것을 찾아내는 데 좋은 아이디어를 내준 동주가 아니었으면 역시 불가능하였다. 나는 위기에 빠진 한국을 돕다가 미국으로 돌아가면 그만이지만 한국은 여러분과 후손들이 대대로 살아야할 조국이다."

김상호와 이동주는 트럭을 몰고 가서 엔진의 부품을 제거하고 기름을 빼낸 다음에 타이어를 칼로 찢어서 주저앉혀 버렸다. 인민군이나 중공군이 이 트럭을 쓰지 못하게 만들어 버렸다. 그 다음에 트럭을 냇가로 밀어 넣었다. 다음날 미군 B-29전투기가 이 트럭에 폭탄을 퍼부어 박살을 내었다. 이것은 인민군이 이 트럭을 이용하지 못하게 하려는 조치였다.

벌써 시간은 자정을 넘어가고 있었다. 김상호와 이동주는 동남쪽으로 방향을 틀었다. 그들의 눈에는 눈물이 그렁그렁 맺혀 있었다. 고향이 지척인데 갈 수 없다는 것이 서러웠다.

공작과장 김기수는 신안주 바닷가에서 평양 쪽을 바라보면서 동평양 여관을 운영하셨던 어머니 안부가 궁금하였다. 김일성은 남한보다 먼저 토지를 무상으로 분배하여 민심을 자기편으로 돌렸다가 모두 몰수하였다. 이건 파렴치한 사기극이었다. 아마 김일성은 그 여관을 틀림없이 빼앗아 갔을 것 같았다. 지금 당장이라도 달려가서 어머니 품에 안겨 실컷 울고 싶었다.

"오마니, 부디 건강하게 살아계시라요. 꼭 모시러 오갔습네다."

"너희들이 고향을 그리워하는 심정, 다 이해한다. 지금 유엔군이 원산으로 진격하고 있으니까 고향을 찾을 날이 곧 올 것이다. 아쉽지만 여기서 작별을 하고 돌아가야 한다. 밀물이 들어오고 있으니까 모두 배에 오르기 바란다."

"충성, 감사합니다. 소령님……."

"탱고다운, 탱고다운!"

이렇게 해서 우리의 작전은 끝이 났다. 다행히 한 명의 낙오도 없이 대성과를 올렸다. 네 사람 모두들 이런 막중한 임무를 맡겨준 나한테 절도 있게 경례를 올렸다. 해저통신선 절단조가 아무런 제지도 받지 않고 임무를 완성한 것은 거의 기적에 가까운 일이었다. 새벽 3시가 되자 배가 물결에 약간 움직이는 것 같았다. 그래도 아직은 자력으로 움직일 수 있을 정도로 물이 차지 않았다. 기관장은 언제 준비했는지 미제 소시지에 스팸을 넣어 끓인 찌개에다 쌀밥을 내놓았다. 전시에 이것은 황제의 성찬이었다. 전쟁 통에 논밭을 돌보는 이가 없으니 온통 잡초로 뒤덮여 있어 어디가 논인지 어디가 밭인지 알 수가 없었다. 물가는 폭등하고 그나마 생필품은 돈 주고도 구할 수가 없었다. 가끔 미군부대에서 흘러나온 것들은 비싼 값에 팔려나갔다. 이런 것들은 서민들에게는 그림의 떡이었다.

새벽 4시가 지나자 배가 움직일 수 있게 되었다. 기관장은 갑판으로 올라오더니 이제는 먼 바다로 나가겠다고 고지하였다.

나는 무사히 임무를 마치고 그날 오전 10시 경 교동도 인사리 부대막사에 도착하였다. 사흘을 배에서 보내면서 위험한 임무를 마치고 나니 온몸은 몽둥이찜질을 당한 것처럼 욱신거렸다.

이날 오전 항미원조 전쟁에 참전을 앞두고 있는 인민지원군 사령관 펑더화이는 전혀 예상할 수 없었던 비보를 받았다. 통신대위 진전쓰가 펑더화이 사령관이 있는 지휘본부로 허겁지겁 찾아왔다.

"사령관님, 본국과 연결된 통신이 먹통이 되었습니다."

"뭐라고? 통신이 마비되었다고?"

"언제부터 그렇게 되었나?"

"어제까지 잘 되었는데 아침에 교신을 해보니 불통입니다."

"그러면 복구는 안 되나?"

"이 통신선이 영국 놈들이 깔은 것이라서 우리는 복구 기술이 없습니다. 설사 기술이 있어도 복구장비가 없고 영국이 남조선에 군인들을 파견하고 있는데 그것을 해줄 리도 만무합니다."

신장이 유난히 작은 펑더화이 사령관은 아무 말도 안하고 고개를 책상에 묻고 있었다. 진전쓰는 눈을 감고 그 자리에 얼어붙은 사람처럼 서 있었다. 더는 할 말이 없었다. 그때 펑 사령관은 고개를 들더니 질문을 하였다.

"진 대위, 그러면 어떻게 하면 이 난국을 돌파할 수 있겠는지 대안을 찾아보라고……."

"대안은 하나뿐입니다. 무전기로 교신하는 길 밖에는 다른 방안이 없습니다. 무전기가 가장 빠릅니다. 사령관님……."

"그러면 본국에 무전기를 보급해달라고 요청하라고……."

"사령관님, 여기서 무전기를 보급하는 데까지 2주 이상 걸리니까 전투 개시일을 늦춰야 합니다."

"얼마나 더 늦추면 되겠나?"

"11월 5일에서 19일로 연기하는 게 좋습니다."

그날 이 비보가 강계의 임시수도에 머물면서 전투를 지휘하고 있는 김일성에게 전달되었다. 이런 비보를 듣자 김일성은 비상회의를 소집하였다. 영문도 모르고 갑자기 불려온 각료들은 아무 말도 못하고 꿀 먹은 벙어리마냥 멀뚱멀뚱 앉아만 있었다. 김일성의 표정을 보니 보통 일이 아닌 것은 분명해 보였다. 경호대장 오진후가 입을 열었다.

"수상 동지, 어칸 일이 일어났수다래?"

"자네 좀 가만 있으라우. 지금 내 속이 부글부글 끓고 있는 게 안보이나."

"옛."

김일성은 얼굴을 들어 올려 사방을 둘러보았다. 그 얼굴은 누군지 모를 사람을 향한 분노로 일그러져 있었다. 이런 모습을 한두 번 본 것이 아니어서 각료들에게는 만성이 되어 있었다.

"남조선 쓰레기 같은 놈들이 중국과 교신하는 통신선을 절단하였다는 것이다. 오늘 아침부터 중국 본토와 교신이 완전히 먹통이 되었다는 기야. 지금 남조선 군인 아새끼들이 평양을 지나서 압록강으로 올라오고 있다는데 속수무책이다."

"그걸 어떻게 알고 절단했을까요?"

이 말에 짜증이 난 김일성은 인민무력부장 김일철을 빤히 쳐다보더니 한 마디 내뱉었다.

"이건 미국 놈들의 소행이 분명하다. 통신선이 바다 밑으로 지나가는 것은 영국 놈들만 알고 있다. 지금부터 통신선을 절단한 놈을 찾아내 목을 갖고 오면 삼 대를 편히 먹고 살게 보장한다. 알갔나?"

"수상 동지, 통신선을 절단한 놈을 반드시 찾아내서 처단하겠습니다."

인민무력부장 김일철은 일단 김일성의 분노를 누그러뜨려 보려고 일부러 강하게 나왔다.

"오늘부터 그 사건의 전말을 조사하기 바란다. 이건 미 제국주의자들이 남조선 반역자들을 동원하여 민족해방전쟁을 훼방하려고 벌인 중대 범죄이다. 이 사건을 저지른 놈은 민족의 반역자이며 조국해방을 방해하는 주도 세력이다. 또 중국 인민은 지원군을 보내어 우리를 피로써 도와주려고 하는데 이걸 방해하려는 것은 대역무도한 짓거리다. 그놈을 찾아내어 대역죄로 다스려야 한다."

이때 펑더화이 사령관은 해저통신선이 절단된 사건의 시말을 보고 받

고서 깊은 충격에 빠졌다. 이제부터 무선통신으로 하게 되면 적에게 도
청이나 감청을 당할 우려가 있었다. 적군이 해변을 통해 바다로 들어간
통신선을 정확하게 잡아냈다는 것은 내부제보가 없이는 거의 불가능한
일이었다. 이것은 말만 듣고서는 도저히 찾아낼 수 없었다. 해저통신선
위치도가 미군에게 넘어가지 않고서는 불가능한 일이었다. 머리 회전
이 빠른 그는 일단 장제스의 대륙 공작조가 중국 공산당에 침투해 있다
는 것으로 확신하였다. 다른 한편으로는 영국군이 이 사실을 제보할 수
도 있다고 믿었다. 하지만 영국 상사가 30년 전에 철수했기 때문에 여
기에 해저통신선이 있다는 사실을 알 수 없었다. 일본군이 이용하기는
했지만 조선이 해방되면서 중국의 지원으로 복구하여 살려낸 것이었
다. 그래서 펑 사령관은 전자에 무게를 더 싣고 있었다. 그는 얼굴을 일
그러뜨리면서 독설을 뿜어댔다.

"장제스, 네 이놈……. 기어이 네 목을 따고야 말겠다."

며칠 후 중공군과 북한이 해저통신선이 절단된 현장에 나가 공동으로
조사한 결과 30여 미터가 잘려나갔으며 당장은 복구가 불가능하다는
쪽으로 결론이 났다. 그 옆에는 미군의 지엠시 트럭 잔해가 흩어져 있는
것으로 밝혀져 미군의 소행으로 결론이 났다. 이렇게 되자 중공군은 무
전기를 동원하느라고 발등에 불똥이 떨어졌다. 짧은 기간에 무전기를
쓰는 문제도 있고 적에게 도청이 되는 것을 막아야 하는 또 다른 문제가
있었다. 두 나라 사이에 통신이 끊기자 참전은 일시 멈추게 되었다. 이
러는 사이에 유엔군은 거침없이 압록강을 향해 진군하고 있었다. 김일
성은 유엔군이 동으로는 흥남을 통과하고, 서로는 안변을 코앞에 두고
있다는 보고를 받고 만포진에서 압록강을 건너 푸송으로 몸을 피하였
다. 이것은 내 첩보대가 중공과 북한의 교신을 마비시킨 결과였다.

만주에서 김일성은 참모들을 모아놓고 일장 연설을 하였다.

"나는 조국 해방을 위해 몸을 던진 사람이다. 내가 몸을 보전하지 않

으면 누가 이 대업을 완수하겠는가. 비록 만주로 몸을 피하기는 했지만 적군이 두려워서가 아니라 미군에 하수인이 된 남조선을 해방시킬 사람은 나밖에 없기 때문이다. 앞으로 어떤 일이 있어도 내가 만주로 왔다는 것을 발설하지 마라. 이를 발설하면 조국 해방의 훼방꾼으로 알고 단죄하겠다. 알갔나?"

"옛."

모두들 김일성의 난폭하고 잔인한 성격을 잘 알고 있어 언제 어떤 일을 당할지 몰라 전전긍긍하고 있었다.

서울 안국동 니콜스 6006 첩보대.

북한과 중국의 유일한 통신선을 절단하여 중공군의 항미원조 전쟁에 막대한 지장을 초래하게 만든 6006부대는 도쿄의 유엔사령부로 이 사실을 보고하였다. 이 보고를 받고서 맥아더 사령관은 나에게 직접 전화를 걸어 노고를 치하하였다.

"난 맥아더 사령관이오. 그쪽은 니콜스 소령이 아니오?"

상대방의 신원을 알고 나니까 가슴이 떨렸다. 누가 뭐라던 여기는 군대였다.

"예, 맞습니다. 전 니콜스 소령입니다."

"아 그렇군. 이번 통신선 절단 사건은 내 50년 군 생활에서 가장 훌륭한 첩보전의 승리입니다. 작은 성공으로 더 큰 승리를 얻을 수 있는 거요."

"예, 사령관님. 군인으로서 당연히 할 일을 했을 뿐입니다."

"정말 니콜스 소령이 내 부하라는 사실이 자랑스럽습니다. 건승하세요."

"충성, 감사합니다."

맥아더 사령관의 격려를 직접 받고나니까 어깨에서 힘이 절로 솟는 것이었다.

이때 전쟁은 유엔군의 일방적인 승리로 끝나는 게 아닌가 할 정도로 승승장구 잘 나아가고 있었다. 장제스는 인민지원군의 통신선을 절단하는데 성공하였다는 소식을 듣고 한층 고무되었다. 그는 모사꾼 니콜스가 있어서 가능한 일이었다고 생각했다. 닷새가 지나자 인민지원군은 본토와 무전으로 교신하는 게 포착되었다. 나는 장제스가 보내준 대륙 공작조와 합동으로 감청팀을 구성하여 중공의 인민지원군의 무전을 도청하기 시작하였다. 중공군은 모든 무전에 암호를 걸었으며 일부는 음어로 교신하였다. 하지만 통신선이 절단되자 긴급히 투입된 무전병들은 우왕좌왕하였다. 이때 인민지원군들은 대부분의 무전통신을 난수로 암호처리하고 있었다. 나는 난수를 푸는 방법을 스스로 터득하였다. 난수는 일정한 규칙은 없지만 오랫동안 난수를 생성하다보면 규칙이 아닌 규칙이 만들어진다는 것을 경험을 통해 알게 되었다. 난수표의 원조는 러시아였다. 1차 세계대전 당시 러시아 군대는 보안을 유지하려고 숫자 암호로 바꾼 것이 난수의 시초였다.

이때 한국에서 도청기술이나 암호 해독기술은 나 말고는 누구도 갖고 있지 않았다. 이런 첩보를 상부로 올리면 각자가 자기가 한 것처럼 그럴듯하게 포장하여 돌리는 것이었다. 그런데 첩보가 몇 바퀴 돌다가 급기야는 다시 적에게 들어가는 일까지 벌어졌다. 또 공명심에 눈 먼 기관에서는 내가 도청하여 작성한 첩보를 글자 한 자 안 바꾸고 이름만 바꿔 자기 공로로 윤색하여 훈장을 받는 사례도 빈번하게 있었다. 이것은 훈장 도둑질이었다. 나는 이런 비리를 알면서도 선행을 하였다고 스스로를 위로하는 선에서 눈감아주었다.

나는 도청을 통해 압록강을 건너 대기 중인 인민지원군의 숫자를 정확하게 파악하여 맥아더 사령관에게 급히 보고하였다.

인민지원군 30만 명, 북한 함경북도 및 평안북도 산악지대에 대기 중임. 장전호에는 팔로군 출신의 경험 많은 중공군들이 매복하고 있어 유엔군의 진입에 주의할 필요가 있음. 이 지역은 겨울에는 영하 30도까지 떨어지기 때문에 작전에 깊은 사려가 필요함.

-6006부대 도널드 니콜스.

맥아더 사령관은 미국이 낳은 걸출한 군인이었다. 전쟁터에서 평생을 보낸 탓에 독선적인 성격을 갖게 되었지만 한국전쟁 당시에 일흔 살의 노회한 지휘관이었다. 이미 모든 게 고착이 되어버려 남의 충고나 고언을 받아들이기에는 자기만의 보호막을 두껍게 치고 있었다. 이러자 트루먼은 맥아더에 대한 초강수를 쓸 준비를 하고 있었다. 워싱턴 정가에서는 맥아더 후임자를 찾고 있다는 첩보가 돌고 있었다. 트루먼은 대통령이 된지 칠 년이 지나서야 맥아더의 얼굴을 보았다. 일본에 원자폭탄을 투하할 때도 맥아더란 이름만 보고 지시를 내렸을 정도였다. 이렇게 두 사람 사이에는 사사건건 갈등이 커지고 있었다. 트루먼과 맥아더는 중공의 인민지원군의 숫자를 과소평가하는 것과 만주에 원자폭탄을 투하하여 중공과 북조선의 항복을 받아내어 공산주의를 제거한다는 전략에서 현격한 차이를 보이고 있었다.

이 시가에 인민지원군은 무전으로 교신을 하면서 참전 시기를 저울질 하고 있었다. 팔로군 장교로 장제스의 국민군을 무찌른 경험이 풍부한 펑더화이는 트루먼과 맥아더의 갈등을 보면서 진격하기로 하였다. 그 시기는 사단장들만이 알고 있었다. 하지만 이건 펑 사령관의 착각이었다. 나는 감청부대의 암호해독으로 인민지원군의 작전 개시까지 정확하게 알 수 있었다. 이것 역시 도쿄 극동사령부에 보고했지만 맥아더는 한국의 전선에 얼굴 제대로 한번 안비치고 도쿄에서 머물렀다. 이것이 나의 큰 불만이었다. 동서로 흥남과 평양을 돌파한 유엔군은 생사를 가를 수 있는 중대 기로에 서있다. 그런데도 사령관이 전선을 한 번도 찾지 않고 있었다.

벌써 혹독한 추위가 기다리는 계절로 접어들었다. 산악지대에 은신하고 있는 인민지원군은 엄동설한에 대비하여 누비옷으로 든든하게 차려입고 미군이 자기들의 영역으로 들어오길 기다리고 있었다. 이것은 사자가 숨어서 먹잇감을 기다리는 것 그대로였다.

16. 김일성 생포 작전

나는 부산까지 내려가서 영도부대를 만들었다. 피란지에서 만든 첩보부대는 어설펐지만 그런대로 첩보작전을 수행할 수 있었다. 언제까지 여기서 있어야 할지 알 수 없었다. 낯선 곳에서 첩보작전을 하려니 눈코 뜰 새 없이 바쁘기만 하였다.

이때 극동사령부에서 김일성을 생포하라는 지령이 내려왔다. 만약 사정이 여의치 않으면 그를 사살해도 좋다는 단서가 붙어 있었다.

김일성은 인천상륙작전이 성공해서 퇴로가 막혔다는 통보를 받자 기가한풀 꺾였다. 이때 그는 수안보에 머물면서 전투를 지휘하고 있었다. 처음에 그는 낙동강 방어선만 돌파하면 부산까지 나흘이면 진입할 수 있을 것 같았다. 김일성은 이때 포항 장사리에서 국군과 미군이 연합작전으로 상륙작전을 시작했다는 비보를 받았다. 만약 장사리가 뚫리면 자기는 퇴로를 잃고 죽거나 사로잡히는 신세가 될 것 같았다. 유엔군은 인천상륙작전의 시선을 돌리려고 양동작전을 쓰고 있었다. 하지만 장사상륙작전에 투입할 전투요원을 확보할 수가 없었다. 이런 딱한 사정이 알려지자 그 지역 중고등 학생들까지 나섰다. 모두 모으니 770명이나 되었다. 단, 이들은 2주의 군사훈련을 마치고 바로 전투에 투입되었다. 어떤 학도병은 M1 소총이 땅바닥에 질질 끌릴 정도로 키가 작았다. 이들은 9월 초, 인민군과 처음으로 전투를 벌였다. 이때 장사전투에서 학도병들은 대부분이 희생되었지만 인천상륙작전에 투입될 인민군의 병력을 분산시켜주는 공을 세웠다. 만약 장사전투가 없었더라면 그만큼 인천상륙작전은 힘이 더 들었을 것이다.

양동작전이란 적으로 하여금 아군의 작전기도를 오인케 하거나 판단을 흐리게 하려고, 또는 아군이 결정적인 작전을 기도하고 있는 지역으로부터 적의 관심과 행동을 다른 곳으로 돌리려고 수행하는 기만적 전술이었다.

낙동강 방어선에 미제 M-46 패튼 전차가 투입되고 소련제 T-34전차가 미 전투기의 네이팜탄에 속절없이 무너지면서 인민군의 전력은 형편없이 약화되었다. 더욱이 북한에서 병참보급기지가 멀어지면서 인민군의 사기도 덩달아서 땅에 떨어졌다. 거기다 엎친 데 덮친 격으로 소련에서 보급 받은 무전기는 툭하면 말썽을 부려 평양과 교신이 수시로 두절되었다. 수안보에 머물고 있던 김일성은 낙동강 변에 있던 김무정 대좌를 호출했다.

"지금 미제 악질분자 맥아더가 인천에서 강릉을 잇는 선을 차단했다는데 어카면 쓰겠나?"

"수령님, 너무 떨지 마시라우요. 그러니까 저도 덩달아 떨리지 안캈시오?"

"대좌, 지금 나하고 언어유희를 하자는 건가?"

"예예……. 그건 아닙네다. 수령님은 특수부대의 엄호를 받으시면서 평양으로 안전하게 돌아가실 수 있게 조치하갔시오."

"야아……. 말만 떠벌리지 말고 어캐면 빠져나갈 수 있을까 궁리나 딱

부러지게 하라우."

처음부터 김일성은 적진으로 너무 깊숙이 침투하면 독안에 든 쥐 꼴이 될 것이란 지적이 있었다. 9월 18일, 장사전투가 끝나던 날 김일성은 스탈린한테 받은 리무진에 시동을 걸었다.

그와 비슷한 시각, 오류동 미 공군 첩보대에서 나는 윌리스 지프에 몸을 실었다. 내가 차에 오르자 윌리스 지프가 왼쪽으로 기울면서 흔들거렸다. 나는 운전병에게 무뚝뚝하게 명령하였다.

"원남동으로 가자."

윌리스 지프는 영등포를 지나 국군과 미군이 설치한 임시교로 한강을 건넜다. 시내 곳곳에서 시신을 끌어안고 통곡하는 여인들이 보였다. 인민군들은 북으로 철수하면서 수만 명의 지식인들을 학살하고 필요하다고 판단되는 사람들은 북으로 납치하였다. 내가 탄 윌리스 지프는 원남동 미 공군 심문학교 앞에 멈추었다. 거기에는 워커 장군의 부관 스미스 대령이 나를 기다리고 있었다. 내가 들어가자 그는 꼿꼿한 자세로 커피를 마시고 있었다. 나는 대령이 무엇을 하던 그냥 집무실로 들어갔다. 그랬더니 대령이 일어서서 따라 들어왔다.

"니콜스 씨, 난 워커 대장의 부관 스미스 대령입니다. 잠깐 전달할 게 있습니다."

"그렇습니까?"

"미리 연락을 못해 미안합니다. 전시라서 그러니까 이해하십시오."

"별 말씀을요. 괜찮아요. 얘기하시죠."

"여기 워커 장군의 친서를 갖고 왔습니다."

워커 대장의 부관 스미스 대령은 친서를 나에게 건네주었다. 나는 그가 건네준 봉투를 열어 친서를 찬찬히 읽어 내려갔다.

친애하는 니콜스 소령 귀하. 지금 전선은 우리 아군에게 유리한 형국

입니다. 북한의 김일성은 이제 퇴로가 막혀 당황하고 있습니다. 귀 부
대의 첩보에 의지하여 김일성을 생포하고자 합니다. 본관은 오늘 이
후 귀관과 김일성 첩보를 공유하겠습니다. 김일성을 생포할 수 있도
록 협조하여 주시기 바랍니다.

―대장 워커.

이걸 다 읽고 보니까 조금은 걱정이 되었다. 아무리 다급해도 김일성은
미군이 어디 있는지 훤히 알고 있으니까 미군을 피해서 도주하고 있었다.
　"스미스 대령, 잘 읽었습니다. 또 대장의 제안을 수락합니다. 시간이
없으니까 내일 실무협의를 하면 좋겠는데요."
　"장소와 시간은 어떻게 잡을까요?"
　"장소는 도청의 우려가 있으니 이곳으로 하고 시간은 오전 10시가 좋
습니다."
　"그러시죠. 바로 준비하겠습니다."
　다음날 김일성을 생포하는 전략수립 참모회의가 원남동 심문학교에
서 열렸다.
　그 시간 김일성 일행은 수안보에서 안전한 북상 루트를 찾고 있었다.
이날 우리는 김일성의 북상 루트를 세 갈래로 압축하였다. 첫째는 일번
국도를 타고 계속 나가는 것이었다. 둘째는 수안보에서 양평으로 빠져
금화로 해서 북으로 들어가는 코스였다. 나머지는 서해안을 거쳐 연백
으로 접근하는 루트였다. 나는 이들 두 개 루트를 부대별로 배정해주었
다. 내가 갖고 있는 비밀노트에 따르면 김일성은 배를 타는 것도, 물을
가까이 하는 것도 다 싫어했다. 이래서 두 개의 육상 루트가 유력하다는
결론에 이르게 되었다.
　어쨌든 나는 유엔군 전투부대가 김일성을 생포하겠다는데 그것을 마
다할 이유가 없었다.

나는 그 시간부터 김일성의 이동로를 뒤쫓았다. 두 시간 후 휴민트가 김일성의 위치를 처음으로 알려왔다. 김일성은 수안보에서 바로 북으로 도망치기 시작하였다. 소련제 군용 트럭을 타고 북으로 가는 김일성은 울고 싶었다. 한시도 지체할 시간이 없었다. 도주하는 내내 김일성의 머리에는 미 공군 니콜스가 금방이라도 나타날 것만 같았다. 첩보전의 천재라는 그놈이 자기를 해칠지도 모른다는 공포감 때문에 어떤 것도 목구멍으로 넘길 수 없었다.

나는 28명의 특수요원들을 파견시켜 김일성의 뒤를 따르고 있었다. 이틀째 되는 날 소련제 트럭 3대가 양평으로 접근하는 모습이 포착되었다는 첩보가 들어왔다. 김일성 일행이 탄 것으로 추정되는 차량은 계속 북쪽으로 전진하고 있었다. 그런데 양평을 지나면서 북한으로 퇴각하는 차량들의 숫자가 점점 불어나고 있었다. 일부는 연료가 떨어지자 길가에 소련제 트럭을 버리고 달아나기도 했다. 미군과 유엔군은 합동으로 김일성을 생포하기로 했으며 부득이 한 경우 사살해도 좋다고 지시하였다.

워커 대장은 폭격기 59대를 김일성 일행으로 보이는 곳에 발진시켰다. 또 보병과 특수부대 요원들도 배치하였다. 이것으로 봐서 김일성을 생포하는 것은 시간문제처럼 보였다. 그러나 김일성을 호위하는 인민군의 저항도 만만치 않았다. 철원에서 38선을 코앞에 두고 김일성의 행방은 오리무중이었다. 미군 폭격기는 인민군의 보급품을 실은 차량 2백여 대를 박살내고 4백여 명을 사살하는 전과를 올렸다. 이런데도 김일성은 건재하였다. 미군기의 폭격이 거세지자 김일성은 차량을 버리고 사병의 복장으로 위장하였다. 이제 살 길은 산악지대를 도보로 가는 수밖에 없다고 판단했다. 그는 약 20여 명의 수행원의 엄호를 받으면서 걷고 있었다. 국군은 김일성의 도주로를 따라가면서 항복을 권유하는 삐라를 계속 살포하였다. 또 투항을 하면 살려줄 것이라는 방송을 하였다.

2천5백만 동포를 전쟁의 참화로 몰아넣고 아름다운 금수강산을 피로 물들인 민족의 철천지원수 김일성은 즉각 항복하라. 그렇지 않으면 당신 머리 위에 융단폭격이 가해질 것이다.

김일성은 자기를 두고 '하늘에 사무치도록 한이 맺히게 한 원수'라고 떠드는 방송을 들으니 기가 막혔다. 자기 신세가 어쩌다 이렇게 비참하게 되었는지 생각해보니 후회막급이었다. 이때부터 김일성은 패전의 책임을 전가할 궁리를 찾는데 몰두하고 있었다.

나는 김일성의 도주 위치를 파악하였지만 김일성은 정신없이 자란 숲속으로 들어가 행군하고 있어 어떻게 손을 써볼 도리가 없었다.

김일성은 중부전선을 넘어 평강으로 들어갔다. 거기서 방향을 북서쪽으로 틀어서 전진하였다. 그는 놀던 물이 좋다고 일단 평양으로 방향을 틀었다. 북한에 진입하자 김일성은 조금은 안정을 되찾아 가고 있었다. 지난 5일 동안 겪었던 일들을 생각하니 젊은 혈기로 전쟁을 불사한게 후회도 되었다. 또 서울을 점령하면 수십만 남로당원들이 봉기한다는 박헌영의 말을 믿은 게 패착이었다. 그래서 김일성은 서울에서 사흘을 보냈지만 남로당 당원들의 낯짝배기도 구경할 수가 없었다. 박헌영에게 속아서 골든타임을 놓친 것을 생각하니 억울하고 이가 갈렸다.

"박-헌-영, 이 새끼, 넌 미 제국주의 첩자야."

나는 김일성의 예상 도주로를 따라 계속 추적하면서 워커 부대와 교신을 하고 있었다. 나는 김일성을 생포하기에 최적 장소를 청천강 부근으로 잡고 북한의 휴민트에게 회동 장소를 지정하였다. 나는 이들에게 김일성의 동태와 움직임을 파악하여 보고하라고 지령을 내렸다.

나는 북한 출신 공작원들을 정주와 영변 그리고 숙천을 연결하는 삼각형으로 배치해놓고 있었다. 이들에게서 시시각각 김일성의 동태가 들어왔다. 나는 주력부대보다 9시간 늦게 평양에 입성하였다. 나는 다른 거 볼 것 없이 김일성 사무실로 쳐들어갔다. 김일성은 몇 시간 전에 사무실에 들렀던 것 같았다. 여기서 김일성은 청천강을 건너 강계나 창성으로 들어갈 것으로 확신하였다. 나는 청천강으로 폭격기와 병력을 배치해달라고 워커 부대에 무전을 쳤다. 두 시간 후 대낮인데도 하늘이 어둡게 느껴질 정도로 많은 폭격기들이 날아왔다. 또 특수요원들을 동원하여 헬리콥터로 김일성 일행을 뒤쫓기 시작하였다. 이때 헬리콥터가 김일성의 리무진을 발견했다고 알려왔다. 이때 리무진은 좁은 비포장도로로 접어들었다. 산은 단풍이 절정에 다달아 화려한 빛깔을 뽐내고 있었다.

나는 점점 초조해지기 시작하였다. 김일성이 강계나 창성으로 접근하면 생포 작전은 수포로 돌아갈 수 있었다. 김일성을 체포할 수 있는 골든타임은 겨우 세 시간뿐이었다.

창성군은 김일성 일가가 중요시하여 뻔질나게 드나드는 곳이었다. 김일성은 창성에서 가끔 머물기도 했었고, 123호 도로는 유사시 중국으로 탈출할 수 있는 은폐도로였다.

김일성은 다급한 나머지 애지중지 아끼는 리무진을 버리고 묘향산 줄기로 허겁지겁 숨어들었다. 그는 비지땀을 뻘뻘 흘리면서 운전사와 부관을 따라서 강계 쪽으로 방향을 틀었다. 숨이 목까지 턱턱 차오르면서 등에서는 땀이 주체할 수 없을 정도로 흘렀다. 아무데나 주저앉아 누우면 그대로 곯아떨어질 것 같았다. 거기다 며칠 동안 제대로 먹지 못해 배에서는 꼬르륵 소리가 계속 들려왔다. 조선 인민민주주의 공화국 수령의 체면이 말이 아니었다. 그는 숨을 헉헉 가쁘게 몰아쉬면서 말하였다.

"얘야, 나 죽갔다. 발이 천근만근이니 어디 엉덩이좀 살짝 붙여보자야."

그의 운전사는 이 말을 듣더니 화들짝 놀라서 입을 열었다.

"수령 동지, 여기서 쉬시면 움직이기가 더 힘들어집네다. 얼마 안가면 중국 펑더화이 동지가 이끄는 지원부대가 나옵네다. 거기 가면 밥도

있고 쉴 수도 있습네다. 또 니콜스인가 네콜스인가 하는 미 제국주의 앞
잡이 놈이 수령 동지를 열심히 뒤쫓고 있다오."

그는 운전수가 어려히 잘 아니까 이러겠지 하면서 납덩이처럼 무겁게
발걸음을 옮겼다. 얼마나 더 가야 목적지가 나올지 궁금해서 돌아버릴
지경이었다.

"부관, 얼매나 더 가야 중국 지원군을 만나게 되나?"

"앞에 보이는 여우고개만 넘으면 한달음이면 됩네다."

남한의 생포조에게 쫓기고 있는 김일성이 당장 기댈 사람은 운전사와
부관 말고는 아무도 없었다.

이때 나는 김일성을 더 이상 쫓지 않기로 결단을 내렸다. 중국 지원군
의 아가리로 들어갔다가는 뼈도 못 추릴 수도 있었기 때문이었다. 인민
지원군에는 팔로군에서 산전수전 다 겪은 신출귀몰의 군인들이 대거
포진하고 있었다.

나는 전투기술이 뛰어난 정예요원들만 선발해서 김일성의 뒤를 추격
하고 있었다. 이들은 일본 오사카 특수훈련팀에서 모든 전투기술을 익
히게 하였다. 개인화기를 능수능란하게 다루는 싸움, 맨투맨 격투, 태
권도와 유도 등으로 단련되어 있었다. 이들은 또 무선통신, 심문방법,
유괴와 납치, 요인 암살, 방화, 고문 등 공작원이 갖춰야 할 과정을 이
수시켰다. 이 사나이들의 대부분이 평안북도 출신들이어서 북한 지리
와 지형을 빠삭하게 꿰고 있었고 김일성에 대한 원한이 이글이글 타오
르고 있었다. 이들은 김일성을 잡아 뼈를 갈아 마셔도 시원하지 않을 것
이라고 말하였다. 이들은 특수훈련으로 다져져 있어 겉모습은 불사신
에 가장 근접했다는 평가를 받고 있었다. 이들의 하루 일과는 단순하였
지만 야망은 무진장했다. 김일성의 폭정으로 부모형제를 다 잃고 혈혈
단신 홀몸이어서 더는 거칠게 없었다. 이들은 국가와 민족을 위해 내 한
몸을 바치면 통일이 도둑처럼 올 것으로 굳게 믿고 있었다.

이들은 내 명령에 따라 청천강 변 모래밭에 낙하하였다. 그 즉시 김일성이 차를 버리고 도주를 시작한 곳으로 접근하였다. 어깨에는 스무 발이 들어가는 탄창이 장전된 캘리버50 기관총을 메었다. 이쯤에서 김일성은 리무진을 버리고 산속으로 들어간 것으로 보였다. 다급해진 김일성이 숨어들어간 묘향산 줄기는 산세가 험하기로 소문이 난 곳이었다.

요원들은 일제히 기관단총을 빼어들고 경계를 하면서 접근하였다. 그때 나는 '동작 그만'하고 소리를 질렀다.

"이제 조심해서 접근하기 바란다. 김가 놈이 폭탄을 설치했을 수 있다. 또 이 근처에 잔당을 숨겨놓았을 수 있다."

"알갔습니다."

김일성 생포조 요원들은 훈련교본대로 큰소리로 동시에 복창하였다. 한참 수색하고 있는데 생김새가 부리부리한 박 하사가 딱 하는 신호를 보내왔다.

"찾았다. 드디어 찾았다."

나의 요원들의 시선이 일제히 박 하사 쪽으로 쏠리고 있었다. 풀과 나뭇가지로 몇 겹 두껍게 가렸지만 리무진의 형체가 겉으로 드러나 보였다. 분견대장 김신우 상사가 우르르 달려가는 요원들을 손으로 제지하였다.

"잠깐만, 여러분, 여기서 경솔하게 행동하면 평생을 두고 후회할 수 있다. 여러분의 안전을 먼저 생각하기 바란다. 장미꽃은 아름답지만 가시에 찔리면 아픈 법이다."

"……."

일단 기쁜 기분에 들떠서 함부로 리무진에 접근하지 못하게 제지하였다. 나뭇가지를 들어내자 소련제 리무진이 드러났다. 김일성의 차는 길이가 웬만한 화물차를 능가하고도 남았다.

그 옆에는 독일제 베엠베 사이드카 두 대가 넘어져 있었다. 요원들은 리무진을 사니까 오토바이가 따라 왔다면서 박장대소하였다. 리무진과 사이드카를 트럭에 싣고 청천강 변으로 옮겼다. 요원들은 김일성 일행이 대략 이십 리쯤 갔을 것으로 보고 뒤쫓기로 했다. 이때 내가 앞으로 나섰다.

"김일성을 생포하지 못해 아쉽지만 더 들어가서는 안 된다. 이곳에는 펑더화이가 이끄는 중국 팔로군 출신들로 구성된 10만 병력이 잠복하고 있다."

내가 이 말을 하고 있는 시각에도 미 공군 폭격기들은 김일성의 예상 퇴로에 폭탄을 계속 퍼붓고 있었다. 아직 강계까지는 족히 팔십여 리쯤 남았는데 어둑어둑해지고 있었다. 산골이라서 땅거미가 깔리는가 싶더니 순식간에 어둑어둑 해졌다.

울창한 숲에는 앞이 안 보이는데 더는 뒤를 쫓을 수 없었다. 준비한 음식도 거의 바닥이 보이고 있었다. 세 사람은 밤이 되자 산에서 마을로 내려와 걸었다. 산중의 산으로 불리는 강계와 청성의 오지에 사는 사람들은 전쟁이 벌어졌는지도 모르고 있는 것 같았다. 마을은 평화롭기가 그지없었다. 셋은 희미하게 보이는 불빛을 따라서 걸어갔다. 밤이 되면서 산간의 기온은 영하로 떨어졌다. 운전사가 그 집 앞에서 헛기침을 하고서 주인을 불렀다.

"주인 있갔시요?"

아무런 반응이 없었다. 방안에는 피마자기름으로 밝히는 등잔불이 졸고 있었다. 밤 9시가 되려면 10여 분이 남았다. 산골에서 이 시간이면 산골 사람들은 잠자리에 들었다.

그때 밖에서 나뭇단을 진 노인과 머리에 땔감을 이고 있는 할머니가 들어왔다. 노부부는 김일성 일행을 보더니 깜짝 놀라 뒷걸음질을 쳤다.

"아니, 이 밤에 댁들은 뉘시래요?"

이번에는 김일성 부관이 허리를 굽히고 손을 비비면서 나섰다.

236

"주인장, 저희 세 사람은 곰 사냥을 나왔다가 길을 잃어버리고 헤매고 있지요. 지금 배도 고프고 잠도 못 잤으니까 여기서 하룻밤을 묵어가게 해주시라요. 여비는 두둑하게 드리갔시요."

몇 년이 가도 사람 하나 보기 어려운 산골마을의 노인 부부는 이들이 누군지 묻지도 않고 밥상을 차려냈다.

좁쌀에다 기장을 섞어 지은 밥은 천상의 맛이었다. 밥상을 물리자 이번에는 뜨끈하게 찐 감자를 가져왔다.

이들이 걸신들린 사람처럼 감자 한 바구니를 뚝딱 해치우고 입을 열었다. 이때 김일성은 가능한 얼굴이 알려지지 않도록 뒤로 빠졌다.

"주인장, 참말로 맛있게 먹었습네다. 혹시 누가 물어도 우리를 봤다는 얘기를 하면 안됩네다. 알갔시요?"

"우리가 댁들 같은 외부 사람을 만난 것이 팔 년만이요. 조금도 걱정 마시라요. 촌부는 댁들이 뉘신지 모르겠지만 이 밤중에 길을 가다가는 곰이나 호랑이 밥이 될 수 있습네다. 잘 들어왔시요."

이 말을 듣더니 부관이 바로 반응을 보였다.

"혹시 지금 남조선 괴뢰배들이 우리 북조선을 침략했다는 소문은 못 들었소?"

"아니, 그게 웬 소리요? 오늘 처음 듣는 얘기래요. 남조선이 우리 북조선을 쳤다는 건가요?"

"그럼요."

깊은 산골 사람들은 전쟁이 일어났다는 소식을 듣지 못하고 있었다. 부관은 김일성을 안방에 모시고 둘은 옆방에서 잠을 청했다. 얼마나 잤는지 노부부가 서로 얘기를 주고받는 소리에 눈이 저절로 떠졌다. 아침 햇살이 눈부셔서 눈을 제대로 뜰 수가 없었다. 시계를 보니 아침 10시가 넘어가고 있었다. 하룻밤 사이에 그동안 누적된 여독이 어느 정도 풀렸는지 개운하였다. 일행은 보리와 쌀이 드문드문 들어있는 밥을 먹고

길을 나섰다. 이들이 떠날 때 할머니는 감자와 강냉이를 삶아서 싸주었
다. 이걸 등짐으로 만들어 운전사가 지고 갔다. 강계까지 팔십 리는 무
척 먼 거리였다. 김일성은 두 사람에게 당부를 하였다.

"내레, 이번에 개망신을 당했다는 얘기를 중구난방으로 해대지 말라
우. 알갔어?"

"네, 수령 동지. 걱정 접어두시라요. 우리 입은 아교로 단단히 붙여 놓
갔시요."

"이게 미국 놈들 귀에 들어가면 얼매나 쪽 팔리는 일이 갔어. 입을 벙
끗하면 죽은 줄 알라우. 알간?"

"네엣."

오후 5시에 김일성은 강계 시내로 접어들었다. 미군기가 강계 시내에
폭탄을 얼마나 투하했는지 성한 건물은 하나도 보이지 않았다. 거기다
강계 댐이 폭파되어 수많은 건물들이 물결에 휩쓸려 나갔다. 그는 비상
시에 임시수도로 쓰려고 마련해 놓은 지하로 들어갔다. 그가 나타났는
데도 사람들은 얼굴이 반쪽만 남은 김일성을 몰라보는 것이었다.

김일성은 만주 도피처에서 국군이 평양에 입성하고 이어서 이승만이
평양 주민들의 열렬한 환영을 받았다는 소식을 듣고는 식식거렸다.

"뭐라고? 이승만 그놈이 평양에 왔다고? 미제 앞잡이를 평양 시민들
이 환영했는데 어떻게 된 거야?"

이 질문에 누구도 답변하겠다고 나서지 않고 그저 숨만 쉬면서 눈치
만 보고 있었다.

나흘 후 김일성은 마누라와 김정일을 데리고 만주로 달아나고 있었
다. 나는 묘향산 줄기로 숨어든 김일성 일행을 더는 추적하지 않기로 하
였다. 눈앞에서 김일성 일가를 놓치고 나니 순간 분노가 내 목구멍까지
치고 올라왔다. 이 모습을 지켜보던 주명억 대위는 내 건강이 걱정되어
서 나섰다. 그는 내 지시로 평양파견대 대장을 지냈다. 그는 평양에

서 강창옥의 도움을 받아 김일성의 남침 동향을 지척에서 캐내었다. 그는 전쟁 두 달 전에 남침이 있을 것으로 확인하고 신변이 노출될 것 같아서 철수하였다. 주 대위의 고향은 서평양이었고 김일성과 백의사 이성열 대장이 졸업한 서평양 제3중학교를 나왔다.

그러니까 주 대위는 김일성과 백의사 이성열과 동창이었다. 이를 알게 된 나는 평양으로 잠입하는 주 대위에게 "거기 가거든 김일성하고 동창회나 하지."라고 농담까지 하였다.

"니콜스 소령님, 전쟁에서 이런 상황은 흔하게 일어납니다. 너무 분노하지 마십시오. 건강해야 다음을 기약할 수 있는 법입니다."

나는 주 대위의 위로를 받자 용암처럼 펄펄 끓어오르던 내 마음이 좀 가라앉았다.

김일성이 만주로 튀었다는 사실이 입에서 입으로 전해져 알게 된 주민들은 그에 대한 원망을 들불처럼 토로하고 있었다. 평소에도 삐딱한 김달수와 이청산이 차례로 나서서 김일성을 성토하였다.

"시발, 뭐 지 아새끼만 옆구리에 끼고 지들만 살아보갔다고 만주로 달아났지요."

"김일성 그놈이 쏘오련으로 망명할 생각까지 했다던데 그게 맞나요?"

"어이 청산이, 어디 불도 안 땠는데 연기 나는 거 봤남?"

"형님, 김일성 그 인간이 한 말 가운데 숨소리 빼고는 어디 진짜가 있나요?"

"야, 그 인간은 숨소리, 하품소리도 진짠지 살펴야 된다네. 입만 열면 거짓말이 줄줄 나오니까 말이네."

이렇게 둘이 말을 주거니 받거니 하는 데도 주민들은 혹시 일행 중 보위부 요원이 있을지 몰라서 그러는지 입을 봉하고 있었다. 이승만 대통령의 환영식은 서북지방의 기독교 신도들이 주축이 되어서 준비한 것이었다. 이들은 나중에 김일성이 평양으로 돌아오자 대다수가 남으로 내려왔다. 평양에는 48년에 평양교화소에서 순교한 김화식 목사를 따르는 신도들이 앞장서서 이 대통령과 국군 장병들을 열렬히 맞아주었다. 일제시대 만주를 거쳐 신의주로 선교사들이 평양으로 들어와 교회를 개척하였기 때문에 서북지방은 교세가 큰 편이었다. 그래서 평양 사람들은 신앙심이 깊었다.

평양에 국군이 진입하고 거의 같은 시기에 미 해병대가 원산에 진입하였다. 나는 이 대통령에게 평양에서 원산에 이르는 39도선부터 전선의 길이가 3백 킬로미터 넘게 확장되고 험준한 산악지형이 기다리고 있고, 강계와 회령 부근에 적어도 30만 명 이상의 중공군이 잠복하고 있다고 보고하였다. 마지막으로 맥아더 사령관은 소련도 원자폭탄을 보유하고 있다는 사실을 무시한다고 덧붙였다. 이 대통령은 내 보고를 받더니 다 옳은 얘기라면서 좋아하였다. 하지만 군 수뇌부는 무슨 잠꼬대 같은 소리냐면서 깡그리 무시하였다.

내 보고의 진위는 불과 2주 만에 밝혀졌다. 39도선 넘고부터 전선이 너무 늘어져 부대 간의 소통이 안 되니 아군이 아군에게 총을 쏘는 사태까지 벌어졌다. 엎친 데 덮친 격으로 고무줄처럼 잔뜩 늘어난 전선의 기온은 영하 20도까지 떨어졌다. 국군과 미 해병대는 그야말로 오도 가도 못하고 진퇴양난에 빠져 있었다. 나는 북한의 지리나 지형을 전혀 몰랐지만 강계와 회령에서 잠입하고 있는 휴민트가 알려온 것이었다. 장진호 부근의 기온은 내가 비밀리에 설치한 기상대에서 알려온 것이었다. 한국군은 물론 미군과 유엔군은 내 보고서를 읽고서 웬 개가 짖느냐는 듯이 귀를 틀어 막아버렸다. 이러니 정말 기가 찰 노릇이었다. 결국 영하 20도의 혹한의 추위와 굶주림에다 끝없이 밀려오는 중공군의 공세로 아군은 총 한방 제대로 쏘지도 못하고 동사하였다. 군 수뇌부의 오판과 아집으로 수만 명의 젊은이들이 총 한방 제대로 못 쏘고 죽었다. 이것은 군 수뇌부의 오만과 알력이 가져다준 최악의 참사였다.

17. 내 목에 걸린 10만불

나는 김일성이 보낸 암살조의 추격을 24시간 받고 있었다. 김일성은 내 목에 거액의 현상금을 걸어놓고 있었다. 이러니 단 일 초도 맘을 놓고 편히 지낼 수가 없었다.

김일성은 내가 자기를 암살하려고 뒤를 쫓고 있다는 것을 알아차렸다. 그 다음부터 그는 밤낮으로 "눈에는 눈 이에는 이"라는 식으로 복수할 궁리를 찾고 있었다. 그는 나만 없었어도 남한을 쉽게 점령하고도 남았을 것 같았다. 그는 남파공작원을 끊임없이 양성하여 내려 보냈다. 그들은 나를 제거하려고 집요하게 따라 붙었다. 나 역시 김일성 생포조를 계속 운영하고 있었다. 김일성은 나를 첩보원으로 본 것이 아니라 미 제국주의 앞잡이로 보고 있었다.

"니콜스, 이 새끼만 아니었으면 우리 공화국의 첩보가 미 제국주의에게 넘어가지 않았을 텐데……, 또 그랬으면 내가 서울 경무대에서 지금쯤 한반도를 지배하면서 호령하고 있을 텐데 말이지. 니콜스란 미 제국주의 첩자 한 놈 때문에 다 잡은 고길 놓쳤단 말이야. 내 이놈의 이마에 반드시 구멍을 내고 말리라."

얼마 전 김일성은 오랜만에 인민지원군 펑더화이 사령관의 전화를 받았다. 펑더화이는 그에게 구세주나 마찬가지였다. 국군과 유엔군에 쫓겨서 만포진에서 압록강을 넘어 만주로 도망갔을 때 펑 사령관의 작전이 아니었으면 자기는 지금쯤 만주 망명정부에서 하루하루를 보내고 있을 것 같았다. 이것은 그에게 두고두고 숨기고 싶은 굴욕이었다.

"김 주석, 평안하게 계십니까? 나 펑더화이요."

김일성은 펑더화이라는 말에 화들짝 놀라서 자세를 바로 잡고 전화를 받았다. 펑더화이가 아니었으면 자기는 벌써 죽은 목숨이었기 때문이었다.

"네, 제 생명의 은인께서 전화를 다 주셨군요. 잘 있습니다. 펑 장군께서도 무고하시죠?"

"그럼요. 제가 전화한 이유는 미 제국주의 공군 첩보대 소령 니콜스를 서둘러 제거하는 게 좋을 것 같습니다. 그 놈이 우리 대륙 다롄에까지 남조선의 특수요원들을 침투시켰습니다. 겁도 없이 배포가 정말 대단한 놈입니다. 그는 다롄을 거점으로 신의주, 신천, 안주, 영변, 강계까지 첩보요원을 침투시켰습니다. 거기서 김 주석을 제거하고 나까지 암살하려는 음모를 꾸민 문건이 나왔습니다."

펑더화이의 설명을 들은 순간 김일성의 몸은 냉동이 되어 사고의 작동이 멈춰버렸다. 이것은 정말 믿어지지 않았다.

"남조선 애새끼들만으로 그게 가능할까요?"

"그 놈은 첩보의 귀신입니다. 우리 중국 동포까지 포섭하여 공작조를 운영했습니다. 여기에는 장제스의 협조가 있었습니다. 만만하게 볼 놈이 아닙니다."

"예? 중국인까지 포섭하였다고요?"

"그렇소. 그놈은 분명히 첩보원으로 타고난 놈입니다."

242

"어떻게 그런 일이 있었을까요?"

"우리가 조사한 결과 장제스 총통 그 인간이 배후 인물로 떠올랐습니다. 장제스의 배후에는 미국이 있고 니콜스는 그 행동대장의 하납니다."

"아……. 그렇군요. 처음 알았습니다."

"마오쩌둥에게 패하여 타이완으로 건너간 장제스는 국민군에서 활약한 첩보원들을 우리 군대에 심었습니다. 이 자들은 나를 제거하라는 지령을 내렸습니다. 그들에게는 우리 법에 따라 처벌이 따를 겁니다."

김일성은 이 말을 듣더니 분노가 이글거리면서 숨을 거칠게 몰아쉬는 것이었다. 펑더화이는 팔로군에서 전투의 이력이 난 베테랑으로 자기 부하들 중 미제 암살단이 잠입했을 거란 생각에서 신변을 노출시키지 않았다. 그래서 자기 몸을 지킬 수 있었다.

이즈음 오류동 첩보부대는 예전처럼 평온을 되찾고 있었다. 피란지에서 돌아와 점검해보니 인민군이 잠입하여 모든 장비들을 다 약탈해가고 남은 게 별로 없었다. 나는 시급한 장비 목록을 작성하여 미 극동사령부로 긴급지원을 요청하였다. 닷새가 지나자 미 공군 수송기가 지원물자를 싣고 여의도공항에 도착하였다. 나는 구슬땀을 흘리면서 이들 물자들을 예전처럼 배치하였다. 두 달에 걸쳐 원상복구를 어느 정도 마쳤지만 첩보대의 기능은 85퍼센트 정도가 복구되었다. 이때부터 첩보대는 그런대로 기능을 되찾기 시작하였다. 나는 공작과장 김기수를 급하게 호출하였다. 미 공군 첩보부대에는 계속해서 북한의 귀순자들이 나한테 찾아오고 있었다.

"어제까지 몇 명이나 귀순을 신청했나?"

"예, 이달 들어 아홉 명이 귀순했습니다."

"그럼 명단을 나한테 넘겨주고 그들의 사상을 심문할 수 있도록 준비하라고……."

"그럼 언제까지 준비하면 되겠습니까?"

"잠깐, 혹시 위장 귀순한 것처럼 보이는 놈이 있는 것 같지는 않나?"

"두어 놈이 의심이 가기는 합니다. 자세한 것은 소령님께서 직접 심문하시면 드러날 것 같습니다."

"어떤 놈들이지?"

"왜 빼빼하고 광대뼈가 툭 튀어나온 한창수란 놈 하고 다부진 체격에 약간 말이 어눌한 차수길이란 놈입니다. 현재 두 놈은 일행에서 격리시켜 두었습니다."

"공작과장, 그럼 내일부터 당장 심문에 들어갑시다."

"그럼 준비하겠습니다."

공작과장 김기수는 그날 내내 귀순자 아홉 명의 심문계획을 짜느라 하루를 다 보냈다. 공작과장 사무실은 나의 집무실과 불과 30여 미터쯤 떨어져 있었다. 점심을 먹고 잠깐 의자에 머리를 묻고 있는데 문을 두드리는 소리가 났다. 그는 혹시 내가 찾아온 게 아닌가 하여 벌떡 일어나 문을 열었다. 거기에는 전혀 뜻밖의 인물이 서 있었다. 이동우와 김상호였다. 그들은 결사반동죄로 걸린 감방동기들이었다. 두리번거리던 동우가 자리에 앉기도 전에 큰소리로 떠들었다. 두 사람은 김기수가 공작과장이 되고서 처음으로 사무실에 들렀던 것이다.

"야, 공작과장 사무실 으리 삐까한데……. 잘 부탁한다."

동우 뒤편에 서있던 상호가 바로 말을 받아서 감탄사를 연발 하면서 말을 이어갔다.

"야, 이거 정말 복 터졌구나. 우리가 목숨을 걸고 넘어왔는데 기수가 대한민국 첩보대의 이인자가 되다니 정말 꿈만 같다. 축하한다. 기수야……."

"야 인마, 서있지 말고 앉아서들 얘기하자."

기수는 두 친구들에게 커피와 크랙커 그리고 소시지를 접시에 담아서 내놓았다. 또 가서 먹으라고 두 봉지를 더 담아주었다. 커피를 홀짝홀짝 마시던 동우가 자못 심각한 표정으로 입을 열었다.

"기수야, 그 놈 있잖아. 귀순자 가운데 한창수라는 놈 말이야. 그놈 보통급은 넘는 것 같다. 조심해서 다뤄야겠더라. 꼬락서니가 연쇄살인범 상이야. 그 놈 생각하면 밥맛이 싹 가신다고."

"아니, 걔가 문제가 있는 것 같다고?"

"응, 한창수, 아마 이름이 본명이 아닐 거야. 틀림없어. 아니면 내 성을 갈게."

"그래, 정말로?"

"이건 정확한 건 아닌데 최기출 아니면 채기출, 둘 중에 하나일거야. 내일 잘 다그쳐봐."

김기수는 유달리 눈썰미가 좋은 친구 동우의 말에 너무 놀라서 묵묵히 듣고만 있었다. 가슴은 점점 더 빠르게 뛰고 있었다.

"한창수, 그놈은 평양에서 나하고 몇 번 마주친 적 있는 것 같단 말이야……."

"야, 이거 요즘 보기 드문 횡재다."

이동우는 평소에도 눈썰미로 말하면 베테랑 수사관의 뺨을 치고도 남을 정도였다. 뭐든지 한 번 보면 정확하게 기억해내었다.

"한창수, 그놈 위장 귀순한 거야. 인상을 보니까 사회안전성 핵심요원이었던 것 같거든. 그놈 권총을 너무 잘 쏴서 "백발백중 영웅"의 칭호를 받았을 거야. 조심해라. 그놈이 맞는다면 경계해라."

동우의 말을 듣고 보니 한창수는 특수훈련으로 다져진 전문기술자라는 생각이 들었다.

"기수야, 내 말이 틀림없다면 그놈의 주특기가 아마 목꺾기일 거야. 그러면 일 분 안에 숨통이 끊어져. 거의 고통을 느낄 시간도 없이 죽는다고 하더라고."

"알았어. 그런 기술자도 있구나. 유도 심문을 잘 해볼게."

두 친구가 밖으로 나가자 기수는 바로 메모지를 들고 내 집무실로 내달렸다. 그는 문을 빠르게 세 번 두드렸다. 내 사무실은 철조망으로 둘러쳐져 있어 아무나 쉽게 접근할 수 없었다. 일 층에 있는 마흔 마리의 진돗개들이 콩콩콩 짖고 있었다. 안에서 니콜스의 목소리가 묵직하게 울려 퍼졌다.

"미안하지만 누군가?"

나는 밖을 볼 수 있는 스푼만한 구멍으로 내다보았다. 김기수가 틀림없었다.

"접니다. 공작과장입니다."

"무슨 일이지?"

"급히 보고할 게 있어 왔습니다."

나는 공작과장이라는 것을 확인하고 문을 열었다. 나는 누가 오든지 의심부터 하고 보는 버릇이 있었다. 주 업무가 첩보활동이다 보니 죽을 고비를 몇 번이나 넘겼다. 그래서 매사에 조심이 최우선이었다.

"소령님, 친구 동우가 조금 전에 커피 한 잔 하고 갔습니다. 그 친구가 그러는데 한창수라는 놈이 사회안전성 요원일 때 본 적이 있다는 겁니다."

"충분히 그러고도 남을 놈들이야. 혹시 그 얘긴 들었나?"

"어떤 얘기를요?"

"지난 달, 김일성은 내 목을 갖고 오면 포상금에다 평생직장을 주고 혁명렬사 대우를 해준다고 공표하였다는 거야."

"아마, 그건 김일성이 소령님을 두려워하기 때문입니다. 이제부터 신변이 노출되는 일은 일절 금하는 게 좋습니다."

"고맙네. 내일 심문할 때 한창수 그놈에게는 팬티만 입히라고."

오류동 동쪽 사면은 바람 한 점 안 불어 무척 더웠다. 벌써 해바라기 꽃들이 고개를 숙이고 줄지어 피어 있었다. 전국의 강산에는 피 비린내가 진동하는데도 절기는 벌써 가을의 문턱으로 접어들었다. 동네 주민들은 시내로 먹을 것을 얻으러 나갔는지 골목은 적막강산처럼 고요하였다. 이 정도로 고요하면 굳이 절간을 찾아갈 필요가 없을 것 같았다.

나는 심문실 문을 열고 들어갔다. 심문을 받으러 여기 들어오는 사람에게는 누구를 막론하고 수갑을 채웠다. 한창수가 팬티 차림으로 앉아 있었다.

공작과장은 그에게 일어서라고 지시를 하였다. 하얀 스크린이 있는 곳에 그를 세웠다.

공작과장은 한창수가 자필로 적은 기본적인 인적사항부터 대조하기 시작하였다.

"이름은?"

"하-하-한창숩네다."

"이봐, 자기 이름이 한창수가 아니지? 왜 자기 이름을 더듬거리면서 말하나."

"네 본명을 말하라고. 나는 네놈의 정체를 다 알고 있다. 내가 밝히면 너는 오갈 데가 없어진다."

나는 옆에서 심문을 차분하게 지켜만 보고 있었다.

"주소를 말해봐라."

"평안북도 정주시 안남면 창기리 67입네다."

"가족 관계를 말하라."

"부모와 누이 하나, 남동생 둘이 있습니다."

"남동생들의 이름은 어떻게 되나?"

여기서부터 공작과장은 심문의 속도를 점점 더 빠르게 몰아가고 있었다.

그는 얼른 이름을 대지 못하고 우물거렸다. 얼굴에서 진땀이 흐르고 있었다.

"자, 이거로 한창수는 가짜다. 너는 위장 귀순하였다는 게 드러났다. 여기서 사실대로 밝히면 살고 계속 숨기면 죽게 된다. 이제 네 목숨은 너한테 달려있다.”

“…….”

“동생 이름 생각이 안 난다는 것은 상식적으로 통하지 않는다. 까먹을 게 따로 있지. 너의 본명은 최기출 아니면 채기출이다. 맞는가?”

이쯤 되자 한창수는 납작 엎드리더니 몸을 덜덜덜 떨면서 살려달라고 애원하는 것이었다.

“네가 그런다고 다 사는 게 아니다. 사실대로 털어놓고 얘기하면 살 수 있다.”

“예예, 다 말하겠습니다.”

“최기출, 채기출. 어느 게 한창수의 진짜 이름인가?”

“채기출이 본명입네…….”

“제아무리 이름을 숨겨보았자 우리는 다 알아내는 방법이 있다. 그 앞에 있는 물로 입술 좀 축여라. 10분 후에 다시 시작한다.”

공작과장이 밖으로 나가자 나는 그의 뒤를 따라 나갔다.

“공작과장, 정말 잘하고 있네. 나도 저놈이 어쩐지 좀 수상하다 생각하고 있었네.”

“동우가 결정적인 단서를 안주었더라면 자백을 받기까지 시간이 한참 더 걸렸을 겁니다. 잘못하면 저놈한테 속아 넘어갈 수 있습니다. 정말 천운입니다.”

공작과장은 가짜 한창수를 계속 심문하였다. 창가에서 만화를 보면서 나는 힐끔힐끔 그 놈에게 시선을 던졌다.

“지금부터 채기출로 부르겠다. 알갔나?”

“네.”

“채기출, 왜 다른 데도 많은데 우리 첩보대로 위장 귀순하게 되었나?”

“그건 여기가 첩보활동이 가장 활발하게…….”

“잠깐, 그런 입에 발린 얘기를 듣자는 게 아니라 북에서 너에게 부여

한 특수한 목적을 얘기하라는 것이다."

"……."

"지금부터 5분을 더 주겠다. 그때도 이런 식으로 나오면 어떤 특별조 치가 내려질 것이다."

잠깐 심문이 멈춘 틈에 나는 공작과장에게 다가가 오른쪽 귀에 대고 말하였다.

"이봐. 총기 관리는 잘 하고 있지? 아무래도 저놈이 위험해."

"예, 매일 세 차례나 점호를 실시하면서 총기를 점검합니다."

"저놈 채가는 아마 나를 제거하려고 내려왔을 수도 있다."

이어서 심문이 계속되었다. 채기출은 손을 부들부들 흔들더니 다시 긴장감에 휩싸였다.

"채기출, 이제 이실직고하기 바란다. 알았나?"

"네……."

"우리 부대를 꼭 찍어서 귀순하게 된 동기를 말하라."

"저는 니콜스 소령을 살해하라는 지령을 받고 왔습네다. 그래서 여기 를 택했습네다."

"북에서 누가 지령을 채기출한테 내렸나?"

"수상 동무의 경호대장입니다."

"이름은?"

"오진우 동무입니다."

"알았다."

내가 첫눈에 짐작했던 대로 채기출은 한창수란 가명으로 위장 귀순을 하였다. 그는 바로 니콜스 소령과 미군 장교 암살단 소속이었다. 나에 게는 이런 일이 네 번째여서 아주 태연하게 대처하였다. 다만, 요인 암 살 지령을 받고 위장 귀순한 자에게는 용서가 없었다.

"하하하. 한반도를 혼자 먹겠다고 피로 물들인 김일성도 천하에 큰놈은 못되는구나. 나 같은 소령하고 치킨게임을 하다니…….”

공작과장은 채기출을 영창에 가두고 다시 돌아와서 보고를 하려고 내 앞에 섰다.

“이상입니다.”

“그래, 정말 수고하였다. 저놈은 처단하지 않으면 누군가를 살해하게 된다. 내일 밤 11시에 준비해라.”

조금 있다 김기수는 친구 이동우를 불렀다. 나는 이동우의 어깨를 두 드리면서 결정적인 단서를 제공한 데 대해 감사를 표시하였다.

다음날 밤 11시, 나는 오류동 첩보부대 뒷산으로 채기출을 끌고 올라 갔다. 한 뼘 앞도 분간할 수 없을 정도로 사위는 어두웠다. 두 사람이 움 직이자 개들이 어둠속에서 일제히 짖어 대고 있었다. 나는 채기출을 언 덕에 있는 나무에 칭칭 동여매고서 10미터쯤 내려와 휴우 하면서 매그 넘 권총을 꺼내들었다.

나는 마법에 걸려 김일성의 심장을 쏜다는 환상에 사로잡혀 방아쇠에 집게손가락을 넣었다. 그러고는 방아쇠를 일단으로 당겼다. 그러자 철 거덕 소리가 나면서 총알 하나가 밀려 올라갔다. 이때 차가운 쇳덩이로 나의 열기가 흐르면서 온기가 느껴지는 것 같았다. 고등학교 때 배운 열 은 뜨거운 곳에서 찬 곳으로 흐른다는 열역학의 법칙이 그대로 적용되 고 있었다. 김일성의 지령을 받고 나를 암살하려고 내려온 총잡이는 체 념한 듯 고개를 왼쪽으로 돌렸다. 골짜기는 어두워서 총잡이의 가슴에 붙은 하얀색 표적지만이 겨우 분간이 되었다. 나는 조금 더 세게 힘을 주어 방아쇠를 앞으로 당겼다. 그 순간 총열에서 튀어나간 실탄은 김일 성의 심장에 적중하였다. 가슴에서 피가 튀면서 그의 고개가 아래로 축 늘어졌다. 나머지 뒤처리는 공작원들의 몫이었다.

나는 전쟁에서 화약 냄새가 없으면 겨자 없는 소시지나 마찬가지지, 하고 스스로를 위로하면서 그 자리에서 벗어났다. 이때 퍼뜩 정신이 돌아와 김일성을 향해 마법사처럼 중얼거렸다.

"김일성 이놈, 너도 나의 매그넘 권총의 참맛을 느낄 날이 곧 올 것이다."

나는 인도네시아 전선에서 지급받은 매그넘 권총을 가슴에 넣고 그곳에서 벗어났다. 벌써 자정이 넘어가고 있었다. 그때 갑자기 회오리바람이 한참 거세게 불다가 잠잠해졌다. 어둠속에 권총을 야무지게 꽉 잡았던 오른손은 땀이 차서 미끌미끌 하였다.

18. 휴민트 강창옥의 죽음

이제 전쟁은 끝났지만 김일성은 아무런 책임을 지지 않았다. 그는 피의 값에서 자유롭게 되었다. 그의 반인륜 범죄를 단죄할 자는 하느님 말고는 아무도 없었다. 그런데도 그는 패전의 책임을 부하들과 인민들에게 돌리고 있었다.

그는 스탈린과 마오쩌둥을 철석같이 믿고 남침을 단행했다가 겨우 목숨만 건지게 되었다. 북한 인민들에게 체면이 말이 아니었다.

그런데도 그는 여전히 스탈린과 마오쩌둥의 엉덩이 뒤에 숨어 있었다. 그의 손에는 피가 낭자하였다.

더욱이 인민과 평양을 버리고 중국으로 처자만 데리고 도피했던 것은 누구에게도 알리고 싶지 않은 굴욕이었다. 그는 패전의 구실을 만들어내려고 밤낮없이 이런저런 묘책을 궁리하고 있었다. 그는 반역자 강창옥과 최명신이 처단되는 현장을 인민들에게 보여주어 공포분위기를 조성하였다. 이런 기회는 하늘이 내린 것이었다.

강창옥과 최명신은 꼭두새벽에 보위부 요원들에게 긴급 체포되었다.

김일성은 두 여자를 패전 책임을 돌리는 데 써먹기로 하였다. 강창옥이 군사첩보를 남조선에 넘겨주는 바람에 미군의 공격을 받아 이길 수 있는 전쟁을 망쳤다는 그럴듯한 구실이었다. 이때부터 로동신문 일면에 강창옥과 최명신의 반동 기사가 계속 실리고 있었다. 여기에 나는 약방의 감초처럼 꼭 들어가 있었다. 강창옥은 니콜스의 이중간첩이라는 것을 집중 보도하였다.

김일성은 강창옥과 최명신을 그냥 죽이기가 아까워서 남한에 가서 김기수와 도널드 니콜스를 암살하면 살려주겠다고 제안했다.

이에 대해 강창옥은 "저는 그렇게 못하갔시오. 내 조국은 자유 대한민국이라우."

이 말을 들은 김일성은 화가 머리 꼭대기까지 치밀었는지 벌떡 일어나더니 발을 쿵쿵 구르면서 불침 맞은 강아지처럼 뱅글뱅글 돌았다.

"아니, 저 독한 간나이 간뎅이가 밖으로 튀어나왔구먼. 누가 저 간나이 주둥아리를 확 찢어버리지 못하겠는가!"

지금도 김일성은 강창옥이 비행장이나 평양의 군사기지 좌표를 고스란히 미 제국주의 군대에 넘기지 않았으면 자기가 강계까지 걸음아 날 살려라 도망갈 필요가 없다고 생각하면서 울분을 삭이고 있었다.

또 남조선의 이승만이 평양에까지 버젓이 와서 평양 시민들의 대대적인 환영을 받았다는 얘기를 듣고 울화통이 터질 것 같았다. 더욱이 내가 자기 집무실에 들러 문서와 책들을 가져갔다는 얘기를 듣고 당장이라도 쳐 죽이고 싶었다.

김일성은 잠시 쉬었다가 다시 입을 열었다.

"내레 이 종간나야. 마지막으로 얘기하니까 명심하라우. 동무가 우리 북조선의 영광과 승리를 위해 천하 만고의 역적 두 놈을 처치하면 모든 죄를 다 사하고 영웅칭호를 내리갔다. 알간?"

이때 강창옥은 김일성 얼굴을 정면으로 올려다보면서 침을 뱉었다.

그 순간 강창옥의 얼굴에서는 김일성에 대한 저주와 증오가 이글거리고 있었다. 그 눈빛에 놀라 김일성은 움찔하였다.

강창옥은 이제는 잃을 것도 얻을 것도 없었다. 아버지 어머니는 친일파로 몰려 생사를 모른지가 벌써 오 년이 넘어가고 있었다.

그 많던 땅은 김일성의 무상몰수 무상분배라는 달콤한 거짓 분배로 다 빼앗겼다.

딸 둘 밖에 없는 집안이 풍비박산이 되고 보니 김일성에 대한 강창옥의 적개심이 나날이 커지고 있었다.

김일성은 북조선의 공군 비행장과 군수공장, 군사시설 등의 정보를 남한으로 빼돌린 분노로 잠을 이루지 못하였다.

"이 종간나야. 너는 우리 북조선의 반역자다. 네가 지은 죄를 벗으려면 남한으로 내려가 김기수와 니콜스의 머리를 잘라 갖고 돌아오면 살려주겠다."

김일성의 회유가 노골적으로 드러나자 강창옥은 그만 속이 뒤집어질 것 같았다. 강창옥에게 남은 것은 김일성에 대한 증오심과 부모님에 대한 연민의 정이었다.

"아버지, 아버지…… . 지금 어디 계세요. 어머니, 어머니…… ."

꿈속에 나타난 아버지는 강창옥이 잡으려고 뛰어가면 저만큼 더 멀리 달아나는 것이었다.

강창옥은 아버지를 잡으려고 달려가다 여드레 째 물만 마신 탓에 그만 기절하고 말았다. 에너지 보급이 끊긴 그녀의 뇌세포는 서서히 기능을 잃어가고 있었다. 혼미한 가운데 오직 부모님만 떠오르고 있었다.

"아버지, 그토록 기다리시던 해방의 기쁨도 잠시 누리시고 행방이 묘연하시다니…… ."

강창옥은 아버지를 생각하다 그만 졸도하였다. 한참 만에 눈을 떠보니 강창옥이 누워있는 바닥에는 물이 질펀하게 고여 있었다.

이때 창옥은 봄날의 아련한 꿈속으로 빠져들고 있었다. 모란봉과 부벽루에 흐드러지게 핀 진달래꽃을 보면서 준철의 손을 잡고 걷고 있었다. 성분이 좋은 준철은 반동분자의 딸인 창옥을 보고 한 눈에 그만 반해버렸다. 아버지와 어머니를 영양실조와 콜레라로 잃고 혼자 남겨진 준철은 김일성 개인숭배에 그만 넌덜머리를 느끼고 있었다. 그는 창옥의 손을 잡고 걷다가 그만 돌아서더니 그녀의 입술에 키스를 하는 것이었다.

"아니, 이러면 안 돼. 준철 씨. 누가 보면 어쩌려고 그래. 나는 반동분자의 딸이야. 성분이 좋은 사람이 나 같은 사람을 사랑하면 같이 반동분자가 되는 거야."

"창옥아. 사랑해……."

조금 있다가 창옥은 두 손으로 준철의 가슴을 잡았다. 그리고는 놀란 토끼마냥 두 눈을 동그랗게 뜨고 말을 하였다.

"준철 씨, 자기는 성분이 좋아 당 간부도 될 수 있는데 나를 사랑하면 다 물거품이 되잖아?"

이 말을 듣더니 준철은 잠깐 두 눈을 감는 것이었다. 그는 눈을 뜨더니 단단히 각오한 것처럼 말을 하였다.

"창옥아. 내 말 듣고 놀라지마. 우리 남으로 가자. 남에서는 성분도 필요 없어."

창옥은 이 말을 듣고는 살래살래 고개를 젓는 것이었다.

"아니. 자기는 혼자지만 나는 순옥이를 두고 갈 수는 없어."

이때 창옥은 혼절에서 깨어났다. 눈을 떠보니 준철은 어디 갔는지 보이지 않는 것이었다.

강창옥이 세상을 떠나던 날, 평양 시내에는 눈앞이 안보일 정도로 눈보라가 거세게 몰아치고 있었다. 수은주는 영하 12도를 가리키고 있었다. 평양의 날씨는 뼛속까지 파고들었다. 한반도 북부는 날씨가 쉽게 차가워졌다. 눈도 빨리 그리고 많이 내렸다. 사람들은 솜을 두툼하게 넣은 한복을 차려 입고 종종 걸어 모란봉극장으로 몰려가고 있었다. 벌써 모란봉극장에는 강제 동원된 인민들로 절반이 넘게 차 있었다. 이날은 두 여자가 사형을 당하는 날이었다. 그것도 20대 중반의 꽃다운 여성들이었다. 더 관심을 끈 것은 사형 집행보다는 김일성이 그 현장에 직접 참관한다는 것이었다.

두 달 전 인민재판에서 강창옥과 최명신은 사형선고를 받았다. 둘은 하나마나한 재판에 아무런 기대도 걸지 않았다. 그저 요식행위로 거치는 절차로 여기었다. 더 이상 생에 대한 애착이 없었다. 하룻밤을 자고 나면 아오지 광산으로 끌려갔는지 사라진 가정들이 한두 집이 아니었다. 북한에서 사람 목숨은 파리 목숨만도 못하였다.

김일성은 비행장과 무기고, 군사시설을 남조선으로 넘긴 사람을 찾아내라고 닦달하였다. 이 일로 그는 며칠 동안 식음을 전폐하였다. 김일성의 특별 명령이 떨어지고 나서 아홉 달 만에 범인이 밝혀졌다. 로동당 사회안정성 5처5부 요원들이 수사를 하여 범인을 잡고 보니 남조선 특수부대에 포섭된 김일성의과대 여학생들이었다. 이와 유사한 사건을 막으려고 김일성은 이 사실을 대대적으로 크게 키워서 보도하였다.

이날 앞으로 벌어질 처참한 비극의 현장에 강제로 동원된 인민들의 표정에는 괴기스런 공포가 흐르고 있었다. 이런 공포가 다반사가 된 김일성 치하에서 인민들은 오늘만이 있을 뿐이었다.

잠시 후의 벌어질 피의 광란을 아는지 인민들은 고개를 아래로 떨구고 있었다. 어떤 여자는 몸서리를 치고 있었다. 극장 무대 한가운데에 2미터가 넘어 보이는 두 개의 참나무로 만든 기둥이 세워졌다. 그때 칙칙한 인민복을 입고 입에는 큼직한 마스크를 쓴 일곱 명의 사내들이 총을 메고 무대 앞에 일렬로 도열하였다. 이들의 동작은 한 치의 오차도 없이 기계처럼 척척 맞아 들어갔다. 이들은 김일성 수상 동지에게 잘 보여야 한다는 생각뿐이었다. 이어서 재판관으로 보이는 50대 후반의 인민군이 종이 한 장을 들고 군인들 앞에 섰다. 그는 중앙 객석에 앉아있는 김일성에게 "충성"하면서 거수경례를 바쳤다. 그의 목소리가 얼마나 컸던지 극장 안이 쩌렁쩌렁 울릴 정도였다.

"오늘 수상 동지께서 직접 참관하신 가운데 악질 반동분자 둘을 처단하겠습네다. 강창옥과 최명신, 이들 반동분자는 우리 북조선 공화국의 군사첩보와 비행장 첩보를 남조선 공군에게 넘겨 미제 괴뢰 전투기들이 공습하여 우리 인민들의 전투기 수백 대를 파괴하게 하였습네다."

그는 너무 서둘러 말을 하는 바람에 숨이 찼는지 잠깐 말을 멈추었다 다시 하였다.

"강창옥과 최명신, 이 둘은 우리 인민의 반동분자들입네다."

그러자 극장 안을 빈틈없이 메운 인민들은 악을 쓰면서 일시에 목청껏 외쳐댔다. 극장 안은 사람들의 고함으로 무너질 것처럼 울리고 있었다. 이제 인민들은 피에 미쳐가고 있었다.

"옳소, 옳소! 저 반동분자들을 엄벌하라우. 빨리 죽여버리라우."

인민들은 쉴 새 없이 악악대었다. 그때 하늘색 수의를 입고 얼굴에는 검정색 천을 가린 두 여자가 포승줄에 묶여서 비틀거리면서 끌려나왔다. 이들이 모습을 드러내자 인민들은 더 극악하게 소리를 질러댔다.

"남조선 해방을 훼방한 저년들은 즉시 사형에 처하라. 사형에 처하라."

인민들은 피에 굶주린 흡혈귀로 돌변하였다. 인민군 판사는 판결문을 계속해서 읽어내려 갔다. 이때 극장 안은 수천 년의 어둠이 지배하는 공동묘지처럼 고요해졌다. 이것은 도저히 말로는 풀어낼 수 없는 신비였다.

"결사 반동분자가 우리 북조선의 비행장과 군수공장 그리고 임시수도의 위치를 남조선 괴뢰도당에 넘겨주어 위대한 수상 동지께서 미제가 장악한 남조선 인민들을 억압의 굴레에서 해방시킬 수 있는 기회를 놓치게 만들었다."

이 순간 모란봉 극장은 쥐새끼도 숨을 죽인 듯 적막감이 감돌고 있었다. 조금 전 악을 쓰면서 소리를 질렀던 인민들은 꿀 먹은 벙어리가 되었는지 옷깃을 스치는 소리조차 들리지 않았다.

이때 사형 집행을 책임지고 있는 젊은 집행관이 다가와서 신원 확인 절차를 밟았다. 그는 두 사형수의 서류를 보면서 질문을 하였다. 말이 딱딱하기가 차돌 같았다.

"먼저 오른쪽 피고에게 물어 보갔다. 그대 이름은 어떻게 되나?"

"……."

"이 간나야. 왜 말이 없나?"

이때서야 창옥은 어렵게 고개를 들고 눈을 독사처럼 뜨더니 한 마디 쏘아붙였다.

"더는 묻지 말고 어서 나를 죽여라. 나는 네놈들의 손에 돌아가신 아버지 어머니를 보고 싶을 뿐이다."

여기서 집행관은 실내가 쩌렁쩌렁 울리게 버럭 소리를 지르는 것이었다.

"이 간나이가 여기가 어디라고 반동을 저지르는고?"

아무리 해도 말이 먹히지 않자 집행관은 강창옥과 최명신에게 범죄를 설명해주었다.

"너희 둘은 어버이 수령을 배신하고 남조선 미제국주의자인 이승만에게 충성을 맹세하였다. 또한 미제 스파이 도널드 니콜스의 첩자가 되어 우리 공화국의 비행장과 군수공장 그리고 군사시설 좌표를 미 제국주의자들에게 넘겨주었다. 이에 따라 인민법 제23조 3항에 따라 사형이 선고되었다. 오늘 인민 최고재판소의 선고에 따라 사형을 집행한다. 최후의 발언을 5분 동안 할 수 있다. 왼쪽부터 발언을 하라."

잎이 다 떨어진 참나무 삭정이처럼 뼈만 앙상하게 남은 최명신은 고개를 제대로 가누지 못하고 있었다. 입을 열 때마다 검붉은 핏덩이가 울컥울컥 쏟아졌다.

"나는 오늘 네놈들의 손에 이 지옥 같은 세상에서 벗어난다. 나는 김일성의 반인륜적인 행패를 고발하여 약자의 인권을 보호한 것 밖에는 죄가 없다. 나는 저승에 가서도 네놈들을 단죄할 것이다."

이러자 인민들이 미리 연습을 한 것처럼 동시에 소리를 질러대었다.

"저 반동분자 간나이를 사형에 처하라. 사형에 처하라."

다음에는 강창옥에게 최후의 발언권이 주어졌다. 머리를 산발하고 왼쪽 눈 아래에는 멍이 시퍼렇게 들어 있었다. 왼쪽 팔에는 인두로 지졌는지 누런 고름이 맺혀 있었다.

"나는 오늘 여기서 죽는 것을 영광스럽게 여긴다. 내가 죽더라도 네놈들의 최후는 역사가 반드시 심판해줄 것이다. 전쟁으로 벌써 수십만 명이 죽었다. 나는 이런 불쌍한 영혼들을 규합하여 네놈들의 패악질을 응징할 것이다. 어서 나를 저 세상으로 보내 달라."

둘이 최후의 말을 마치자 또 다시 인민들은 피에 굶주린 이리처럼 악다구니를 퍼붓는 것이었다.

"저 반동분자 두 년을 처단하라. 처단하라."

군중들은 어디서 연습이라도 한 것처럼 일제히 소리를 질렀다. 이때 사형집행관은 중간에 앉아서 이 장면을 보고 있는 김일성에게 시선을 주었다. 그러자 김일성은 고개를 끄덕여 주었다.

이건 사형을 집행해도 좋다는 승인의 표시였다.

집행관이 손을 들어 신호를 하자 검은 복장에 짤막한 소총을 든 사내들이 줄지어 섰다.

"날레 반동분자 두 간나이를 기둥에 단단히 비끌어매라우."

그러자 좀 헐렁하게 보이는 인민복을 입은 두 남자가 뛰어나와서 얼굴을 가렸던 검은 천을 잠깐 벗겼다. 두 여자는 극장 안을 꽉 메운 사람들을 보더니 얼굴이 흑색으로 변해버렸다.

그들은 두 여자의 머리에 다시 검은 천을 씌우고 목둘레를 하얀 끈으로 동여매었다. 그때 강창옥의 주먹은 파르르 떨렸다. 그때 어디선가 두 여자의 최후를 재촉하는 것 같은 목소리가 우렁차게 들려왔다.

"거총!"

이 말이 나오자 일곱 명의 사내가 일제히 소련제 AK-47 따발총을 들어서 오른쪽 어깨에 갖다 붙였다. 그러자 어떤 사람은 손바닥으로 눈을 가렸고 어떤 여자는 현기증이 일었는지 목이 왼쪽으로 쳐졌다.

그때 김일성은 두 여자를 바라보면서 지하실 구석에 붙어있는 곰팡이처럼 음습한 미소를 지었다. 이승에서의 두 여자의 운명은 째깍째깍 초 읽기에 돌입하고 있었다.

"하나, 둘, 셋"

"발사"

"타앙땅땅땅땅땅……."

7명의 사격수가 동시에 총을 쏘았다. 마치 오장육부를 갈가리 찢는 총소리가 연달아 나면서 두 여자의 가슴과 머리에서는 피가 뿜어져 나와 사방으로 튀었다. 이를 지켜보던 인민들은 눈을 가리고 고개를 숙였다. 이것은 저 선혈에 대한 나의 책임은 없다는 뜻이었다. 순간적으로 두 여인의 상체는 물먹은 솜처럼 축 늘어져 기둥에 매달렸다. 발 아래로 검붉은 피가 흥건하게 고였다. 이렇게 반동분자의 최후 모습이 어떤 것인지를 두 눈으로 지켜본 인민들은 더욱더 악다구니를 질러내고 있었다. 두 여인의 가슴에서 솟구치는 피가 인민들을 반미치광이로 몰아가고 있었다.

"반동, 반동, 반동분자……."

누구 하나 두 여인의 마지막 가는 길을 슬퍼해주지 않았다. 두 여자의 부모는 징역 15년을 선고 받고 어디에 있는지 알 수 없는 수용소로 보내졌다. 사형 집행 현장을 목격한 인민들은 속으로는 가엾다고 생각은 했지만 속내를 드러낼 수는 없었다. 반동이라는 두 글자가 두려웠기 때문이었다.

이때 김일성은 더 있을 필요가 없었는지 슬며시 일어나더니 나가 버렸다. 그러자 10여명의 경호원들이 앞뒤로 따라 붙으며 그를 호위하였다. 밖에는 한 치 앞을 볼 수 없을 정도였다. 눈보라가 평양 시내를 송두리째 덮어버릴 듯이 거세게 몰아치고 있었다. 백색의 눈이 두 여인의 억울한 죽음을 가릴 것처럼 쌓이고 있었다.

나는 두 달 후 로동신문을 뒤적이다가 강창옥과 최명신의 총살형 뉴스를 보았다. 이 기사는 일면 톱으로 실려 있었다. 김일성은 인민들에게 경각심을 주려고 일부러 두 여인의 총살형 뉴스를 일면에 싣도록 지시하였다는 기사도 있었다. 북한에서 경각심은 공포심과 같은 뜻이었다.

> 미 제국주의자 도널드 니콜스의 반동분자 강창옥과 최명신ー두 명 사형집행. 김일성 주석이 인민들에게 경각심을 주려고 미제 스파이의 최후를 몸소 지켜보는 가운데 모란봉에서 총살형을 집행하였다.

나는 이 기사를 보면서 고개를 숙였다. 반동분자라고 무덤도 변변히 쓰지 못하게 하였을 것이며 슬퍼해줄 사람도 없을 것을 생각하니 가슴이 미어졌다. 두 여인은 목숨을 걸고 수집한 첩보를 나에게 제공했는데도 불구하고 남북통일을 이루지 못해서 두 영혼에게 죄를 지은 것처럼 느껴졌다. 나는 김기수에게 두 여인이 총살형으로 생을 마감하였다는 사실을 알렸더니 그만 눈물을 흘리고 말았다.

"소령님, 이들은 자유민주주의를 지킨 진정한 애국자였습니다. 이들이 없었다면 더 많은 군인들이 희생되었을 것입니다."

"나도 그 말에 전적으로 동의하오. 두 여인의 안식처를 우리가 만들어 줍시다."

사흘 후 나는 김기수를 데리고 산에 올라가 두 여인의 체취가 묻어있는 문서들을 넣고 묘지를 만들었다. 그는 두 여인의 묘 앞에 촛불을 켜더니 소주를 따르고 절을 올렸다. 묘 앞에 한참동안 엎드려 있던 기수는 혼잣말로 두 영혼을 위로하였다.

"두 분은 참으로 담대하였습니다. 조국을 위해 남자도 감당할 수 없는 큰일을 하였습니다. 조국이 하나가 되는 날 덩실덩실 춤을 추자고 했는데 불귀의 객이 되었다니 눈물만이 흐릅니다. 김일성 같은 악한이 없는 저승에서 복을 누리시기 바랍니다."

한참 만에 일어선 김기수의 눈은 벌겋게 충혈 되어 있었다. 그를 데리고 사무실로 들어왔더니 몸이 떨리면서 추워지는 것이었다.

19. 북진통일 과민반응

　미국의 예상과 다르게 전쟁이 일 년이 넘어가자 워싱턴 정가에서는 슬슬 볼멘소리가 나오고 있었다. 워싱턴 정가도 이 전쟁이 빨리 마무리되기를 바라고 있었다. 이때 미국은 이승만 대통령이 밝힌 북진통일에 대하여 아주 부정적인 시각으로 보고 있었다. 이 대통령을 전쟁광으로 몰아가고 있었다. 사실 이 대통령의 북진통일은 정전회담에 걸림돌이 되고 있었다. 남일과 펑더화이는 더는 북진통일을 거론하지 않겠다는 서약을 하자고 덤볐다.

　이 대통령은 휴전협정을 받아들이는 대신 한미상호방위조약을 체결하자면서 줄기차게 트루먼을 압박하였다. 이에 대해 트루먼은 미합중국 역사상 토머스 제퍼슨 대통령 이후 어느 나라와도 상호방위조약을 맺은 적이 없다면서 쌀쌀맞게 거부하였다. 그런데 뜻밖에도 김일성은 유엔의 정전회담 제안을 전격적으로 수용하였다. 그는 유엔군의 막강한 기계화 부대의 화력을 당할 수 없어 더 이상의 전투를 벌이고 싶지 않았다. 이대로 가다가는 북한마저 내주고 국제적인 떠돌이가 될 것 같았다. 더구나 스탈린의 건강 악화와 권력투쟁으로 자칫하면 소련의 지원이 끊어질 수도 있었다. 이때 소련 인민들은 김일성을 지원하는 것을 못마땅하게 생각하고 있었다. 김일성은 스탈린의 등 뒤에 숨어서 전쟁을 일으켰지만 후계자로 떠오르는 후르시쵸프나 베리아는 시큰둥하였다. 마오쩌둥 역시 전후 처리로 전쟁을 빨리 끝내는 것이 좋겠다는 입장으로 변하였다. 그는 압록강을 국경선으로 남한이나 미군과 마주치는 불상사는 피하고 싶었다. 유엔군은 내가 감청한 스탈린과 마오쩌둥의 교신 내용을 근거로 삼아 정전협상을 제안하였다.

하지만 유엔은 먼저 정전회담을 제안하였다가 김일성이 거부할 경우 명분싸움에서 밀릴 것 같아 조바심하고 있었다. 이때 김일성은 얼굴에 철판을 여러 겹을 깐 것처럼 뻔뻔스러웠다. 거의 이 년에 걸친 밀고 당기는 협상 끝에 북한과 남한은 정전협정에 서명을 하였다. 이 과정에서 이승만 대통령은 철저히 배제되었다. 김일성은 전쟁도 일으키고 전쟁도 제 손으로 멈추게 하였다. 세상에 그런 망나니가 따로 없었다. 정전협정에 서명을 하였다는 보고를 받고서 김일성은 이렇게 떠벌렸다.

> 이 일에 대한 모든 책임은 분단을 자초하고 먼저 38선을 넘은 남한과 뒤에서 조종한 미국이 져야 하는 것이다. 나는 38선을 넘어온 침략자 남한과 미국을 맞아 격퇴한 것뿐이다. 나에게는 이 전쟁에서 흘린 피의 대가를 지불할 의무가 하나도 없다.

이 말은 전쟁에 대해 자기에게는 책임이 없으며 그 책임은 미국에 있다는 것이었다. 나는 김일성의 책임 회피성 발언을 듣고서 입을 다물고만 있을 수가 없었다.

김일성 그 놈, 정말 웃기지 않나. 먼저 쳐들어 왔다가 평양부터 압록

강까지 탈탈 털리고서 입이 열 개라도 할 말이 없을 텐데. 어이구 마오
쩌둥의 졸개들만 아니었어도 압록강까지 밀고 올라갔을 것이다.

그때 기름진 연백평야를 끼고 있는 서부전선은 기계화된 유엔군이 지
키고 있었다. 잘만 하면 서해안 5도는 물론 강화도까지 넘볼 수 있는 기
회를 만들 수도 있을 것 같았다.

당시 서부전선에서 월등한 화력과 보급력을 갖고 있는 유엔군과 소모
전을 벌이게 되면 북한의 본거지인 평양축선이 위험에 빠질게 뻔하였
다. 그래서 김일성은 이곳에서의 전투만은 피하려고 정전회담 장소를
서부전선의 개성에서 갖자고 강짜를 부렸다. 이를 구실로 자기들이 점
령한 개성으로 적을 불러들이면 마치 유엔군이 항복하러 오는 모양새
로도 보일 수 있어 선전선동에서도 적절히 쓸 수 있을 것으로 판단하였다.

이처럼 북한의 고집으로 정전회담장이 개성 부근으로 정해지면서 서
부전선에서는 전투다운 전투를 할 수가 없었다. 중동부의 전선은 38선
이상으로 올라갔지만 서부전선은 판문점 기점으로 개성을 비롯한 연백
평야와 옹진반도가 고스란히 김일성에게 넘어갔다.

인민지원군은 시간이 흐르면서 유엔군의 전술과 육해공군의 물량과
입체작전을 도저히 압도할 수가 없었다. 이런 상황에서 김일성을 움츠
러들게 만든 것은 소련의 권력투쟁의 와중에서 스탈린의 건강 악화가
결정적이었다.

더구나 베리아와 후르시쵸프의 권력투쟁에서 스탈린의 심복이었던
몰로토프마저 실각하는 사태가 일어났다. 소련은 군인의 참전이 없이
무기들만 지원했기 때문에 군부가 아닌 외교부장 몰로토프가 관할하였
다. 김일성의 든든한 후원자였던 몰로토프가 반 스탈린파에 의해 처형
된 것이다. 이 소식을 들은 김일성은 눈앞이 캄캄하였다. 이것이 김일
성에게는 전투를 계속 하느냐 마느냐 하는 갈림길에 서게 해주었다. 이

후 김일성은 전쟁 소모품인 폭탄과 실탄의 보급에 차질이 빚어지면서 유엔군의 막대한 물량작전에 손을 들었다.

이때 처칠과 스탈린의 사이는 원만하였다. 처칠이 실각하여 잠시 소원해졌지만 소련이 독일을 물리치는데 협력해준데 대해 처칠은 두고두고 고맙게 여기고 있었다.

스탈린은 처칠에게 맥아더가 압록강으로 진격하고 원자폭탄을 꺼내면 나도 가만히 있지 않을 것이다. 특히 소련은 한국과 미국이 우리 소련의 국경에서 마주치는 것은 하늘이 무너져도 안 된다고 언성을 높였다. 이것은 한반도를 미국 혼자 독식하는 것을 용납할 수 없다는 말이었다. 이것을 풀어보면 한반도는 6.25전쟁 이전으로 돌아가 38선 이북은 소련이 점령하겠다는 것이었다.

이런 제안은 모두가 외교부장 몰로토프의 머리에서 나온 것이었다. 나는 이미 전쟁 전부터 몰로토프와 펑더화이가 주고받는 전쟁플랜을 다 듣고 있어서 새로울 것은 없었다.

이때 처칠도 내가 보낸 첩보로 스탈린의 시대가 서서히 저물어 가고 있다는 것을 알게 되었다. 스탈린은 중증의 당뇨에다 협심증을 앓고 있어 화장실 가는 것조차도 힘이 들었다.

한국 국민들은 유엔군이 북한과 정전협상에 들어간다고 하자 들고 일어나 격렬하게 반대하였다. 조국 강산을 피로 물들인 전쟁을 일으킨 김일성과는 어떤 협상도 해서는 안 된다는 것이었다. 이번 기회에 한반도는 통일이 되어야 한다고 주장하였다. 하지만 국제 정세는 한국에 그렇게 우호적이지 않았다. 스탈린의 와병설이 퍼지면서 정전협상에는 중공군이 전면에 나서게 된 것이다. 이때 중국은 일편단심 오로지 한국과 국경을 접할 수 없다는 것 하나뿐이었다. 이것은 한반도를 미국 혼자서 독식할 생각은 꿈에도 해서는 안 된다는 강력한 경고였다.

정전협상이 일 년 넘게 지속되었지만 하루하루가 원점에서만 맴돌고 있었다. 인민군 대장 남일은 자기 혼자 결정할 수 있는 게 하나도 없었기에 일일이 김일성의 답변을 듣고서 발언하였다. 이러니 정전협상은 빨랫줄처럼 길게 늘어지고 있었다. 북측 대표단의 리상조 소장이나 장평산 대좌도 실권이 없기는 매 한 가지였다. 이런 가운데 중공군의 덩화 상장이나 쉐팡 소장의 발언권이 위력을 발휘하고 있었다. 이것은 마오쩌둥의 기막힌 연막전술이었다. 발을 담근 김에 이왕이면 크게 먹자는 대륙의 기질이 그대로 드러난 것이었다.

김일성은 이렇게 정전협상을 질질 끌면서 군사력을 보강하도록 위장전술을 쓰고 있었다. 이때 미국은 어떻게든 전쟁을 빨리 마무리 짓고 싶었다. 선거에서 진 민주당은 아이젠하워 대통령을 압박하고 있었다. 이 전쟁에 참전한 미국의 젊은이들이 수만 명이나 희생된 데 대해 좋지 않은 감정을 갖고 있었다. 하지만 민주당 출신의 트루먼 대통령이 참전을 결정하였기 때문에 대신 아이젠하워 대통령에게 공약을 빨리 이행하라고 압박하였다. 그의 선거공약은 한국전쟁을 가능한 빨리 마무리 짓겠다는 것이었다.

정전을 향해 하루하루가 가면서 나에게는 일종의 금단증상 같은 것이 나타나고 있었다. 전쟁이 끝난다면 환호성을 쳐도 모자랄 텐데 왠지 불안하고 어디서 뭘 하면서 살아야할지 막막하였다. 가끔 심장이 조이는 것 같은 통증이 나타났다. 나의 삶은 전쟁으로 시작되어 전쟁으로 끝나게 된 것 같았다.

총소리나 폭탄소리가 나에게는 위안이 되었다. 이런 소리가 들리지 않으면 그저 불안하였다. 나는 이것이 병이라는 것을 알고 있었다. 이렇게 되면서 밤에 잠을 잘 수가 없어 시간이 갈수록 수면제의 양은 마냥 늘어나게 되었다.

벌써 논밭에는 농민들이 정성들여 가꾼 벼에서 이삭이 올라오고 있었다. 사과와 배 같은 과일들의 씨알이 제법 굵어지고 있어 가을을 실감할 수 있었다. 이때 이 대통령의 전화가 걸려왔다. 한 달 전에 나는 소령에서 대령으로 계급이 올라갔다. 대령은 내가 올라갈 수 있는 최고의 계급이었다.

"예, 각하. 니콜스 대령입니다. 말씀 하시죠."

"니콜스 대령, 나를 만나서 좀 도와줄 일이 생겼어요. 언제 한번 나를 찾아줄 수 있어요?"

"그럼요. 언제 찾아뵈면 좋을까요?"

"이왕이면 빠르면 빠를수록 좋아요."

나는 빠르면 빠를수록 좋다는 이 대통령의 말을 듣고 사흘 후 경무대로 찾아갔다. 물론 아무도 모르게 보안을 유지하면서 행동에 옮겼다. 나는 첩보를 다루는 임무를 맡고 있었기 때문에 노출되는 것은 곧 실패를 의미하였다. 전보다 이 대통령의 얼굴은 훨씬 수척해보였다.

"자 어서 앉아요, 대령. 우선 승진을 축하합니다."

이 대통령은 내 손가락에 딱 맞게 맞춘 금반지를 끼워주는 것이었다. 금반지에는 '축 대령 승진'이라는 한국어가 큼지막하게 새겨져 있었다. 나는 너무 황송하여 한국의 전통에 따라 이 대통령에게 엎드려 큰절을 올렸다. 한국에서 가끔 유교식의 서열문화가 걸림돌이 되기도 하였지만 어떤 때는 인간관계를 돈독하게 만들어주기도 하였다.

"각하, 전쟁 중에 고뇌가 많으신 데도 이렇게 저를 생각해주시다니 감사한 마음뿐입니다. 한국에 있는 동안 저는 각하의 입장에 서서 일하겠습니다."

"허허허……. 지금까지 그렇게 잘 해주었는데 뭘 새삼스럽게 그런 얘기를 ……."

이것은 금반지 하나 때문에 하는 것이 아니었다. 내가 한국에 와서 첩보활동을 할 수 있도록 배려해준 데 대한 감사의 표시였다.

"각하, 뭔가 저한테 하실 말씀이 있으신가요?"

"그럼 그럼. 있고말고. 지금 미국과 중국은 전쟁 이전의 상태로 돌아가려고 하네. 이러니 백성들은 당장 정전협상을 걷어치우고 북으로 전진하자고 난리를 피우고 있지. 나도 북진통일을 해야 한다는 소신에는 조금도 변함이 없어."

"각하, 지금 그런다고 미국의 결심을 바꿀 수는 없습니다. 이것은 아이젠하워 대통령의 선거공약이잖습니까?"

"아니 선거공약이라고? 그게 따지고 보면 표를 얻으려는 속임수였지. 지금껏 미국 대통령이 선거공약의 몇 퍼센트나 지켰는지 알아봐. 그건 소련이나 중국, 북한 같은 공산국가에서나 가능할 걸세."

"현재 대통령은 재선을 꿈꾸고 있으니까 정전협상은 이뤄질 것입니다. 다만 언제 어떻게 이뤄질지는 아무도 모릅니다. 소련이 빠지고 마오쩌둥이 개입하면서 양상이 크게 변했습니다."

"자, 니콜스 대령……. 내 말 좀 들어보게. 지금 정전협상이 되는 것도 아니고 안 되는 것도 아니네. 남일이 시비를 걸면 중공군 대표는 입을 다물고, 중공군 대표가 불만을 보이면 북한 대표는 밖으로 나가고 있네. 이건 도대체 뭘 하자는 것인지 의중을 알 수 없어. 대령이 주도해서 개성을 은밀하게 폭격하면 어떨까? 모든 책임은 내가 지겠소. 김일성이 개성을 먹으려고 회담장소를 판문리로 하는 바람에 알짜배기 땅을 거저 주게 되었소, 대령……."

나는 이 같은 제안에 그만 가슴이 두근두근 빠르게 뛰었다. 정말 이렇게 파격적인 제안은 미처 생각을 못하고 있었다.

"이것이 각하와 한국 국민을 위하는 일이라면 일단 실행하겠습니다."

"고맙소. 이건 나와 단 둘이만 알고 진행해야 하네."

"각하, 당연한 말씀입니다. 쥐도 새도 모르게 추진할 테니 마음을 놓으시기 바랍니다."

"지금 김일성이 그 놈 하는 짓을 보니까 개성을 비롯해 연백평야와 철원평야를 먹고 서해에 있는 섬까지 챙기려는 의도가 보입니다. 전쟁에 졌으면 순순히 물러나도 시원찮을 텐데 우리 땅까지 넘보는 건 너무 뻔뻔한 짓이네."

"일단 첩보요원을 투입하여 개성지역을 폭격하여 정전협상을 지연시키겠습니다. 더 나아가서 아예 정전협상이 열리지 않도록 판문리 일대까지 폭격을 하겠습니다. 김일성은 앉아서 개성과 연백평야를 먹으려고 판문리를 정전회담 장소로 고집한 것입니다. 이러다가는 서해5도까지 먹으려 덤빌 것입니다, 각하."

"좋소. 나는 니콜스 대령의 전략을 존중하네. 최종 책임은 내가 질 테니 조금도 걱정하지 말게."

김일성은 동쪽의 고성과 설악산을 주는 한이 있더라도 개성과 연백평야 그리고 서해의 섬들, 철원평야를 남한에 주고 싶은 마음은 추호도 없었다.

개성과 연백평야는 기름진 곡창지대이면서 서울과 평양간의 거리를 벌릴 수 있는 전략상 요충지였다. 연백평야는 예성강의 수자원을 이용하여 기름진 쌀이 나오는 곡창지대였다. 또 연백평야를 품고 있는 경기만의 갯벌은 수산물의 보고였다. 김일성은 이들 요충지를 차지하려고 꼼수를 벌이고 있었다. 철원평야 역시 신라가 망하고 궁예가 태봉의 수도로 정한 곳이었다. 김일성은 원래 38선으로 비무장지대를 설정하겠다고 했지만 고지전이 계속 되면서 그것은 유명무실하게 되었다. 김일성은 마지막 고지전에서 밀려서 철원평야를 빼앗기고 석 달 열흘 눈물을 흘렸다.

나는 교동도와 말도 그리고 주문도를 김일성에게 넘겨줄 수도 있다는 판단에서 첩보요원들을 세 섬으로 이동시켰다. 동시에 개성을 폭격할 전략과 무기, 요원들을 비밀리에 훈련을 시켰다. 인민군은 중부전선에서 벌어지고 있는 고지전에 대거 참가하고 있어 개성과 연백평야는 철도군인들이 지키고 있었다. 전시에 농사를 짓는 철도군인들은 전혀 전투훈련이 안되어 있었다.

자정이 훨씬 넘어 헬리콥터로 50여 명의 첩보요원을 싣고 북진하여 개성시 송곡리 부근에 투하하였다. 이들은 개성으로 들어가 인민군을 살해하고 교량, 관공서 등의 시설물을 파괴하고 마지막으로 정전회담장을 폭격하였다. 나는 이때 고도의 머리를 써서 알리바이를 조작하였다. 나는 인민군이 미처 쓰지 못하고 버린 소련제 폭탄과 소총 그리고 수류탄을 사용하여 사건을 감쪽같이 은폐하였다. 장평산은 한 달 넘도록 현장에서 수백 명의 병사들을 동원하여 미군의 것으로 보이는 파편이나 탄피 등을 찾았지만 나오라는 미제는 하나도 없고 오히려 소련제 파편만 나오자 그만 슬그머니 덮어버렸다.

이렇게 일격을 당한 북한 측의 장평산은 이승만 대통령을 거세게 비방하면서 협상단을 전원 철수시켰다. 이렇게 해서 정전협상은 북한 측이 철수하여 석 달이나 공매를 돌리게 되었다. 이때 남한에서는 38선을 넘어가 통일을 이루자는 궐기대회가 전국 구석구석에서 풍년이었다.

전우의 시체를 넘고 넘어 앞으로 앞으로 추풍령아 잘 있거라. 우리는 전진한다. 한이야 피에 맺힌 적군을 무찌르고서 꽃잎처럼 떨어져간 전우야 잘 자라 −전우야 잘 자라.

북한은 이번 개성 폭격은 한국 정부의 사주를 받은 자가 저지른 만행이 틀림없으니까 이 대통령의 사과가 있어야만 협상장에 들어가겠다고 주장하였다. 북한과 중공 대표들의 집요한 요구로 폭격을 맞은 지점에 대한 조사가 실시되었다. 하지만 남한의 군인이 침투했다는 흔적은 하나도 나오지 않았다.

나는 평소와 같은 식으로 첩보요원들을 훈련시키고 있었다. 우여곡절 끝에 어렵사리 정전협상이 재개되었다. 이런데도 북측의 장평산은 말끝마다 개성과 회담장 폭격 사건을 들먹이면서 문서를 들이밀었다.

석 달 전 자정이 약간 넘은 시간에 미군 전투기가 우리 북측 지역을 폭격하였다. 내무성 경비대와 야근을 하는 노동자들이 폭격 소리를 분명히 들었다. 피해를 보상하고 재발방지를 약속하며 범인을 잡아 처벌하기 바란다. 그러기 전에는 이 협상은 한 발짝도 진전이 없을 것이다.

이처럼 어깃장을 놓는 말을 듣고 언짢아진 유엔군 대표는 장평산을 올려다보면서 퉁명스럽게 답변하였다.

"사실대로 말하면 아직은 38선 이남의 개성은 북측의 영토가 아니다. 그런 억지를 부리면 곤란하다. 현재 38선을 경계로 양측의 영토는 정해져 있다. 또한 우리 측이 그 쪽을 폭격했다는 것은 지금 북측이 동부전선에서 화천 이남을 공격하는 것과 다를 것이 조금도 없다. 어제도 북측은 38선 이남을 공격하였다. 거기는 엄연히 한국의 영토이다."

이렇게 논리적으로 설명하자 북한과 중공 대표는 더는 말을 못하고 머쓱하게 되었다. 이런 문제로 펑더화이는 더 이상 마오쩌둥의 심기를 불편하게 만들고 싶지 않았다. 이것은 곧 자기의 생명을 갉아먹는 자해 행위나 마찬가지였다. 이때 마오쩌둥은 공산주의 혁명에 함께 할 인물과 처단할 인물을 구분하고 있었다.

"그렇다면 막연하게 미군이니 유엔군이니 말하지 말고 정확하게 말해 달라. 당신들이 보고 들었으면 어느 정도 알 것이 아닌가? 우리는 그런 일을 한 적이 없다. 우리도 북측의 공격을 문제 삼겠다."

이번에는 리상조가 발끈하여 들고 일어났다. 그의 얼굴은 홍당무처럼 붉어졌다.

"한밤중에 기습적으로 벌어진 일이라 우리는 정확하게 알 수가 없다.

분명히 전투기 소리를 우리는 들었다. 폭탄은 회담장 주변에도 떨어졌다. 여기 그 파편이 있다. 이쪽에 U자 비슷한 글자의 흔적이 보인다. 이건 USA의 일부가 분명하다."

그것을 유엔대표가 받아서 분석해 보니 분명 미제 무기의 글씨체가 아니었다. 또 폭탄의 재질이 전혀 달랐다.

"이것은 미제 무기가 아니다. 이것을 들고 스탈린에게 가서 따져보기 바란다. 이것은 억지를 부리려고 어디선가 들고 온 것이다."

이렇게 옥신각신 하면서 쓸 데 없이 시간이 흘러가자 다급해진 김일성은 대표단에게 협상을 시작하라고 지시하였다.

그 후 개성 폭격은 콜드 케이스로 남겨진 채 정전협상은 마무리되었다. 나는 내 작전의 완벽성에 스스로 감탄하면서 미소를 지었다. 하지만 김일성의 영토 야욕을 분쇄하지 못한 것이 한스러웠다.

정전협상을 쥐락펴락한 결과 김일성은 개성과 연백평야는 차지했지만 철원평야는 끝내 자기 품에 안지 못하였다. 그는 개성과 연백평야, 옹진반도, 연백 갯벌을 통째로 차지하고 이렇게 말했다.

"히히, 내가 이겼다. 이제부터는 농사다. 모를 최대한 빽빽하게 심어 쌀 생산량을 극대화 시켜라. 그리고 참새를 다 때려잡아 곡물 한 톨도 낭비되지 않게 하라. 그 다음 물 한 방울도 남한으로 내려가지 못하게 꼭꼭 틀어막아라."

철원평야를 잃은 김일성은 홧김에 평강군 남면 나매리에 있는 봉래호의 물줄기를 개성 쪽으로 틀어버렸다. 이래서 철원평야에서는 가뭄이 들면 물이 없어 하늘만 쳐다보게 되었다. 그 후 농사철만 되면 군인들까지 동원되어 물을 끌어대느라고 한바탕 소동이 벌어졌다.

이 대통령은 김일성이 봉래호의 물줄기를 연백평야로 돌렸다는 소식을 듣고는 철원평야를 직접 찾아가 대체 수원을 찾으려는 농민들을 격려하고 돌아왔다.

한편, 김일성은 정전협상이 끝나자 남일 대장과 리상조 소장, 장평산 대좌를 주석궁으로 불러서 이들의 공을 치하하였다.

"야. 너희들 수고했다. 그런데, 철원평야를 먹지 못해 어젯밤에 내레 한잠도 못 잤다우."

이 말이 나오자 남일의 얼굴은 갑자기 먹지처럼 검게 변하는 것이었다. 그는 속으로 이러다가 언젠가는 죽겠구나 하면서 표정이 어두워졌다. 김일성의 말은 계속 이어졌다.

"그런데 내레 개성과 연백평야 그리고 옹진반도를 먹은 것으로 만족하갔다."

"수상 동지. 이렇게 저희 공로를 인정해주시니 이 몸이 가루가 되도록 충성을 다 바치갔시오. 이게 다 수상 동지의 배려 덕분입네다."

아직도 충격에서 벗어나지 못하고 있는 남일을 대신하여 리상조가 김일성에게 아부하였다. 김일성은 남일이 왜 충격을 받았는지를 알고 있었다. 겨우 정신을 차린 남일은 수상 동지에게 꼭 하고 싶은 말이 있었다. 여기서 안하면 언제 다시 할 수 있을 기회가 올지 알 수 없었다.

"수상 동지. 정말 죄송합네다. 기대만큼 땅을 더 차지하지 못했습네다. 이제는 남조선의 미 제국주의자들을 몰아내고 진정한 통일을 이루기 위해 수상 동지의 지도를 바탕으로 이 한 몸이 먼지가 되도록 충성을 다 하갔습네다."

"하하하. 좋지, 자네의 충성심을 내가 다 알고 있지. 자 다들 고생했어. 자네는 내가 강계로 도피할 때 아내와 정일이를 잘 보호해주었네."

일급 전범 김일성은 패전에 대한 책임을 지기는커녕 오히려 큰 소리를 떵떵 치면서 알짜배기 땅과 바다 그리고 수자원을 확보하였다. 이승만 대통령은 연백평야와 옹진반도 그리고 개성을 잃고 식음을 전폐하였다. 정전협정이 맺어지고 석 달 후 그는 나를 경무대로 불렀다. 가까이서 보니 이 대통령의 몸은 축이 많이 나있었다. 여전히 나를 반겨주는 마음은 조금도 변함이 없었다.

"각하, 마음고생 많으셨죠? 바쁘신 것 같아 뵙고 싶었지만 자제하였습니다."

"니콜스 대령, 나는 대령이 개성에 공작원을 보내 폭격해준 것을 고맙게 생각하고 있어요. 그러면 김일성 그 놈이 정전회담을 보이콧할 줄 알았는데 도장을 찍은 것을 보면 급하긴 급했나 봅니다."

"각하, 아마 스탈린이 살아있고 몰로토프가 여전히 실세로 있다면 정전협정은 이뤄지지 않았을 겁니다."

"대령, 정확하게 짚었소. 그런데 이제부터는 마오쩌둥이 더 큰 문제네. 소련이야 본색은 그대로겠지만 김일성은 마오쩌둥의 바짓가랑이를 붙들고 늘어질 걸세. 전후 복구는 마오쩌둥의 지원 없이는 언제 끝날지 모르는 일이니까 말이네."

나는 여기서 이 대통령의 미래 예측이 정확하다는 것을 느끼게 되었다. 이 대통령의 얘기는 계속되었다.

"대령, 지금 한반도가 누리는 평화는 가짜야. 진짜 평화는 김일성을 북한에서 몰아내야만 오는 것일세. 김일성은 내일부터라도 맘만 먹으면 정전협정을 수시로 위반하면서 우리를 공격할 걸세. 두고 보라고. 어디 내 말이 틀리는지."

"각하, 저 후안무치한 김일성은 계속 경계해야 합니다. 그렇지 않으면 언제 뒤통수를 칠지 모릅니다."

이때 이 대통령의 두 눈에서는 눈물이 흐르고 있었다. 뭔가 말하고 싶은 걸 생각하니 억울한 감정이 북받친 것이었다. 나는 이 대통령의 심정을 어느 정도 헤아리고 있었다. 그는 어렵게 입을 열었다.

"7백 일이 넘게 정전협상을 했는데 그 결과가 참 초라하네. 우리는 철원평야보다 다섯 배는 더 큰 연백평야와 개성, 옹진반도 그리고 갯벌을 통째로 빼앗겼어. 그러고서 얻은 게 고작 철원평야야. 일본이 철원 쌀

맛에 미쳐서 철도를 깔았을 정도이니까. 김일성이 빼앗아간 개성 부근의 연백평야는 예성강의 풍부한 수량 덕분에 훌륭한 곡창지대야. 저수지를 수원지로 쓰는 철원평야와는 비교할 게 못되지. 이것만 생각하면 가슴이 울렁거리고 화가 치밀어 올라와 밥맛도 없고 잠도 잘 오지 않네."

"각하, 대한민국을 배제한 채 유엔군이 정전협상에 나선 것부터 그 결과는 예정된 것이었습니다. 사실 남일이 주도한 것 같지만 실상은 마오쩌둥의 일급 심복인 펑더화이 사령관과 쉐팡 소장이 이끌었습니다. 남일은 마오쩌둥의 하수인에 불과했습니다."

나는 이렇게 이 대통령에게 위로의 말을 전했다. 정말 이 말을 들은 이 대통령은 어느 정도 위안이 되었는지 내 문제를 걱정해 주었다.

"대령, 이제 한국에서 대령의 임무도 서서히 마무리 수순을 밟게 될 것 같소. 정리를 조금씩 하면서 한국에서 있었던 첩보활동을 자료로 남기는 일을 하게. 그것도 내가 도와주리다."

나는 이 대통령의 권고를 듣고 나니 전쟁이 끝난다는 것이 공포처럼 나를 짓누르고 있었다. 이때 이 대통령은 다시 입을 열었다.

"아참. 이 얘기를 빼먹을 뻔 했네요. 미 공군이 지난해 9월에 독도에 2차 폭격을 했지. 이걸 보니 미국이 우리의 우방국인지 식민 지배를 했던 제국주의 일본을 지지하는 건지 혼란스럽군."

"각하. 지난해 1월에 선포한 평화선이 든든한 버팀목이 되어줄 것입니다. 독도는 누가 봐도 한국의 영토가 분명합니다."

"이번에 김일성의 차지가 된 개성과 연백평야는 통일이 되면 당연히 우리 땅이 되겠지만 독도는 그렇지 않네. 왜 미국이 일본의 장단에 가락을 맞춰서 춤을 추는지 모르겠어."

이때 일본 어민들은 4월 28일이 어서 빨리 오기를 손꼽아 기다리고 있었다. 미국 샌프란시스코에서 일본이 연합국 측과 2차 세계대전 종결을 위해 체결한 강화조약이 이날부터 발효되기 때문이었다. 맥아더 사령관은 일본 어민들이 본토 주변의 정해진 선을 벗어나 조업하지 못하게 막았다. 맥아더 라인으로 불리는 이 라인은 강화조약이 발효되면 폐지되기 때문이었다.

이대로 1백 일만 지나면 동해는 일본 어민들로 들끓을 게 뻔하였다. 바로 이때 일본에는 임시수도 부산에서 일본 열도를 뒤흔들고도 남을 비보가 전해졌다. 이승만 대통령은 "확정한 국제적 선례에 의거하고 국가의 복지와 방어를 영원히 보장하지 않으면 안 될 요구에 의하여"에 따라 우리 국토 해안에서 50~1백 마일에 이르는 해상에 선을 긋고 "인접 해양에 대한 주권 선언"을 하였다.

이날부터 정확히 아홉 달이 되는 날에 미 공군은 독도에 이차 폭격을 감행하였다. 이날 다행히 독도에 어민들이 없어 인명 피해는 없었지만 극동사령부는 점점 더 일본의 영토침탈 야욕에 기름을 부어 준 셈이다. 이런 일련의 사태를 지켜보면서 나는 독도문제는 앞으로 두고두고 두 나라간의 갈등이 될 것으로 예상하였다. 이날 나는 경무대에서 세 시간 가까이 머물다가 늦게 오류동 첩보대로 돌아왔다.

20. 서해 말도의 반란

중부전선과 동부전선에서는 한 치의 양보도 없는 고지전이 계속되고 있었다. 인민군은 중공군과 합세하여 최후의 발악을 하고 있었다. 한국군과 유엔군은 무작정 밀고 내려온 김일성을 잡고야 말겠다는 일념으로 막바지 전투를 벌이고 있었다. 이때 많은 젊은이들이 목숨을 잃었다. 철원지역 하늘에서 B-29가 우박처럼 쏟아 붓는 폭탄세례로 인민군은 흔적도 없이 죽어나갔다.

이런 중에 극동사령부는 정전회담을 성공으로 이끌려고 가능한 김일성의 요구조건을 받아주는 쪽으로 흘러가고 있었다. 나는 이런 사실을 알고 나서부터 은근히 부아가 치밀었다. 이때에 나는 미 CIA의 엄격한 통제와 사찰을 받기 시작하였다. 나에게는 남한의 이승만 대통령을 포함하여 어떤 정치인이나 군부와 사전에 허가 없이 만나지 말라는 경고가 떨어졌다. 누군지는 모르지만 나의 동작 하나하나를 추적하여 본부에 보고하고 있는 것 같았다.

김일성의 욕심은 정전회담 북측 수석대표인 남일 대장의 입을 통해

281

적나라하게 드러났다. 그 다음은 서해안과 동해안의 섬들을 몽땅 자기 품에 안으려고 조바심을 내는 것이었다. 북한 대표들은 걸핏하면 회담 장을 박차고 나가기가 일쑤였다.

당시 정전회담의 중공군 대표로 참석한 쉐팡과 덩화는 김일성보다 더 공세적으로 나왔다. 누가 주인인지 알 수 없을 정도로 극성스럽게 파고 들었다. 둘은 자기들 맘에 안 들면 회담을 며칠이고 중단시키기 일쑤였다. 이렇게 되자 유엔군은 정전회담에 서명을 하려고 서두르다보니 중공과 북한에 밀릴 수밖에 없었다.

이때 정전회담에서 원칙적으로 배제된 이승만 대통령은 속이 부글부글 끓었지만 달리 손을 써볼 수가 없었다. 전쟁포로를 전격적으로 석방하면서 위험인물로 낙인이 찍힌 이 대통령은 정전회담에 관한한 완전히 제3자의 입장에서 처분만 바라볼 수밖에 없었다. 이 대통령에게는 그나마 아들 같은 내가 있어서 회담의 흐름을 알 수 있었다.

그는 아이젠하워가 한국전쟁의 종료를 선거공약으로 내세워 당선된 것을 늘 아쉽게 생각하고 있었다. 미국 내에서는 또 다시 전쟁에 휘말리는 것을 못마땅하게 생각하는 반전 여론이 고개를 들고 있었다. 더욱이 매카시즘의 광풍으로 사형 선고를 받은 로젠버그 부부의 구명 운동이 정전회담에 재를 뿌리고 있었다.

아이젠하워는 하루라도 빨리 한국전쟁을 끝내는 것이 자기의 재선에 청신호가 된다고 보고 있었다.

이때 아이젠하워 대통령의 입장을 곤란하게 만든 사건이 일어나게 되었다. 그동안 한국의 모든 첩보를 떡 주무르듯 해온 나는 너무나 많은 첩보를 알고 있었다. 이때 내가 뜨거운 감자로 떠오른 것이었다. 나를 함부로 대하였다가는 그 불똥이 어디로 튈지 몰라서 다들 걱정이었다. 이때 미 CIA는 나에 대한 내사를 은밀하게 진행하고 있었다. 정부는 첩보 활동비로 3백만 불을 보내었다. 그런데 그 돈의 사용처가 아무래도 수상하다는 것이었다.

원래 공작비란 그 사용처를 밝힐 수 없는 것이었다. 그것을 밝히면 그 후유증이 만만치 않고 더 이상의 첩보공작을 할 수 없게 되었다. 스탈린에게 미국의 핵기밀을 넘겨준 혐의로 사형선고를 받은 로젠버그 부부는 전기의자에 앉는 날만을 기다리고 있었다. 이때 진보주의자들은 딴딴하게 결집하여 목청을 키우고 있었다. 이 시위는 핵물리학자인 라이너스 폴링 부부가 주도하고 있었다. 라이너스 폴링은 맨해튼 프로젝트에 참여를 거부하여 미운 털이 박혀있었다. 폴링은 평화주의자였기에 원자폭탄 개발에 참여하지 않은 것이었다.

이때 폴링은 미국이 원자폭탄을 손에 쥐면 소련도 언젠가는 미국의 전례를 따를 것으로 보았다.

로젠버그 부부는 소련에 핵기밀을 넘겨주지 않았다. 이것은 이들을 희생양으로 삼아 시도하려는 정치적 살인이다. 우리 다 같이 단합하여 무고한 로젠버그 부부를 살려내자! 라이너스 폴링 부부.

나는 핵기밀이 스탈린에게 넘어가는 과정을 훤히 알고 있었고 그 사실을 본국에 보고하였다. 하지만 트루먼 대통령은 이 첩보를 받고도 아무런 조치를 하지 않았다. 나는 이때 훗날 밝혀진 베노나 프로젝트의 존재를 도청과 모스크바의 휴민트를 통해서 이미 알고 있었다. 이즈음에 나는 한국 첩보요원들에 대한 예우문제로 골머리를 앓고 있었다.

이때 당장 구월산에서 돌아오는 4백 명의 추가 병력을 수용할 곳도 마땅치 않았다. 아무도 이 문제에 대해 한 치도 발을 담그려고 하지 않았다.

나는 혼자 고민할 수 없어 CIA에 이 사실을 보고하였지만 돌아온 답변은 "No more anything specific"이었다. 특별히 해줄 수 있는 게 없으니 네가 알아서 하라는 것이었다. 이러니 더 이상 상세하게 보고할 데가 없었다. 하지만 나는 첩보요원을 선발할 때 일일이 본국의 결재를 받아서 시행하였다. 지금도 엄연히 그 서류가 보관되어 있는데 전쟁이 끝나가니까 이들을 버리는 처사가 못마땅하였다.

이들 첩보요원을 모집할 때 임무를 마치고 제대하면 두둑한 보상금과 직장을 주겠다고 말한 것을 이제 와서 발뺌을 할 수 없는 사실이었다. 그 말을 한두 명에게 한 것이 아니었기 때문에 둘러댈 수도 없었다. 이역시 이 대통령과 서면으로 상의를 했지만 전쟁 통에 당장 기거할 움막집도 없는 실정에서 첩보요원을 챙기거나 직장을 마련해줄 수 없었다.

정전협정으로 휴전선이 생기고 남북은 기약 없는 생이별의 고통을 끌어안게 되었다. 전쟁이 끝나자 나는 더 이상 할 일이 없게 되었다. 오류동의 첩보부대는 정리 단계로 접어들었다. 오류동에서 서해안의 교동도나 말도에 파견되었던 첩보요원들은 하루아침에 올 데 갈 데 없는 미아의 신세로 전락하였다. 그렇다고 이들을 챙겨줄 수 있는 길이 없었다. 당장 몇 푼의 돈으로 해결될 사안이 아니었다. 정작 전쟁이 끝나니 특수 신분인 나의 거취도 공중에 붕 뜨고 말았다.

여기다 내가 첩보부대를 운영하면서 행해진 월권행위에 대해 조사에 들어가기로 되어 있었다. 이것은 나는 물론 미 CIA의 월권행위를 조사하는 것이나 다름없었다. 당장 내 앞가림이 급해서 나는 한국의 첩보요원의 장래에 신경을 쓸 수가 없었다.

본국으로 돌아갈 날이 하루하루 다가오면서 나는 극심한 불면증에 시달리게 되었다. 귀국하면 의회 청문회에 끌려가야 하고 그러면 전쟁 중에 수행한 임무의 적정성 여부를 낱낱이 짚고 넘어갈 게 뻔하였다.

이때 말도에 수용된 첩보요원들이 술렁거리기 시작하였다. 젊은 나이에 군에 들어와 죽을 고비를 숱하게 넘겼는데 자기들을 받아줄 데가 없다고 하니 장래가 캄캄한 것이었다. 며칠 전까지만 해도 전쟁이 끝났다고 희망에 부풀었던 분위기는 절망으로 변하였다. 말도의 미 공군 첩보대의 공작원들은 여기저기 삼삼오오 모여서 자기들의 장래를 걱정하고 있었다. 이때 말도에는 3백여 명의 첩보요원들이 5동의 퀀셋에 임시로 모여 있었다. 이들은 전쟁이 계속되기를 바라고 있었다. 이들은 정전과 동시에 실업자로 전락될 처지에 놓여있었기 때문이었다. 지금까지는 전쟁터가 곧 이들의 직장이었다.

내가 전국에 방을 붙여 물색하여 끌어들인 첩보요원들이 바로 지금 이러지도 저러지도 못하는 애물단지가 된 것이다.

이들은 자기들에게 군번을 부여하고 활동기간에 따른 보상금을 요구하는 것이었다. 이에 대해 응하게 되면 한국 정부든 미국 정부든 비밀첩보부대를 운영하고 공작원을 북한에 보냈다는 것을 시인하는 것이 되어 뒤끝이 결코 좋을 수가 없었다. 더 나아가서 정치권에 어떤 파장을 불러일으킬지 아무도 예측할 수 없는 뇌관이었다.

나는 용기를 내어서 미 극동사령부 앞으로 한 통의 전문을 보내었다. 이것은 한국인 첩보요원들의 전후 예우에 관한 질의였다.

> 현재 미 공군 6006부대 소속 첩보요원 잔여 인원 712명, 이들에 대한
> 적절한 예우 및 향후 전역 처리 방향에 대한 처리방침 하달 바람. 만약
> 이들에 대한 처리가 미진할 경우 소요사태 등 물리적인 폭력사태가
> 발생할 수 있어 선제적인 대응이 필요한 실정임. 이상.
>
> —대령 도널드 니콜스.

이것은 첩보요원들에 대한 처리를 하지 않으면 폭력사태로까지 번질 수 있으니까 처리방침을 결정해 달라는 것이었다.

나는 극동사령부의 답을 기다리다 지쳐서 첩보요원들을 개성지역으로 다시 파견하기로 결정하였다.

황해도 해주 상공 8백 미터 지점, 서해 주문도에서 직선거리로 76킬

로미터. 미군 헬리콥터는 첩보요원들을 하나씩 뱉어내기 시작하였다. 적지에 이들을 보내면 자연스럽게 한 명이라도 전사하거나 체포되면 나의 부담이 그만큼 덜어질 수 있었다.

한 번에 헬리콥터는 30명의 첩보요원을 싣고서 해주 구월산 북쪽을 지나 30여 분을 더 날아갔다. 헬리콥터가 상공에서 정지하자 내 부하가 오른쪽 문을 열면서 외쳤다.

"너희들은 국가에 충성을 바칠 수 있는 기회를 잡았다, 아무에게나 이런 기회가 오는 것은 아니다. 오늘 북한에 들어가 첩보임무를 마치고 돌아오면 국가는 그 공로를 잊지 않고 평생 편안히 먹고 살게 해줄 것이다."

이 말이 떨어지자 하나씩 점프를 하여 시야에서 사라졌다. 그런데 전혀 예상치 못한 사건이 터졌다. 마지막 한 명이 낙하를 거부하였다. 원칙대로 하면 낙하는 본인의 자유였다. 평소 용맹스럽게 특수임무를 수행해왔던 박충일이 점프를 거부하고 도어에다 낙하산 고리를 걸고는 내리지 못하겠다고 완강하게 버티는 것이었다. 그는 여기서 낙하하면 곧 죽음이 자기를 기다리고 있다는 것을 잘 알고 있었다. 그는 젖 먹던 힘까지 다하여 낑낑대었다. 이때 미군 하사가 버럭 소리쳤다. 그 목소리는 요란한 프로펠러 소리에 묻혀 겨우 알아들을 수 있었다.

"박충일, 당장 고리를 풀고 뛰어 내려라. 명령에 따르지 않으면 총살형이다. 여기는 군대다."

이러자 박충일은 더 큰 소리로 더 뛰어 내릴 수 없다고 더 거칠게 대들었다.

"나는 죽어도 못 내리겠다. 나를 죽이려거든 여기서 죽여라. 저기 북한 땅에 떨어지는 순간 죽음의 사신이 나를 낚아챌 것이다. 아니면 나를 죽여서 시체를 북한 땅에 던져라. 그러면 대한민국의 사나이로 태어나 조국의 평화를 지키다 죽었다는 자부심을 갖고 하늘나라에서 편안히 눈을 감겠다. 그리고 내 부모 형제에게 나의 죽음을 꼭 전해 달라."

이렇게 옥신각신하고 있는데 헬리콥터가 방향을 서쪽으로 돌리는 것
이었다. 더 이상 적국의 상공에서 머물 수가 없는데다가 연료가 얼마 남
지 않아서 주문도로 돌아가야만 하였다. 박충일 사건으로 더 이상 첩보
요원들을 북한으로 보낼 수 없게 되었다.

북한은 이때 서해 5도와 신의주에 이르는 모든 섬들을 돌려달라고 하
면서 한 발짝도 물러서지 않았다. 우리는 서해5도는 물론 용매도와 초
도 등 신의주 앞에 있는 섬을 갖고 있었다.

이때 국제적인 초특급 뉴스가 또 한 번 한반도를 강타하였다. 미국의
신문은 스탈린의 사망 소식을 일면 톱기사로 다루었다. 어떤 신문은 스
탈린의 범죄를 부각하는 기사를 싣기도 하였다.

소련의 독재자, 인간 백정 스탈린 대원수 마침내 눈을 감았다. 경찰국
장 베리아와 후르시쵸프의 권력 투쟁에서 후르시쵸프가 승리하였다.

소련의 독재자 스탈린 대원수는 정전협정 넉 달을 남겨놓고 세상을
떠났다. 소련을 30년 동안 비밀 철권 통치하면서 3천만 명을 학살한 인
간 도살자가 죽었다는 뉴스는 김일성에게는 비보였지만 이승만 대통령
에게는 낭보였다. 이런 가운데 7백여 명의 첩보요원의 처리를 놓고 미
국 정부와 한국 정부는 서로 그 책임을 떠넘기고 있었다. 5월 들어 이들
이 주문도와 말도로 속속 집결하면서 당장 이들이 기거할 숙소부터 식
량과 피복 등이 문제가 되었다. 북한에 파견되었다가 돌아온 첩보요원
의 몰골은 거의 산도둑이나 다름없었다.

수염은 제멋대로 자라서 누군지 알아볼 수 없었고 발가락도 삐져나왔
고 옷은 다 헤어져 남성의 심벌이 드러나 보여 민망하였다. 나는 이 부
대 저 부대에 연락을 해서 입을 만한 것이면 다 끌어 모았지만 턱없이 부
족하였다. 이때 나는 아주 비인도적이며 끔찍한 음모를 꾸미게 되었다.

"아……. 지금 이럴 때가 아니다. 지금은 전시니까 적의 공격으로 위장하여 구월산에서 귀환하는 공작원들을 처치하자. 내가 사는 길은 이 길밖에는 없다."

7백여 명에 이르는 첩보요원들의 처리문제가 점점 현실로 닥쳐오고 있었다. 나는 극비리에 경무대로 들어가 이승만 대통령을 만나서 해법을 찾아봤지만 뚜렷한 묘수는 없었다.

이듬해 2월 중순 오후 2시 경, 말도의 바람은 품으로 파고들어 춥게 느껴졌다. 첩보요원들은 그동안 대우가 형편없는데다가 앞으로 자기들의 행로가 어떻게 될지 몰라 불안을 느끼고 있었다. 3백여 명의 첩보요원들은 하나둘 모여서 앞으로 살아갈 일을 걱정하고 있었다. 그때 성질이 괄괄한 김상도가 불만의 목소리로 말을 내뱉는 것이었다.

"이 씨발. 이게 뭐야. 북한을 갔다 오면 돈도 주고 앞으로 살아갈 수 있게 직장도 마련해준다고 한 게 엊그젠데 이제는 너희들이 알아서 하라고……."

그의 말이 끝나기 무섭게 송삼용이 걸쭉한 육두문자를 내뱉으면서 선동을 하였다.

"요런 대갈빡을 조사불 놈들 같으니라고. 내가 말이 나온 김에 하는 얘긴데 저것들이 약속을 안 지키면 여기서 있던 범죄들을 국제사회에다 폭로하고 총을 들고 경무대로 가자. 시팔 육시랄 놈들……."

이 때 황경오가 앞으로 나서면서 버럭 소리를 질러댔다.

"아니 뭣같이들. 입에 기름칠 한 것처럼 말만 번드르하게 하지 말고 지금 당장 나가세. 이 얼뜨기들아……."

이렇게 점점 열기가 오르면서 3백여 명의 첩보요원들이 양지바른 본부 앞마당으로 하나둘 모여들어 술렁거렸다. 이들의 불평불만의 수위는 점점 더 높아지고 있었다. 다시 황경오가 거칠게 선동을 하였다.

"자. 입은 삐뚤어져도 말은 바르게 하세. 니콜슨인가 네꼰가 하는 양

코배기는 천하의 사기꾼이네. 그놈부터 처단하세. 우리를 여기로 데려
올 때 뭐라고 했나. 이제 보니 그게 다 사탕발림이었네. 우리 지금 궐기
를 하지 않으면 우리는 영영 살아갈 길을 잃게 되네…….”

“맞는 말이네. 여기서 가만히 있다고 우리한테 떡을 줄 리는 만무하
네. 지금 들고 일어나야 우는 애 젖 준다는 말처럼 떡고물이라도 생기는
법이네.”

이때 황경오는 앞에 나서서 불만을 털어놓았다.

“우리 굶어죽으나 내 몫을 쟁취하러 나섰다가 죽으나 한끝 차이네.
자, 우리 어서 경무대로 가서 따집시다.”

이 말에 3백여 명의 첩보요원들이 동시에 술렁거렸다. 북한에 들어갔
다가 겨우 살아온 사람들이어서 세상에 무서운 게 없었다.

“자, 갑시다. 기간병이건 미군이건 작살을 냅시다.”

우락부락하게 생긴 첩보요원들은 함성과 함께 우르르 달려 나갔다.
눈발은 점점 굵어져 앞을 볼 수 없을 지경이었다.

이들이 달려간 곳은 무기고였다. 퀸셋 막사 건너편에 있는 무기고로
달려가 양철문을 장독만한 나무토막으로 쳐서 문을 부수었다.

이들은 캘빈과 엠원 소총을 들고 본부로 향하였다. 이들이 총을 들고
달려오는 것을 본 기간병들은 놀라서 몸을 숨기기에 바빴다.

“이 개자식들아. 뭐라고. 전쟁 끝나면 먹고 살게 해준다더니 전쟁이
끝나니까 나 몰라라 하는 게 사기 아니냐?”

말도의 첩보요원들이 총을 들고 달려오자 그만 겁에 질려 눈동자가
풀려버린 미 공군 첩보원들은 바다로 뛰어들었다. 우선 살고 보자는 심
정에서 마땅히 몸을 숨길 데가 없었다. 또 있다고 해도 도망을 가다가는
어느 놈 총에 맞을지 알 수가 없었다. 바다에 뛰어든 미 고문관은 목만
내놓고 있었다. 2월 중순에 바다에서 오랫동안 몸을 숨기기에는 너무
차가웠다. 말도는 반란을 일으킨 첩보요원들의 총소리가 들리자 80여

명의 주민들도 이리저리 몸을 숨기느라 정신을 못 차리고 있었다. 섬은 한 시간 만에 무법천지로 변하였다. 이들의 무차별 사격에 두 명의 기간병이 희생되었다. 그동안 기간병은 3백여 명의 첩보요원들을 감시하면서 때로는 인간 이하의 취급을 하여 원성이 자자하였다. 첩보요원들은 그동안 자기들을 능멸하고 육체적으로 괴롭혔던 박 상병과 김 일병 두 명을 조준 사격을 하였다. 이들은 현장에서 즉사하였다.

이렇게 한 번 피를 본 첩보요원들은 이제는 거칠게 아무것도 없었다. 이 반란 소식을 무전으로 나에게 알려왔다. 2시간이 채 안 되어 미군 정찰기가 말도 하늘에 나타났다. 정찰기는 상공에서 카메라로 근접 촬영을 하여 증거를 채집하였다. 나는 반란군을 향해 유창한 한국말로 설득하려고 나섰다.

"너희들은 군인 신분이다. 여기서 총을 버리고 투항을 하면 정상을 참작할 것이고 만약 계속 저항을 한다면 부득이 진압작전에 들어갈 수밖에 없다는 것을 알려준다."

불행 중 다행이랄까 이날 소요는 2명의 기간병이 사망하고 끝이 났다. 이날 오후 4시가 넘자 검찰과 헌병대도 말도에 들이 닥쳐 현장 조사에 들어갔다. 한 시간쯤 지나자 미군 헌병대가 말도에 도착하여 공동조사에 들어갔다. 이렇게 사건이 확대되자 나도 며칠간의 강도 높은 조사를 받게 되었다.

이날 무기고를 습격하자고 먼저 선동한 김상도, 송삼용 그리고 황경오 등 세 명이 군 헌병에 의해 즉각 체포되어 육지로 이송되었다.

나는 위험한 첩보요원을 하겠다고 나서는 사람이 없어 제대를 하면 국가가 직장도 잡아주고 월급도 후하게 준다는 말로 이들을 끌어들였다. 그렇지 않고는 특수부대에 맞는 병력자원을 확보할 길이 없었다. 나는 전쟁이 이렇게 빨리 끝날 것이라고는 미처 생각을 못하였다. 황해도 구월산에 파견되었던 첩보요원들이 돌아오면서 이번과 같은 반란사건이 일어난 것이다.

나는 첩보요원들을 일부는 사회로 내보내고 남은 병력은 말도에서 교동도로 보냈다가 다시 주문도로 빙빙 돌리면서 그들의 불만을 잠재우고 있었다. 하지만 언제까지나 이렇게 임시변통으로 불만을 억누를 수만은 없는 일이었다.

정전협정 5개월 전에 나는 끔찍한 비밀공작을 펼쳤다. 한 명이라도 부담을 덜어보려는 것이었다. 이렇게 구월산에서 말도로 철수하는 특수부대 군인 4백여 명을 수장시켰다. 이들이 탄 배를 첩보요원들에게 북한의 배로 오인하게 하여 침몰시킨 것이다. 우군이 우군을 물귀신으로 만든 것이었다. 이들 역시 말도에 오게 되면 예우를 기대할 것 같은데 나로서는 이들에게 해줄 수 있는 것은 아무것도 없었다. 이들을 빈손으로 내보냈다가는 어떤 일이 일어날지 알 수 없었다. 그래서 적군의 공격으로 위장하여 4백 명을 고기밥으로 만들었다.

또 이런 일도 있었다. 나는 정전협정이 기정사실로 굳어지면서 협상을 방해하는 공작을 펼쳤다.

구월산 귀환부대 3백 명을 동원하여 정전회담장을 폭파하는 내란을 일으킬 음모를 꾸몄지만 시간이 촉박하여 실행에 옮기지 못하였다. 나는 이렇게 후환을 없애려고 비열한 공작을 펼칠 수밖에 없었다. 전쟁 중에 요긴하게 써먹었던 첩보요원들에게 돈도 일자리도 줄 수 있는 형편이 못되었다. 전쟁이 끝나자 이들의 장래를 책임질 수 있는 사람은 아무도 없었다.

이런 어마어마한 범죄가 말도와 교동도 그리고 주문도에서 일어났지만 한미 양국은 현장 목격자들의 입을 막아서 사건을 은폐하였다.

말도 반란사건이 있은 후 두 달 만에 교동도에서는 특공대장을 암살하려는 내란이 일어났다. 첩보요원들이 김상현 특공대장을 죽이기로 모의하였다가 실패하였다. 5, 6명의 범인들은 기관총으로 특공대장을 향해 난사하였지만 그는 미리 알고 대피하여 무사하였다. 이때 기간병 두 명이 이들이 쏜 총에 맞아 즉사하였다. 이 사건이 암암리에 퍼지면서 검찰이 진상조사에 나섰다. 세 명의 검사와 네 명의 경찰이 한 조가 되어 인천 연안부두에 도착한 배에서 내리는 범인들을 한 놈 한 놈 체포하였다. 이들은 검찰에 잡혀가 강도 높은 조사를 받았지만 이것이 다른 사건에 비화되는 것을 두려워한 주변의 노력으로 사건이 축소되었다. 주범 김상도에게는 징역 칠 년, 종범 송상용에게는 징역 오 년형이 선고되었다. 이것으로 이 사건은 역사에서 사라져 버렸다. 그 후에도 나는 여러 차례 이들 잉여인간들을 북파 활동이라는 명분을 달아서 북한으로 투입시켰다. 그 후 그들의 생사여부는 하나도 확인이 안 되었다. 이때부터 나는 미국 정부의 요시찰 인물로 특별 관리되고 있었다. 하지만 나는 끝까지 이런 사실을 하나도 발설하지 않고 보안을 유지하였다. 내가 차라리 죽는 한이 있어도 입을 다무는 것이 미국의 국익에 도움이 되었기 때문이었다.

나 때문에 억울하게 희생된 영혼들에게는 고개를 들 수 없게 되었지만 그 당시 나는 어떤 책임도 질 수 없었다. 이제 와서 내가 할 수 있는 것은 그들의 영혼을 위해 기도를 하는 것뿐이다.

"하늘이시여, 나 때문에 억울하게 죽은 숱한 영혼들이 하늘나라에서 안식을 할 수 있게 도와주소서."

21. 불발의 미사일 프로젝트

정전협정 이후에도 휴전선에서는 하루가 멀다 하고 총격전이 벌어지고 있었다. 인민군은 무시로 휴전선에서 우리 군인들에게 총을 쏘아대었다. 이것은 정전협정 위반이었지만 북한은 전혀 신경을 쓰지 않는 것 같았다.

김일성은 다 된 밥에 콧물을 빠트렸다는 분한 생각에서 계속해서 정전협정을 위반하고 있었다. 이러니 이 대통령의 속은 시커멓게 타들어가고 있었다. 정전협상 일 주년을 코앞에 두고 있을 때 경무대에서 나에게 메모가 전달되었다. 나는 오류동 첩보대를 이태원 4392부대로 옮기면서 내가 맡고 있던 업무를 이관하고 있었다. 오류동 6006부대는 미 공군과 한국 공군의 혼성부대였지만 4392부대는 한국군 독자적으로 편성되었다. 나는 부대를 이관하는 작업에 매달려 있어 눈코 뜰 새 없이 움직였다. 나는 사람들이 좀 뜸한 틈을 타서 이 대통령의 메시지를 열었다. 거기에는 또박또박 직접 적은 영문이 적혀 있었다.

니콜스 대령 귀하. 귀하의 경무대 방문을 요청하니 내 메시지를 받는
대로 비서실장에게 연락하여 일정을 조율하기 바랍니다.

—대한민국 대통령 이승만.

나는 사실 한국을 떠나기로 한 날이 다가오면서 이 대통령이 가장 마
음에 걸렸다. 전후 한국에서는 어떤 일이 벌어질지 조금도 예측할 수가
없었다. 사람들은 그저 오늘도 무사히 라는 말을 하면서 하루하루를 넘
기고 있었다.

나는 아흐레 되는 날 오전 10시에 경무대로 들어갔다. 이해 6월은 유
독 비가 적게 내려서 무척 더웠고 논밭은 바짝바짝 마르고 있었다. 이
러니 좀도둑이 설치고 공무원들의 부패가 눈에 띄게 느는 등 민심도 흉
흉하였다. 나는 대통령의 전용 면회실로 들어가서 눈을 반쯤 감고 있었
다. 대략 15분쯤 지났을까 하는데 문이 덜컥 열리더니 대통령이 들어왔
다. 나는 벌떡 일어서서 고개를 숙여 인사하였다. 이러자 그도 나처럼
고개를 숙여 인사를 하였다. 이러는 중에도 오늘은 무슨 일일까 하는 생
각에 빠져 있었다.

"각하, 그간 잘 지내셨습니까?"

"그럼. 잘 지냈지. 아들도?"

"예, 저도 아주 잘 지냈습니다. 오늘은 무슨 일로 저를 부르셨나요?"

나의 성급한 질문에 그만 입을 닫고는 뭔가 복잡한 셈을 하고 있는 것
처럼 보였다.

나는 이 모습을 지켜보면서 잠자코 그의 입에서 자연스럽게 말이 나
올 때까지 기다리고 있었다. 잠깐 닫혔던 입이 다시 열렸다.

이 시간이 마치 여러 날이 지난 것처럼 길게 느껴졌다.

"아들, 오늘 나의 가장 간절한 소원이 뭔지 한 번 맞춰보시오."

나는 이 대통령의 이 질문에 그만 더는 할 말을 잃고 조용히 생각에 잠

겼다. 그의 애틋한 소망이 뭔지를 잘 알고 있었다. 나는 무슨 말이 나올 것일까 상상하면서 답변을 않고 머뭇거렸다. 대통령은 기다리는 것이 지루했던지 다시 말을 하였다.

"뭔지 잘 모르겠어?"

"제가 아버지의 애끓는 소원인데 그걸 모르겠습니까?"

"우리 군인들에게 인민군한테 밀리지 않도록 무기를 지급하는 것이죠."

그의 말은 내 생각과 똑 부러지게 일치하였다. 하지만 이 대통령은 자기의 진심을 아직 털어놓지 못하고 있었다. 나는 그때까지 기다리기로 하였다.

나는 전쟁 내내 대동석유를 통해 미쓰비시의 석유를 집중적으로 구매하였다. 미쓰비시의 석유운반선은 동쪽은 울산으로, 서쪽은 군산과 인천으로 들어왔다. 나는 전시에 대비하여 석유저장고를 군산과 인천에 설치하였다. 군산은 인천이 무너질 경우에 대비한 것이었다. 이때 한국에서 내노라하는 기업인들은 거의가 다 나에게 접근하였다. 어떻게든 석유를 안정적으로 또 값싸게 받으려는 것이었다. 정주영, 이병철, 조중훈 등 이런 기업인들이 나를 만나고 갔다. 특히 운송업을 하고 있던 조중훈에게 석유는 그야말로 밥이었다. 조종훈은 밤이면 오류동으로 나를 찾아와서 석유를 충분하게 받을 수 있도록 해달라고 애원하였다. 그는 나를 청파동에 있는 대동석유 저장소로 데리고 가서 그쪽에 내가 뒤를 봐주고 있다는 것을 직접 보여주었다. 이렇게 해서 그는 석유를 받기는 했지만 항상 부족하였다. 그는 늘 배가 고픈 사람처럼 석유를 탐하였다. 두 달 후 나는 미쓰비시의 유조선을 타고 극비리에 일본으로 건너가서 오노다 사카모토 이사를 만났다. 나는 그를 만나자 마자 석유 공급처를 다른 데로 알아보고 있는 것처럼 말하였다. 그랬더니 오노다 이사는 얼굴색이 하얗게 변하면서 내 손을 덥석 잡더니 흔드는 것이었다.

"대령님, 왜 그러십니까? 우리보다 더 좋은 조건으로 석유를 공급해줄 수 있는 데는 없을 겁니다. 우리 회사는 흥남에서 한국의 화학공업 발전에 지대한 공을 끼쳤습니다."

나는 이 말을 들으면서 이 대통령의 소원이 꼭 이뤄질 것 같은 확신을 갖게 되었다. 이때 한국에 자체적으로 석유 정제사업을 벌리기에는 자본이 너무 빈약하고 설비를 다룰 수 있는 엔지니어도 없었다.

"오노다 이사님, 왜 이러십니까? 그런 게 아니고 그저 지나가는 말로 해본 것입니다."

"니콜스 대령님, 무슨 소원이든 다 들어드릴 테니 석유 공급선을 바꾼다는 말씀은 거둬주십시오."

"알겠습니다. 오노다 이사님, 오늘 날씨도 좋으니까 저하고 잠깐 산책이나 하실까요?"

이런 제안이 나오자 오노다 이사는 뭔가 일이 풀릴 것 같다는 표정으로 나를 미쓰비시 본사 건물 뒤편으로 이끌었다.

"도쿄에서 저희 본사만큼 넓은 정원과 산책로를 갖고 있는 회사는 없습니다. 대령님, 혹시 은밀하게 나눌 말씀이라도 있나요?"

나는 오노다 이사의 정곡을 찌르는 질문에 뜸을 들이기로 하였다.

"아, 그저 고민하는 게 하나 있습니다. 큰 것은 아니고……."

"대령님, 그만 속 시원히 털어놓으시죠. 제가 할 수 있는 것이라면 무슨 수를 쓰던 도와드리겠습니다."

나는 군산으로 석유를 싣고 가는 석유운반선을 타야 해서 시간이 많지 않았다.

"제가 미쓰비시에서 석유를 수입하는 거래를 10년은 보장하겠습니다. 단, 조건이 있습니다. 미사일 실험 부품입니다."

나에게서 미사일 부품이라는 말이 나오자 오노다 이사는 벌어진 입을 다물 생각을 하지 않는 것 같았다.

"예? 미사일 부품이라고요? 그걸 어디 쓸 건가요?"

"잘 아시다시피 한국은 북한에 무기가 열세여서 자칫하면 국가를 잃을 뻔했습니다. 이 대통령은 이때 통한의 눈물을 흘렸습니다."

"대령님, 그건 미쓰비시 중공업과 전자에서 협업으로 하는 일이어서 알아보겠는데 장담할 수는 없습니다."

"그건 안 됩니다. 저는 오늘 서울로 갑니다. 열흘 안에 답을 안주시면 저희는 석유 공급자를 바꿀 것입니다."

"대령님, 그럼 미사일이 통째로 필요한 것은 아닐 테고……."

"그렇습니다. 자동조종장치하고 방향타, 탄두와 근접신관장치 그리고 자이로스코프만 있으면 나머지는 한국 기술자들이 알아서 할 것입니다."

"이건 미쓰비시 이와사키 야타로 회장님께 보고를 드려서 승낙을 받아야 할 것 같습니다. 제가 열흘 안에 대령님께 직접 보고를 올리도록 하겠습니다."

"야타로 회장님도 이 제안을 굳이 반대하지는 않을 것입니다. 한국은 전후 복구에 석유가 계속 들어가야 합니다. 일본정유도 한국 시장에 눈독을 들이고 있지만 내 승낙이 없으면 안 됩니다."

나는 이 대통령의 밀명을 받고 미쓰비시 석유운반선의 선원으로 위장을 하고 일본으로 밀항하였다가 다음날 군산으로 들어왔다. 나는 군산에서 헬리콥터를 타고 가면서 이 대통령께 보고하였다. 그는 나의 활약에 고맙다면서 꼭 이루어질 수 있게 하라고 서너 번은 되풀이하였다. 나는 미쓰비시가 나의 제안을 받아줄 것으로 확신하였다. 전후 일본의 석유자본은 계속 확장되고 있었다. 당시 한국은 물론 동남아에 이르기까지 석유정제시설을 갖추고 있는 나라는 하나도 없었다. 이러니 미쓰비시 석유는 기름을 뽑아내기 무섭게 팔려나갔다.

내가 일본에서 돌아온 지 나흘째 되는 날에 오노다 이사의 전화가 걸려왔다. 생각보다 아주 빠른 것이었다. 나는 수화기를 왼쪽 귀에 갖다 붙였다.

"대령님, 극비보안이 필요합니다. 회장님께서 눈에 안 띄게 지원을 하라고 승낙하였습니다. 실무진을 알려주시면 조치하겠습니다."

역시 미쓰비시는 큰 거래처를 놓치고 싶지 않았다. 이것이 밖으로 알려지면 정치적인 이슈가 될 수도 있었다.

"아리가토 고자이마스네. 오노다 이사님……."

나는 이 대통령에게 이 사실을 보고하였다. 그는 아주 기뻐하면서 연구개발팀을 구성하여 부품을 인수하는 작업에 들어가도록 지시하겠다고 설명해주었다. 두 달 후 미쓰비시는 석유운반선에 미사일 부품을 하나씩 분해하여 실어 보냈다. 나는 현장을 확인하려고 이 대통령이 극비리에 마련한 연구소를 방문하였다. 내가 탄 차는 출발부터 도착까지 창문을 가리고 가는 바람에 그 위치를 알 수가 없었다.

이 프로젝트는 워낙 적은 인원에다 대통령이 주관을 하여 미국도 모르고 있었다. 특히 언론이 이 낌새를 알아차리지 못하게 석유 드럼통에 넣어서 들여왔다. 이 대통령은 서울 근교에 미사일 연구소를 설립하고 아주 제한된 인원만 상주시켜 연구하게 만들었다. 그는 이 프로젝트를 주선한 나도 모르는 곳에 연구소를 설치하였다.

정전협정 이후 사 년이 흐르면서 한국은 빠르게 안정을 되찾아가고 있었다. 전국 곳곳에서 전후 복구의 삽질이 한창이었다. 밤에도 횃불을 켜들고 삽질을 하였다. 남녀노소 불문하고 삽과 곡괭이를 들었다. 미국은 전후 복구를 위해 밀가루와 옥수수가루 그리고 탈지분유를 맘껏 풀어서 지원하고 있었다.

미국이 원조한 곡물 포대에는 "이것은 미국 국민이 미 공법 480호에 의해 기증한 것으로 팔거나 바꾸지 말 것"이라는 글과 함께 한미 양국이 성조기와 태극기를 뒤에 두고 악수하는 그림이 그려져 있었다.

나는 본국의 지시에 따라 원조물품이 제대로 배급이 되고 있는지 불시에 남대문시장과 광장시장으로 조사를 나갔었다. 두 시장에는 아예 산더미처럼 쌓아놓고 이들 곡물을 팔고 있었다. 이런 가운데 나의 귀국 일자는 점점 더 가까워지고 있었다. CIA는 빨리 귀국하라고 독촉하고 있었다. 하지만 나는 원래 귀국일보다 넉 달이나 연기를 하였다. 10년 가까이 머무르고 삼 년간의 전쟁을 치렀는데 정리할 일들이 한두 가지가 아니었다.

우선 나와 생사고락을 함께 했던 미 공군 6006 첩보대 요원들의 일자리를 잡아주는 일이 시급하였다. 사 년 전 말도에서 기간병과 미군을 살해한 반란이 늘 내 가슴에 응어리로 남아 있어 심장 박동을 불규칙하게 하였다. 이들의 직장을 알아보느라 나는 눈코 뜰 새가 없이 움직이고 있었다.

나는 이 대통령과 정부 관리들을 찾아가 첩보요원들의 직장을 부탁하였다. 대체로 이들은 나의 제안에 호의적이었지만 당시 한국에는 공무원은 최고의 직장으로 선망을 받고 있었다. 영어를 잘하는 요원은 미군에 넣어주었다. 어느 정도 이들에 대한 일자리가 마무리 되어가고 있었다. 이러면서도 내 머릿속에는 온통 걱정거리로 가득 차 있었다.

전쟁에서 많은 공을 세웠으니까 당연히 금의환향을 해야 하는데도 나의 입장을 정반대였다.

이 대통령은 양아들인 나에게 "당신은 한국의 진정한 은인이며, 가장 고상하고 독창적으로 공산주의를 물리친 첩보의 달인으로 역사에 남게 될 것이다."면서 칭송하였다. 이 대통령은 아주 정중하게 그리고 함축적으로 나의 공적을 추켜세웠다. 나는 약간 울먹이는 말투로 화답하였다.

"각하, 저는 한국을 사랑했습니다. 비록 제 몸에는 미국의 피가 흐르고 있지만 끝까지 자유를 지켜낸 각하와 한국인들을 한시도 잊지 않겠습니다."

이때 이 대통령의 눈가가 불그스레해졌다. 그는 잠시 말을 멈추고 있다가 고개 들더니 나를 보고 입을 열었다.

"한국 사람은 누구나 니콜스 대령에게 큰 빚을 지고 있습니다. 대령은 시대를 초월한 영웅이며 한국의 전설이 되었습니다."

"아버지, 이 세상에 많고 많은 사람 가운데 제가 한국에서 아버지를 만나 행복했습니다. 다만, 남북통일의 꿈을 이루어드리지 못해 아버지와 한국 국민들에게 미안합니다. 사과드립니다."

"아니, 그렇지 않아요. 당신은 당신의 조국보다 한국을 더 사랑했어요. 이건 아무나 할 수 있는 게 아닙니다. 당신이 있어서 한국이 존재하게 되었습니다."

"아버지, 제 앞에 어떤 가혹한 운명이 기다리고 있을지 알 수 없습니다. 저는 죽는 날까지 첩보원의 품위와 비밀 엄수의 의무를 끝까지 지킬 것입니다."

"그렇게 해야지. 첩보원이 직무 중에 알게 된 비밀을 줄줄이 얘기하면 어디 국가가 남아날까요?"

이때 나의 눈에서는 눈물이 주체할 수 없을 정도로 흘렀다. 이 모습을 보고 있던 이 대통령은 손수건을 꺼내어 내 눈물을 직접 닦아주었다.

"니콜스, 미리 어떤 결과를 정해놓으면 엉뚱한 상태로 빠질 수 있어요. 당당하게 부딪히는 게 상대의 기를 죽일 수 있어요."

"아버지, 참 운명은 모집니다. 만약 미국이 한국전쟁에서 이겼다면 이런 치욕은 당하지 않아도 될 것입니다. 사실 트루먼 대통령은 처음부터 한반도에서 공산주의를 몰아낼 의지는 없었습니다. 그것은 스탈린과 타협이었으며 정전협정이 그 산물입니다. 지금까지 한국전쟁은 미국이 영토 밖에서 싸운 전쟁 중에 패한 유일한 전쟁입니다. 아마 이것을 물 타려고 하이에나처럼 저를 물고 늘어질 겁니다. 원래 희생양이 없는 정치는 간이 안 된 스프와 같습니다."

시간이 흐르면서 나는 아주 엉뚱한 생각을 하게 되었다. 한국 생활 10년은 나를 거의 한국인으로 변화시켜주었다. 나는 한국말을 거의 완벽하게 구사할 수 있었다. 심지어 경상도와 충청도 그리고 전라도 사투리까지 흉내 낼 수 있을 정도가 되었다. 내 부하들 가운데는 각 지방에서 온 사람들이 있어 자연스럽게 사투리를 배우고 익힐 수 있었다. 이때 나의 발목을 잡은 것은 아내 문제였다. 인천 송림동에 살았던 아내는 미국으로 가기를 한사코 거절하였다. 그녀는 한국에 남아있겠다는 것이었다. 또 딸 린다의 교육도 문제였다. 이때 한국에서는 혼혈아에 대한 차별이 극심하여 놀림감이 되기 일쑤였다. 나는 혹시 린다가 외모 때문에 학교에서 차별을 받을까봐 걱정이었다.

나는 처남을 오류동으로 불렀다. 그는 윌리스 군용 지프를 약간 개조한 차를 타고 다녔다. 나는 그를 한국식으로 형님이라고 부르고 있었다. 그는 부대 안에 있는 휴게실에서 내 손을 잡았다.

"매제 니콜스. 언제 본국으로 들어가나?"

"지금부터 3개월 안에 들어가야 합니다. 시간이 없습니다."

"뭐? 3개월? 그렇게나 빨리 가야한다고?"

"그렇습니다. 지금 기다리고 있습니다."

"그렇군. 동생 영혜는 지금 식음을 전폐하고 누워있다고. 자네가 여기 있으면 좋겠다는 거야."

이 때 나는 그 순간 한국으로 귀화하면 어떨까 하는 생각을 하게 되었다. 나는 처남을 바라보면서 잠시 엉뚱한 생각에 잠겨보았다.

"아, 귀화도 생각해볼 수 있는데……. 아냐. 내 맘대로 귀화할 수 없는 신분이야. 그랬다가는 한미 외교문제로 비화될 수 있어. 나는 상사 직원이 아니니까……."

이러면서 나는 처남의 말에 좀 설명을 하려고 퍼뜩 상상에서 현실로 돌아왔다.

"형님, 제가 여기 있고 싶다고 해서 있을 수 없는 처집니다. 저는 특수 신분의 공무원이라 제 뜻대로 할 수 있는 게 별로 없습니다."

처남은 나를 멀뚱하게 쳐다보면서 눈가에 촉촉하게 눈물이 맺히는 것이었다. 아마 홀로 남게 되는 동생이 안쓰러워서 그러는 것 같았다. 나는 형님에게 토지문서를 하나 건네주었다. 이럴 줄 알고 아내 앞으로 토지의 소유권을 이전해 놓았다. 혹시 몰라서 딸 린다와 아들 니콜스2세 앞으로도 토지를 명의신탁을 해두었다.

나는 또 현금과 채권을 담은 봉투를 처남에게 전해주었다. 이 채권은 일본 전후 복구 채권으로 만기까지는 앞으로 12년이 남아있었다. 나는 형님에게 이들 서류를 넘겨주면서 다음 주에 아내를 만나러 인천 송림동으로 찾아가겠다고 알렸다. 형님에게는 주문도와 교동도의 5천 평의 땅을 사주었다.

"형님, 그만 내려가십시오. 여기는 민간인이 오래 있을 곳은 못됩니다. 며칠 있다가 아내를 만나러 가겠습니다."

나는 남아있는 첩보요원들을 제대시키고 휴가를 보내느라 정신을 차릴 수가 없었다. 처남이 나를 만나고 돌아간 지 열흘쯤 되어 나는 아내가 교통사고로 죽었다는 비보를 받았다. 아무도 사고 현장에 없어서 어떻게 되었는지 알 수 없어 수사는 그대로 종결되었다. 한 달쯤 있다가 아내를 친 차량을 발견했는데 그 안에서 북한의 난수표가 발견되어 수사를 더 했지만 범인은 끝내 밝혀내지 못하였다. 나는 경찰로부터 난수표를 받아 내가 갖고 있던 난수표와 대조하였더니 대남선전선동부의 그것과 종이도 글씨체도 같았다. 나는 아내가 북한의 공작원들의 손에 의해 살해된 것으로 결론을 지었다. 아내가 살고 있는 인천의 송림동 주택을 감추고 있었는데 북한의 공작원들은 용케도 그것을 찾아낸 것이었다. 나는 출국을 불과 20여일 앞두고 사랑하는 아내를 지키지 못했다는 죄책감에 그만 모든 의욕을 상실하였다.

이때 워싱턴에서 나한테 들려온 소식은 더욱더 나를 절망으로 몰아넣었다. 이것을 보면서 나의 적들이 나를 음해하려고 작정하고 있다는 것을 알게 되었다. 나의 귀국이 피치 못할 사정으로 약간 늦어지니까 호사가들이 지어낸 것 같았다.

> 니콜스는 귀국하면 감옥에 갈 게 분명하니까 한국에 그냥 눌러앉으려
> 고 공작을 꾸미고 있다. 그는 이미 상당한 절차도 거쳤으며 한국 정부
> 도 그의 귀화를 반기고 있다.

이 대통령은 공산당이 시도 때도 없이 설쳐대니까 나를 한국 경찰의
치안감으로 발령을 내주었다. 또 공군부대가 창설되고 나는 한국 공군
의 현역 장교가 되어서 오키나와에 있던 미군 전투기를 얻어왔다. 전쟁
이 터졌을 때 이마저도 없었으면 한국은 북한의 전투기에 대응할 수 없
었을 것이다. 미 공군이 한국에 오기 전까지 내가 오키나와에서 가져온
전투기가 효자 노릇을 하였다. 이것은 이 대통령과 공작과장만이 아는
비밀이었다. 하지만 나는 첩보원의 신분이었기 때문에 여기에 있으면
정치적인 망명으로 오해될 수도 있었다.

이때 내가 귀국하지 않으면 안 되는 것이 하나 있었다. 나는 틈틈이 한
국의 도자기나 민화 같은 골동품과 고서적을 사들여 미국으로 보내었
다. 나는 빈 채로 돌아가는 수송기에 이것들을 실어서 네바다 사막에 창
고를 지어 보관하였다. 이것들의 안부가 궁금하였다. 혹시 누군가에 의
해 빼돌려지지 않았을까 하는 걱정이 앞섰다.

나는 전부터 알고 지내던 샘 스턴팅 변호사에게 내 문제를 상담하였
다. 그는 거기서 제대하면 민간인 자격으로 귀국하는 것이어서 여러 문
제에서 자유로울 것이라는 의견을 주었다. 그는 나의 법률대리인이 되
어 미국에서 내가 제대를 할 수 있도록 시도를 했지만 그것도 쉬운 일이
아니었다. 어떻게 해서든지 나를 현역 군인의 신분으로 청문회에 세우
려는 세력들이 설치고 있었다.

심지어 자기가 소련 스파이로 몰리게 된 것은 니콜스 때문이라면서

억지 주장을 하는 사람도 있었다.

나는 마지막으로 경무대를 방문하였다. 이 대통령은 일요일이면 부부가 김진호 목사를 모시고 간단하게 예배를 드렸다. 이날 나도 뒤에서 성경과 찬송가를 들고 함께 기도하였다. 처음으로 나를 위해 하느님께 잘 보살펴주시기를 간구하는 기도를 드렸다. 예배가 끝나고 비서실장을 비롯해 여남은 명이 둘러 앉아 식사를 하였다. 나는 전날 우리 부대로 배급된 식품을 엄선해서 경무대로 보내었다. 그런데 이날 점심으로 나온 음식은 내가 보낸 식재료를 조리한 것이었다. 식사가 끝나자 다들 도망치듯이 나가 버리고 이 대통령과 나만 단 둘이 남게 되었다. 나는 이 대통령에게 한국의 전통대로 큰절을 올렸다.

"각하, 이제 한국을 떠날 때가 왔습니다."

이 대통령은 깜짝 놀란 표정으로 말을 이어갔다.

"아니 그게 언제란 말이오."

"다음 달 12일입니다. 이제 연말로 접어들었고 CIA는 올해 안으로 귀국하라고 재촉하고 있습니다."

이 말을 듣고서 이 대통령은 나를 붙잡고 안쓰럽게 쳐다보는 것이었다. 그동안 어려울 때 이 대통령은 나를 격려한 적은 있지만 이날의 표정은 사뭇 다르게 보였다.

"각하, 죄송합니다. 지척에서 김일성을 놓쳐서 남북통일을 물 건너가게 하였습니다."

"절대 그렇지 않아요. 이건 니콜스 대령 한 사람만의 문제가 아닙니다. 거기에 함께 했던 사람들의 문제이자 미군의 전략의 실패입니다."

이 같은 말이 나에게 어느 정도는 위안이 되었다. 나와 이 대통령은 서로 헤어지는 게 아쉬워서 한 시간 이상을 머물렀다. 이 대통령은 하나의 회고담을 꺼내었다.

"나는 뭐니 뭐니 해도 지도를 결코 잊을 수 없어요. 나 모르게 니콜스 대령이 5만분의 1 지도를 일본에서 만들어서 보라매공원에 보관해두었다는 것은 꿈에도 생각을 못했어요. 그것도 두 트럭분이나 말이죠. 만약에 김일성이 쳐들어 왔을 때 지도마저 없었다면 우리는 어디로 가야할지 또 어디로 포를 날려야 할지 어떻게 알았겠어요? 정말 니콜스 대령의 선견지명은 신의 경지입니다."

"각하께서 이렇게 칭찬을 해주시니 이제 떠나는 마당에 힘이 솟습니다. 저는 김일성이 남침을 할 것으로 확신하였고 그래서 지도를 준비해두었습니다. 지도가 없는 전쟁은 겨자가 없는 소시지나 같습니다."

"물론 전쟁에서 없어서는 안 되는 것이 지도 말고도 수없이 많을 텐데 이것을 생각하였다는 것이 정말 대단합니다. 대령……. 정말 고맙소."

"각하, 오늘 여기서 그동안 제 가슴에 담아두고 있었던 비화 한 가지만 밝히겠습니다."

"작전지도에 얽힌 비화가 있단 말이오?"

"그렇습니다."

"아, 지도 하나에도 비화가 있었단 말이오?"

"저는 김일성의 남침을 세 번이나 예고했습니다. 그 인간은 분명히 전쟁을 일으킬 것으로 확신하고 지도를 제작하였습니다. 여기까지는 다 아는 것입니다. 50년 5월 중순, 저는 전군에 작전지도를 배포하겠다고 공고했습니다. 그랬더니 장교들 가운데 절반만 와서 받아갔습니다. 이 지도는 적군에게 넘어갈 경우 적에게 공격목표를 지정해주는 것과 같습니다. 그래서 교육을 시키면서 지도를 배포했는데 우리 군의 장교들의 절반만 지도를 받아갔습니다. 이들 가운데 리철호 소령은 지도를 받은 다음에 북으로 넘어가 김일성에게 바쳤습니다. 그는 이미 김일성의 지령에 따라 지도를 받으려고 대기한 스파이였습니다. 리철호는 김창룡 소령이 확보한 남로당 당원 명단에도 들어있는 인물입니다. 저는 지도의 안 보이는 곳에 표시를 해두었습니다. 그 표시만 보면 누가 가져간 지도인지 금방 알 수 있게 해두었죠. 우리 부대가 영천지방에서 노획한 T-34전차 안에서 리철호가 가져간 지도가 나왔습니다. 그는 남로당 당원이면서 김일성의 첩자였습니다."

이때 내 말을 듣고 있던 이 대통령의 입에서는 아 하는 탄식이 쏟아져 나왔다.

"각하, 또 있습니다. 제가 15일 동안 지도를 배포했습니다. 그런데도 지도를 우습게 여기고 안 가져간 것입니다. 지도가 없어도 나는 다 안다는 심보였습니다. 그런데 그동안 지도를 가져간 장교와 그렇지 않은 장교를 비교 분석한 결과 지도를 가져간 장교는 전투에 승리하고 살았지만 지도를 무시한 장교는 전투에 져서 포로가 되거나 죽었습니다. 여기 자료가 있습니다. 각하……."

이 대통령은 자료에 밑줄을 쳐가면서 살피더니 얼굴에는 만시지탄의 표정이 드러났다.

나는 이것을 끝으로 이 대통령과 작별을 하였다.

"각하, 부디 건강하십시오. 한국의 발전을 위해서 제가 할 수 있는 일을 찾아보겠습니다."

"정말 고맙소. 니콜스 대령. 어떤 일이 있어도 소신을 굽히지 말고 정정당당하게 일을 했다는 자부심에서 밀고 나가십시오."

"각하, 공산주의란 1%의 특권층이 99%의 국민을 노예로 부리는 사회입니다. 한국은 두고두고 김일성을 경계해야 합니다. 안녕히 계십시오."

나는 이날 이후 이승만 대통령을 더는 만날 수가 없었다. 내가 멕시코 과달라하라에 있을 때 한국에 시위가 일어나 이 대통령이 하와이로 망명하였다는 기사를 읽었다. 나는 어렵게 수소문하여 이 대통령이 하와이의 와이 마키키의 목조주택에 머물고 있다는 것을 알아내었다. 나는 이 전 대통령 살아생전에 그 분을 꼭 한 번 보고 싶어서 하와이로 가려고 했지만 여전히 이동에 제약을 받고 있어서 그만 주저앉고 말았다.

22. 토끼몰이와 사냥개

나는 한국에 와서 많은 것을 배웠다. 인생살이 새옹지마는 나에게 큰 울림을 준 말이었다. 또 토사구팽이라는 말도 접하게 되었다. 비록 한자는 모르지만 두 말이 한국인들에게 뭘 의미하는지 잘 알고 있었다. 이것은 모두가 중국에서 유래하였다. 한국은 중국처럼 한자를 많이 쓰고 있어 한자를 모르면 공무원이 될 수 없었다. 한국 사람들은 자기의 목표가 어긋나거나 일이 잘 풀리지 않으면 남의 탓으로 돌리기보다는 두 개의 문장으로 위안을 삼고 있었다. 수천 년 전 중국에서 있었던 일화를 현재화하여 자기의 신세 한탄을 돌리는 것을 보고 나는 정말 기막히다고 생각하였다.

나는 미 공군본부 대변인 제임스 하트먼의 전화를 받았다. 그는 내 신원 확인을 위해 군번과 개인 아이디를 물었다. 그리고는 짤막하게 귀국을 준비하라는 명령을 내리고는 전화를 끊었다.

"열흘 후 밤 9시에 오산비행장에서 출발하는 공군 수송기를 타고 귀국할 준비를 하십시오. 혹시 어떤 언론이 접근해도 대응하지 마십시오.

이것은 극비의 보안사항입니다."

이 지시를 받고서 나는 한국에 온지 11년 만에 서둘러서 짐을 꾸렸다. 한국전쟁에서 첩보의 달인이라는 칭호에 안 어울리는 마지막의 굴욕이었다. 그때 미 상원에서는 나를 청문회에 세워야 한다는 주장이 표면으로 부각되고 있었다. 나는 한국에 와서 부초처럼 살았다.

아이젠하워 대통령은 내가 한국에서 보낸 10여 년 동안 무슨 일을 했는지 잘 알고 있었다. 만약 그가 미국의 국익을 해치는 발언을 하는 날이면 트루먼 정권은 물론 공화당이 논란의 블랙홀에 빨려들어 갈 것이라는 사실을 알고 있었다. 이때 하늘이 무너져도 솟아날 구멍이 있다는 말이 우연히 떠올랐다.

전후에 유태인은 미국의 거대자본을 이끄는 주도 세력으로 자리를 잡았다. 유태인 그룹은 나를 처리하는 문제로 머리가 아파 터질 지경이었다.

한국전쟁으로 가장 큰 수혜를 본 그룹은 미국의 유태자본과 일본의 군수재벌들이었다. 이들은 한국전쟁이 끝나는 것이 못내 아쉬웠다. 나는 한국전쟁 전후에 민감한 첩보를 워싱턴에 올렸지만 번번이 무시되었다. 2차 세계대전부터 한국전쟁까지 나는 13년을 야전에서 보내었다. 나에게는 남은 것이라고는 애국심 말고는 아무 것도 없었다. 나에게는 내 앞에 쳐진 거대한 폭풍과 싸워야하는 난제가 기다리고 있었다. 나는 이미 제대한 전 공작과장 김기수를 반도호텔 302호로 불렀다. 아마 나는 예전을 찾을 수 없을 정도로 피폐해졌다. 나는 늘 술에 취해 있었다. 탁자에는 마시다 남은 잭 다니엘 양주가 반 병쯤이 남아 있었다. 김기수는 내 뒤에 서서 두 어깨를 살며시 잡아 쥐었다. 나는 몸을 돌려 김기수를 올려다보았다. 그의 눈에는 눈물이 글썽글썽 맺혀 있었다. 내가 너무 안 되어 보여서 그런 것 같았다.

"아니, 이게 어떻게 된 일입니까?"

김기수는 도무지 믿을 수 없는 사건이 일어났다는 생각에서 말을 하였다.

"거기 앉아요. 천천히 얘기합시다."

창가에는 여행 가방 하나가 덩그러니 놓여 있었다. 전쟁 영웅의 초라한 귀환을 보는 것 같았다.

"도대체 무슨 일이 일어난 거죠?"

"나는 모레 본국으로 소환됩니다. 귀국이 아니고 소환입니다. 중국고사에 토끼 사냥이 끝나니까 사냥개를 삶아 먹는다고 나한테 말했죠?"

"네, 그건 토사구팽이라는 말입니다."

"내가 지금 그 꼴을 당하고 있어요."

"예? 토사구팽을요?"

이쯤에서 김기수는 보통 심각한 문제가 아니구나 하고 생각하는 것 같았다. 내 가슴은 방망이질을 하는 것처럼 뛰기 시작하였다. 나는 옛날로 돌아가 그를 과장으로 불렀다.

"김 과장이 내 증인이 되어줄 수 있겠어요?"

"그럼요. 증인이 되어드릴 수 있습니다."

"나는 10년 넘게 한국에서 살았소. 그동안 단 한번 고향에 갔다 왔소. 그러다보니 한국이 고향처럼 느껴지고 내 고향은 서먹서먹해졌소."

"예, 그건 제가 잘 압니다."

"또 한국을 위해 첩보를 수집해서 본국에 보내면 워싱턴은 그걸 취사선택해서 자기들 입맛에 맞게 요리해서 썼어요."

"가끔 그래서 한탄하셨죠."

"첩보는 다른 요원이 보낸 것과 크로스 체크를 하여 더 정확하게 보강할 수는 있습니다."

여기까지 말을 마친 나는 양주를 물컵에 따라서 김기수에게도 한 잔을 건네었다.

나는 양주 한 컵을 단숨에 들이켰다. 나는 소문난 애주가였다. 손으로 입을 문지르면서 말을 이어갔다.

"내 이 자리에서는 맨 정신으로 얘기를 할 수 없어요. 술을 마셔도 이해해줘요."

"그럼요."

"나는 한국에서 세 번의 죽을 고비를 넘겼어요. 김일성은 나를 제거하려고 중국의 지원까지 받아서 살해하려고 했어요. 1.4후퇴 때 중공의 첩자를 한국인으로 위장하여 내려 보냈어요. 한국말을 잘 하는 스파이를 서른 명이나 보냈어요. 또 한창수라는 놈을 보내서 나를 죽이려고 했지요. 아마 김 과장이 아니었으면 나는 벌써 죽었을 거요."

"그렇군요. 김일성은 스탈린에게서 못된 것만 배웠습니다. 사람을 죽이는 것을 말이죠."

"사실 나도 김일성을 제거하려고 암살단을 보내었고 백의사 이성열도 내가 보냈다네."

"그때 동평양여관에서 사흘을 묵었어요. 나도 그날 현장에 있었어요. 그때 파견된 6명 가운데 이성열 단장하고 이광훈 동지만 살아왔어요."

이때 나는 양주를 스트레이트로 한 잔 더 들이켰다. 도저히 술의 힘을 빌리지 않고서는 말을 할 수 없었다.

"김 과장, 록펠러 가문이 나를 제거하려고 했죠. 내가 없어야 전후 청산이 깔끔하게 될 수 있기 때문이었죠. 사실 나는 록펠러 가문을 거쳐서 첩보비도 받았어요. 국민의 세금으로 첩보비용을 다 충당할 수 없습니다. 세금은 무서운 돈입니다."

이런 충격적인 고백을 듣는 순간 김기수의 가슴은 쿵하고 심해로 침몰하는 것 같았다. 나는 한국을 떠나는 마당에 모든 것을 다 털어놓기로 작심하고 있었다.

김기수는 삼 년 전 공작과장으로 돌아가 나의 말을 들으면서 요점을 메모하고 있었다.

"록펠러 가문은 미국 군수산업의 최고봉입니다. 약 4백만 명에게 월급을 주고 있습니다. 이러니 록펠러를 빼고 미국의 군수산업을 말하면 안 됩니다. 그건 마치 예수를 빼고 기독교를 말하는 것과 같습니다."

"네, 아주 적절한 비유입니다."

그는 숨을 몰아쉬면서 계속해서 말을 이어갔다.

"지금 미국은 물론 유럽과 일본 그리고 한국의 언론까지 나서서 트루먼 대통령이 김일성의 남침첩보를 묵살하였다고 했는데 그건 내가 입수한 것을 갖고 언론 플레이하는 겁니다."

이 장면에서 나는 눈과 어깨에 힘을 잔뜩 주었다.

"워싱턴 것들은 첩보를 어떻게 써야할까 고민하는 게 아니라 그걸 자기 입지를 넓히는 데만 쓰다 보니 전쟁이 터진 겁니다."

이쯤에서 김기수는 전쟁 발발일자를 정확하게 알게 된 배경이 궁금해서 견딜 수가 없었다. 이참에 그 과정과 인간 첩보원들을 알아두고 싶었다.

나는 장시간 얘기하느라 목이 말라서 물 한 컵을 마셨다.

"그게 바로 관록이라는 거네. 전쟁이는 지나고 나서 이러니저러니 하는데 나는 야전에서 길들여진 첩보관이요. 다들 내가 처음 보고할 때는 키득거리며 묵살했어요. 심지어 정신병자 취급까지 했지요. 전쟁이 보고한 시간에 일어나자 전부 자기가 맞췄다고 떠들었어요. 설령 맞췄다고 칩시다. 수백만의 군인과 민간인이 죽거나 다쳤는데 그게 무슨 소용이 있나."

"대령님, 어떻게 해서 족집게처럼 맞출 수 있게 되었나요?"

"그건 김일성 주변에 있는 인간 첩보와 군사 첩보를 종합해서 내린 결론이었네. 누구도 6월25일 새벽4시라고 말해준 사람은 없어요. 공작과장이 흥남교화소에서 보내준 소련제 무기 수송과 강창옥의 내부 첩보가 유용하게 쓰였죠. 강창옥은 첩보를 생명으로 알고 살아가는 사람에게는 황금보다 소중합니다. 불행히도 모진 고문으로 고통 속에 살다가 김일성이 보는 앞에서 총살로 생을 마감했죠. 정말 열혈 애국자였죠. 또 그 친구 최명신도 역시 강창옥에 앞서 눈을 감았죠. 저는 평생 이런 분들의 영혼을 위해서 기도하겠네."

"그럼 강창옥에게 김일성의 첩보를 준 인물은 누군가요?"

"남로당 지도자 박헌영 외상입니다. 그는 내가 심어놓은 스파이였습니다. 단지 그는 스파이보다는 조정자에 가까웠죠. 하여튼 그는 강창옥을 통해서 첩보를 나한테 전했습니다. 그는 김일성이 직접 쏜 총알을 맞고 한 많은 생을 마쳤죠. 김일성은 남로당의 손을 언젠가는 뿌리치게 되어 있었습니다. 이건 미리 짜놓은 각본입니다."

김기수는 잠깐 고개를 숙이고 고인이 된 이종사촌 강창옥의 모습을 떠올리면서 말을 하였다.

"누나, 저 세상에서는 딴 일 말고 착한 남자 만나서 행복하게 살아요."

이런 말을 직접 들으니까 어느 정도 내 마음도 편해졌다.

"트루먼 대통령과는 두 분이 통화를 자주 하는 것 같던데⋯⋯."

"첩보원 주제에 그렇다고 하면 워싱턴은 코미디언 밥 호프가 웃긴다고 흘쭉거릴 겁니다. 문제는 통화를 했느냐가 아니라 어떤 첩보를 공유했냐가 중요하죠. 알맹이도 없이 통화만 하면 무슨 의미가 있나요?"

"웨이크 섬은 미국 정치 지형에 커다란 지각변동을 가져왔다고 언론은 너스레를 떨고 있는데⋯⋯."

"그 내용을 모르니까 용감한 겁니다. 트루먼과 맥아더는 허심탄회하게 만나서 얘기를 나눴죠. 다들 두 사람이 힘겨루기를 하였다고 했는데 그게 아니었습니다. 또 맥아더가 중국이 인민지원군을 파병하면 일본에 터트린 것과 같은 원자폭탄을 중국에 터트리겠다고 주장하였다는 것도 사실이 아닙니다. 소문과 달리 맥아더는 38선에서 전쟁을 끝냈으면 했습니다. 북진하여 압록강까지 차지할 생각은 없었습니다. 그렇게 되면 전쟁은 언제 일어나도 또 일어날 것이었기 때문이었습니다."

"그러면 지금까지 맥아더는 만주까지 치고 올라가겠다고 하였다는데
정 반대군요."

"나는 스페셜 에이전트로 웨이크 섬에 있었죠. 맥아더가 도쿄로 돌아
가고 나서 30분 정도 트루먼과 대화를 나누었죠."

"그때 두 사람 사이가 좋지 않았나요?"

"아닙니다. 언론의 입방아가 그렇게 만든 겁니다. 또 한편에서는 맥
아더가 대통령의 꿈을 갖고 있다고 했는데 그분은 70살 고령으로 사리
판단을 정확하게 할 수 있는 나이를 훨씬 지났습니다. 웨이크 섬의 회
동이 오 년 만에 이뤄진 겁니다. 그는 이미 아이젠하워를 마음속에 두고
있었습니다. 두 사람을 이간질한 것은 스탈린이었고 그 사이에 처칠이
줏대 없이 놀았습니다."

"맥아더는 지금 어떤 심정으로 한국을 바라보고 있을까요?"

"그건 정확하게 말을 할 수는 없죠. 하지만 자기가 만용을 부려 인민
지원군의 개입을 초래하였다는데 대해 언젠가는 입을 열려고 준비할
겁니다. 내가 장제스 첩보대와 접촉해 본 결과 타이완 역시 인민지원군
과 정면 대결은 무리라고 말렸어요. 왜냐면 국민군은 인민지원군의 기
만술과 총성 없는 심리전을 넌덜머리나게 겪지 않았나요?"

"그런데 왜 맥아더는 압록강 변까지 밀고 올라간 걸까요?"

"그 이유는 월가의 도박사들의 로비 때문입니다."

"월가의 도박사들이면 평화주의자, 반전주의자들이 아닙니까?"

"맞아요. 겉으로만 봐서는 그들은 돈이라면 피를 보는 것도 불사하지
않죠. 오죽하면 평화는 미국의 적이고 미국은 평화의 적이라는 말이 월
가에서 생겼겠어요?"

나는 정전회담 이후 사람들의 관심에서 조금씩 잊히고 있었다. 이제
는 본국의 송환 지시를 받고서 속내를 전 공작과장에게 털어놓고 있었
다. 지난 2천 년 동안 스파이 역사를 들여다보면 용도폐기가 일반적인

말로였다.

"김 과장, 중국 다롄 첩보기지 알고 있죠?"

"벌써 오 년이 넘어 아슴아슴합니다."

"나는 다롄에서 인민지원군 군부 실세를 은밀하게 만났죠."

"거기서 어떤 대화를 나누었나요?"

"이건 내가 살아있을 때 공개되면 국가기밀 누설죄로 종신형을 받게 되죠. 미국이 압록강 변까지 진격해도 인민지원군을 이길 수는 없을 거라는 경고였어요."

김 과장은 이 말을 들으면서 까닭 없이 살이 덜덜덜 떨리었다. 그 당시 나의 위세는 하늘을 나는 새들도 떨어뜨리고도 남았다.

"어떤 대화를 주고받았나요?"

"이건 CIA도 모릅니다. 극비 채널을 통해 인민지원군과 밀담을 나눴죠. 미군과 유엔군 그리고 국군이 37도 선에서 동작 그만하자는 거였죠. 인민지원군은 맥아더 군대하고 부딪혀 보았자 그 결과는 뻔 하다는 거였죠."

"그래서 어떻게 되었어요?"

"트루먼 대통령도, 맥아더 장군도 다 오케이 했는데 월가의 천재들과 도박사들 그리고 노조가 반대해서 불발탄이 되었죠?"

한국전쟁에 미국 노조까지 개입되어 있다는 말은 금시초문이었다. 그만큼 미국은 이해관계가 첨예하게 대립하고 있었다. 노조와 월가의 도박사들은 맘만 먹으면 정권도 바꾸고도 남았다.

"2차 대전은 원자폭탄 때문에 상상 외로 너무 일찍 끝났죠. 미국의 군수산업체들은 좀 더 전쟁이 계속되기를 바라고 있었습니다. 군인들이 돌아오면서 실업자가 너무 많아졌다는 것은 그만큼 경기지표를 끌어내렸죠. 하강속도가 너무 급격하게 증가하자 트루먼 정부는 기절초풍 했죠. 뉴욕, 엘에이, 샌프란시스코에는 밀려드는 실업자들로 골머리를 앓게

314

되었죠. 여기에 군산복합체와 그 하청업체까지 로비스트를 동원해 압
록강까지 진격하라고 독려했죠."

"그 오명을 맥아더가 다 뒤집어쓰고 물러났군요?"

"사실 맥아더는 정치에 관심을 두지 않았기 때문에 그게 치명적이지
는 않았다는 것이 지금까지 관전평입니다."

나는 11년 동안 한국에서 있었던 역사를 전부 털어놓고 빈손으로 가
고 싶었다.

김기수는 속기로 받아 적은 공책을 나에게 건네주었다.

그는 처음부터 꼼꼼하게 읽고서 각 장마다 하나하나 서명을 하고 날
짜를 곁들였다.

"김 과장, 내가 위기에 처하면 이걸로 나를 구해줘요. 나를 방어해줄
수 있는 좋은 무기가 될 것이요."

"설마 그런 불상사가 일어나겠습니까? 만약에 그런 일이 있다면······."

그는 농담으로 하는 말 같아서 일부러 말끝을 흐렸다. 나는 마지막 남
은 양주를 컵에 따르면서 입을 열었다.

"김 과장, 자녀가 어떻게 되지요?"

"아들만 셋에 딸 하나를 두었습니다."

"그럼 부탁 하나 하는데 아들 하나를 나한테 양자로 줄 수 있겠어요?"

"예? 양자요? 대령님에게는 아들 니콜스 2세가 있잖아요?"

"내 그동안 그걸 숨겼는데 재작년에 석연찮은 교통사고로 세상을 떠
났어요."

김기수는 너무나 뜻밖의 얘기를 듣고 한동안 말을 못하다가 어렵게
입을 열었다.

"아니, 그게 정말 사실인가요? 혹시 북한의 공작원들이 한 짓은 아닌
가요?"

"그건 어느 정도 사실이죠. 세 놈이 내려와 내 아들 니콜스 2세를 해치

고 올라갔습니다. 현장을 똑똑히 본 목격자가 있습니다. 김일성 그놈이 결국 나를 이겼습니다. 전쟁으로 이 땅을 피바다로 만들고도 더 많은 것을 얻었습니다. 그 놈을 단죄하지 못해서 원통합니다."

"아니, 어떻게 해서 그런 끔찍한 일이……."

"김일성이 보낸 남파공작원 세 명이 니콜스의 아들을 교통사고로 가장하여 살해하고 북으로 넘어갔죠."

김기수는 지금까지 세 시간 동안 내 얘기를 들으면서 드디어 올 것이 왔구나, 하고 생각하였다. 그는 가슴을 치고 고개를 흔들면서 심호흡을 하였다. 그리고는 어렵게 입을 열었다.

"대령님, 우리가 무엇을 위해 목숨을 담보로 싸웠습니까? 대령님의 피붙이도 지키지 못해서 죄송합니다."

"김일성은 나를 살해하려다 안 되니까 아들을 납치해서 평양으로 데려가 대남 대미 선전도구로 쓰려고 몇 차례나 시도했는데도 그게 안 되니까 교통사고를 가장하여 죽였어요."

이때 나는 비명에 간 아들의 얼굴이 떠올라 목이 메었다.

"나도 이제는 얼마나 더 살지 알 수 없소. 왜 새옹지마라는 말이 있지요. 지나고 보니 모든 일이 한낱 꿈과 같소. 잘되고 못되고는 하늘의 뜻이요. 우리 모두 하늘나라에서 만납시다. 나는 내 조국 미국보다 한국을 더 사랑했소. 나는 살아있는 동안 풍전등화의 위기에서 한국을 지키기 위해 함께 피를 흘린 동지들을 위해 기도하고 싶소. 건강하게 지내길 빌겠소……."

그는 나와 마지막 인사를 나누고 반도호텔에서 나갔다. 우리 둘은 언제 다시 만날지 알 수 없는 이별을 하였다.

23. 메뚜기도 오뉴월 한철

이때 워싱턴 정가는 빨갱이 논쟁으로 설설 끓고 있었다. 미국의 소련 스파이 문서인 베노나 프로젝트가 공개되면서 매카시즘이 사실로 드러난 것이다. 한 술 더 떠서 한국전쟁의 청문회를 앞두고 워싱턴은 지각변동이 예고되었다. 가볍게 재선에 성공한 아이젠하워는 6.25전쟁에 책임을 질 일이 없어서 그런지 느긋했지만 민주당은 칼을 갈면서 벼르고 있었다. 미 의회에는 미국의 전 언론사가 다 참여했고 덩달아 유럽과 아시아 국가들의 기자들로 문전성시를 이루고 있었다.

나는 처음부터 청문회에서 의원들이 악의적으로 지어내는 것들로부터 회피하고 싶은 생각은 아예 없었다. 제아무리 피하려고 발버둥을 쳐보았자 올가미는 점점 더 내 목을 세게 조일 것이었기 때문이었다. 어느 날 나를 알아본 기자가 "지금 심경이 어떻습니까?"하고 물었다. 나는 "마치 30년 동안 감옥살이에서 석방된 기분입니다."하고 말하였다. 그랬더니 기자는 "심경이 그만큼 참담하다는 뜻이군요."하고 받아 적었다. 많은 기자들이 나에게 접근하여 인터뷰를 하였는데 어쩐 일인지 내 입장은 단 한 줄도 실리지 않았다. 이때 나는 "온몸에 소름이 끼칠 정도의 적막감"을 느꼈다. 내 곁에는 아무도 없었다. 청문회는 예정대로 시작되었다. 공화당의 캔지스 리지얼 의원이 먼저 나에게 질문을 던지는 것이었다.

"니콜스 씨, 당신은 미합중국 첩보원으로서 왜 귀국일자를 그렇게 연기하였습니까? 이건 명령에 살고 명령에 죽는 군인, 특히 첩보원으로서 있어서는 안 되는 일입니다."

"제가 귀국하라는 날짜에 맞추지 못한 건 사실입니다. 하지만 10년 넘게 머물렀는데 정리할 일이 무척 많았습니다. 단순히 그것입니다."

"혹시 한국에 있으려는 의도는 아니었습니까?"

나는 이 같은 질문에 그만 심장이 고동을 멈추는 것 같았다. 부하들과 농담 삼아서 귀화 얘기를 나누었던 게 여기까지 들어온 게 아닌가 하고 깜짝 놀랐다.

"의원님, 이건 질문 같지 않아서 묵비권을 행사하겠습니다."

"그럼 되었습니다. 니콜스 씨, 어떻게 해서 김일성의 남침준비를 알게 되었나요?"

"그건 여기서 밝힐 수 없습니다."

"왜 밝히지 못하겠다는 겁니까?"

"그것을 밝히게 되면 미국의 첩보라인에 치명적인 피해가 발생하고 국익에 상당한 손실이 발생하기 때문입니다. 이것은 제가 무덤까지 가지고 가야할 비밀입니다. 저를 위해서가 아니라 내 조국과 세계 평화를 위해서 그렇다는 말입니다."

"그것을 맨 처음 어디로 보고했습니까?"

"저는 미합중국 공무원의 복무규정에 따라서 정확하게 보고를 했을 뿐입니다. 그것은 의원님께서 판단하시면 됩니다."

"이것도 밝힐 수 없다는 거군요."

"아니, 밝힐 수 없다는 말이 아닙니다. 발설을 해서는 안 되게 되어 있습니다. 제 복무규정을 보시면 금방 알 수 있습니다."

"그렇군요."

"의원님은 입법을 하니까 더 잘 알고 있겠지만 법은 지키라고 만드는 것입니다."

"니콜스 씨가 경험한 김일성은 어떤 인간이었습니까?"

"김일성은 아주 파렴치한 인간입니다. 먼저 남침하고서 북침이라고 미국에 뒤집어씌우고 있습니다. 또 압록강까지 도망갔다가 나중에는 중국으로 튀었고, 최후에는 스탈린에게 가려고 했습니다. 그 인간은 정상이 아닙니다."

"고맙습니다. 이상입니다."

이번에는 민주당 바에스 게이트 의원이 나에게 질문을 퍼부을 순서가 되었다. 게이트 의원은 매카시즘으로 유명한 조셉 매카시 의원을 공격하여 매장을 시킨 장본인이었다. 국민들은 게이트 의원을 생각하면 다들 무섭다는 말이 떠오른다고 대답하였다. 그는 나를 뚫어져라 바라보면서 입가에 야릇한 웃음을 띠고 자리에 앉았다. 나는 여기서 심한 굴욕감을 느끼게 되었다. 나는 국가가 주는 최고의 명예훈장을 받았고 작전 중에 알게 된 기밀을 지켜야 하는 의무를 갖고 있었다.

"니콜스 씨, 51년 4월, CIA에서 니콜스 첩보대에 삼백만 불을 지급한 것으로 나타나 있는데 이 돈의 행방을 알고 있습니까?"

"전혀 모릅니다."

"전혀 모른다고요?"

"그렇습니다. 제가 그 예산을 전부 쓰지 않습니다. 몇 단계를 거쳐서 저에게 할당된 예산만 오니까 나머지는 알 수 없습니다."

여기 이 서류에 보면 이 예산이 니콜스 씨에게 바로 전달이 된 걸로 나오는데요?"

여기서 나는 계속 공격만 당하면 앞으로 어떤 굴욕적인 사태가 벌어질지 몰라 어느 정도는 방어하기로 마음을 가다듬었다. 사실 나는 예산이 어떻게 쓰이는지 알 필요가 없었다. 또 알고 싶지도 않았다.

"그건 잘못된 것입니다. 저는 예산을 배분하는 자리에 있지 않고 배분된 예산을 규정에 맞게 쓰는 사람입니다. 그것은 저와는 전혀 상관없는 일입니다. 의원님께서 번지수를 잘못 짚으셨습니다."

"뭐요? 내가 번지수를 잘못 짚었다고요?"

게이트 의원은 내가 번지수를 잘못 짚었다는 말에 불쾌감을 느꼈는지 얼굴이 붉어지면서 나를 한참 동안 노려보는 것이었다. 사실 나는 의원들의 질문에 화가 나는 것은 법을 가장 잘 아는 사람들이 나의 위법행위를 캐내려고 논리적으로 모순이 되는 질문을 던지는 것이었다.

"그렇습니다."

이렇게 말하자 기가 막히는지 게이트 의원은 고개를 들어 3층 높이의 천장에 대롱대롱 매달려 있는 전등을 올려다보는 것이었다. 그리고는 물을 마셨다. 나의 답변이 의원에게는 좀 도발적으로 느껴졌던 것 같았다. 나는 여기서 어떤 일이 있어도 나의 복무규정을 벗어나는 답변을 하지 않을 수 있는 권리가 보장되어 있었다. 나의 첩보활동을 한 내용이 김일성의 귀에 들어가는 것은 국익에 도움이 되지 않기 때문이었다.

"니콜스 씨, 삼백만 불의 행방을 소상하게 구체적으로 밝히지 않으면 법에 따라 처벌을 받을 수 있으며 환수를 당할 수도 있습니다."

"제가 알기로는 첩보비를 공개하면 처벌을 받는 조항이 있다고 들었습니다. 의원님의 법과 제가 알고 있는 법이 서로 충돌하는데 거기까지는 제가 법 지식이 일천해서 알 수 없습니다."

"오호, 니콜스 씨는 자기의 잘못을 감추려고 궤변을 늘어놓는데 만약 비리가 드러나면 중형을 받을 수 있습니다."

"의원님, 저는 법과 원칙에 따라서 국민의 세금을 집행하였습니다.

저에게 주어진 예산을 집행한 것 말고는 어떤 자료도 갖고 있지 않습니다."

나는 의회 청문회 내내 도살장과 같다는 감정에 지배를 당하고 있었다. 이런 감정의 포로가 되고 있다는 느낌이 흐르고 있었다. 여기서 나에게 친구도 상사도 모두 떠나고 없었다. 세상에 태어나서 이렇게 짙고 깊은 심연의 고독감을 느껴보기도 처음이었다. 사전에 이렇게 지독한 고독을 미리 연습해 두었더라면 덜 했을 텐데 하고 생각하니 후회가 밀려왔다. 나는 사흘의 휴식 시간을 가진 다음에 또 다시 청문회장으로 불려 나갔다. 이날도 북한의 남침 첩보가 미국 정가에서 무시된 경위에 대한 질문이 이어졌다.

"니콜스 씨, 세 번이나 북한의 남침이 있을 거라는 첩보를 전달했는데 왜 그게 무시되었다고 생각합니까?"

"내가 수집한 첩보가 어떻게 받아들여지든 간에 나는 임무를 충실하게 수행하였습니다. 그것이 무시된 배경은 알 수가 없습니다. 이걸 소설을 쓰듯이 답변을 하면 토네이도가 되어 평지풍파를 일으킬 수 있습니다. 사실 나는 그 이유는 모릅니다."

"니콜스 씨는 무엇을 갖고서 북한의 남침을 확신하게 되었습니까?"

"의원님, 첩보의 내면을 모르면 피상적인 것으로 판단을 내립니다. 저는 무기보다는 김일성의 주변을 에워싼 환경의 변화를 더 중시합니다. 김일성은 남침 일 년 전에 북로당과 남로당을 통합하여 조선로동당으로 확대하고 자신이 당 최고의 수위인 로동당 위원장이 되었습니다. 이것을 보고 저는 남침을 확신했습니다."

"아니, 로동당위원장과 남침은 어떤 관계가 있습니까?"

"그건 이렇습니다. 북한은 공산주의 국가입니다. 민주적인 절차를 안 거치기 때문에 최고 결정권자의 지위가 중요합니다. 북한에서 로동당은 최고의 기구이고 로동당 위원장은 최고 중의 최고입니다. 북한에서 이를 뛰어넘을 수 있는 자리는 없기 때문에 위원장의 말 한 마디면 군대는 38선을 넘습니다. 민주 국가는 이렇게 할 수가 없지 않습니까?"

"아, 그런 관계가 있군요. 그 후 남로당은 어떻게 되었습니까?"

"김일성은 월북한 남로당 당원의 씨를 말렸습니다. 박헌영, 이주하, 김삼용, 김달삼 등 남한에서 추앙을 받는 고위 간부 몇 명만 남겨놓고 전원 학살하였습니다. 그는 이러고서 서울을 함락하면 수십만 명의 남로당 당원들이 자기를 환영해줄 것이라는 박헌영의 말을 믿은 것으로 알려져 있습니다. 그건 사실이 아닙니다. 이미 남한에 있던 남로당 간부들은 월북 남로당 간부들이 학살되었다는 것을 알고서 몸을 피했습니다. 이처럼 김일성은 뻔뻔한 인간이었습니다."

"이상입니다. 니콜스 씨, 수고하였습니다."

나는 이렇게 의원들의 질문에 소신껏 답변하였다. 하지만 의원들은 어떻게든 나를 흠집 내려고 던지는 질문에 머리가 빙빙 돌 것만 같았다. 도대체 이 청문회가 무엇을 얻으려고 열리는 것인지를 알 수가 없었다. 워싱턴 정가의 정치가들은 내가 곤경에 처하여 허둥대는 모습을 보고 싶어 안달이 난 소시오패스 환자들처럼 보였다.

"지난 10여 년을 한국에 있었기 때문에 워싱턴 정가의 역학관계를 잘 알지 못해 어설프게 말을 할 수 없습니다."

"도대체 CIA는 뭘 하느라고 이런 엄청난 전쟁준비를 모르고 있었단 말입니까?"

"저는 첩보를 만드는 사람이지 그것을 갖고 정책을 펴는 사람이 아닙니다. 이 질문은 CIA국장이나 국무부 장관이 답변을 하는 것이 타당하다고 생각됩니다."

"그러면 트루먼 정부가 오판을 하였다는 겁니까?"

"그것은 당시 관련자들을 불러서 따져볼 문제라고 판단됩니다."

다음에는 의원들이 힐렌 쾨터 CIA 국장을 불러 질문을 하였다. 의원들은 이구동성으로 세계 최강을 자랑하는 미국이 동양의 서른 살 애송이한테 농락을 당하였다고 CIA를 성토하였다. 내가 봐도 의원들의 비판은 어느 정도는 일리는 있어 보였다. 나중에 들은 얘기지만 트루먼 대통령도 CIA보고서를 다 읽고서 CIA가 첩보기관인줄 알았지 앵무새인줄은 몰랐다면서 언성을 높였다는 것이다.

내가 잡은 남침 첩보를 한 군데서도 받아들이지 않았기 때문에 미국과 유엔은 15만 명의 소중한 인명을 잃게 되었다.

또 막 정부를 수립하고 기지개를 펴던 한국은 김일성한테 일격을 당하여 국가 존립이 위태롭게 되었다.

그만큼 미국은 김일성을 가볍게 보았으며 배후에 있는 스탈린과 마오쩌둥의 역할을 낮게 평가하였다.

이때 북한 체제의 현재 능력이라는 CIA 보고서는 북한은 전쟁 수행 능력이 없으며 로동당 창건과 반대파 숙청, 주민 이주 배치 등의 내부 문제로 갈등을 겪고 있다고 되어 있었다.

이 보고서를 본 나는 정말 기가 막혀 어디서부터 진실이고 어디까지 거짓인지를 하나도 분간할 수가 없었다.

동시에 한국에 대해서는 남로당의 반란, 사보타지, 김일성 지령에 의한 파업과 대규모 소요 등으로 역시 전쟁을 치를 만한 역량이 될 수 없다고 되어 있었다. 내가 보기에 남한의 정정분석은 근사치에 접근했지만 북한에 대한 분석은 180도 사실이 아니었다.

나는 청문회에 불려나가면서 내가 올린 보고서를 엉뚱하게 처리하였던 관계자들의 면면을 자세히 알게 되었다. 이것은 나에게는 큰 수확이었다.

역시 예상했던 대로 내가 올린 남침 예상 첩보라인에 영국 MI6의 킴 필비와 돈 맥클린이 분명히 들어있었다. 이들은 자기 조국 영국을 배신하고 스탈린에게 충성을 바친 똥개들이었다. 이들이 스탈린에게 미국의 첩보를 전달하지만 않았어도 전쟁은 일어나지 않았을 것이다. 이들이 있었기에 스탈린은 미국보다 오 년 늦게 원자폭탄을 손에 쥐게 되었다. 이때부터 트루먼 대통령은 스탈린을 두려워하게 되었다.

김일성은 평양에 들어온 순간부터 모스크바와 베이징을 뻔질나게 들락거리면서 무기를 쓸어 모았다. 이런데도 미국 정부는 내가 올리는 첩보는 거들떠보지도 않고 폐기하였다. 미국의 요직에 있던 스탈린의 스파이들은 내가 보낸 보고서를 무시할 수 있도록 역정보를 만들어 올렸다.

여기에 트루먼 대통령은 물론 군부까지 모두 속아 넘어간 것이다. 하지만 그 대가는 참혹하였다. 미국은 전쟁이 터지는 순간까지 북한의 전쟁준비 상태를 알면서도 무시하고 있었다.

스탈린은 중국의 병력을 한국전쟁에 끌어들이려고 마오쩌둥과 아흔 번이 넘도록 통신을 주고받았다. 나는 이 두 사람의 통신 내용을 한 번도 빠트리지 않고 완벽하게 도청하였다. 또 두 사람이 도청을 당하고 있다는 사실을 전혀 눈치 채지 못하도록 보안을 유지하는데도 성공하였다.

중국에 대한 도청은 장제스가 중국 본토에 파견한 대륙공작조의 도움이 컸으며 암호는 스웨덴에서 제작된 해글린 사이퍼 머신으로 풀었다. 나는 이 해독기로 암호를 푸는 기술을 스스로 연마하여 부하들의 도움을 받지 않고 해결할 수 있었다. 물론 암호를 해독하는 병사를 배치할 수도 있었지만 워낙 보안이 필요한 분야였기 때문에 섣불리 아무나 투입할 수가 없었다.

내가 보낸 "김일성의 남침 준비 분석"이라는 보고서는 전쟁을 수행하는 극동사령부도, 전쟁의 결정을 내리는 트루먼 행정부에서도 환영을 받지 못한 것이다. 이렇게 되기까지 미 정부의 고질적인 내부 헤게모니 투쟁이 도사리고 있었다.

나는 결론부터 말하면 군인 신분이 아닌 CIA요원이었다. 나는 만약의 사태, 아니 어떤 면에서 군인을 사칭하였다는 불행한 모함에 엮이지 않으려고 한국에서 근무하는 동안 군복을 걸치지 않았다. 내가 타는 지프에도 군인을 나타내는 어떤 표시도 다 제거하였다.

당시 제네바협약에 따라 군인의 신분으로 첩보활동을 하거나 국경을 넘어가면 그것은 침략으로 규정될 수 있었다. 만약 이런 위법 행위가 적발되면 그것은 국가 간의 외교 갈등으로 비화될 수 있었다.

나는 첩보원이었기 때문에 북한에 수시로 드나들 수 있었다. 김일성은 이것을 알고 은밀하게 조사를 시켰는데 결국 민간인 신분으로 드러나자 국제적으로 문제를 삼지 못하였다. 이것은 내가 평양에 들어갔을 때 김일성의 책상 서랍에서 발견한 것이었다.

엄밀히 말해 한국전쟁은 미 CIA와 군부를 대표하는 도쿄 극동사령부로 이원화되어 치른 전쟁이었다. 나는 한국에 도착하자마자 방첩대 업무를 중심으로 첩보활동에 들어가게 되었다. 자연스럽게 한국과 북한의 김일성 관련 첩보에 있어서 나를 따르거나 능가하는 자가 나올 수 없었다. 나는 불과 몇 년 만에 해주와 연백 그리고 구월산, 중강진, 안주와 단둥, 다롄 등에 첩보기지를 설치하였다. 특히 중강진 기상첩보대는 어느 나라도 쉽게 따를 수 없을 정도로 막강한 힘을 갖게 되었다. 또 북한에서 베이징으로 가는 해저통신선을 찾아서 절단하여 인민지원군과 인민군의 통신을 단절시켰다.

또 하나는 북한에서 활동하는 우호적인 휴민트를 구축하는 일이었다. 이것은 피의 대가를 치루지 않고는 구축할 수 없는 값진 첩보망이었다. 더욱이 이것은 돈만 갖고는 감히 꿈도 꿀 수 없는 소중한 재산이었다. 나는 빠르게 첩보망을 갖추었는데 그때는 북한과 중국을 자유롭게 왕래할 수 있었기 때문에 가능한 일이었다. 아마 내가 보기에 일 년만 늦게 한국에 왔어도 그 가능성은 5퍼센트도 안되었을 것이다.

나는 3년 동안 청문회를 시작으로 국무부 전후 처리반의 강도 높은 조사를 받았다. 어떤 때는 하루도 거르지 않고 불려나가 반복되는 조사 때문에 정신을 차릴 수 없었다. 이때부터 나의 건강은 조금씩 나빠지기 시작하였다. 15년을 야전에서 지내면서 식사를 되는 대로 한 결과 나의 심장은 불규칙하게 뛰고 있었다.

그런데 엎친 데 덮친 격으로 당뇨가 심해져 식사를 제한적으로 하지 않으면 안 되었다. 이런 것들이 하나도 고려되지 않고 의회로 국무부로 불려 다니느라 내 심신은 점점 더 피폐해지고 있었다. 이때 사위를 둘러봐도 나에게 연민의 정을 베풀어줄 사람은 하나도 보이지 않았다. 나의 첩보 업무는 고독한 가운데 비밀스럽게 이루어졌기 때문에 나를 감싸줄 동지가 없었다. 오로지 내가 혼자 짊어지고 가야할 짐일 뿐이었다. 내가 한국전쟁에서 세운 공은 바로 고독의 힘이었다.

이때도 가끔 받아보는 이승만 대통령의 친필 안부편지가 큰 위안이 되어주고 있었다. 이 대통령의 영어는 말부터 쓰기까지 거의 미국인 수준을 넘어서고 있었다. 그가 선택한 영어 단어의 한 자 한 자에 정감이 들어 있었다. 어떤 때는 프란체스카 영부인의 편지도 곁들여 오기도 하였다. 나는 그럴 때마다 꼭 두 분께 답장을 하였다. 그런데 한국에서 들려오는 뉴스는 나를 걱정하게 만들어주고 있었다. 한 번도 나를 시원하게 해주는 뉴스는 없었다.

한국 정치는 걷잡을 수 없는 격랑 속으로 빨려가고 있었다. 어딘가 진공상태로 들어가는 것처럼 보였다. 나는 이 대통령이 걱정되었다. 이때 나는 답장에서 이 대통령을 오랜만에 아버지로 불러보았다.

내가 평생을 몸담았던 CIA도 나를 골칫덩이로 보고 있는 것 같아 기분이 불쾌하였다. 나는 한국에 있는 동안 김일성을 불과 10여 미터 거리에서 볼 수 있었다. 그때 아차 하는 순간 나의 생명은 끝이 날 수도 있었다. 지금 생각해도 그것은 기적 같은 일이었다. 그 후 김일성은 내 목에 현상금을 걸었다. 생포하거나 부득이 해서 사살할 경우에 10만 불의 현상금을 주겠다는 것이었다.

이와 거의 동시에 김일성을 생포하라는 특수임무가 나에게 떨어졌다. 김일성을 생포를 하던 사살을 하던 간에 요란하게 움직이는 것은 효과가 없었다.

이때 전혀 엉뚱한 데서 사건이 터졌다. CIA가 작성한 한국전쟁 첩보 보고서가 언론에 공개된 것이다. 언론은 일제히 미국 정부, 트루먼 대통령이 김일성의 동태를 파악하여 대처하지 못한 것은 오판이라고 비난하고 나섰다. 이렇게 되어 나는 어느 정도는 첩보활동에서 있었던 일에서 벗어날 수 있었다.

나는 김일성이 나를 살해하라고 남파한 스파이들을 개인적으로 제거한 데 대해 집중적인 심문을 받았다. 결국에는 이것은 정당방위로 인정이 되어 조용히 넘어갔다. 또 미국 공무원이 수집한 첩보를 이승만 대통령에게 넘겨준 것에 대해서도 추궁을 받았지만 어떤 첩보건 문건으로 보고하지 않았다. 내 발목을 잡을 수 있는 어떤 빌미도 남겨놓지 않았다. 미 의회와 국무부는 내가 이 대통령에게 전달한 문건을 찾으려고 쓰레기통까지 다 뒤졌지만 끝내 단 한 점의 증거물도 찾지 못하였다는 것이었다. 정말 피도 눈물도 없는 악독한 인간들이었다. 나는 언젠가는 이런 일이 일어날 줄 알고 스스로의 방어벽을 두껍에 쌓아두고 있었다.

24. 과달라하라의 억류

　나에 대한 청문회는 종점으로 치닫고 있었다. 이날은 정전회담 중에 있었던 개성 폭격에 대한 청문회가 열렸다. 이번에는 진보성향이 강한 민주당의 헤이번 코럴스 의원이 나를 집어 삼킬 자세로 질문을 던졌다. 헤이번의 차례가 되자 기자들이 우르르 몰려들었다. 내 눈에는 이들은 마치 여름철 썩은 생선에 몰려든 파리 떼처럼 보였다.

　"니콜스 씨, 그 폭격은 군의 지휘계통을 밟아서 한 것입니까? 아니면 임의로 독자 판단에 의해 한 것입니까?"

　"의원님, 둘 다 아닙니다. 그것은 46년 트루먼 대통령과 맥아더 사령관이 서명한 내 임무에 관한 문서에 따라 시행하였습니다. 여기서 그 이상의 상세한 답변은 미합중국 첩보요원의 행동강령과 CIA요원 관련법에 따라 곤란합니다. 국익에 해가 되는 것을 더는 밝힐 수 없습니다."

　"이건 앞의 것이든 뒤의 것이든 분명히 군사법정에 세워야 할 사안입니다. 니콜스 씨, 당신이 한국전쟁에서 임의로 저지른 일에 대해 반성을 하고 있나요?"

"헤이번 의원님, 저는 한국전쟁에서 미국의 국익과 국민들의 염원을 늘 생각하면서 임무를 수행하였습니다. 제가 수행한 임무는 아주 특수한 것으로 꼭 필요하시면 국방부나 CIA에 있는 자료를 요청하셔서 보시면 됩니다. 그것은 제가 만들었지만 제 업무가 아니라 어떻게 설명을 할 수 없습니다. 아마 의원님이 남은 임기 동안 하루 24시간을 다 읽어도 10퍼센트도 못 읽을 겁니다. 방대한 양입니다."

이 대목에서 헤이번의 살기등등했던 기세도 어느 정도 수그러들었다. 그는 내가 생성한 숱한 첩보들이 앞으로 50년 동안은 공개될 수 없다는 것을 잘 알고 있었다. 나는 당신이 능력이 있으면 그걸 열어보라고 대답한 것이었다.

"니콜스 씨, 그럼 하나 더 질문하겠습니다. 혹시 이승만 대통령의 정전협정을 방해하려는데 동조하여 개성을 폭격한 것은 아닙니까?"

"이 대통령의 기조는 북진통일이었습니다. 그는 여러 경로를 통하여 정전협정에 의견을 보내어 관철하고 있었습니다. 그 분이 정전협정에 배척되기는 했지만 그렇게 무모한 모험을 할 정도로 어리석지는 않습니다. 저는 정전협정이 체결되기 전이라 규정에 따라 저의 특수임무를 수행한 것뿐입니다. 그러기 3주 전에 인민군이 연백 앞 바다로 침투하여 한국 어민들의 어장에서 조개를 캐가고 어민들을 세 명이나 살해하는 사건이 있었습니다."

"그러면 공화당의 키닐 헤럴드 의원이 질문을 해주시죠."

"니콜스 씨, 한국전쟁에서 살아온 것만도 천운인데 이런 자리에서 책임 추궁을 당하는 것을 보니 안 되었습니다. 개성 폭격으로 우리가 얻은 게 뭡니까?"

"물론 회담이 석 달이나 지연된 것은 사실입니다. 개성 폭격은 크기와 범위가 문제였지 열 번 이상 있었습니다. 그 당시 구월산에는 게릴라요원들이 4백여 명이 있었습니다. 이들은 극우성향의 전투요원들로 정전협정의 무효를 주장하고 있었습니다. 그러면서 개성 북방에 수시로 출몰하여 국지적인 공격을 감행하였습니다. 이 사람들은 이승만 노선을 추종하였습니다. 이 후 유엔군은 정전협정을 하고 싶으면 하라는 식으로 대처하였습니다. 김일성은 계속되는 유엔 공군의 폭격에 그만 두 손을 들고 회담장으로 돌아왔습니다. 이때부터 유엔군이 칼자루를 쥐게 되었고 결국 조인을 하였습니다."

"니콜스 씨, 이 자리에서 하고 싶은 말이 있으면 하시죠."

나는 키닐 의원의 권고에 따라 비장한 각오로 안주머니에서 적어 갖고 온 종이를 꺼내어 읽어 내려갔다.

"나는 한국전쟁에서 미국의 국익과 인류 평화를 위해서 사선을 여러 번 넘었습니다. 나는 김일성이 남침을 한다고 날짜까지 특정을 해서 세 차례나 보고했지만 받아들여지지 않았습니다. 마치 어디선가 한국전쟁이 일어나기를 검은 눈을 번뜩이면서 기도하는 자들이 있는 것 같았습니다. 때로는 목숨과 맞바꿔야 할 정도로 위급한 지경에 빠진 적도 있습니다. 김일성을 불과 3마일을 남겨두고 그가 산악으로 숨어들어가는 바람에 체포하지 못했습니다. 나는 미국 국법에 따라 임무를 수행하였습니다. 군인으로 첩보원으로 더 이상 말을 할 수 없습니다. 나머지는 무덤까지 가지고 가겠습니다. 이상입니다."

이 말을 하면서 나는 얼굴을 계속 붉혔다. 이것은 보여주기 위한 것이 아니라 내 가슴속 깊은 심연에서 우러나오는 응어리였다.

내 신변의 위협을 느껴서 적들과 총격전을 벌이게 되었다. 나는 어떤 의도된 사살이 아니라 나의 생명을 해치려는 자들에 대한 응징이었다. 이때 김일성이 보낸 적들은 나의 목을 갖고 가려고 귀순병으로 위장하여 접근하고 있었다.

나는 이것만은 비공개로 해줄 것을 청원하였다. 내가 적들과 총격전을 벌여 천운으로 살아났다고 해도 김일성이 이런 사실을 알게 되면 화살이 어디로 튈지 알 수 없었다. 다행히 의회는 나의 청원을 받아주었다. 엿새 만에 청문회가 비공개로 다시 열렸다.

민주당의 토너드 제임스 의원이 질문자였다. 그는 눈이 부리부리하면서 남의 약점을 송곳처럼 쑤시는 데 아주 능하다는 평을 받고 있었다. 그의 입에서는 제법 묵직한 저음이 흘러나왔다. 그의 목소리에는 무거운 납덩어리가 하나 달려있는 느낌이었다.

"니콜스 씨, 나는 당신이 한국전쟁에서 세운 공로를 깎아내릴 의도는 조금도 없습니다. 다만, 북한에서 귀순하겠다고 당신의 부대를 찾은 사람을 재판을 통하지 않고 개인적으로 총살한 것은 분명히 범죄행위입니다. 어떻게 해서 그런 비인도적인 일이 일어나게 되었나요?"

"의원님, 그 당시 한국의 행정은 마비되었습니다. 서울은 김일성의 통치 아래 놓였습니다. 이 대통령부터 말단 공무원까지 모두가 피난길에 올랐습니다. 당연히 사법부의 기능도 작동하지 않았습니다. 사실 귀순자들은 김일성이 나를 살해하라고 보낸 남파공작원들이었습니다. 이들은 일반 시민이 아니었습니다. 이건 전시에 일어난 전투의 연장선에 있었습니다. 만약 그들을 그대로 놔두었다면 저는 벌써 저 세상으로 갔을 겁니다."

이렇게 내가 열변을 토하고 나니까 제임스 의원은 순간 멈칫하더니 계속해서 질문을 이어갔다. 그는 나를 뭔가로 꼼짝 못하게 옭아매어 자백을 받아내려는 속셈인 것 같았다.

"자, 됐습니다. 당신 말이 맞는다고 해도 다른 방법을 찾아야지 개인의 판단으로 적을 처형한 것은 용서받을 수 없습니다."

"의원님, 지금 질문을 듣고 있으려니까 제가 전쟁터에 있던 게 아니고 어디 여행을 하다가 총을 뽑아든 게 아닌가 하고 착각이 듭니다. 그때 우리 부대에는 그런 범죄자들을 안전하게 가둘만한 시설이 없었습니다. 의원님, 그러면 그런 자를 제 방에 재웠어야 합니까?"

"니콜스 씨, 얘기를 마치고 답변할 테니까 계속하세요."

나는 여기서 밀리게 되면 끝장이 나기 때문에 독사처럼 대응하기로 작심하였다.

"의원님, 나를 살해하려고 우리 부대로 잠입한 그놈은 장전호 전투에서 미국의 2만 명의 젊은이의 아까운 생명을 앗아간 김일성과 마오쩌둥의 총잡이였습니다. 죽고 죽이는 절박한 전투에서 인간에 대한 연민의 정은 하나의 사치일 뿐입니다. 아마 그놈, 아니 그놈과 함께 내려온 살인범들은 맥아더 사령관이나 다른 장교들도 살해하라는 지령을 받았다고 자백하였습니다. 더욱이 김일성은 나를 살해하는 자에게는 10만 달러라는 거액의 현상금을 걸었습니다. 전쟁터에서 적을 먼저 보는 자는 살고 늦게 보는 자는 죽게 됩니다. 요즘도 꿈에 장전호 전투에서 영하 30도의 끔찍한 혹한에서 숨이 끊어져 지금도 그곳에 버려진 미국의 젊은이가 나타나서 애원합니다. 나를 내 고향으로 보내달라고 말이죠. 이상입니다."

내가 이렇게 조목조목 구체적으로 사례를 들어가면서 답변을 했더니 분위기가 훨씬 부드럽게 되었다. 이때 평소에는 5백 명 이상이 들어차 북적대던 방청석은 휑하니 비어 있었다. 고요한 침묵만이 흘렀다. 나는 여기서 하고 싶은 말을 모두 털어놓는 것이 온당하다고 생각하였다.

"의원님, 전쟁터란 적군을 사랑으로 어루만져 주는 데가 아닙니다. 만약 그놈을 살려두었다면 내 머리를 들고 가 김일성에게 바쳤을 겁니다. 그는 내 목숨 값으로 김일성에게서 10만 달러의 포상금을 받아 지금쯤 영웅 대접 받으면서 잘 살고 있을 겁니다. 미합중국의 국민은 자기 국민이 적군의 희생 제물이 되는 것을 원치 않습니다. 저는 가난한 신생 독립국의 자유와 평화를 지키려고 싸웠습니다. 저는 은행 강도가 돈을 훔치러 들어가 손님을 인질로 잡거나 살해한 범인 취급을 받고 싶지 않습니다. 그자는 대한민국을 피로 물들인 김일성의 지령을 받고서 귀순

자로 위장하였기 때문에 죽어 마땅한 놈이었습니다. 그놈을 살려두었
다면 아마 더 큰 피를 불러왔을 겁니다."

토너드 제인스 의원은 마지막으로 나에게 남기고 싶은 말을 할 수 있
는 기회를 주었다.

"니콜스 씨, 당신의 증언은 미합중국의 역사에 영구히 남게 될 것입
니다. 그동안 못 다한 얘기나 하고 싶은 얘기가 있으면 하시죠. 5분을
더 드리겠습니다." 나는 5분을 다 쓰고 싶지 않았다. 나는 단 일초라도
여기에서 머물고 싶은 마음이 없었다. 나는 마이크를 앞으로 끌어 당겼
다. 그랬더니 의사당에 있는 의원들과 방청객은 일시에 호흡을 멈추는
것 같았다. 이건 전쟁에서 돌아온 노병에 대한 예의를 나타내는 것이었
다. 나는 사방을 둘러보고 나서 입을 열었다.

"존경하는 의장님 그리고 의원님, 누군가 조국에 대한 슬픔과 분노가
없으면 진정한 애국자가 아니라고 말했습니다. 지금까지 나는 숱한 굴
욕과 수모를 당하면서 내 조국에 대한 분노와 슬픔을 뼈저리게 느꼈습
니다. 그래서 내가 미합중국의 애국자가 틀림없다고 생각합니다. 동물
의 기본적인 본능은 자기 새끼와 자기 무리를 적으로부터 지키는 것입
니다. 동물도 이런데 하물며 인간은 동물이 갖고 있는 이런 기본적 본
능마저도 잃어버렸습니다. 저는 북한에서 공평한 것은 오직 고문뿐이
라는 것을 목격하였습니다. 이 말은 누구나 고문을 당한다는 것입니다.
고문은 독재자 김일성의 가장 강력한 통제수단이었습니다. 북한은 인
민들이 말을 안 들으면 안 든다고, 또 잘 들으면 잘 든다 해서 무자
비하게 고문하고 있습니다. 지금 미국에서 공산당에 대해 온정적인 미
소를 짓는 캐비어 좌파들은 김일성의 이중성에 모두 눈을 감고 있습니
다. 이들은 내 이웃이 뺨을 맞고, 그의 얼굴에 가래침이 튀고, 발길로 걷
어차이고, 집이 불에 타고, 군함이 침몰해도 정부 탓으로 돌립니다. 또
인권이 무자비하게 침해를 당하여도 분노는커녕 적을 비호합니다. 지

금 자기가 살고 있고 또 후손들이 살아야 할 조국을 비방하는데 더 많은 시간을 보내고 있습니다. 지금 미국이 바로 그렇다는 것입니다. 여러분, 정말 감사합니다."

최후의 내 발언이 끝나자 의사당에 있던 모든 사람이 일제히 일어서서 박수를 치는 것이었다. 나는 계속 이어지는 박수를 뒤로 하고 의사당에서 빠져 나왔다. 이때도 역시 나의 가슴은 분노와 슬픔이 뒤범벅되어서 혼란스러웠다.

청문회를 마치자 나는 뭐 치던 막대기 신세로 전락하였다. 사실 확정된 게 하나도 없는 데도 한국에 있으면서 월권행위를 밥 먹듯이 하고 불법적인 행위를 한 사람으로 낙인이 찍혀버렸다. 그런데 베노나 프로젝트가 나를 살려주었다. 그동안 매카시 의원에 의해 빨갱이로 낙인이 찍혀 감옥에 간 인사들이 스탈린에게 충성을 바쳤다는 것이 드러났다. 나는 이 문서가 나오기 훨씬 전부터 암암리에 정부 안에 요직을 차지하고 미국 국민이 낸 세금으로 월급을 받으면서 적군의 수장에게 충성을 바친 자들이 있다고 보고하였다. 그 무리들이 내가 한국전쟁이 끝나고 돌아오자 일제히 반격을 한 것이다. 이후에 내가 몸 담았던 CIA는 사사건건 내 발언에 간섭하려 드는 것이었다.

의회 청문회가 끝나고 호텔에 머물고 있는데 뜻밖에도 나는 헤럴드 버드슨 CIA국장의 초청을 받았다. 나는 처음으로 CIA 본부로 들어갔다. 나는 CIA 요원이면서 처음으로 CIA본부에 발을 들여놓았다. 워싱턴 D.C와 접하는 버지니아 주에 있는 CIA본부는 하나의 거대한 성채나 다름없었다. 나는 정장 차림의 예의 바른 두 명의 남자들의 안내로 국장실로 향하였다. 그는 내가 자리에 앉자 메모를 보면서 말을 시작하였다.

"안녕하십니까? 니콜스 선배님, 저는 국장 버드슨입니다. 그동안 선배님께서 한국전쟁에서 세우신 공적은 우리들의 귀감이 되고 있습니다. 우리는 니콜스 선배님의 업적을 영원히 기억할 것입니다. 먼저 당신의 공적을 기리기 위해 주한미군 영내에 당신의 방을 만들어 교육의 공간으로 활용하겠습니다. 거기에는 당신의 사진과 한국전쟁에서 활약한 사실이 기록될 것입니다. 이 방은 누구도 없앨 수 없도록 하겠습니다. 다음으로 당신이 개발한 첩보교육과 심문교육 교재는 스펠링 한 자도 손대지 않고 후대의 첩보원을 양성하는 자료로 쓰기로 했습니다."

그는 말을 마치더니 나를 멀끔히 쳐다보았다. 무엇이든 한 마디를 하라는 압박이었다. 나는 청문회에서 몇 년을 두고 할 수 있는 말을 한꺼번에 털어놓아서 더는 할 말이 없었다. 그래도 나를 이렇게 백악관 대통령 집무실보다 들어가기 가 어렵다는 국장실에 온 기념으로 한 마디를 안 하면 실례가 될 것 같았다.

"나는 지난 청문회에서 할 수 있는 말은 다 했습니다. 나머지 못한 말은 무덤으로 갖고 가겠습니다. 나는 조국을 사랑합니다. 나에 대한 예우는 그 정도면 족합니다. 후배들이 조국을 위해 일을 하는데 자긍심을 심어줄 수 있는 공간이라면 좋겠습니다."

내가 말을 마치자 그는 옆에 준비해둔 조그만 상자를 열어 금빛이 나는 메달 같은 것을 집어 들었다.

"이것은 우리가 선배님의 공로를 기억하겠다는 의미로 드리는 기념물입니다. 받으시죠."

"고맙소. 하지만 이런 것보다는 인간미가 흐르는 한 마디 말에 목마른 사람입니다."

그는 잠시 후 기념물을 내 목에다 걸어주고는 "우리들은 선배님을 무한히 사랑하겠습니다."라면서 뒤통수가 아려오게 말을 하였다.

나는 그저 담담하게 "버드슨 국장님, 너무 많은 시간이 흘러갔네요"라고 가볍게 응수해 주었다. 그랬더니 내 말의 진의를 알아들었는지 그의 얼굴은 붉어졌다.

"선배님, 의회에서 조국에 대한 슬픔과 분노가 없으면 애국자가 아니라는 말을 듣고서 깊은 감명을 받았습니다."

"고맙소. 국장이 내 말의 의미를 깨달았다면 나는 알곡을 거둔 것이나 마찬가지요. 아무튼 나를 생각해주는 그 마음을 기억하면서 살겠소."

이날 나는 버드슨 국장이 베푸는 만찬에 참석하고 늦게 호텔로 돌아왔다. 문득 아내와 아들이 미치게 보고 싶었다. 나는 청문회가 끝나고 별로 할 일이 없어 호텔에서 머물며 서성대고 있었는데 CIA 해외담당관 존 듀럴이라는 사람이 나를 찾아왔다. 그의 왼손에는 일반인은 구경도 하지 못할 프랑스산 와인 상자가 들려 있었다. 그는 정중하게 나에게 인사를 하고 공손하게 말을 하는 것이었다. 의원들과는 전혀 딴판이었다.

"니콜스 대령님, 그동안 마음고생이 많으셨습니다. 한국전쟁에서 험한 모습을 수도 없이 보시고 오셨는데 저희가 대령님을 지켜드리지 못해 죄송합니다. 만약 저희가 대령님을 감싸게 되면 청문회는 예상보다 길어질 수 있어서 관망을 했습니다. 저의 잘못이 있다면 노여움을 푸시고 편하게 지내시기 바랍니다. 앞으로 어떻게 하실 예정이십니까?"

"나는 워싱턴으로 가서 일주일쯤 머물다 플로리다에서 남은 삶을 보낼 생각입니다. 거기서 도널드 니콜스 첩보도서관과 박물관을 세우고 회고록을 쓰겠습니다."

내가 이렇게 말하자 존 듀럴의 얼굴이 순식간에 일그러지면서 뭔가 못마땅하다는 속내를 여과 없이 그대로 드러내었다. 나는 그 순간 내 말에 뭔가 잘못이 있다는 것을 직감적으로 알아차렸다.

"혹시 내 말에 뭔가 문제가 있나요? 그렇게 아까와는 전혀 다른 표정을 짓는 것을 보니……."

"지금부터 제 설명을 잘 들으십시오. 대령님은 도서관이니 박물관이니 해서 공적인 행동을 자제해야 합니다. 그것은 대령님에게만 적용되는 것이 아닙니다. 저도 그렇습니다. 플로리다로 가시지 말고 다음 주

화요일 오전 10시까지 제가 대령님을 모시러 오겠습니다. 저하고 함께 가실 곳이 있습니다."

"예? 뭐라고? 함께 갈 데가 있다고요?"

"그렇습니다. 잠시 저와 함께 가셔야 노후가 편안합니다."

그날 아침 존 듀얼은 나와 약속한 10시에 일 분도 어김없이 나타났다. 나는 혈압도 높은데다가 당뇨도 있어 몸이 제법 불편한 편이었다. 그는 내 짐을 자기 차의 옆자리에 싣고 나더러 뒷자리로 타게 하고는 시동을 걸었다. 포드 왜건은 경쾌하게 앞으로 나아갔다.

이때부터 나는 그가 시키는 대로 따라 하였다. 여기서 안 된다고 발버둥을 쳐봤자 이미 결정된 일을 되돌릴 수 없을 것 같았기 때문이었다. 설마 나를 죽이기야 하겠느냐는 생각에서 경계심을 풀어버렸다. 워싱턴 중심가의 힐튼 호텔에서 출발한 차는 30여 분 만에 델레스 국제공항으로 들어섰다.

이 공항은 아이젠하워 대통령이 국무장관이었던 덜레스를 기리려고 지은 이름이었다. 나는 어디로 가는지도 모르고 그를 따라서 비행기 트랩에 발을 디뎠다. 내가 탄 비행기는 멕시코시티로 가는 여객기였다. 나는 약간 긴장이 되어 더듬거리는 말로 물었다.

"미스터 존, 왜 나를 멕시코로 데리고 가는 겁니까?"

"대령님, 죄송합니다. 제가 먼저 설명을 드렸어야 하는데 질문을 하시는군요. 이 순간부터 대령님은 저하고만 연락해야 합니다. 한국전쟁과 관련해서 민감한 첩보를 많이 알고 있기 때문에 기자들이 대령님을 만나고 싶어 합니다. 몇 년 만 멕시코에서 쉬고 계시면 다 잊히게 됩니다. 이 사건이 수면 아래로 잠잠해지면 바로 댁으로 모셔드리겠습니다."

"그래요? 내가 청문회에서 뭐라도 잘못한 게 있나요?"

"대령님, 그게 아닙니다. 아까 말씀 드린 대로 저도 대령님과 똑같은 입장이 될 수 있습니다. CIA에서 일한 자는 누구나 동일하게 적용이 됩니다."

"알겠소. 그럼 당신도 나와 함께 지내는 거요?"

"저는 아닙니다. 거기 가시면 대령님을 돌봐드릴 사람이 있습니다. 미리 말씀 드리는데 대령님은 이 순간부터 도널드 니콜스가 아니라 제임스 모이건이 되는 겁니다. 출생은 1935년, 출생지는 플로리다가 아니라 미주리로 바뀝니다. 계급은 중령이고 근무지는 독일 베를린입니다. 한국은 근처에도 가본 적이 없고 군대에서는 보급책임자로 있었습니다. 이것들을 모두 기억하였다가 혹시 누가 물으면 이대로 답변하십시오."

그는 나에게 새로운 신상정보가 가지런하게 적혀있는 쪽지를 건네주었다. 나는 이것을 받아보니 분노가 치밀어 올랐다. 나는 미국과 국경을 접하고 있는 멕시코 중서부 할리스코 주에 있는 과달라하라의 메린다 호텔에 짐을 풀었다. 내가 갖고 온 짐이라고 해봐야 청문회에 대비해 준비했던 답변서가 들어있는 서류에다 옷과 신발 그리고 세면도구가 든 가방이 전부였다.

"나는 내 조국 미합중국과 세계의 평화를 위해 사선을 수도 없이 넘었소. 당연히 죽을 고비도 여러 번 겪었고 봐서는 안 되는 참혹한 모습도 수도 없이 많이 봤소. 이제 노병이 되어 조국에 돌아오니 이게 뭐하는 짓이란 말이요. 오늘 이 시간부터 미합중국은 도널드 니콜스를 모두 잊어버렸소. 이게 내가 미합중국에 바칠 마지막 충성이라면 기꺼이 받아들이겠소."

"대령님, 미합중국과 국민들은 대령님의 공로를 영원히 기억해줄 것입니다. 다만, 대령님은 첩보를 다루는 임무를 맡았었기 때문에 잠시 세간의 시선에서 떼어놓는 것뿐입니다."

"그게 내가 걸어가야 할 길이라면 아무리 멀어도 가겠소."

창가에 서서 이 말을 마치고 둘러보니 그 사내는 언제 나갔는지 보이지 않았다.

과달라하라에 온 지 5년째 되는 날이었다. 이때 나에 대한 CIA의 관심의 수위가 처음보다 낮아지고 있었다. 어느 정도 여행도 가능하였다. 하지만 여전히 행동에 제약이 따르고 있었다. 5월의 과달라하라는 계절의 여왕답게 축제가 계속 이어졌다.

이때 나는 뜻밖의 불청객의 방문을 맞게 되었다. 오후 3시경 프런트 데스크에서 전화가 걸려왔다. 나는 전화를 받고서 너무 놀란 나머지 한 발 뒤로 주춤거렸다.

"여보세요. 혹시 니콜스 아니신가요?"

"아니오. 나는 제임스 모이건입니다."

"지금 아래에 여섯 분이 선생님을 만나러 왔는데 그 중 한 분하고 대화를 나눠보시죠. 바꿔드리겠습니다."

나는 CIA의 규칙을 어기고 얼떨결에 전화를 받았다. 전화기에서 아주 생기 있는 목소리가 들려왔다.

"제임스 모이건 선생님, 혹시 본명은 도널드 니콜스 씨 아니신가요?"

"뭐라고요? 아니오. 나는 제임스 모이건이오. 도널드 니콜스란 사람은 처음 들어보는 이름이오. 잘못 찾아왔네요."

"선생님, 저는 영화감독 테런스 영입니다. 선생님을 6년 동안이나 찾아 헤매다가 여기 계시다는 것을 알아냈습니다. 그러지 마시고 저를 한 번만 만나주시죠."

나는 이들이 하도 졸라대는 바람에 CIA규칙을 위반하고 프런트로 내려갔다. 한국에서 귀국하여 처음으로 만나는 외부인이었다. CIA는 나의 일거일동을 감시하고 있었다. 심지어 일가친척도 마음대로 만날 수 없었다. 이것은 나의 숙명이었다. 얘기를 들어보니 이들은 당시 미국에서 내놓으라 하는 영화감독에다가 시나리오 작가와 소설가들이 있다. 먼저 감독이란 사람이 나에게 질문을 던졌다.

"선생님은 10년 넘도록 한국에서 첩보원 활동을 하셨고 스탈린과 마오쩌둥의 첩보도 다룬 것으로 알고 있습니다. 이번에 그걸 얘기해주시면 제가 영화로 만들겠습니다. 저 분은 실록소설을 전문으로 집필하는 작가 코만 로버츠입니다. 그 옆은 시나리오 작가 제임스 에반입니다."

나는 너무 뜻밖에 내 얘기를 영화로 만들자는 제안을 받고 보니 뭐라고 대답을 할지 모르고 있었다. 내가 아무 말도 안하고 있으니까 소설가가 입을 열었다.

"선생님의 첩보원 스토리는 할리우드에서 볼 때 최고의 영화소재가 됩니다. 선생님은 당시 겪었던 일들을 얘기만 해주면 됩니다."

"저는 감독입니다. 솔직하게 말하겠습니다. 우선 승낙을 해주면 계약금은 원하는 대로 드리겠습니다. 또 소설도 선인세로 2백만 부에 해당하는 금액을 드리겠습니다."

이들이 제시하는 돈은 엄청 컸다. 내 얘기가 이렇게 큰돈이 된다는 것을 처음으로 알게 되었다.

"오늘 이렇게 외진 곳에서 은둔생활을 하고 있는 나를 찾아온 당신들은 진정한 사업가입니다. 존경합니다. 하지만 나는 국가의 녹을 먹은 첩보원이고 이차 대전부터 한국전쟁까지 아주 민감한 첩보를 다 다루었습니다. 이것을 밝히면 국가에 죄를 짓는 것입니다. 첩보원은 업무 중에 알게 된 것을 무덤까지 가지고 가야 합니다. 죄송하지만 댁의 제안을 사양하겠습니다."

"선생님, 오늘 결정을 하려고 온 것은 아닙니다. 선생님 말씀이 맞습니다. 하지만 영화나 소설은 허구의 세계죠. 국가 기밀을 드러내지 않고도 영화를 제작할 수 있고 소설도 펴낼 수 있습니다. 오늘은 여기까지만 얘기하고 다시 찾아뵙겠습니다. 모든 것은 비밀로 하겠습니다. 안녕히 계십시오."

이들이 돌아가고 나서 아무리 생각해도 내가 여기 있다는 것을 아는 사람은 CIA 관리자뿐이었다. 도무지 어떻게 되어 내가 여기에 있다는 것을 알게 되었는지 알 수 없었다. 그들이 돌아가고 나서 여섯 달 만에 테렌스 영 감독이 전화를 걸어왔다.

"선생님, 이제 확실하게 밝히겠습니다. 영화는 선금으로 5백만불을 지급하고 입장객 한 사람 당 30퍼센트를 드리겠습니다. 소설은 계약금으로 이백만 불을 일단 지급하고 한 권당 정가의 20퍼센트를 인세로 드리겠습니다."

사실 이 같은 금액은 천문학적인 액수였다. 하지만 "첩보원은 첩보를 무덤까지 가지고 간다"는 나의 소신은 흔들리지 않았다.

나는 일 년 후 테렌스 영 감독의 제안을 한 번 더 받았지만 나는 끝내 내 첩보활동을 돈을 받고 파는 것을 거절하였다.

과달라하라에 닷새를 머물면서 나를 설득하던 할리우드 감독 일행이 돌아가고 나서 무료하게 시간을 보내고 있었다. 이때 샘 스틴팅 변호사에게서 전화가 걸려왔다. 그는 이날 무척 당황한 것처럼 목소리가 거칠게 튀고 있었다. 그는 최후의 순간까지 나를 봐줄 산소호흡기와 같은 존재였다. 그는 내가 하는 얘기를 다 들어주었고 또 어디에도 그걸 발설하지 않았다.

"니콜스 선생님, 이거 큰일 났습니다. 첩보가 새었습니다."

"아니 무슨 첩보가 샜단 말이요?"

"네바다 주에 있는 보관소를 정보기관이 이 잡 듯 뒤졌습니다."

이렇게 동지들이 나를 파멸로 이끄는구나 하고 생각하니까 분노가 치밀었다. 아는 놈이 더 무섭다는 옛말이 새삼 떠올랐다. 나는 한국에 있는 동안 은퇴 후에 할 일을 준비하였다. 나의 꿈은 도널드 니콜스 첩보박물관을 여는 것이었다. 나는 조국의 첩보실력을 발전시키고 싶은 마음뿐이었다.

"그래서 뭐가 어쨌다는 겁니까?"

"지난 주 40여 명이나 되는 정체불명의 사나이들이 리노에 있는 선생님의 보관소를 다 뒤져서 물건들을 압수했습니다. 현재는 남은 게 별로 없습니다."

나는 스턴팅 변호사의 다급한 말을 듣고 한 발짝도 움직일 수 없었다. 나를 여기에 묶어놓은 것은 바로 내 첩보자료가 필요했던 것이고 거기에 덤으로 나의 금과 보석 그리고 한국에서 갖고 온 골동품이 탐이 났던 것이다. 나는 스턴팅 변호사에게 마지막으로 일렀다.

"알았습니다. 일단 보관소 현장 보전을 위한 불법행위에 대한 법적인 청구를 해주시오. 그리고 검찰에 도난 사실을 내 명의로 신고해 주십시오. 이러면 되겠습니다. 스턴팅 변호사께는 내 계좌에서 수임료가 들어가도록 조치하겠습니다."

나는 지금까지 일련의 사건들이 바로 내가 갖고 있는 물건들에 눈독을 들인 고위 정치인의 계획된 소행이라는 것을 뒤늦게 알게 되었다. 그동안 수집한 스탈린과 마오쩌둥의 비밀대화록은 흔적도 없이 사라졌다. 이것들은 바로 CIA비밀금고로 옮겨져 영구히 열어볼 수 없도록 봉인되었다. 이렇게 역사의 진실은 미궁으로 빠져 들었다.

저자 후기

이 소설은 정전협정 후 60년이 넘도록 CIA 비밀금고에 들어 있었던 6.25전쟁 첩보대장 도널드 니콜스의 회고록과 첩보요원의 증언을 바탕으로 쓰였다. 비하인드 스토리는 51년에 흥남교화소에서 탈출하여 이듬해 남하하였다가 다시 첩보요원으로 평양에 들어갔던 노병 김인호 선생님의 구술과 자료에서 얻었다.

이 소설에는 아흔한 살 노병 김인호 선생님과 세상을 떠난 도널드 니콜스 첩보대장 그리고 평양에서 사선을 함께 넘어왔던 이응용, 이응주, 유인용, 노평헌, 김병기, 석기봉 같은 호국영웅들의 외로운 삶이 녹아있다.

또 평양의 친구들이 안전하게 월남할 수 있도록 목숨을 걸고 뒷바라지를 해준 김인호 선생님의 어머니와 외삼촌 그리고 외사촌 강창옥과 그의 친구 최명신의 이야기도 들어있다.

강창옥과 최명신은 김일성의 특명에 따라 총살형으로 생을 마감한 비운의 인물이다.

김일성은 57년 3월, 궐석재판을 열고 김인호, 이응용 두 분에게 사형 선고를 내렸다. 이건 아주 이례적인 사건이었다. 김일성이 얼마나 한이 맺혔으면 두 분에게 이렇게까지 했을까 생각하면 분노가 치밀어 오른다.

6.25전쟁 당시 첩보활동을 생생하게 증언해주신 아흔한 살 노병 김인호 선생님께 감사드리며 선생님 생전에 통일이 될 것으로 믿고 싶다.

어쩌면 6.25전쟁은 스탈린이 48년 핵무기를 보유하여 냉전이 본격적으로 전개되면서 예견되었다고 할 수 있다. 2차 세계대전이 끝나면서 스탈린은 미국에 이중스파이를 심었다. 이때 미국은 소련 스파이들의 앞마당이나 마찬가지였다. 이렇게 해서 소련은 미국보다 5년 늦게 핵무기를 보유하게 되었다. 이런 가운데 미국은 니콜스가 예견한 한국전쟁 첩보를 받아들이지 않았다. 그 결과 미국은 많은 젊은이들이 한국전쟁에서 목숨을 잃었다. 또 국론이 분열되는 아픔도 겪었다.

이승만 대통령은 소련이 원폭실험에 성공하였다는 첩보를 받고 땅이 꺼져라 탄식을 하였다고 한다.

당시 신지식인 좌파들은 트루먼 대통령에게 무기 지원을 요청하는 이승만 대통령에게 소련이 핵무기를 보유하였기 때문에 힘의 균형이 생겨서 김일성은 전쟁을 일으킬 수 없다고 반박하였다.

나중에 알게 된 얘기지만 이들 신지식 좌파들은 스탈린의 지령에 따라 움직인 이중첩자들이 태반이었다고 한다.

2차 세계대전 당시 독일의 히틀러는 이탈리아와 일본을 불러 동맹국 협약을 맺었다. 죽어도 함께 죽기로 한 이들은 자기네가 국제 관계의 중심축이라는 뜻으로 스스로 '추축국'이라고 불렀다.

이들 추축국끼리 주고받는 암호를 해독하려고 시작된 영국과 미국의 군사계획인 베노나 프로젝트가 공개되면서 미국 신지식인들이 소련의 스파이 노릇을 하였다는 것이 드러났다.

스탈린은 이중스파이 킴 필비를 조종하여 니콜스의 첩보를 무력화시키는 작업을 계속하였다. 이때 막 출범한 CIA와 극동사령부 맥아더 사령관의 갈등이 격화되면서 6.25전쟁의 예고는 묻혀버렸다. 정작 6.25전쟁이 일어나자 작전은 미 CIA가 세웠고 전투는 미군이 하게 되면서 갈등이 커졌다. 이들 두 기관의 갈등은 6.25전쟁이 끝나고서도 멈추지 않았다. 미 CIA는 맥아더를 극동사령관에서 끌어내리는 데 성공한다. 이때 미 CIA에는 이중스파이 킴 필비와 돈 맥클린이 첩보를 스탈린에게 전달하였다. 또한 스탈린은 압록강에 핵무기를 투하하겠다는 맥아더를 사령관에서 해임하는 음모를 꾸몄다. 이때 그의 생명은 얼마 남지 않았을 때였다.

1953년 3월 인간백정 스탈린은 눈을 감았다. 하지만 스탈린의 사망 원인과 시간은 비밀에 쌓여 있다. 다만, 비밀경찰 총수인 베리아와 후르시쵸프는 이것을 알고 있다.

김일성은 니콜스가 트루먼 대통령과 맥아더 극동사령부 사령관에게 보고한 그 날 정확하게 남침을 강행하였다. 니콜스는 스탈린과 마오쩌둥의 교신내용을 도청하여 이 사실을 알게 되었다. 그는 또 외무장관 몰로토프와 인민지원군 사령관 펑더화이의 교신도 거의 다 엿들었다. 이런 면에서 니콜스는 두 번 다시 나오기 어려운 첩보요원이라는 생각이 든다. 그의 상사였던 얼 페트리지 장군은 도널드 니콜스 소령을 첩보의 달인, 천재라고 명명하여 그가 6.25전쟁에서 세운 공로가 얼마나 큰지를 세상에 알렸다. 김일성은 전쟁 내내 니콜스 암살조를 운영하여 그를 제거하려 했다. 이것은 니콜스가 전쟁에 끼친 영향력이 얼마나 대단하였는지를 짐작할 수 있게 해주는 사건이다. 하지만 양지가 있으면 음지도 있는 게 세상의 이치다. 그의 첩보활동에는 비정상적인 면이 분명히 있었다.

이 대통령은 한국이 미처 국가로 자리 잡기도 전에 소련과 중공의 더러운 밀약에 따라 전쟁을 겪으면서 신생 약소국의 설움을 뼈저리게 느끼고 있었다.

언제까지나 니콜스의 6.25전쟁의 첩보활동을 어둠속에 꼭꼭 숨겨둘 수는 없는 일이다. 이제는 그의 회고록에 햇볕을 비추어 퀴퀴한 냄새를 털어내야 할 때가 된 것이다.

니콜스는 생전에 "미국의 첩보요원은 첩보활동 중에 알게 된 비밀은 무덤까지 가지고 가야 한다."고 말하였다. 자신의 경험을 돈을 받고 팔지 않을 정도로 지조가 있었다. 할리우드의 영화감독과 작가들이 니콜스를 만나 영화와 소설로 발표하자고 제안을 하였지만 그는 끝내 이들의 제안을 받아들이지 않고 세상을 떴다. 87년 3월 니콜스는 한국을 떠난 지 30년 만에 한국을 방문해서 옛 전우들을 만나고 갔다. 하지만 그의 말년과 그의 가족 그리고 그의 재산은 행방이 묘연하다. 작가는 이제 니콜스의 삶과 첩보활동 그리고 그의 부와 명예를 앗아간 범인들을 쫓는 작업을 해나갈 것이다.

한국전쟁의 전설로 남아있는 도널드 니콜스는 92년 10월 18일 66세의 나이로 플로리다 양로원에서 쓸쓸히 세상을 떠났다. 그는 훌륭한 첩보원에 군인이었고 외교관이었지만 시대를 잘못 타고난 비운의 인물이었다. 그는 한국전쟁 당시에 모았던 골동품과 달러와 금을 미국 어디론가 수송기를 이용해 10여 차례나 실어갔다. 그가 수집한 골동품 가운데는 국보급도 상당수 있었고 평양의 김일성 집무실에서 갖고 온 사료도 있었다고 한다. 그의 사후 니콜스의 유품과 일지 그리고 비밀장부는 남김없이 사라졌다. 그는 생전에 스탈린과 김일성 그리고 마오쩌둥이 나눈 교신내용을 끔찍하게 아꼈다고 한다. 이것은 모두 그가 도청으로 얻어낸 것이어서 이것만 찾는다면 6.25전쟁의 발발부터 스탈린과 마오쩌둥 그리고 김일성의 음모를 알 수 있을 것이다. 나는 이것들이 미국 어디엔가 보관되어 있을 것으로 믿고 있다. 그가 썼던 회고록 2, 3권은 빛도 보기 전에 원고 상태에서 누군가에 의해 탈취되었다. 그는 끝내 회고록을 완성하지 못하고 저 세상으로 갔다.

앞으로 소설로 니콜스의 빛과 그림자를 그리고 김인호 선생님과 공동으로 니콜스 평전을 쓰기로 약속하였다. 한국전쟁의 전설이 된 니콜스의 알려지지 않은 일화와 자료는 수천 페이지에 이르고 있다. 특히 니콜스 곁에서 지냈던 김인호 선생님의 증언을 모두 녹음을 하여 보관하고 있다.

올해 아흔한 살이 되는 김인호 선생님은 아주 건강하시고 더욱이 60년 전의 기억을 다 되살려 주셨다. 김인호 선생님은 니콜스와 한국전쟁의 첩보전 비사를 다 밝히는 날까지 건건하시리라 믿는다.

작가는 이후 니콜스의 한국전쟁과 연결된 소설들을 10권의 첩보전 시리즈로 계속 발표할 것이다. 다음은 니콜스의 평양 휴민트였던 강창옥, 최명신과 박헌영 그리고 김일성 등 다섯 명의 얽히고설킨 삶을 조명할 것이다. 특히 소련의 이중간첩이었던 영국 MI6 첩보원 킴 필비와 김일성의 피 묻은 거래도 파헤칠 셈이다. 킴 필비는 63년 베이루트에서 막 출발하려는 모스크바 행 비행기를 잡아타고 극적으로 도피하였다.

이런 면에서 보면 킴 필비도 어느 정도 한국 산하에 뿌려진 피에 대한 책임을 져야 할 인물이다. 그의 국적은 영국이었다.

6006 첩보왕 도널드 니콜스

초판 1쇄	인쇄 2016년 7월 1일
초판 1쇄	발행 2016년 7월 7일
저 자	최금산
발 행 인	김승일
펴 낸 곳	경지출판사
출판등록	제2015-000026호

판매 및 공급처 / 도서출판 징검다리/경기도 파주시 산남로 85-8
Tel : 031-957-3890~1 Fax : 031-957-3889
e-mail : zinggumdari@hanmail.net

ISBN 979-11-86819-24-1   03810

© 최금산, 2016

* 이 책의 저작권은 저자와 경지출판사에 있습니다. 위 도서의 내용을 저자의 허락없이 무
  단 복제 혹은 전재하는 경우 저작권법에 의해 처벌받을 수 있습니다.
* 잘못된 책은 바꾸어 드립니다.